ATRIUM

Der Psychologe Pietro Gerber aus Florenz trägt den Spitznamen »Der Kinderflüsterer«, weil er darauf spezialisiert ist, Kinder durch Hypnosetherapie zu behandeln und ihnen dabei die dunkelsten Geheimnisse zu entlocken. Der unerwartete Anruf einer australischen Kollegin stellt ihn jedoch vor eine ganz neue Herausforderung: Sie bittet ihn, ihre erwachsene Patientin Hanna Hall zu übernehmen und mittels Hypnose die Abgründe auszuloten, die sich in Hannas Vergangenheit auftun. Sie selbst behauptet nämlich, als Kind einen Mord begangen zu haben.
Doch die vermeintliche Wahrheit, die im Zuge der Therapiesitzungen ans Tageslicht drängt, ist verstörender, als Gerber erwartet hat – und zugleich scheint seine eigene Vergangenheit so eng damit verwoben zu sein, dass die Enthüllungen sein eigenes Leben bedrohen. Er muss alles daran setzen, das Dickicht aus Lüge und Täuschung zu durchdringen, wenn er selbst heil aus der Sache hervorgehen will …

Donato Carrisi, geboren 1973 in einem Dorf in Apulien, lebt in Rom. Er studierte Jura und spezialisierte sich auf Kriminologie und Verhaltensforschung. Nach einer kurzen Tätigkeit als Anwalt arbeitet er heute als Autor und Regisseur. Neben Carrisis Bestseller *Der Nebelmann* wurde auch sein Thriller *Diener der Dunkelheit* fürs Kino verfilmt.

Susanne Van Volxem und **Olaf Matthias Roth** übersetzen gemeinsam bekannte Autoren wie Luca D'Andrea und Maurizio de Giovanni.

DONATO CARRISI

HAUS DER STIMMEN

PSYCHOTHRILLER

Aus dem Italienischen von
Susanne Van Volxem und Olaf Matthias Roth

Atrium Verlag · Zürich

MIX
Papier | Fördert gute Waldnutzung
FSC® C014496
www.fsc.org

Taschenbuchausgabe
1. Auflage 2024

Die Originalausgabe erschien 2019 unter dem Titel
La casa delle voci bei Longanesi & C., Mailand.

Aus dem Italienischen von Susanne Van Volxem
und Olaf Matthias Roth
Umschlaggestaltung: semper smile, München
Satz: Greiner & Reichel, Köln
Druck und Bindung: GGP Media GmbH, Pößneck
Printed in Germany
ISBN 978-3-03882-040-6

www.atrium-verlag.com
www.facebook.com/atriumverlag
www.instagram.com/atriumverlag

Für Antonio.
Meinen Sohn, mein Gedächtnis, mein ganzes Sein.

23. Februar

Ein Streicheln im Schlaf.

An der Grenze zum Wachsein, kurz vor dem Abgrund ins Vergessen, die zarte Berührung von kühlen Fingern auf der Stirn. Und ein sanftes, trauriges Wispern.

Ihr Name.

Das Mädchen riss die Augen auf. Eine plötzliche Furcht überkam sie. Jemand war zu ihr gekommen, während sie gerade einschlief. Vielleicht einer der ehemaligen Hausbewohner, mit denen sie hin und wieder ein paar Worte wechselte und die sie rascheln hörte wie die Ratten entlang der alten Mauern.

Doch diese Geister waren in ihrem Kopf, nicht dort draußen.

Auch Ado – *der arme kleine Ado* – kam sie manchmal besuchen. Aber im Gegensatz zu den Geistern sprach er nie mit ihr.

Nein, ihre Furcht hatte einen handfesten Grund.

Denn abgesehen von ihren Eltern kannte niemand auf der Welt da draußen ihren Namen.

So wollte es die Regel Nummer 3.

Die Vorstellung, gegen eine der fünf Regeln ihrer Eltern verstoßen zu haben, erschreckte sie. Sie hatten ihr immer vertraut. Sie durfte sie nicht enttäuschen. Vor allem jetzt nicht, wo Papa versprochen hatte, ihr das Jagen mit Pfeil und Bogen beizubringen, und Mama es endlich erlaubt hatte. Doch dann überlegte sie: Konnte es überhaupt ihre Schuld gewesen sein?

Regel Nummer 3: Sag niemals einem Fremden deinen Namen.

Weder hatte sie einem Fremden ihren Namen gesagt, noch konnte ihn jemand auf andere Art erfahren haben. Auch weil sie seit Monaten keine Menschenseele mehr in der Nähe des Bauernhofs gesehen hatten. Sie lebten vollkommen abgeschieden mitten auf dem Land, bis zur nächsten Stadt war es ein Fußmarsch von zwei Tagen.

Sie befanden sich in Sicherheit. Nur sie drei.

Regel Nummer 4: Komm niemals einem Fremden zu nahe und lass keinen Fremden zu nahe an dich heran.

Wie also hatte jemand sie beim Namen rufen können?

Es musste das Haus selbst gewesen sein, es gab keine andere Erklärung. Manchmal knackte es unheilvoll in den Balken, oder es knisterte leise. Papa sagte dann immer, das Haus würde sich auf seinen Fundamenten zurechtruckeln, wie ein altes Mütterchen mit schmerzenden Knochen in seinem Ohrensessel. Bestimmt hatte sie so ein Geräusch im Halbschlaf für ihren Namen gehalten. Ja, so musste es gewesen sein.

Ihr erregtes Gemüt beruhigte sich. Sie schloss die Augen. Schon hatte der Schlaf sie fast wieder mit seinem stillen Locken davongetragen, ins Warme, wo alles sich in nichts auflöst, als die Stimme erneut nach ihr rief.

Diesmal stützte das Mädchen sich auf dem Kopfkissen hoch und versuchte, mit den Augen die Dunkelheit zu durchdringen. Der Holzofen im Flur war schon vor Stunden ausgegangen. Nur unter der Decke war es noch warm, überall sonst hatte sich die Kälte ausgebreitet. Jetzt war sie endgültig wach.

»Wer bist du?«, hätte sie am liebsten in die Finsternis

hineingerufen. Doch sie hatte Angst vor der Antwort. Oder vielleicht kannte sie sie auch schon.

Regel Nummer 5: Wenn ein Fremder dich bei deinem Namen ruft, ergreife die Flucht.

Sie setzte sich auf, tastete nach der einäugigen Lumpenpuppe, die immer bei ihr schlief, und drückte sie fest an ihre Brust. Ohne die Nachttischlampe einzuschalten, kletterte sie aus dem Bett und lief barfuß durch das dunkle Zimmer in den Flur. Nur ihre tappenden Schritte auf dem Holzboden waren zu hören. Sie musste Mama und Papa warnen.

Von der Treppe, die nach unten in die Küche führte, drang der Rußgeruch des Kamins zu ihr hoch. Sie sah den schweren Tisch aus Olivenholz vor sich, auf dem noch die Reste ihres Festmahls standen. Genau drei Stücke waren aus der Torte aus altem Brot und Zucker herausgeschnitten, die ihre Mutter gebacken hatte. Auch die zehn Kerzen, die sie vom Schoß ihres Vaters aus in einem Atemzug ausgeblasen hatte, befanden sich noch dort.

Je näher sie dem Schlafzimmer ihrer Eltern kam, umso mehr wurden ihre glücklichen Erinnerungen von bösen Vorahnungen verdrängt.

Regel Nummer 2: Fremde bedeuten Gefahr.

Sie hatte es mit eigenen Augen gesehen: Die Fremden entführten Menschen, brachten sie fort von ihren Liebsten. Niemand wusste, wo sie sich aufhielten oder was aus ihnen geworden war. Aber vielleicht war sie auch einfach noch zu jung, noch nicht reif genug, um die ganze Wahrheit zu erfahren. Sie wusste nur, dass diese Menschen nie mehr zurückkehrten.

Nie mehr.

»Papa, Mama ... Da ist jemand draußen vor dem Haus«, sagte sie leise, aber in dem bestimmten Tonfall einer Erwachsenen.

Ihr Vater wurde als Erster wach, gleich darauf auch ihre Mutter. Sofort hatte das Mädchen ihre volle Aufmerksamkeit.

»Was hast du gehört?«, fragte die Mutter, während der Vater die Taschenlampe zur Hand nahm, die stets griffbereit neben seinem Bett lag.

»Meinen Namen«, erwiderte das Mädchen zögernd. Sie hatte Angst, ausgeschimpft zu werden, weil sie gegen eine der fünf Regeln verstoßen hatte.

Doch niemand machte ihr einen Vorwurf. Ihr Vater schaltete die Taschenlampe ein und schirmte sofort den Lichtstrahl mit der Hand ab, damit die Eindringlinge nicht mitbekamen, dass sie wach waren.

Die Eltern stellten keine weiteren Fragen. Sie mussten erst herausfinden, ob sie ihr Glauben schenken konnten. Aber nicht, weil sie sie für eine Lügnerin hielten; sie wussten ganz genau, dass sie in einer solchen Situation niemals die Unwahrheit sagen würde. Sie mussten lediglich sicherstellen, dass das, was sie erzählt hatte, der Realität entsprach. Dabei wünschte das Mädchen so sehr, sich alles eingebildet zu haben.

Reglos, die Köpfe leicht gesenkt, verharrten ihre Eltern schweigend und horchten in die Dunkelheit hinein. Das Mädchen musste an die Radioteleskope in ihrem Astronomiebuch denken, die den Himmel nach unbekannten Signalen absuchten – sosehr man es vielleicht hoffte, so groß war die Angst, tatsächlich ein Signal zu empfangen. Denn die Entdeckung, nicht allein im Universum zu sein, wäre, wie Papa ihr erklärt hatte, keine wirklich gute Nachricht. »Die Außerirdischen haben nicht unbedingt freundliche Absichten ...«

Endlose Sekunden in absoluter Stille vergingen. Die einzigen Geräusche kamen vom Rauschen des Windes in den vertrockneten Baumkronen, dem Quietschen der rostigen Wetterfahne auf dem Dach und dem Ächzen der alten Scheune – wie ein Walfisch, der auf dem Grund des Ozeans schlief.

Plötzlich ein metallisches Klirren.

Ein zu Boden gefallener Blecheimer. Um genau zu sein: der Eimer aus dem alten Brunnen. Ihr Vater hatte ihn zwischen zwei Zypressen in der Nähe des Hühnerstalls befestigt, als eine der selbst gebauten Alarmanlagen, die er jeden Abend rund ums Haus aufstellte.

Sie wollte etwas sagen, doch bevor sie ein Wort herausbringen konnte, hatte ihr die Mutter schon die Hand auf den Mund gelegt. Vielleicht war es ein Tier, hatte sie sagen wollen, ein Marder oder Fuchs, es mussten nicht unbedingt die Fremden sein.

»Die Hunde«, flüsterte ihr Vater.

Erst jetzt begriff sie es auch. Papa hatte recht: Wenn es ein Marder oder Fuchs gewesen wäre, hätten die Wachhunde sofort zu bellen angefangen, als der Eimer scheppernd zu Boden fiel. Wenn sie es nicht getan hatten, gab es nur eine Erklärung.

Jemand hatte sie zum Schweigen gebracht.

Bei dem Gedanken, dass ihren vierbeinigen Freunden etwas passiert sein konnte, stiegen ihr die Tränen in die Augen. Mit aller Macht versuchte sie, nicht zu weinen. Eine Welle der Panik überflutete sie.

Ihre Eltern mussten nur einen Blick wechseln. Sie wussten genau, was zu tun war.

Ihr Vater sprang als Erster aus dem Bett. Rasch zog er sich an, nur seine Schuhe ließ er weg. Die Mutter folgte seinem Beispiel, doch dann tat sie etwas, das das Mädchen sprachlos machte: Sie wartete, bis der Vater außer Sichtweite war, dann schob sie die Hand unter die Matratze, holte einen kleinen Gegenstand hervor und steckte ihn hastig in ihre Hosentasche. Das Mädchen konnte nicht erkennen, was es war.

Sie wunderte sich. Mama und Papa hatten doch sonst keine Geheimnisse voreinander.

Bevor sie nachfragen konnte, drückte die Mutter ihr eine Taschenlampe in die Hand, kniete sich vor sie hin und legte ihr eine Decke um die Schultern.

»Weißt du noch, was jetzt drankommt?«, fragte sie und schaute ihr gerade in die Augen.

Das Mädchen nickte. Der feste Blick der Mutter machte ihr Mut. Seit dem Umzug auf den verlassenen Bauernhof vor gut einem Jahr hatten sie das »Manöver« – so nannte ihr Vater es – dutzendfach geübt. Jetzt kam es zum ersten Mal zum Einsatz.

»Halt deine Puppe gut fest«, sagte die Mutter, nahm ihre Hand in die eigene, die warm und stark war, und zog sie mit sich fort.

Während sie die Treppe hinuntereilten, drehte das Mädchen sich für einen Moment nach hinten um. Sie sah, wie der Vater entlang der Wände im Obergeschoss einen der Kanister ausleerte, den er aus der Abstellkammer geholt hatte. Sofort war die Flüssigkeit in den Ritzen zwischen den Dielen versickert. Zurück blieb nur ein beißender Geruch.

Als sie das Erdgeschoss erreicht hatten, zog die Mutter sie in den hinteren Teil des Wohntrakts. Holzsplitter bohrten sich in ihre nackten Füße. Das Mädchen presste die Zähne aufeinander, um nicht vor Schmerzen aufzustöhnen. Doch es war unnötig – sie mussten sich nicht mehr verstecken, denn die Fremden hatten sie längst bemerkt.

Sie hörte, wie sie draußen auf der Suche nach einem Eingang um das Haus herumliefen.

Auch früher war es vorgekommen, dass es an dem Ort, an dem sie sich sicher wähnten, eine Bedrohung gegeben hatte. Doch bisher waren sie der Gefahr immer entgangen.

Sie kamen an dem großen Holztisch mit der Geburtstagstorte und den zehn Kerzen vorbei, an der Emailletasse, aus der sie immer ihre Frühstücksmilch trank, den Holzspielsachen, die ihr Vater für sie geschnitzt hatte, der Keksdose, dem Regal mit den Büchern, aus denen sie sich abends nach dem Essen gegenseitig vorlasen. Lauter Dinge, von denen sie sich verabschieden musste, wieder einmal.

Beim Kamin angelangt, steckte ihre Mutter die Hand in den Rauchabzug, um nach der verrußten Eisenkette zu tasten, die den im Schornstein verborgenen Flaschenzug in Gang setzen würde. Endlich hatte sie sie gefunden. Mit aller Kraft zog sie daran, und langsam begann sich eine der Sandsteinplatten zu bewegen. Doch sie war zu schwer; ohne die Hilfe ihres Vaters würden sie es nicht schaffen, den Stein zu verschieben. Wo blieb er denn nur? Warum brauchte Papa so lange? Das Mädchen spürte, wie die Angst in ihr hochkroch.

»Los, hilf mir«, knurrte ihre Mutter.

Mit vereinten Kräften zogen sie an der Kette. Im Eifer des Gefechts stieß die Mutter mit dem Ellbogen einen Tonkrug vom Kaminsims. Ohnmächtig sahen sie zu, wie er auf den harten Fliesen in Stücke zersprang.

Ein dumpfes Poltern erschütterte das Haus. Kurz darauf hörten sie, wie jemand krachend gegen die Eingangstür schlug. Es klang wie ein Warnschuss, der bis zu ihnen herüberdrang.

Wir wissen, dass ihr da seid. Wir wissen, wo ihr euch versteckt habt. Und gleich werden wir euch holen kommen.

Immer heftiger zerrten Mutter und Tochter an der Kette, bis sich die Steinplatte unter dem Rost so weit bewegt hatte, dass die Öffnung groß genug war. Mit dem Lichtkegel der Taschenlampe zeigte die Mutter auf eine Holztreppe, die nach unten führte.

Die ganze Zeit hatten die Schläge gegen die Eingangstür

nicht aufgehört, vielmehr wurden sie immer lauter und schneller.

Das Mädchen und die Mutter wandten sich zum Flur und sahen endlich den Vater kommen, mit zwei Weinflaschen in den Händen. Statt Korken steckten in Flüssigkeit getränkte Stoffbäusche darin. Vor einiger Zeit hatte das Mädchen im Wald beobachtet, wie der Vater eine solche Flasche in Brand gesetzt und sie gegen einen ausgedörrten Baumstamm geworfen hatte, der sofort Feuer fing.

Die Fremden schlugen noch immer mit aller Kraft gegen die Tür. Mit Entsetzen beobachtete das Mädchen, wie sich die Scharniere aus der Verankerung in der Wand lösten. Mit jedem Schlag wirkten die vier Bolzen, mit denen die Tür verrammelt war, fragiler.

Diese letzte Barriere würde die Eindringlinge nicht aufhalten können, so viel war klar.

Ihr Vater schaute erst zu ihnen, dann zur Tür und dann zurück zu ihnen. Für das »Manöver« blieb keine Zeit mehr. Ohne länger nachzudenken, nickte er ihnen zu und stellte eine der beiden Flaschen auf dem Boden ab, um in seiner Hosentasche nach Streichhölzern zu suchen.

Mit einem fürchterlichen Krachen gab die Tür nach.

Unter lautem Gebrüll stürmten mehrere schattenhafte Gestalten ins Haus. Zum letzten Mal schaute der Vater zu der Mutter und dem Mädchen, ein Blick wie eine Umarmung. In seinen Augen lag so viel Liebe, Trauer und Abschiedsschmerz, dass sie wusste, die Erinnerung daran würde ihr bis ans Ende ihrer Tage das Herz zerreißen.

Ein leichtes Lächeln, das nur für sie beide bestimmt war, umspielte seine Lippen, als er die Flasche in Brand setzte. In hohem Bogen warf er sie von sich und verschwand dann zusammen mit den Schatten in den auflodernden Flammen.

Mehr konnte das Mädchen nicht erkennen, denn ihre Mutter drängte sie in die Öffnung unterhalb des Kamins. Die Eisenkette fest im Griff, folgte sie ihr nach.

So schnell es ging, kletterten sie die Leiter hinunter. Mehrmals hätten sie beinahe die Sprossen verfehlt und wären gestürzt. Von oben war das dumpfe Dröhnen einer weiteren Explosion zu hören. Aufgeregte Stimmen, die unverständliche Worte brüllten.

Als sie unten auf dem feuchten Grund angekommen waren, ließ ihre Mutter die Kette los, damit die Steinplatte über ihren Köpfen zurück an ihren Platz gleiten konnte. Doch der Mechanismus war blockiert, sodass ein schmaler Spalt offen blieb. Die Mutter versuchte, den Widerstand zu lösen, sie zog und zerrte an der Kette. Vergeblich.

Das »Manöver« sah vor, dass die Familie bei einem Angriff im Keller Schutz suchte, während über ihnen das Haus abbrannte. Vielleicht hätten die Fremden Angst bekommen und die Flucht ergriffen, oder sie hätten angenommen, die Eltern und das Mädchen seien in den Flammen umgekommen. Laut Plan hätten sie, nachdem die Gefahr vorüber war, die Falltür geöffnet und wären nach oben zurückgekehrt.

Doch irgendetwas war schiefgelaufen. *Alles* war schiefgelaufen. Erst war Papa nicht mitgekommen, dann hatte sich die verfluchte Steinplatte nicht richtig geschlossen. Der Qualm musste sich mittlerweile im ganzen Haus ausgebreitet haben. Schon kroch er durch den Spalt zu ihnen nach unten, um sie zu ersticken. Und aus diesem engen Loch gab es keinen anderen Ausweg.

Ihre Mutter zog sie in die äußerste Ecke der Katakombe. Wenige Meter von ihnen entfernt, unter einer Zypresse, lag Ado begraben. *Der arme kleine Ado.* Sie hätten ihn aus seinem Grab herausholen und ihn von hier fortbringen sollen.

Doch nun kamen sie selbst nicht mehr heraus.

Die Mutter nahm ihr die Decke von den Schultern.

»Geht's dir gut?«, fragte sie.

Das Mädchen drückte die Lumpenpuppe an sich. Sie zitterte am ganzen Körper. Trotzdem nickte sie.

»Hör mir gut zu«, fuhr die Mutter fort. »Du musst jetzt ganz tapfer sein.«

»Mama, ich habe Angst, ich kriege keine Luft mehr«, sagte das Mädchen und hustete. »Bitte, lass uns hier weggehen!«

»Wenn wir hier weggehen, werden wir von den Fremden verschleppt, das weißt du doch. Ist es das, was du willst?« Die Stimme ihrer Mutter klang fast vorwurfsvoll. »Wir haben so viele Opfer gebracht, damit genau das nicht passiert – und jetzt sollen wir klein beigeben?«

Das Mädchen hob den Blick zur Kellerdecke. Sie konnte sie hören, nur wenige Meter entfernt. Die Fremden versuchten, das Feuer zu ersticken, um sie zu holen.

»Ich habe immer alle Regeln befolgt«, sagte sie schluchzend.

»Ich weiß, mein Liebling«, sagte ihre Mutter besänftigend und strich ihr über die Wange.

Mit lautem Stöhnen, wie ein verwundeter Riese, ergab sich das Haus der Stimmen den Flammen. Es war kaum mit anzuhören. Der Qualm, der durch den Spalt zwischen den Steinplatten drang, wurde dichter und schwärzer.

»Wir haben nicht mehr viel Zeit«, mahnte ihre Mutter. »Aber es gibt noch eine Möglichkeit, wie sie uns nicht kriegen können …«

Sie griff in ihre Hosentasche und holte ein Fläschchen hervor – den geheimnisvollen Gegenstand, den sie sogar vor dem Vater verborgen hatte.

»Ein Schluck für dich, einer für mich.«

Sie entkorkte das Fläschchen und reichte es ihr.

Das Mädchen zögerte.

»Was ist das?«

»Frag nicht. Trink.«

»Und was passiert dann?«, erwiderte sie erschrocken.

Die Mutter lächelte.

»Man nennt es das ›Wasser des Vergessens‹ ... Wir werden einschlafen, und wenn wir wieder aufwachen, ist alles vorbei.«

Das Mädchen glaubte ihr nicht. Warum war das Wasser des Vergessens nicht Bestandteil des »Manövers«? Warum hatte ihr Vater nichts davon gewusst?

Die Mutter packte sie am Arm und schüttelte sie.

»Wie lautet die Regel Nummer 5?«

Das Mädchen verstand nicht, warum sie ausgerechnet jetzt die Regeln aufsagen sollte.

»Regel Nummer 5 – nun mach schon!«, rief die Mutter.

»Wenn ein Fremder dich bei deinem Namen ruft, ergreife die Flucht«, sagte sie leise.

»Und Nummer 4?«

»Komm niemals einem Fremden zu nahe und lass keinen Fremden zu nahe an dich heran«, erwiderte sie mit tränenerstickter Stimme. »Regel Nummer 3 lautet: Sag niemals einem Fremden deinen Namen.« Ihr fiel ein, wie in der Nacht alles begonnen hatte, und schluchzend fügte sie hinzu: »Aber das habe ich nie getan, ich schwöre es dir!«

Die Stimme ihrer Mutter wurde weicher.

»Mach weiter, Regel Nummer 2 ...«

Sie zögerte einen Moment.

»Fremde bedeuten Gefahr.«

»Fremde bedeuten Gefahr«, wiederholte ihre Mutter fast heiter.

Dann setzte sie das Fläschchen an die Lippen, trank einen Schluck und hielt es ihr wieder hin.

»Ich hab dich lieb, mein Schatz.«

»Ich dich auch, Mama.«

Das Mädchen schaute die Mutter an, die ihren Blick erwiderte. Dann sah sie auf das Fläschchen in ihrer Hand und hob es zum Mund. Ohne zu zögern, leerte sie es bis auf den letzten Tropfen.

Regel Nummer 1: Vertrau nur Mama und Papa.

1

Für ein Kind ist die Familie der sicherste Ort auf der Welt. Oder der gefährlichste.

Pietro Gerber versuchte, das nie zu vergessen.

»Okay, Emilian. Möchtest du mir erzählen, was in dem Keller passiert ist?«

Der sechsjährige Junge, der mit seiner bleichen, fast durchsichtigen Haut an einen Geist erinnerte, verharrte in Schweigen. Er hob nicht einmal den Blick von den bunten Holzklötzen, mit denen sie gemeinsam eine Burg bauten. Gerber fuhr geduldig fort, Stein auf Stein zu setzen, ohne ihn zur Eile anzutreiben. Seine Erfahrung sagte ihm, dass Emilian von selbst den richtigen Zeitpunkt zum Reden finden würde.

Jedes Kind hat seinen eigenen Rhythmus, sagte er sich immer wieder.

Seit mindestens vierzig Minuten hockte Pietro Gerber neben Emilian auf dem regenbogenfarbenen Teppich in dem fensterlosen Zimmer, das sich im zweiten Stock eines Renaissancepalastes in der Via della Scala mitten in der Altstadt von Florenz befand.

Ursprünglich war das Haus von karitativen Florentiner Institutionen dazu bestimmt gewesen, »verlorenen Knaben und Mägdelein ein Heim zu geben« – also Kindern, die von ihren Familien ausgesetzt worden waren, weil sie sie nicht ernähren konnten. Oder auch unehelichen Kindern, Waisen und Minderjährigen, die Opfer sozialer Missstände geworden waren.

Seit der zweiten Hälfte des neunzehnten Jahrhunderts befand sich dort der Sitz des Jugendgerichts.

Zwischen all den prachtvollen Gebäuden ringsumher, die sich auf wenige Quadratkilometer konzentrierten und aus Florenz eine der schönsten Städte der Welt machten, fiel das Haus kaum auf. Dennoch konnte man es beileibe nicht x-beliebig nennen. Zum Ersten wegen seiner Vergangenheit: Früher einmal war es eine Kirche gewesen. Zum Zweiten wegen eines Wandgemäldes von Botticelli, das *Die Verkündigung an Maria* darstellte.

Und zum Dritten wegen seines Spielzimmers.

Neben den Bauklötzen, mit denen Emilian gerade spielte, befanden sich dort ein Puppenhaus, eine Modelleisenbahn, verschiedene Spielzeugautos wie Lastwagen und Bagger, ein Schaukelpferd, eine Miniaturküche für die Zubereitung imaginärer Delikatessen und zahlreiche Plüschtiere. Auch ein kleiner Tisch mit vier Stühlen und einigen Malsachen stand in einer Ecke.

Doch es war kein echtes Spielzimmer. Alles innerhalb dieser zwanzig Quadratmeter diente dazu, den wahren Charakter des Ortes zu verschleiern.

In Wirklichkeit war das Spielzimmer ein Gerichtssaal.

An einer der vier Wände hing ein riesiger Spiegel, hinter dem sich Richter und Staatsanwalt, aber auch die Beschuldigten und ihre Anwälte verbargen.

Der Raum war eingerichtet worden, damit die psychische Unversehrtheit der jungen Opfer, die innerhalb des geschützten Umfelds als Zeugen aussagen sollten, so gut wie möglich bewahrt blieb. Um die Befragung zu erleichtern, waren sämtliche Gegenstände im Zimmer sorgfältig von Kinderpsychologen ausgesucht worden. Jedes Objekt diente dazu, eine bestimmte Rolle bei der Aussage oder der Interpretation der Fakten einzunehmen.

Oft nahmen die Kinder in dem Rollenspiel den Platz ihrer Folterer ein und unterwarfen die Plüschtiere oder Puppen der gleichen brutalen Behandlung, die sie selbst erlitten hatten. Manche zeichneten lieber, als dass sie redeten, andere erfanden Geschichten und bauten darin Hinweise auf ihre Torturen ein.

Manchmal enthüllten sie auch Dinge, ohne es zu merken.

Genau aus dem Grund schauten von den Bildern an den Wänden nicht nur fröhliche Fantasiegestalten den Kindern beim Spielen zu, sondern auch unsichtbare Mikrokameras. Jedes Wort, jede Geste, jede Reaktion wurde aufgezeichnet, um später bei der Urteilsfindung als Beweis verwertet werden zu können. Doch es gab auch Details, die den elektronischen Augen entgingen. Nuancen, die Pietro Gerber, gerade einmal dreiunddreißig Jahre alt, mit größter Präzision zu erfassen gelernt hatte.

Während er weiter mit Emilian an der Burg aus bunten Holzklötzen baute, beobachtete er ihn aufmerksam, in der Hoffnung, noch das kleinste Anzeichen für eine Öffnung zu bemerken.

Die Zimmertemperatur betrug dreiundzwanzig Grad, die Deckenlampen verströmten ein bläuliches Licht, und im Hintergrund gab ein Metronom einen Takt von vierzig Schlägen pro Minute vor.

Die perfekte Atmosphäre, um sich vollkommen zu entspannen.

Wenn jemand Gerber nach seinem Beruf fragte, antwortete er nie »Kinderpsychologe mit Spezialgebiet Hypnotherapie«. Der von ihm verwendete Begriff stammte von demjenigen, der ihn all sein Wissen gelehrt hatte, und drückte am besten sein eigentliches Tun aus.

Der Kinderflüsterer.

Gerber wusste, dass viele Menschen die Hypnose für eine Art alchemistische Praxis hielten, mit deren Hilfe man sich andere gefügig machte und sie dazu bringen konnte, alles Mögliche zu sagen oder zu tun.

Tatsächlich handelte es sich lediglich um eine Technik, Menschen dabei zu helfen, in Kontakt mit sich selbst zu treten, wenn sie aus dem Gleichgewicht gekommen waren.

Man verlor die Kontrolle weder über sich noch über sein Bewusstsein – der Beweis war der kleine Emilian, der unbekümmert vor sich hin spielte. Dank der Hypnose wurde der Wachheitsgrad gesenkt, sodass über die Außenwelt keine Störungen mehr zu dem Patienten gelangten. Und durch den Ausschluss jeglicher Form von Ablenkung nahm die Wahrnehmung der eigenen Person zu.

Die Arbeit von Pietro Gerber war noch spezifischer: Er lehrte die Kinder, während sie sich in diesem Schwebezustand zwischen Spiel und Realität befanden, ihre Erinnerungen zu ordnen und das Wahre vom Unwahren zu unterscheiden.

Doch die zur Verfügung stehende Zeit mit Emilian neigte sich dem Ende zu. Der Therapeut konnte sich nur allzu gut den missvergnügten Gesichtsausdruck der Baldi vorstellen, der Jugendrichterin, die sich zusammen mit den anderen hinter der Spiegelwand befand. Sie war diejenige gewesen, die ihn als Experten zu dem Fall hinzugezogen hatte, und sie gab ihm auch die Fragen vor, die er dem Jungen stellen sollte. Gerbers Aufgabe bestand in der Entwicklung einer Strategie, mit deren Hilfe Emilian die gewünschten Informationen lieferte. Wenn er innerhalb der nächsten zehn Minuten nichts Brauchbares in Erfahrung gebracht haben würde, müsste die Sitzung auf einen anderen Termin verschoben werden. Noch wollte er sich jedoch nicht geschlagen geben. Es war bereits ihr viertes Treffen; das eine oder andere hatten sie schon erreicht, aber noch keinen echten Fortschritt gemacht.

Emilian – das Geisterkind – sollte vor Gericht die Worte wiederholen, die er eines Tages überraschend zu seiner Lehrerin gesagt hatte. Das Problem war, dass er seit damals nicht mehr von der »Sache mit dem Keller« gesprochen hatte.

Und ohne seine Aussage besaßen sie keine Beweise.

Bevor er auch diese Sitzung für gescheitert erklären musste, wollte Gerber noch einen letzten Versuch wagen.

»Es macht gar nichts, wenn du nicht über den Keller reden willst«, sagte er.

Ohne auf die Antwort des Jungen zu warten, hörte er auf, weiter an der Burg zu bauen. Stattdessen nahm er ein paar Bauklötze und begann, daneben ein anderes Gebäude zu errichten.

Emilian, der sein Tun bemerkt hatte, schaute ihn verwirrt an.

»Ich war in meinem Zimmer und habe gemalt, als ich plötzlich dieses Lied gehört habe …«, sagte er leise, ohne ihn anzuschauen.

Gerber zeigte keine Reaktion und fuhr fort zu bauen.

»Das Lied vom kleinen Naseweis, kennst du das?« Emilian fing an zu singen: *»Der kleine Naseweis, / der spielt in seinem Zimmer, / da hört er eine Stimme, / die ist von einem Geist. / ›Mein lieber kleiner Naseweis, / komm, gib mir doch ein Küsschen, / dann kriegst du auch ein Eis / mit vielen leck'ren Nüsschen.‹«*

»Ja, das kenne ich«, erwiderte der Psychologe und fuhr fort, die Bauklötze aufeinanderzustapeln, als wäre es ein ganz normales Gespräch.

»Also bin ich losgegangen, um zu gucken, woher die Stimme kam …«

»Und, hast du sie gefunden?«

»Sie kam aus dem Keller.«

Zum ersten Mal war es Gerber gelungen, Emilian gedanklich aus dem Spielzimmer zu bringen. Jetzt waren sie bei dem kleinen Naseweis zu Hause. Er musste ihn dort so lange wie möglich halten.

»Bist du in den Keller runtergegangen, um nachzuschauen, was sich dort befindet?«

»Ja, bin ich.«

Emilians Bestätigung war von großer Bedeutung. Zur Belohnung reichte der Psychologe ihm einen bunten Holzklotz und damit die Einladung, an der neuen Burg mitzubauen.

»Ich nehme an, es war ziemlich dunkel im Keller. Hattest du keine Angst, ganz alleine da runterzugehen?«, fragte er, um die Glaubwürdigkeit des kleinen Zeugen auszutesten.

»Nein«, erwiderte der Junge, ohne zu zögern. »Da war ja Licht an.«

»Und was hast du im Keller entdeckt?«

Diesmal kam die Antwort nicht wie aus der Pistole geschossen. Gerber hörte auf, ihm Bauklötze zu reichen.

»Die Tür war nicht abgeschlossen wie sonst«, nahm der Junge den Faden wieder auf. »Mama sagt immer, ich darf sie nicht öffnen, das ist zu gefährlich. Aber diesmal war sie nur angelehnt. Man konnte sogar durch den Spalt schauen …«

»Und, hast du?«

Der Junge nickte.

»Weißt du nicht, dass Herumschnüffeln verboten ist?«

Eine solche Frage konnte auch nach hinten losgehen. Die Gefahr bestand, dass Emilian sich gemaßregelt fühlte und innerlich zurückzog, ohne weiterzureden. Aber wenn Gerber ihn zu einer unanfechtbaren Aussage bringen wollte, musste er das Risiko eingehen. Ein Kind, das nicht erkannte, wann es eine moralisch verwerfliche Tat beging, konnte nicht als zuverlässiger Zeuge für die Taten anderer angesehen werden.

»Ich weiß, aber in dem Moment habe ich vergessen, dass man nicht herumschnüffeln soll«, verteidigte sich der Junge.

»Und was hast du in dem Keller gesehen?«

»Da waren Leute …«, sagte er nur.

»Kinder?«

Emilian schüttelte den Kopf.

»Also Erwachsene …«

Der Junge nickte.

»Und was haben sie gemacht?«, ermutigte ihn der Psychologe zum Weitersprechen.

»Sie hatten keine Kleider an.«

»So, wie wenn man zum Baden ins Schwimmbad geht? Oder wie beim Duschen?«

»Wie beim Duschen.«

Auch diese Aussage war von großem Wert für den Verlauf des Verfahrens. Für Kinder war die Nacktheit von Erwachsenen normalerweise ein Tabu. Doch Emilian hatte seine Scheu überwunden.

»Und sie hatten Masken an«, fügte er noch hinzu, ohne dass Gerber danach gefragt hätte.

»Masken?«, entgegnete der Psychologe in gespieltem Erstaunen, denn er kannte die Geschichte schon von Emilians Lehrerin. »Was denn für Masken?«

»Aus Plastik, mit einem Gummiband hintendran. Sie haben nur das Gesicht bedeckt«, sagte der Junge. »Es waren Tiere.«

»Tiere?«, wiederholte der Psychologe.

Der Junge begann aufzuzählen:

»Eine Katze, ein Schaf, ein Schwein, eine Eule ... und ein Wolf.« Er zögerte kurz. »Ja, ein Wolf«, bestätigte er dann.

»Warum trugen sie deiner Meinung nach diese Masken?«

»Sie haben gespielt.«

»Und was war das für ein Spiel? Kanntest du es?«

Der Junge dachte einen Moment nach.

»Sie haben so Sachen aus dem Internet gemacht.«

»So Sachen aus dem Internet?« Gerber wollte, dass Emilian sich präziser ausdrückte.

»Leo, mein Schulfreund, hat einen großen Bruder, der ist schon zwölf. Einmal hat der Bruder von Leo uns was im Internet gezeigt. Die Leute in dem Video waren alle nackt und haben sich ganz komisch umarmt und geküsst.«

»Hat dir das Video gefallen?«

Emilian zog eine Grimasse.

»Und dann hat der Bruder von Leo noch gesagt, wir sollen nicht darüber reden, weil das ein Spiel nur für Erwachsene ist.«

»Verstehe«, sagte der Psychologe, ohne seinen Tonfall zu verändern. »Du bist sehr tapfer, Emilian, ich hätte mich bestimmt zu Tode erschreckt.«

»Ich hatte keine Angst, weil ich die Leute kannte.«

Der Psychologe war auf der Hut. Jetzt durfte er keinen Fehler machen, die Situation war äußerst delikat.

»Du wusstest also, wer die Leute mit den Masken waren?«

Der Junge schien die Burg für einen Moment vergessen zu haben. Er schaute zum Spiegel hinüber. Hinter der Glasscheibe warteten fünf Menschen schweigend auf seine Antwort.

Eine Katze, ein Schaf, ein Schwein, eine Eule. Und ein Wolf.

Gerber wurde bewusst, dass er Emilian nicht helfen konnte. Er hoffte, dass der Kleine mit seinen gerade einmal sechs Jahren Lebenserfahrung den Mut finden würde, die wahren Namen der Protagonisten dieses Albtraums zu nennen.

»Papa, Mama, Opa, Oma. Und Pater Luca.«

Für ein Kind ist die Familie der sicherste Ort auf der Welt. Oder der gefährlichste, wiederholte Pietro Gerber in Gedanken.

»Sehr gut, Emilian. Jetzt zählen wir zusammen von hinten nach vorne: zehn, neun, acht ...«

2

Als die Verhandlung zu Ende war, warf Gerber einen Blick auf sein Handy, das er leise gestellt hatte, und sah eine unbekannte Nummer auf der Anrufliste. Während er noch darüber nachdachte, ob er sofort zurückrufen sollte, schoss Anita Baldi ihre erste Frage ab.

»Und, was meinst du?«

Die Untersuchungsrichterin hatte nicht einmal abgewartet, bis Gerber die Bürotür hinter sich geschlossen hatte. Wahrscheinlich hatte ihr die Frage schon auf der Zunge gebrannt, seit Emilian seine Aussage gemacht hatte.

Der Psychologe wusste, dass die Richterin sich so schnell wie möglich mit ihm darüber austauschen wollte. Doch die eigentliche Frage war eine andere.

Hatte Emilian die Wahrheit gesagt?

»Kinder haben oft eine lebhafte Fantasie«, erklärte er. »Manchmal erfinden sie Dinge, die ihnen angeblich passiert sind, auch wenn man dabei nicht von echten Lügen sprechen kann. Sie glauben dann felsenfest, diese Dinge erlebt zu haben, egal, wie absurd sie erscheinen. Ihr Vorstellungsvermögen ist so ausgeprägt, dass sie nicht in der Lage sind, die Realität von der Imagination zu unterscheiden.«

Der Richterin schien seine Erklärung nicht zu genügen.

Statt hinter ihrem Schreibtisch Platz zu nehmen, trat sie ans Fenster und riss es trotz des dunklen, kalten Wintermorgens sperrangelweit auf, als befänden sie sich im Hochsommer.

»Da drüben sitzt ein junges Paar, das Ewigkeiten darauf gewartet hat, ein Kind adoptieren zu können, zwei reizende Großeltern, die jeder Enkel fürs Leben gern hätte, und ein Priester, der sich seit Jahren bemüht, Kinder wie Emilian aus ihren grauenhaften Familienverhältnissen zu befreien und ihnen eine Zukunft voller Liebe zu ermöglichen ... Und dieser süße kleine Fratz erzählt uns was von einem ebenso orgiastischen wie gotteslästerlichen Ritual.«

Die Richterin versuchte offensichtlich, ihre Enttäuschung hinter Sarkasmus zu verstecken. Gerber konnte ihre Frustration gut verstehen.

Emilian war in Weißrussland geboren; der Hypnotiseur hatte seine Akte mehrfach gelesen. Den Papieren zufolge war er im Alter von zweieinhalb Jahren seiner biologischen Familie weggenommen worden, nachdem er dort alle erdenklichen Varianten von Gewalt erlebt hatte. Mama und Papa hatten ihren Spaß dabei gehabt, seinen Überlebenswillen auf die Probe zu stellen, als wäre seine Kindheit ein Survival Game. Tagelang ließen sie ihn ohne Essen oder weinend in den eigenen Exkrementen wühlend zurück. Zum Glück, sagte sich Gerber, hatten Kinder unter drei Jahren noch kein Erinnerungsvermögen. Doch es wäre keinesfalls ungewöhnlich, wenn sich irgendwo in Emilians Bewusstsein noch Spuren dieser Folterzeit ausmachen ließen.

Pater Luca hatte ihn in einem Waisenhaus entdeckt, wo er ihm unter Dutzenden von Kindern sofort aufgefallen war. Emilian wies eine starke Entwicklungsverzögerung auf und konnte kaum sprechen. Der Geistliche, der eine Vermittlungsagentur für Fernadoptionen mit Schwerpunkt auf der ehemaligen Sowjetunion leitete, hatte eine Familie für ihn gefunden:

ein junges Ehepaar aus seiner Gemeinde, das es nach erheblichem Bürokratieaufwand und finanziellen Belastungen endlich geschafft hatte, den Jungen nach Italien zu holen.

Nach nur einem Jahr, das er in einer normalen Familie verbracht hatte, war Emilians Entwicklung vergleichbar mit der von Gleichaltrigen und sein Italienisch halbwegs fließend. Doch als endlich alles zum Besten zu stehen schien, hatte er plötzlich Anzeichen von Magersucht gezeigt.

Das *Geisterkind* war so dünn geworden, dass seine Adoptiveltern ihn, ohne Kosten zu scheuen, von einem Arzt zum nächsten gebracht hatten. Keiner hatte ihm helfen können. Allerdings begründeten sie alle seine Essstörung mit der Erfahrung von Gewalt und Vernachlässigung während seiner frühen Kindheit.

Trotz ihrer Misserfolge, die richtige Behandlung für den Jungen zu finden, hatten die Eltern nicht aufgegeben. Die Adoptivmutter hatte sogar ihren Beruf an den Nagel gehängt, damit sie sich ausschließlich um den Sohn kümmern konnte. In Anbetracht dieser Vorgeschichte war Baldi verständlicherweise verstimmt über den neuerlichen Schicksalsschlag, den die Eheleute zu erleiden hatten.

»Ich glaube, wir haben keine andere Wahl«, gab Gerber zu bedenken. »Wir müssen uns weiter anhören, was Emilian zu sagen hat.«

»Ehrlich gesagt weiß ich nicht, ob ich mir das noch länger antun will«, sagte die Richterin verbittert. »Als Kind bleibt dir kaum etwas anderes übrig, als den zu lieben, der dich zur Welt gebracht hat, auch wenn er dir wehtut. Emilians Vergangenheit in Weißrussland ist wie ein schwarzes Loch, aber jetzt befindet er sich in einer völlig anderen Situation. Er hat gerade entdeckt, dass er eine mächtige Waffe besitzt: die Liebe seiner neuen Familie. Diese Waffe setzt er hemmungslos gegen sie ein, so wie seine biologischen Eltern es bei ihm gemacht haben. Und das nur, weil er wissen will, wie es ist, selbst der Peiniger zu sein.«

»Das Opfer, das zum Henker wird«, nickte Gerber, der noch immer kerzengerade vor ihrem Schreibtisch stand.

»Ja, genau!«, rief die Richterin und stach mit dem Zeigefinger in die Luft vor seinem Gesicht. Sie musste offensichtlich Dampf ablassen.

Anita Baldi war die erste Richterin, mit der Gerber als blutiger Anfänger zusammengearbeitet hatte, weshalb sie sich diesen informellen Ton ihm gegenüber erlauben konnte. Der Psychologe hatte jedoch nie gewagt, es ihr gleichzutun. Mit den Jahren hatte er ihr Wissen und ihre Wutanfälle zu schätzen gelernt; wahrscheinlich war sie der gerechteste und empathischste Mensch, dem er in seinem beruflichen Umfeld jemals begegnet war. Sie stand kurz vor der Pensionierung, hatte nie geheiratet und ihr ganzes Leben den Kindern gewidmet, die sie selbst nie bekommen hatte. An den Wänden ihres Büros hingen Bilder von den kleinen Opfern, die diesen finsteren Ort hatten aufsuchen müssen, und in dem Wust an juristischen Unterlagen auf ihrem Schreibtisch lagen bunte Bonbons verstreut.

Mitten in dem Papierhaufen befand sich auch Emilians Akte. Gerber starrte auf die rote Mappe. Für das Geisterkind hatte es nicht ausgereicht, das Land, die Stadt und den Namen zu wechseln, um ein neues Leben zu bekommen. Diesmal irrte sich Anita Baldi.

»Die Sache ist leider nicht so einfach«, sagte er. »Ich fürchte, da liegt noch mehr im Argen.«

Die Richterin beugte sich vor.

»Wie kommst du darauf?«

»Haben Sie den Blick des Jungen gesehen, als er in Richtung Spiegel geschaut hat?«

Noch bevor er den Satz zu Ende gesprochen hatte, war ihm klar, dass Anita Baldi keinen Schimmer hatte, worauf er hinauswollte.

»Ja, habe ich. Und?«

»Obwohl er sich in Trance befand, wusste Emilian genau, dass er von der anderen Seite des Spiegels aus beobachtet wurde.«

»Willst du damit sagen, er hat den Trick durchschaut?«, fragte sie erstaunt. »Dann ist es also noch wahrscheinlicher, dass er nur Theater gespielt hat«, schloss sie zufrieden.

Gerber war überzeugt, eine Erklärung für das Verhalten des Jungen zu haben.

»Emilian wollte, dass wir dort sind, und er wollte auch, dass seine neue Familie dort ist.«

»Warum?«

»Den Grund kenne ich noch nicht, aber ich werde es herausfinden.«

Die Richterin dachte über seine Worte nach.

»Wenn Emilian gelogen haben sollte, dann mit einer ganz bestimmten Absicht. Und genauso, wenn er die Wahrheit gesagt hat«, erklärte sie schließlich. Nun hatte auch sie begriffen, worauf der Psychologe anspielte.

»Vertrauen wir ihm und warten wir ab, wohin er uns mit seiner Geschichte führen will«, bekräftigte Gerber. »Es kann gut sein, dass nichts dabei herauskommt und er sich selbst widerlegt. Oder aber das Ganze läuft auf etwas hinaus, das wir im Moment nicht mal erahnen können.«

Sie würden nicht lange warten müssen. Bei Verfahren mit Minderjährigen mahlten die Mühlen der Justiz deutlich schneller als sonst; die nächste Anhörung war bereits für die darauffolgende Woche anberaumt.

Ein Donnerschlag erschütterte den Renaissancepalast. Über

der Stadt braute sich ein Gewitter zusammen, und sogar vom dritten Stock aus konnten sie die Stimmen der aufgescheuchten Touristen auf der Via della Scala hören, die Schutz vor dem Unwetter suchten.

Pietro Gerber wusste, er würde sofort loslaufen müssen, wenn er nicht vollkommen durchnässt in seiner Praxis ankommen wollte, obwohl diese nur ein paar Querstraßen entfernt lag.

»Wenn es weiter nichts gibt ...«, sagte er nur und wandte sich zur Tür, in der Hoffnung, dass die Richterin ihn gehen ließ.

»Wie geht es eigentlich deiner Frau und deinem Sohn?«, wechselte Anita Baldi unbeeindruckt das Thema. »Alles gut bei euch?«

»Ja, danke, alles gut«, erwiderte er hastig.

»Sieh zu, dass das Mädchen dir erhalten bleibt ... Wie alt ist Marco jetzt?«

»Zwei.« Er schaute zum Fenster hinaus.

»Die Kinder vertrauen dir, das sehe ich«, nahm die Richterin den Gesprächsfaden wieder auf. »Du bringst sie nicht nur dazu, sich zu öffnen, sondern auch, sich in Sicherheit zu fühlen.« Sie machte eine bedeutungsschwangere Pause.

Warum müssen die Leute immer diese bedeutungsschwangeren Pausen machen, fragte sich Gerber. Jenes kurze Verharren war das Vorspiel zu einem Satz, den er nur allzu gut kannte.

»Er wäre stolz auf dich gewesen«, sagte die Richterin prompt.

Bei dem Gedanken an *Herrn B.* versteifte sich Pietro Gerber innerlich.

Zu seiner Erleichterung begann in dem Moment das Handy in seiner Tasche zu klingeln. Er holte es hervor und schaute aufs Display.

Schon wieder dieser unbekannte Anrufer, der ihn bereits während der Anhörung versucht hatte zu erreichen.

Wahrscheinlich ein Elternteil oder jemand vom Jugendamt, der sich nach seinem Schützling erkundigen will, dachte er. Doch dann bemerkte er die internationale Vorwahl. Vielleicht einer dieser lästigen Callcenter-Mitarbeiter, die ihm alle naselang »ein unwiderstehliches Angebot« unterbreiten wollten? Wer auch immer es war: Der Anruf lieferte ihm den perfekten Vorwand, sich zu verabschieden.

»Wenn Sie nichts dagegen haben ...«, sagte er und wedelte vielsagend mit dem Handy.

»Natürlich, geh nur«, entließ Anita Baldi ihn endlich mit einem Winken. »Grüß mir deine Frau und gib Marco einen Kuss von mir.«

In der Hoffnung, es noch vor dem Wolkenbruch zurück in die Praxis zu schaffen, stürmte Gerber die Treppen des Jugendgerichts hinunter.

»Entschuldigung, was haben Sie gesagt?«, fragte er noch im Laufen den unbekannten Anrufer.

Störgeräusche, Unterbrechungen – die Verbindung war alles andere als stabil. Bestimmt lag es daran, dass die Mauern des historischen Gebäudes so dick waren.

»Warten Sie, ich kann Sie nicht hören«, rief er in das Mikrofon seines Handys hinein.

Kaum stand er auf der Straße, entlud sich das Gewitter. Zahlreiche Passanten, die Schutz vor dem sintflutartigen Regen suchten, drängten sich neben ihn unter das Vordach des Palazzos. Den Kragen seines alten Burberry hochgeschlagen, die Hand am Ohr, bemühte er sich zu verstehen, was die weibliche Stimme von ihm wollte.

»Ich habe gesagt, mein Name ist Theresa Walker, wir sind

Kollegen«, wiederholte die Frau. Sie sprach Englisch, aber mit einem Akzent, den der Psychologe noch nie gehört hatte. »Ich rufe Sie aus Adelaide in Australien an.«

Erstaunt registrierte Gerber, dass der Anruf buchstäblich vom anderen Ende der Welt kam.

»Was kann ich für Sie tun, Dr. Walker?«, sagte er und eilte mit großen Schritten los.

»Ich habe Ihre Telefonnummer auf der Webseite der WHO gefunden«, erklärte die Frau. »Ich möchte Ihnen einen Fall übergeben.«

»Wenn Sie noch einen Augenblick warten können: In fünf Minuten bin ich zurück in meiner Praxis, von dort aus kann ich besser telefonieren«, entgegnete er, während er über Pfützen springend in eine enge Gasse bog.

»Ich kann nicht warten«, sagte die Frau leicht alarmiert. »Sie kann jeden Moment kommen.«

»*Wer* kann jeden Moment kommen?«, fragte der Psychologe. Eine dunkle Vorahnung beschlich ihn.

Und als hätte der Himmel seine Schleusen geöffnet, prasselte das Wasser auf die Stadt nieder.

3

Ein Schauer, der sich den Rücken hinunterschlängelt.

Gerber fand kein anderes Bild, um das ungute Gefühl zu beschreiben, das ihn ergriffen hatte. Vielleicht war das der Grund, weshalb er plötzlich unter einem der vielen Torbögen Schutz suchte.

Er brauchte Klarheit.

»Was wissen Sie über SA?«, fuhr Dr. Walker fort.

SA, oder auch: Selektive Amnesie.

Gerber war verblüfft. Das Thema wurde unter seinen Kollegen kontrovers diskutiert; es gab keine einhellige Meinung. Manche Psychologen hielten die Selektive Amnesie für eine schwierig zu diagnostizierende psychische Störung, andere verneinten entschieden ihre Existenz.

»Nicht viel«, erwiderte er wahrheitsgemäß.

»Aber wie sehen Sie das Ganze?«

»Eher kritisch«, gab er zu. »Meine Berufserfahrung hat mich gelehrt, dass es unmöglich ist, einzelne Erinnerungsfetzen zu isolieren.«

Für die Verfechter dieser streitbaren These handelte es sich um eine Form der Selbstverteidigung, derer sich die menschliche Psyche unbewusst bediente. Das Phänomen kam vor allem in der Kindheit vor, etwa bei Adoptivkindern, die vollkommen vergaßen, dass sie nicht bei ihren leiblichen Eltern aufwuchsen. Oder bei Kindern, die schwere Traumata oder

Missbrauch erlitten hatten und sich an diese Erfahrungen nicht mehr erinnern konnten. Einmal hatte auch Gerber einen solchen Fall gehabt: ein Junge, der beobachtet hatte, wie der Vater erst die Mutter und dann sich selbst umbrachte. Jahre später war der Psychologe ihm wiederbegegnet. Er besuchte inzwischen das Gymnasium und war fest davon überzeugt, dass seine beiden Eltern eines natürlichen Todes gestorben waren.

Dennoch hatte diese Erfahrung nicht genügt, um Gerber von seiner Position abzubringen.

»Ich habe auch erst nicht daran geglaubt«, sagte Dr. Walker unvermutet. »Dieser vermeintliche Gedächtnisverlust hat keinerlei organische Ursachen, wie etwa eine Hirnverletzung. Und nicht einmal ein Schock kann als Erklärung dienen, denn wenn der Gedächtnisverlust auftritt, liegt das traumatische Ereignis in der Regel schon lange zurück.«

»Ich würde sagen, er ist in erster Linie Ergebnis einer bewussten Entscheidung«, pflichtete Gerber ihr bei. »Deswegen sollte man auch nicht von *Amnesie* sprechen.«

»Die Frage ist, ob man wirklich *beeinflussen* kann, dass man etwas vergisst«, gab die Frau zu bedenken. »Das hieße ja, die Psyche würde zur Überwindung eines Traumas eigenmächtig beschließen, es zu negieren. Sie würde diese schwere Belastung also nur vor uns verbergen, damit uns ein Weiterleben möglich ist.«

Die meisten Menschen wären heilfroh, wenn sie ihre schlimmen Erfahrungen vergessen könnten, dachte Gerber. Auch für die Pharmaindustrie blieb es ein ewiger Wunschtraum, eine Pille zu erfinden, die alles Schlechte vergessen machte. Doch der Hypnotiseur wusste genauso gut, dass erst solche Erlebnisse – selbst die allergrausamsten – den Menschen zu demjenigen machten, der er war. Sie gehörten zu ihm, auch wenn er alles daransetzte, sie zu verdrängen.

»Ich habe von SA-Patienten gehört, bei denen die Kindheitserinnerungen im Erwachsenenalter plötzlich wieder hochgekommen sein sollen – und zwar ohne jede Vorwarnung«, warf der Psychologe ein. »Die Folgen waren angeblich absolut unvorhersehbar, um nicht zu sagen – verheerend.«

Der letzte Satz schien einen wunden Punkt bei Dr. Walker berührt zu haben, da sie nichts erwiderte.

»Aber warum fragen Sie mich das alles?«, fragte Pietro Gerber, der nun auch in seinem Unterstand keinen Schutz mehr vor den herabfallenden Wassermassen fand. »Was ist das für ein seltsamer Fall, den Sie mir übergeben wollen?«

»Vor ein paar Tagen kam eine Frau namens Hanna Hall in meine Praxis. Sie wollte eine Hypnotherapie bei mir machen, um Ordnung in ihre turbulente Vergangenheit zu bringen. Während der ersten Sitzung ist jedoch etwas Merkwürdiges passiert.«

Dr. Walker machte eine längere Pause. Gerber nahm an, dass sie nach den richtigen Worten suchte, um die Situation angemessen zu beschreiben.

»In all den Jahren meiner Berufspraxis habe ich so etwas noch nie erlebt«, fuhr die Psychologin fort. »Die Sitzung hatte sehr vielversprechend begonnen, die Patientin sprach auf die Therapie an und arbeitete gut mit. Auf einmal jedoch fing Hanna an zu schreien ...« Sie hielt inne, als könnte sie nicht weitersprechen. »Die Erinnerung an einen Mord während ihrer Kindheit war in ihr Bewusstsein zurückgekehrt«, erklärte sie schließlich.

»Ich verstehe nicht ... Warum haben Sie ihr nicht geraten, zur Polizei zu gehen?«, entgegnete Gerber.

»Hanna Hall hat nicht präzisiert, *wie* sich das Verbrechen zugetragen hat«, erwiderte die Kollegin. »Doch ich bin sicher, an der Geschichte ist etwas Wahres dran.«

»Okay – aber warum erzählen Sie mir das?«

»Weil das Mordopfer in Italien begraben liegt, an einem unbekannten Ort in der Toskana. Und niemand hat etwas davon gewusst.« Wieder machte Theresa Walker eine Pause, bevor sie weitersprach. »Hanna Hall behauptet, sich nicht mehr an das Vorgefallene erinnern zu können, und deshalb will sie nach Italien fahren. Sie möchte rekonstruieren, was damals passiert ist.«

Diese Hanna Hall würde nach Florenz kommen. Auch wenn er die Frau nicht kannte, versetzte ihn die Nachricht in Alarmbereitschaft.

»Entschuldigen Sie, aber wir sprechen von einer Erwachsenen, nicht wahr?«, sagte er schnell. »Ich fürchte, da liegt ein Missverständnis vor: Ich bin Kinderpsychologe. Sie müssen sich jemand anderen suchen.«

Er hatte nicht die Absicht, die Kollegin zu brüskieren, doch ohne zu wissen, warum, behagte ihm die Angelegenheit ganz und gar nicht.

»Die Frau braucht Hilfe. Und ich kann von hier aus nichts für sie tun«, wischte Theresa Walker seinen Einwand beiseite. »Wir können nicht einfach ignorieren, was sie gesagt hat.«

»*Wir?*« Gerber war verärgert. Warum sollte er sich für den Fall verantwortlich fühlen?

»Sie wissen besser als ich, dass es nicht gut ist, eine Hypnotherapie abzubrechen«, insistierte Dr. Walker. »So etwas kann schwere psychische Belastungen nach sich ziehen.«

Nicht nur das, wusste Gerber. Damit verstieß der behandelnde Psychologe eindeutig gegen die Berufsethik.

»Meine Patienten sind höchstens zwölf Jahre alt«, versuchte er noch einmal, sich herauszureden.

»Hanna Hall behauptet, der Mord sei vor ihrem zehnten Lebensjahr passiert.« Seine Gesprächspartnerin ließ nicht locker.

»Könnte es sich vielleicht um eine krankhafte Lügnerin handeln – haben Sie das schon mal in Erwägung gezogen?«, probierte Gerber eine andere Taktik. »Ich würde wirklich empfehlen, einen Psychiater zu konsultieren.«

»Sie sagt, das Mordopfer sei ein Junge namens Ado ...«

Der Satz blieb in der regenschweren Luft hängen. Pietro Gerber spürte, wie ihn die Widerstandskraft verließ.

»Vielleicht ein armes, unschuldiges Kind, das weiß der Himmel wo begraben ist und es verdient hätte, dass endlich die Wahrheit ans Licht kommt«, fuhr die Kollegin mit ruhiger Stimme fort.

»Na gut ... Was soll ich tun?«, seufzte der Psychologe.

»Hanna Hall hat niemanden mehr auf der Welt. Sie besitzt nicht mal ein Handy, stellen Sie sich das vor! Trotzdem hat sie versprochen, sich gleich nach ihrer Ankunft in Florenz bei mir zu melden. Ich werde sie dann sofort an Sie verweisen.«

»Ja, aber was soll ich tun?«, wiederholte Gerber.

»Ihr zuhören«, erwiderte Dr. Walker schlicht. »Im Körper dieser Frau steckt ein Kind, das sich aussprechen möchte. Jemand muss mit ihm in Verbindung treten und ihm zuhören.«

Die Kinder vertrauen dir, das sehe ich.

Genau das hatte Anita Baldi vor weniger als einer Stunde gesagt.

Du bringst sie nicht nur dazu, sich zu öffnen, sondern auch, sich in Sicherheit zu fühlen.

Herr B. hätte nicht gekniffen.

»Dr. Walker, sind Sie sicher, dass sich der ganze Aufwand nach so vielen Jahren überhaupt lohnt? Auch wenn wir mithilfe der Hypnose erreichen sollten, dass die Frau sich daran erinnert, was damals mit diesem Ado passiert ist, wird ihre Erinnerung nicht authentisch sein. Zu viele Jahre sind seitdem vergangen, zu viele andere Erfahrungen haben sich darübergelegt. Ein ganzes Leben steht dazwischen.«

»Hanna Hall sagt, dass sie weiß, wer den Jungen umgebracht hat.«

Gerber erstarrte. Erneut überkam ihn der unangenehme Schauer, den er bereits zu Beginn ihres Telefonats verspürt hatte.

»Und wer soll das gewesen sein?«, hörte er sich fragen.

»Sie selbst.«

4

Wie sieht ein Kind aus, das ein anderes getötet hat? Nachdem er zugestimmt hatte, sich des seltsamen Falls anzunehmen, hatte Pietro Gerber lange über diese Frage nachgedacht.

Als er dem Kind im Körper einer erwachsenen Frau zum ersten Mal begegnete, um acht Uhr an einem Wintermorgen, hockte Hanna Hall auf dem oberen Treppenabsatz, der zu seiner Praxis führte.

Der Kinderflüsterer – mit tropfnassem Burberry und tief in den Manteltaschen vergrabenen Händen – blieb wie angewurzelt stehen, um die zarte Person zu betrachten, die er auf den ersten Blick erkannt hatte, ohne sie je zuvor gesehen zu haben.

Während er selbst im Halbdunkel stand, saß Hanna Hall im milden Lichtschein des Fensters. Sie hatte seine Anwesenheit noch nicht bemerkt. Ihr Blick ging nach draußen in den dichten Nieselregen über der Via dei Cerchi, an deren Ende die Piazza della Signoria zu sehen war.

Gerber wunderte sich über sich selbst, weil er die Augen nicht von der Fremden lösen konnte. Sie weckte eine unbekannte Neugier in ihm. Nur wenige Stufen trennten sie voneinander, und er hätte nur den Arm ausstrecken müssen, um ihre langen blonden Haare zu berühren, die von einem einfachen Gummiband zusammengehalten wurden.

Tiefes Mitgefühl überkam ihn. Er musste den Impuls unterdrücken, ihr über die Wange zu streichen.

Hanna Hall trug einen viel zu weiten schwarzen Rollkragenpullover, der ihr bis über die Hüften reichte. Schwarze Jeans und schwarze Stiefeletten mit kleinem Absatz. Auch ihre Handtasche auf ihrem Schoß war schwarz.

Gerber fragte sich, warum sie keinen Mantel oder etwas anderes Wärmendes trug. Bestimmt hatte sie wie viele Touristen in Florenz die Temperaturen um diese Jahreszeit unterschätzt. Es war ihm schleierhaft, warum alle Ausländer dachten, dass in Italien immer Sommer sei.

Hanna hatte die Arme um die Knie geschlungen. In der rechten Hand, die kaum aus dem Pullover hervorlugte, hielt sie eine Zigarette. Sie war eingehüllt in eine zarte Rauchwolke und ganz in Gedanken versunken.

Dem Psychologen genügte ein Blick, um sich ein Bild von ihrer Persönlichkeit zu machen.

Dreißig Jahre alt, Kleider von der Stange, eher ungepflegtes Äußeres. Das Schwarz sollte sie unsichtbar machen. Das leichte Zittern ihrer Hände kam von den Psychopharmaka, die sie einnehmen musste, Antipsychotika oder Antidepressiva. Die abgekauten Fingernägel und die kahlen Stellen in ihren Augenbrauen deuteten auf eine generalisierte Angststörung hin. Hinzu kamen Schlaflosigkeit, Schwindel und gelegentliche Panikattacken.

Es gab keinen Namen für dieses Krankheitsbild. Aber er hatte schon Dutzende von Patienten wie Hanna Hall gesehen. Sie sahen alle gleich aus, bevor sie in den Abgrund stürzten.

Pietro Gerber durfte jedoch keine Erwachsenen behandeln, das lag außerhalb seiner Kompetenzen. Wie Theresa Walker gesagt hatte, sollte er mit dem Kind in ihr sprechen.

»Hanna?«, sagte er so sanft wie möglich, um sie nicht zu erschrecken, und trat auf sie zu

Die Frau hob abrupt den Kopf.

»Ja, das bin ich«, erwiderte sie in perfektem Italienisch.

Sie hatte freundliche Gesichtszüge. Kein Make-up. Kleine Fältchen um die unendlich traurigen blauen Augen.

»Ich habe Sie erst um neun erwartet«, sagte er.

Die Frau machte eine entschuldigende Geste. Am linken Handgelenk trug sie eine schmale Uhr an einem Plastikarmband.

»Und ich habe erwartet, dass Sie schon um diese Uhrzeit kommen«, erwiderte sie.

»Dann entschuldige ich mich für die Verfrühung«, sagte Gerber mit einem Lächeln.

Doch Hanna Hall verzog keine Miene. Der Psychologe begriff, dass sie die Ironie in seinen Worten nicht erfasst hatte. Er schob es darauf, dass sie trotz ihrer guten Italienischkenntnisse Verständnisprobleme hatte.

Er schob sich an ihr vorbei, wühlte in seinen Manteltaschen nach dem Schlüssel und öffnete die Praxistür.

Im Flur zog er seinen nassen Mantel aus, schaltete das Licht ein und warf einen flüchtigen Blick in die anliegenden Zimmer, um nachzusehen, ob alles in Ordnung war. Dann bat er seine ungewöhnliche Patientin herein.

»Normalerweise kommt samstags niemand hierher.«

Auch er hätte nicht da sein sollen, sondern gemeinsam mit Frau und Kind in Lucca bei Freunden. Er hatte Silvia versprochen, dass sie am nächsten Tag hinfahren würden. Aus den Augenwinkeln beobachtete er, wie Hanna ein wenig Spucke auf ein gebrauchtes Papiertaschentuch gab, die Zigarette ablöschte und zusammen mit dem Taschentuch in ihrer Handtasche verstaute. Sie folgte ihm wortlos und blickte sich dabei zaghaft in dem weiten Dachgeschoss des alten Gebäudes um.

»Ich dachte, wir treffen uns besser heute als unter der Woche, damit sich niemand über Ihre Anwesenheit in meiner Praxis wundert.«

Oder Sie sich unwohl in Ihrer Haut fühlen, fügte er im Stillen hinzu. Normalerweise wimmelte es an diesem Ort von Kindern.

»Was genau ist Ihr Fachgebiet, Dr. Gerber?«

Der Psychologe schob die Ärmel seines orangefarbenen Pullovers hoch.

»Ich behandele Kinder, die psychische Probleme haben. Oft werden mir die Patienten per Gerichtsbeschluss zugeteilt, aber manchmal kommen die Familien auch von sich aus zu mir.«

Die Frau erwiderte nichts. Gerber sah, dass sie den Riemen ihrer Handtasche mit beiden Händen umklammert hielt.

»Möchten Sie einen Kaffee? Oder vielleicht lieber einen Tee?«, fragte er, um ihr die Befangenheit zu nehmen.

»Gerne einen Tee. Mit zwei Löffeln Zucker, bitte.«

»Machen Sie es sich ruhig schon mal im Sprechzimmer bequem, ich komme dann gleich mit dem Tee.«

Er zeigte auf die offen stehende Tür am Ende des Korridors. Doch Hanna machte Anstalten, durch die verschlossene Tür nebenan zu treten.

»Nein, nicht die«, sagte er ein wenig brüsk.

Wie angewurzelt blieb die Frau stehen.

»Entschuldigen Sie.«

Über diese Schwelle hatte seit drei Jahren niemand mehr einen Fuß gesetzt.

Die Praxis des Kinderflüsterers war ein Ort, an dem sich jeder sofort wohlfühlte.

Die Dachschräge auf der rechten Seite war bis weit nach unten gezogen, die Balken hatte man freigelegt. Eichendielen bildeten den Fußboden, und der Kamin war aus Stein gemauert. Auf dem großen roten Teppich lag Spielzeug aus Holz und Stoff herum, außerdem Blechschachteln, in denen Stifte in sämtlichen Farben aufbewahrt wurden. In den Regalen standen Fachbücher neben Märchensammlungen und Malheften.

Das Beste an dem Raum war jedoch der Schaukelstuhl, der von Gerbers jungen Patienten üblicherweise im Sturm eingenommen wurde, sobald sie die Praxis betreten hatten. Die meisten von ihnen blieben während der ganzen Therapiestunde dort sitzen.

Dass es keinen Schreibtisch gab, bemerkten die Kinder gar nicht erst. Der Psychologe nahm bei den Sitzungen auf einem Eames Lounge Chair Platz, einem Klassiker aus schwarzem Leder und dunklem Palisanderholz. Auf dem Kirschholztischchen daneben befand sich ein altes Metronom, das während der Hypnotherapie zum Einsatz kam. Daneben lagen ein Notizblock, ein Füllfederhalter und ein Bilderrahmen, den Pietro Gerber mit der Vorderseite nach unten gedreht hatte.

Weitere Einrichtungsgegenstände gab es nicht.

Als er mit zwei dampfenden Tassen gezuckertem Tee zu Hanna Hall zurückkehrte, stand sie mitten im Raum. Ihre Tasche fest umklammert, blickte sie sich suchend um. Offenbar war sie unsicher, wo sie sich hinsetzen sollte.

»Tut mir leid«, sagte er sofort, als ihm bewusst wurde, dass sie ein Problem mit dem Schaukelstuhl zu haben schien. »Warten Sie einen Moment.«

Er stellte den Tee auf dem Tischchen ab, ging zur Tür hinaus und kam kurz darauf mit einem kleinen Samtsessel zurück, den er aus dem Wartezimmer geholt hatte.

Mit steifem Rücken setzte sich Hanna Hall auf die Stuhlkante. Die Beine hatte sie zusammengepresst, die Finger um die Tasche in ihrem Schoß gekrallt.

»Ist Ihnen kalt?«, fragte Gerber und reichte ihr den Tee. »Ja, natürlich ist Ihnen kalt«, beantwortete er seine Frage selbst. »Samstags geht die Heizung nicht automatisch an. Aber das können wir schnell ändern ...«

Er trat zum Kamin und legte Holz auf, um ein Feuer anzuzünden.

»Wenn Sie wollen, können Sie gerne rauchen«, sagte er in der Annahme, dass sie stark nikotinsüchtig war. »Den anderen Patienten erlaube ich das erst, wenn sie älter als sieben Jahre sind.«

Wieder hatte sein Scherz keine belustigende Wirkung auf die Frau. Als hätte sie nur auf die Aufforderung gewartet, zündete sie sich sofort eine Zigarette an.

»Sie sind also Australierin«, bemerkte der Psychologe leichthin, um die Atmosphäre zu lockern. Er zerknüllte ein paar Zeitungsseiten, die er zwischen die aufgeschichteten Holzscheite schob.

Die Frau nickte.

»Ich war noch nie in Australien«, bemerkte Gerber.

Er nahm ein Streichholz aus der Schachtel auf dem Kaminsims, zündete es an und steckte es in den Stapel. Dann beugte er sich vor und fing an zu pusten, um die Flamme, die nach wenigen Sekunden aufloderte, mit Sauerstoff anzureichern. Schließlich richtete er sich wieder auf und betrachtete zufrieden sein Werk. Er wischte die Hände an der Hose ab und setzte sich in seinen Sessel.

Die ganze Zeit war Hanna Hall ihm mit den Blicken gefolgt, als wollte sie sein Verhalten studieren.

»Und jetzt werden Sie mich hypnotisieren?«, fragte sie angespannt.

»Heute nicht«, erwiderte er mit einem beruhigenden Lächeln. »Heute führen wir nur ein kleines Vorgespräch, um uns besser kennenzulernen.«

In Wirklichkeit wollte er zunächst herausfinden, ob er sie überhaupt als Patientin annehmen sollte. Er hatte Theresa Walker gesagt, dass er nur dann eine Therapie mit Hanna Hall beginnen würde, wenn sie Erfolg versprechend war. Doch das hing häufig von der inneren Bereitschaft der Patienten ab: Bei vielen zeigte eine Therapie überhaupt keine Wirkung.

»Was machen Sie so im Leben?«, fragte Gerber wie aus dem Nichts heraus.

Die Frage schien auf den ersten Blick harmlos, doch tatsächlich stellte sie eine große Herausforderung für die meisten Patienten dar. Wenn dein Leben leer ist, gibt es darauf keine Antwort.

»Was genau meinen Sie damit?«, entgegnete die Frau entsprechend misstrauisch.

»Üben Sie einen Beruf aus? Haben Sie jemals gearbeitet? Oder wie verbringen Sie so Ihre Tage?«, versuchte er, seine Frage zu konkretisieren.

»Ich habe Ersparnisse. Wenn das Geld aufgebraucht ist, werde ich anfangen, als Übersetzerin aus dem Italienischen zu arbeiten.«

»Sie sprechen sehr gut Italienisch«, sagte er lächelnd.

Sprachkenntnisse setzten eine gewisse Offenheit anderen Menschen gegenüber voraus und die Bereitschaft, sich immer wieder mit neuen Erfahrungen zu konfrontieren. Doch Theresa Walker hatte gesagt, dass Hanna keine Bezugspersonen hatte und noch nicht einmal ein Handy besaß. Patienten wie Hanna waren gefangen in ihrer eigenen kleinen Welt und hielten strikt an Gewohnheiten fest. Es wäre interessant zu wissen, warum die Frau so gut Italienisch spricht, dachte Gerber.

»Haben Sie eine Zeit lang in Italien gelebt?«

»Nur als Kind, mit zehn Jahren, bin ich weggegangen.«

»Sind Sie zusammen mit Ihren Eltern nach Australien gezogen?«

Hanna zögerte einen Moment, bevor sie antwortete.

»Tatsächlich habe ich sie seitdem nicht mehr gesehen ... Ich bin bei einer anderen Familie aufgewachsen.«

Hanna Hall war also adoptiert worden. Ein wichtiger Punkt.

»Leben Sie jetzt dauerhaft in Adelaide?«

»Ja.«

»Ist es ein schöner Ort, leben Sie gern dort?«

Die Frau dachte nach.

»Diese Frage habe ich mir nie gestellt«, sagte sie dann.

Gerber fand, dass sie genug Small Talk betrieben hatten und es Zeit war, zur Sache zu kommen.

»Warum haben Sie sich für eine Hypnotherapie entschieden?«

»Ich hatte einen Traum, der immer wiedergekehrt ist.«

»Wollen Sie mir davon erzählen?«

»Ein Traum von einem Brand«, erwiderte sie lediglich.

Seltsam, dachte Gerber. Theresa Walker hatte nichts von einem Traum erwähnt. Er machte sich eine Notiz auf seinem Block und beschloss, nicht weiter in Hanna zu dringen. Sie hatten Zeit genug, das Thema zu vertiefen.

»Was erwarten Sie sich von der Therapie?«, fragte er stattdessen.

»Ich weiß es nicht«, gestand die Frau.

Im Vergleich zu Erwachsenen waren Kinder viel leichter mithilfe von Hypnose zu behandeln. Sie leisteten weniger Widerstand, wenn jemand ihre Seele ergründen wollte.

»Sie hatten bisher erst eine Sitzung, oder?«

»Tatsächlich war es eine Idee von Dr. Walker, diesen Weg auszuprobieren«, sagte sie und stieß eine Rauchwolke aus der Nase.

»Und was halten Sie davon? Sie können ruhig Ihre ehrliche Meinung sagen ...«

»Ich muss zugeben, am Anfang habe ich nicht daran geglaubt. Ich saß da, stocksteif, mit zusammengekniffenen Augen, und habe mich wie eine Idiotin gefühlt. Ich habe alles getan, was sie von mir wollte – die Entspannungsübungen und so weiter –, und gleichzeitig hat es mich an der Nase gejuckt, und ich dachte, wenn ich mich jetzt kratze, ärgert sie sich. Denn damit wäre ja deutlich geworden, dass ich noch bei klarem Verstand bin – oder nicht?«

Gerber nickte amüsiert.

»Die Sitzung hatte begonnen, als draußen noch die Sonne schien. Deshalb dachte ich auch, es sei gerade mal eine Stunde vergangen, als Dr. Walker mir sagte, ich sollte die Augen wieder aufmachen. Tatsächlich war es schon längst dunkel.« Sie schwieg einen Moment. »Ich hatte das gar nicht mitbekommen«, sagte sie dann verwundert.

Kein Hinweis auf den Schrei, den Hanna der Psychologin zufolge unter Hypnose ausgestoßen hatte. Auch das kam Gerber merkwürdig vor.

»Wissen Sie, warum Ihre Therapeutin Sie zu mir geschickt hat?«

»Wissen Sie, warum ich hier bin?«, gab sie zurück, ohne seine Frage zu beantworten. »Vielleicht denken Sie ja auch, dass ich verrückt bin.«

»Dr. Walker denkt überhaupt nicht, dass Sie verrückt sind«, beruhigte er sie. »Aber der Grund für Ihre Florenz-Reise ist schon etwas ungewöhnlich, finden Sie nicht? Sie behaupten, vor über zwanzig Jahren sei hier in Italien ein Kind ermordet worden, von dem Sie nicht mehr als den Namen kennen.«

»Ado«, erwiderte sie, wie um den Wahrheitsgehalt ihrer Behauptung zu unterstreichen.

»Ado«, wiederholte der Psychologe bestätigend. »Aber Sie wissen nicht, wann und warum dieser Mord stattgefunden hat. Und noch dazu geben Sie sich als die Mörderin aus, gleichzeitig sind Sie sich dessen aber auch nicht wirklich sicher.«

»Ich war damals noch ein Kind«, rechtfertigte sich die Frau. Sie schien sich eher von dem Vorwurf befreien zu wollen, ein schlechtes Gedächtnis zu haben, als von der Schuld, in diesem zarten Alter einen anderen Menschen getötet zu haben.

»Meine Mama hat mir in der Brandnacht vom Wasser des Vergessens zu trinken gegeben, deswegen kann ich mich an nichts erinnern …«

Gerber notierte sich auch diesen ungewöhnlichen Ausdruck, dann fuhr er mit der Befragung fort.

»Aber es existiert sicher kein Beweismaterial mehr, oder? Falls es eine Waffe gab, dürfte die wer weiß wo gelandet sein. Und selbst wenn man sie fände, wäre nicht gesagt, dass sie noch mit der Tat in Verbindung gebracht werden könnte. Abgesehen davon: ohne Leiche auch kein Mord …«

»Ich weiß, wo Ado ist«, warf die Frau ein. »Er ist bei dem Bauernhof begraben, wo der Brand war.«

Gerber trommelte mit dem Stift auf dem Notizblock.

»Und wo befindet sich dieser Bauernhof?«

»In der Toskana … Aber wo genau, kann ich nicht sagen.« Hanna senkte den Blick.

»Ich kann mir vorstellen, wie frustrierend das für Sie ist, aber Sie dürfen nicht denken, ich würde Ihnen nicht glauben. Im Gegenteil, ich bin hier, um Ihnen zu helfen, Ihre Vergangenheit zu rekonstruieren und Gewissheit darüber zu erlangen, ob diese Erinnerung real ist oder nicht.«

»Sie *ist* real«, korrigierte Hanna ihn sanft.

»Ich möchte Ihnen etwas erklären«, begann Gerber geduldig. »Es ist erwiesen, dass Kinder unter drei Jahren kein Erinnerungsvermögen haben.« Er dachte an Emilian und seine Überlegungen zu dem Fall. »Und auch danach erinnern sie sich nicht automatisch an alles – sie lernen erst, es zu tun. In dieser Entwicklungsphase unterstützen Realität und Fantasie einander, mit der Folge, dass sie sich unweigerlich vermengen ... Aus dem Grund können wir – hier und jetzt – uns nicht erlauben, irgendwelche Zweifel auszuschließen. Verstehen Sie das?«

Die Frau schien sich zu beruhigen. Sie wandte den Blick zu der Dachgaube, von der aus man normalerweise den Turm des Palazzo Vecchio sehen konnte. Wegen des dichten Regens war die Sicht allerdings eingeschränkt.

»Ich weiß, eine solche Aussicht ist nur wenigen Privilegierten vergönnt«, kam der Psychologe ihr zuvor, der dachte, dass sie sich für das Gebäude interessierte.

»In Adelaide regnet es fast nie«, beschwerte sich die Frau stattdessen.

»Macht der Regen Sie melancholisch?«

»Nein, er macht mir Angst«, lautete die überraschende Antwort.

Gerber dachte an die vielen Höllenfahrten, die diese Frau schon hinter sich gebracht haben musste, bevor sie zu ihm gekommen war. Und an all diejenigen, die sie noch vor sich hatte.

»Haben Sie oft Angst?«, fragte er vorsichtig.

Hanna Hall schaute ihn aus ihren leuchtend blauen Augen an.

»Permanent.«

Sie klang aufrichtig.

»Und Sie, Dr. Gerber, haben Sie auch manchmal Angst?«

Sie blickte auf den Bilderrahmen, der mit dem Gesicht nach unten auf dem Kirschholztischchen lag. Das zwei Jahre alte

Foto zeigte den Psychologen zusammen mit Frau und Kind vor einem Alpenpanorama. Aber Hanna Hall konnte das nicht wissen, genauso wenig, wie sie wissen konnte, dass es für ihn von großer Bedeutung war, das Foto in seiner Nähe zu haben. Er hatte den Bilderrahmen lediglich umgedreht, weil er es für unangemessen hielt, vor Kindern mit schweren affektiven Störungen sein glückliches Familienleben zur Schau zu stellen. Dennoch hielt er es für möglich, dass Hanna Halls Blick nicht zufällig auf das Bild gefallen war. Was auch immer sie damit bezweckte, es löste ein unbehagliches Gefühl in ihm aus.

»Meine Mutter hat oft gesagt, dass jemand, der keine Familie hat, nicht weiß, was Angst ist«, fuhr die Frau fort, wie um ihm zu bedeuten, dass sie wusste, wer sich auf dem Foto befand.

»Manche Leute sagen auch, das Leben an sich sei ein Risiko«, entgegnete der Psychologe, um von seiner Familie abzulenken. »Wenn wir uns darauf nicht einlassen wollen, bleiben wir für immer allein.«

Zum ersten Mal, seit sie bei ihm war, lächelte Hanna Hall, wenn auch nur schwach. Dann beugte sie sich vor und sagte fast flüsternd:

»Und wenn ich Ihnen sagte, dass es Dinge gibt, vor denen Sie Ihre Liebsten nicht beschützen können – würden Sie mir dann glauben? Dass irgendwo im Leben immer Gefahren lauern, deren Existenz wir nicht einmal erahnen? Dass es auf dieser Welt böse Mächte gibt, denen wir nicht entfliehen können? Wenn ich Ihnen das sagte, würden Sie mir glauben?«

Unter anderen Umständen hätte Gerber die Worte seiner Patientin als pures Geschwafel abgetan. Doch die Tatsache, dass ihr Gespräch von dem Foto seiner Familie ausgegangen war, verstörte ihn.

»Was meinen Sie damit?«, hörte er sich sagen.

Hanna Hall hielt ihre Teetasse mit beiden Händen umschlossen und senkte den Blick in die heiße Flüssigkeit.

»Glauben Sie an Geister? An Tote, die nicht gestorben sind? An Hexen?«

»Daran glaube ich schon seit zwanzig Jahren nicht mehr«, versuchte er, die Dramatik aus der Situation zu nehmen.

»Genau das ist der Punkt ... Und warum haben Sie als Kind daran geglaubt?«

»Weil ich jung und naiv war und nicht die Kenntnisse besaß, die ich heute habe. Unsere Erfahrungen und unsere Kultur helfen uns, den Aberglauben zu überwinden.«

»Ist das der einzige Grund? Haben Sie in Ihrer Kindheit nie etwas Rätselhaftes erlebt? Etwas vollkommen Unerklärliches?«

»Nein, wirklich nicht, ich kann mich jedenfalls nicht daran erinnern«, lachte der Psychologe. »Vielleicht war meine Kindheit ja total banal.«

»Denken Sie nach! Es kann nicht sein, dass da nichts war.«

»Okay«, willigte Gerber ein, »ich erzähle Ihnen eine Geschichte. Einer meiner Patienten hat sie erlebt, ein achtjähriger Junge. Es war Sommer, er und sein Freund haben in einem Haus am Strand von Porto Ercole gespielt, als plötzlich ein Gewitter aufkam. Niemand war da, nur sie beide. Irgendwann ist die Eingangstür mit einem lauten Knall zugeschlagen, sodass sie dachten, jemand sei ins Haus gekommen.« Er machte eine Pause. »Und tatsächlich: Auf der Treppe, die ins Obergeschoss führte, waren nasse Fußspuren zu sehen.«

»Sind sie hochgegangen, um nachzuschauen?«

Er schüttelte den Kopf.

»Die Fußspuren hörten mitten auf der Treppe auf.«

Die Geschichte war tatsächlich passiert, aber Gerber hatte ein wichtiges Detail unterschlagen: Einer der beiden Protagonisten war er selbst gewesen. Er erinnerte sich noch genau an den bitteren Geschmack im Mund und das Kribbeln im Bauch, die die Entdeckung der Fußspuren damals in ihm ausgelöst hatten.

»Ich möchte wetten, die Kinder haben ihren Eltern nichts davon erzählt«, sagte Hanna Hall.

Genau so war es. Gerber erinnerte sich, als wäre es gestern gewesen. Sein Cousin und er hatten nicht gewagt, über ihr Erlebnis zu sprechen, vor lauter Angst, dass man ihnen nicht glauben oder – schlimmer noch – sie auslachen würde.

Hanna Hall schien plötzlich mit ihren Gedanken ganz woanders zu sein. Ihr Körper in dem kleinen Samtsessel hatte sich versteift.

»Können Sie mir ein Blatt Papier geben und mir Ihren Stift kurz leihen?«

Sie zeigte auf den Notizblock und den Füller in seinen Händen.

Die Frage behagte ihm nicht, er fand sie unangemessen. Erst zwei Menschen hatten diesen Federhalter jemals benutzt.

Die Frau bemerkte sein Zögern. Doch bevor sie ihn darauf ansprechen konnte, beschloss er, ihr das Gewünschte zu geben. Er riss ein Blatt aus dem Notizblock und nahm die Kappe des Füllers ab.

Als er ihr beides reichte, berührten sich leicht ihre Hände.

Hanna schien es nicht bemerkt zu haben. Rasch kritzelte sie etwas auf das Blatt, das sie jedoch gleich wieder durchstrich, als hätte sie es sich anders überlegt. Sie knickte das Blatt einmal in der Mitte und steckte es in ihre Tasche.

Dann gab sie ihm den Füller zurück.

»Danke«, sagte sie ohne weitere Erklärung. »Und was Ihre Geschichte betrifft, so können Sie fragen, wen Sie wollen: Jeder Erwachsene kann sich an ein unerklärliches Ereignis in seiner Kindheit erinnern. Als Erwachsene neigen wir jedoch dazu, solche Erlebnisse als Ausgeburt unserer Fantasie abzutun, nur weil wir zum Zeitpunkt des Geschehens noch zu jung waren, um sie rational zu erfassen.«

Genau das hatte auch er getan.

»Aber was ist, wenn wir als Kinder die Gabe besitzen, scheinbar unmögliche Dinge zu sehen? Wenn wir in den allerersten Jahren unseres Lebens tatsächlich in der Lage sind, hinter die Realität zu schauen und mit Welten zu kommunizieren, die für andere nicht sichtbar sind? Auch für uns selbst nicht mehr, sobald wir erwachsen sind?«

Der Psychologe quittierte ihre Worte mit einem kurzen Auflachen, doch in Wirklichkeit war ihm ganz anders zumute. Eine seltsame Unruhe hatte ihn ergriffen.

Hanna Hall war sein Zustand nicht entgangen. Sie streckte ihre Hand aus, um seinen Arm zu berühren. Ihre Finger waren eiskalt.

»Wenn Ado nachts zu mir kam, im Haus der Stimmen, hat er sich immer unter meinem Bett versteckt ... Doch nicht er hat damals meinen Namen gerufen ... Das waren die Fremden.« Mit einer Stimme, deren Klang das Blut in seinen Adern gefrieren ließ, fügte sie hinzu: »Regel Nummer 2: *Fremde bedeuten Gefahr.*«

5

»Die Geschichte von dir und deinem Cousin in dem Haus am Meer hast du mir nie erzählt«, sagte Silvia, die auf dem Sofa im Wohnzimmer saß und an ihrem Chardonnay nippte.

»Weil ich einfach nicht mehr daran gedacht habe. Jedenfalls nicht deshalb, weil es mir peinlich gewesen wäre«, erwiderte er, während er mit hochgekrempelten Ärmeln und einem Küchenhandtuch über der Schulter warmes Wasser über die letzte Pfanne laufen ließ, um sie zum restlichen Geschirr in die Spülmaschine zu tun.

Seine Frau hatte das Essen zubereitet, daher war es an ihm, die Küche aufzuräumen.

»Trotzdem hast du dich erschreckt, als du dich an die nassen Fußspuren auf der Treppe erinnert hast, oder?«, ließ seine Frau nicht locker.

»Klar habe ich mich erschreckt«, gab der Psychologe zu.

»Und wenn du jetzt darüber nachdenkst, bist du der Meinung, es war vielleicht doch ein Geist ...«, provozierte sie ihn.

»Wenn ich allein gewesen wäre, hätte ich es jetzt bestimmt nur für Einbildung gehalten. Aber Iscio war damals auch dabei.«

Iscio war der Spitzname für Maurizio; seit Kindertagen nannten sie ihn so. Ein Etikett fürs Leben, das es in jeder Familie gab. Vielleicht hatte die kleine Schwester den Namen des Älteren nicht richtig aussprechen können, und weil alle das so süß fanden, blieb diese seltsame Verballhornung für immer an dem großen Bruder haften.

»Vielleicht solltest du Iscio mal anrufen.«

»Das ist nicht lustig …«

»Nein, warte, ich hab's: Diese Hanna Hall hat bestimmt übersinnliche Fähigkeiten und versucht, dir ihr Geheimnis anzuvertrauen … Vielleicht ist es so wie bei dem Kind in dem Film mit Bruce Willis, das gesagt hat: ›Ich sehe tote Menschen‹ …«

»Dieser Film ist der Albtraum eines jeden Kinderpsychologen, du solltest keine Witze darüber machen«, versuchte Gerber mit ihr mitzuhalten.

Er drückte die Spülmaschinentür zu und betätigte den Knopf für das Sparprogramm. Dann trocknete er sich die Hände ab, warf das Geschirrhandtuch auf den Tisch und griff nach seinem Weinglas, um sich zu Silvia zu setzen.

Er dimmte das Licht und nahm am anderen Ende des Sofas Platz, damit Silvia ihre Beine ausstrecken und auf seinen Schoß legen konnte. Marco schlief nebenan in seinem Bettchen, und Gerber wollte jetzt nichts weiter, als die Zweisamkeit mit seiner Frau zu genießen. Eine schwierige Woche lag hinter ihm. Erst Emilian, das Geisterkind, mit dem Bericht über die Orgie seiner als Tiere maskierten Familie samt Priester und dann das seltsame Gerede von Hanna Hall.

»Jetzt mal ernsthaft«, sagte er zu Silvia. »Diese Frau behauptet, wir hätten als Kinder alle irgendetwas erlebt, für das es keine rationale Erklärung gibt. Hat es bei dir auch so was gegeben?«

»Ich war sechs«, erwiderte sie, ohne lange nachzudenken. »In der Nacht, als meine Großmutter starb, klingelte zur selben Zeit der Wecker, und ich hatte das Gefühl, jemand setzt sich auf meine Bettkante.«

»Verdammt, Silvia!«, rief Gerber, der eine solche Antwort nicht erwartet hatte. »Wie soll ich jemals wieder ruhig schlafen können?«

Wie auf Kommando brachen sie beide in schallendes Gelächter aus. Mindestens eine Minute lang kriegten sie sich nicht mehr ein. Wieder einmal beglückwünschte er sich, diese Frau geheiratet zu haben, zumal er mit Silvia, die ebenfalls Psychologin war, auch über seine Patienten sprechen konnte. Sie hatte allerdings die kluge Entscheidung getroffen, als Eheberaterin zu arbeiten, was die eigene Psyche weit weniger belastete, als sich mit hochgradig gestörten Kindern zu befassen. Außerdem war es langfristig deutlich lukrativer.

Gegen Stimmungstiefs gibt es keine bessere Medizin, als mit dem Menschen zusammen zu lachen, den man liebt, dachte Pietro Gerber. Anders als viele Frauen – und vor allem als Hanna Hall – fand Silvia sogar seine misslungenen Scherze vergnüglich. Er spürte, wie ihn ein Gefühl der Erleichterung überkam. Doch das Gefühl hielt nicht lange an.

»Diese australische Psychologin, Theresa Walker, hat mir erzählt, Hanna Hall würde sich selbst beschuldigen, in ihrer Kindheit einen kleinen Jungen namens Ado umgebracht zu haben«, sagte er zunehmend finster werdend. »Hanna hat bis zu ihrem elften Lebensjahr mit ihrer biologischen Familie in der Toskana gelebt. Dann ist sie nach Adelaide gezogen, wo sich eine Pflegefamilie um sie gekümmert hat. Sie behauptet, die Erinnerung an diesen Mord bis jetzt verdrängt zu haben und nur nach Italien zurückgekehrt zu sein, um herauszufinden, ob es wahr ist oder nicht.«

Wenn Ado nachts zu mir kam, im Haus der Stimmen, hat er sich immer unter meinem Bett versteckt ... Doch nicht er hat damals meinen Namen gerufen ... Das waren die Fremden.

»›Regel Nummer 2: Fremde bedeuten Gefahr‹«, wiederholte Gerber murmelnd die Worte der vermeintlichen Mörderin.

»Was ist dieses ›Haus der Stimmen‹?«, fragte Silvia.

»Ich habe nicht den leisesten Schimmer«, erwiderte er kopfschüttelnd.

»Ist sie hübsch?«, fragte seine Frau maliziös.

»Wer?«, entgegnete er gespielt schockiert.

»Na, deine Patientin«, sagte sie lächelnd.

»Sie ist drei Jahre jünger als ich … und eins älter als du«, versuchte er, ihre Neugier zu stillen. »Blondes Haar, blaue Augen …«

»Ein echter Feger also«, schlussfolgerte Silvia. »Hast du dich wenigstens über diese Theresa Walker informiert?«

Gerber hatte die Referenzen und den Lebenslauf der Kollegin auf der Webseite der WHO nachgelesen, über die sie auch seine Kontaktdaten gefunden hatte. Neben dem Foto einer adretten Sechzigjährigen mit rot gefärbten Locken hatte sich ein beeindruckender Lebenslauf befunden.

»Ja, die Therapeutin ist in Ordnung«, bestätigte er.

Silvia stellte ihr Weinglas auf dem Boden ab, stemmte sich aus ihrer liegenden Haltung hoch und nahm sein Gesicht in beide Hände, um ihm tief in die Augen zu schauen.

»Liebling«, sagte sie. »Diese Hanna Hall hat keinen Sinn für Humor. Du hast selbst gesagt, sie hätte deine Witze nicht verstanden.«

»Und?«

»Die Unfähigkeit, mit Ironie umzugehen, ist ein typisches Indiz für Schizophrenie. Und hier haben wir es noch dazu mit Paranoia, Wahnvorstellungen und Visionen zu tun.«

»Du meinst also, ich hätte das nicht erkannt …«

Herr B. hätte es erkannt, sagte er sich. Er hätte es auf Anhieb begriffen.

»Das ist doch völlig normal: Du behandelst Kinder, allenfalls Heranwachsende. Du bist nicht daran gewöhnt, bestimmte Symptome auf den ersten Blick zu erkennen. In der Regel treten sie auch erst später auf«, verteidigte ihn seine Frau, damit er sich nicht so schlecht fühlte.

Gerber dachte über ihre Worte nach.

»Ja, du hast recht«, gestand er schließlich ein. Doch er war nicht restlos davon überzeugt, dass Silvia mit ihrer Vermutung richtiglag.

Schizophrenen Patienten genügte es normalerweise, über ihre Ängste, Wahnvorstellungen und Visionen lediglich zu reden. Doch indem Hanna Hall ihn an die Episode in dem Haus am Meer erinnert hatte, wollte sie ihn das Gleiche empfinden lassen, was sie selbst empfunden hatte. Und das war ihr fast gelungen.

Und wenn ich Ihnen sagte, dass es Dinge gibt, vor denen Sie Ihre Liebsten nicht beschützen können – würden Sie mir dann glauben? Dass irgendwo im Leben immer Gefahren lauern, deren Existenz wir nicht einmal erahnen? Dass es auf dieser Welt böse Mächte gibt, denen wir nicht entfliehen können? Wenn ich Ihnen das sagte, würden Sie mir glauben?

Wie geplant verbrachten sie den Sonntag bei Freunden in Lucca, die sie zum Mittagessen eingeladen hatten. Sie waren eine größere Gruppe, an die zwanzig Leute, sodass Pietro Gerber sich hinter dem Gelächter und Gerede der anderen verstecken konnte und niemand mitbekam, dass er an dem Tag schweigsamer war als sonst.

Ein bestimmter Gedanke wollte ihm einfach nicht aus dem Kopf.

Kinder haben oft eine lebhafte Fantasie, rief er sich die Worte ins Gedächtnis, die er in Bezug auf Emilian zur Richterin

Baldi gesagt hatte. *Manchmal erfinden sie Dinge, die ihnen angeblich passiert sind, auch wenn man dabei nicht von echten Lügen sprechen kann. Sie glauben dann felsenfest, diese Dinge erlebt zu haben, egal, wie absurd sie erscheinen. Ihr Vorstellungsvermögen ist so ausgeprägt, dass sie nicht in der Lage sind, die Realität von der Imagination zu unterscheiden.*

Und das galt auch für den achtjährigen Pietro Gerber.

Bevor er sich zu den anderen an den großen Tisch setzte, ging der Psychologe noch für einen Moment auf die Veranda, um ein Telefonat zu führen. Falls Silvia ihn danach fragen sollte, würde er behaupten, es ginge um einen seiner jungen Patienten.

»Hallo, Iscio, ich bin's, Pietro.«

»Mensch, Pietro, wie geht's? Was machen Silvia und der Kleine?«, rief sein Cousin überrascht.

»Alles gut, danke. Und bei euch?«

Iscio war knapp ein Jahr älter als er, lebte in Mailand und hatte eine beachtliche Karriere als Investmentbanker hingelegt. Sie hatten sich seit der Beerdigung von *Herrn B.* drei Jahre zuvor nicht gesehen und telefonierten normalerweise nur an Weihnachten miteinander.

»Gestern haben Silvia und ich über dich geredet.«

»Tatsächlich?« Iscio war anzuhören, dass er sich nach dem Grund für den Anruf fragte. »Und über was genau?«

»Weißt du, ich überlege, das Haus in Porto Ercole im Sommer wieder auf Vordermann zu bringen, und wollte dich, Gloria und die Mädchen dorthin einladen.«

Das war gelogen. Er hasste dieses Haus. Es war voller nutzloser Erinnerungen. Aber warum hatte er es dann noch nicht verkauft?

»Die Einladung kommt etwas früh, so mitten im Winter ...«, bemerkte Iscio erstaunt.

»Ich wollte die ganze Familie zusammenbringen«, versuchte Gerber, seinen Vorstoß zu relativieren. »Wir sehen uns viel zu selten.«

»Pietro, ist alles okay mit dir?«, fragte sein Cousin mit einem Anflug von Besorgnis in der Stimme.

»Klar doch!« Nicht einmal in seinen eigenen Ohren klang die Antwort überzeugend. Er bemühte sich, einen unbekümmerten Tonfall anzuschlagen. »Weißt du noch, wie sie uns erwischt haben, als wir im Bootsschuppen Opas Pfeife geraucht haben?«

»Ich weiß auch noch, was wir dafür kassiert haben«, bestätigte der andere amüsiert.

»Stimmt, eine Woche Stubenarrest ... Und erinnerst du dich noch an dieses Gewitter, als wir dachten, ein Geist sei ins Haus gekommen?«, fragte er so leichthin wie möglich.

»Wie könnte ich das vergessen!«, rief sein Cousin und brach in Gelächter aus. »Ich erstarre immer noch vor Schreck, wenn ich daran denke.«

Gerber war enttäuscht. Insgeheim hatte er gehofft, Iscio würde ihm sagen, die Episode habe nie stattgefunden. Die Bestätigung, dass dieses Ereignis in seiner Kindheit auf reiner Einbildung beruhte, hätte etwas Tröstliches an sich gehabt.

»Wie erklärst du dir das heute, fünfundzwanzig Jahre später?«

»Keine Ahnung. Du bist doch der Psychologe von uns beiden!«

»Vielleicht haben wir uns gegenseitig etwas eingeredet«, erwiderte Gerber. Und vielleicht war es ja tatsächlich so gewesen.

Sie tauschten noch ein paar Floskeln aus, bis er das Gespräch mit einem unguten Gefühl beendete.

Warum hatte er diesen Anruf getätigt? Was war bloß los mit ihm?

Am späten Nachmittag auf dem Heimweg im Auto, während Marco in seinem Kindersitz schlief und Silvia auf dem Tablet die neuesten Nachrichten verfolgte, fragte Gerber sich, ob er wirklich eine Therapie mit Hanna Hall beginnen sollte.

Er hatte Angst, ihr nicht helfen zu können.

Am Vortag, gegen Ende ihrer kurzen ersten Begegnung, hatte er ihr einen Termin für den darauffolgenden Montag gegeben. Er hatte die Sitzung unter einem Vorwand abgebrochen, nachdem sie ihn am Arm gepackt hatte. Hanna hatte verstört gewirkt, weil sie offenbar nicht mit einem so abrupten Ende des Gesprächs gerechnet hatte.

Gerber spürte noch immer ihre kalten Finger auf der Haut. Er hatte Silvia absichtlich nichts davon erzählt, weil er ihre Reaktion schon kannte. Sie hätte ihm richtigerweise geraten, Dr. Walker zu kontaktieren und ihr mitzuteilen, dass er keinen weiteren Kontakt zu Hanna Hall wünschte.

Zwischen Patient und Therapeut musste immer eine gewisse Distanz herrschen, eine Art Sperrfeld oder unsichtbare Wand. Wenn einer von beiden diese rote Linie überschritt, und sei es auch nur ein kleines Stück, bedeutete dies eine Grenzüberschreitung mit unumkehrbaren Folgen für die Therapie.

»Der Psychologe *beobachtet*«, pflegte *Herr B.* zu sagen. »Er ist wie ein Dokumentarfilmer, der nicht eingreift, um das Gazellenjunge aus den Fängen des Löwen zu befreien. Genauso hält er es mit der Psyche.«

Pietro Gerber war sich unsicher, ob nicht vielleicht sogar er selbst Hanna Hall zu dieser übergriffigen Geste ermutigt hatte. Wenn das stimmte, wäre diese Situation allemal besorgniserregend.

Zu Hause angekommen, machte Silvia sich gleich daran, das Essen für Marco zuzubereiten, während er vorgab, noch etwas in der Praxis erledigen zu müssen. Er versprach jedoch, rasch zurückzukehren.

Als er in dem ausgebauten Dachgeschoss in der Via dei Cerchi das Licht einschaltete, erschien sofort die Szene vor seinen Augen, die er den ganzen Tag erfolglos versucht hatte zu verdrängen. Der Sessel, in dem Hanna Hall gesessen hatte, stand noch an seinem Platz. Und auf dem Kirschholztischchen neben dem Metronom befanden sich nach wie vor die beiden Tassen, aus denen sie ihren Tee getrunken hatten. Die Luft war geschwängert vom kalten Rauch ihrer Zigaretten.

Gerber trat zu der Schrankwand, zog eine Schublade auf und holte seinen Laptop hervor. Mit dem Computer auf den Knien setzte er sich in seinen Sessel und wartete, bis das Gerät hochgefahren war, um nach dem Programm mit der Videoüberwachung zu suchen.

Die Praxis wurde von zehn Mikrokameras überwacht, die in den harmlosesten Gegenständen versteckt waren: einer Lampe in Einhornform, einem Buchrücken, einem Miniroboter auf dem Sideboard, in den Bildern an der Wand.

Gerber hatte sich angewöhnt, die Therapiestunden aufzuzeichnen und zu archivieren. Eine reine Vorsichtsmaßnahme, da er ausschließlich mit Minderjährigen arbeitete und nicht wehrlos ihren teils grenzwertigen Fantasien ausgeliefert sein wollte. Doch er tat es auch, weil er auf diese Weise die Möglichkeit hatte, seine jungen Patienten besser studieren und seinen therapeutischen Ansatz eventuell korrigieren zu können.

Auch am Vortag hatte er, nachdem er Hanna Hall empfangen und den Tee für sie beide zubereitet hatte, das Überwachungssystem ohne Wissen seiner Besucherin in Gang gesetzt.

Er öffnete den Dateiordner mit der Aufnahme vom Samstag und begann, sich die Aufzeichnung ihrer ersten Begegnung anzuschauen. Eine bestimmte Passage interessierte ihn besonders.

Können Sie mir ein Blatt Papier geben und mir Ihren Stift kurz leihen?

Er erinnerte sich, dass ihm die Bitte ungewöhnlich vorgekommen und er vor allem wegen des Füllfederhalters irritiert gewesen war.

Der Stift hatte *Herrn B.* gehört.

Und niemand außer Pietro Gerber hatte das Recht, ihn zu benutzen. Natürlich stand das nicht auf dem Füller; Pietro sorgte nur dafür, dass es unterblieb.

Also wieso hatte er ihn dann plötzlich einer vollkommen Fremden geliehen? Er hätte eine Ausrede vorbringen können. Aber er hatte es zugelassen – warum?

Als auf dem Monitor die Bildfolge erschien, die zeigte, wie er der Patientin Stift und Blatt reichte, kannte er die Antwort. Es war genau so, wie er es in Erinnerung hatte.

Bei der Übergabe *hatte er ihre Hand berührt.*

War es Absicht oder Zufall gewesen? Und hatte Hanna es gemerkt? Hatte sie sich wegen dieser kleinen Vertraulichkeit berechtigt gefühlt, ihn kurz darauf am Arm zu packen?

Während sich die Gedanken in seinem Kopf überschlugen, sah Gerber sich noch einmal die Szene an, in der die Patientin eine Notiz auf das Blatt kritzelte und rasch wieder durchstrich. Man konnte sehen, wie Hanna das in der Mitte gefaltete Blatt in ihre Tasche steckte und ihm den Füllfederhalter zurückgab.

Gerber drückte auf *Pause*. Er brauchte eine genauere Aufnahme. Vielleicht hatte eine der anderen Mikrokameras die Szene aus einem günstigeren Winkel aufgenommen.

Tatsächlich versprach die Kamera, die in einem Bild an der Wand direkt hinter der Patientin versteckt war, einen besseren Einblick.

Der Psychologe startete die Aufzeichnung. Als die Szene gezeigt wurde, in der Hanna sich die Notiz machte, versuchte er zu entziffern, was sie auf das Blatt gekritzelt hatte.

Die Notiz bestand aus einem einzigen Wort.

Doch Hanna hatte es zu rasch wieder durchgestrichen, als dass er es hätte lesen können. Also schaltete Gerber die Wiedergabe auf Slow Motion und stoppte die Aufnahme direkt vor der Stelle, an der sie das Wort durchstrich. Noch immer nichts zu erkennen – er musste das Bild vergrößern.

Er hatte die Zoom-Funktion bis dahin nie verwendet und schaffte es erst nach mehreren Versuchen, den Cursor so einzustellen, dass er genau auf das Notizblatt gerichtet war.

Nach wie vor waren die wenigen aneinandergereihten Buchstaben zu unscharf, um sie lesen zu können. Ihm blieb nur, sein Gesicht ganz nah an den Bildschirm zu bringen. Er fühlte sich lächerlich, aber was sollte er machen?

Mühsam entzifferte er so Buchstaben für Buchstaben.

Als hätte ihn ein Stromstoß durchfahren, sprang Pietro Gerber vom Sessel auf. Der Laptop rutschte von seinem Schoß und fiel krachend zu Boden. Noch immer konnte er den Blick nicht vom Monitor lösen.

Auf dem Notizblatt stand »ISCIO«.

6

Die ganze Nacht über hatte er kein Auge zugetan.

Auf der Suche nach einer Erklärung, woher Hanna Hall den Namen seines Cousins kannte, hatte er sich stundenlang im Bett hin und her gewälzt. Aber nicht eine der zahlreichen Erklärungen, die ihm in den Sinn gekommen waren, verschaffte ihm Erleichterung.

Hanna Hall kannte offensichtlich die Geschichte vom Geist im Haus von Porto Ercole, doch sie hatte so getan, als glaubte sie seiner Version der Geschichte – dass sie nicht ihm, sondern einem seiner jungen Patienten passiert war. Woher kannte sie die Wahrheit? Hatte sie Erkundigungen über ihn eingeholt? Aber wie hätte sie das in der kurzen Zeit seit ihrer Ankunft in Florenz tun können, vor allem, ohne ihn jemals persönlich getroffen zu haben? Selbst wenn Hanna gewusst hätte, wer sein Cousin war: Der Spitzname Iscio wurde *ausschließlich* innerhalb der Familie verwendet. Woher kannte sie ein so intimes Detail? Und woher hätte sie bei ihrem Gespräch über merkwürdige Kindheitserinnerungen wissen sollen, dass er ausgerechnet die Geschichte vom Geist in Porto Ercole erzählen würde, die nicht einmal Silvia kannte?

Gegen Ende der schlaflosen Nacht, als draußen vor dem Fenster bereits die Morgendämmerung einsetzte, hatte Pietro Gerber eine Entscheidung getroffen: Sobald er in der Praxis war, würde er Dr. Walker anrufen und ihr sagen, dass er ihre

Patientin bedauerlicherweise nicht übernehmen könne. Ja, das war das Klügste, was er tun konnte. Doch seine Gedanken waren noch immer konfus. Ganz sicher würde ihm dieses rätselhafte Ereignis keine Ruhe lassen – vor allem, solange er keine Gewissheit hatte, nicht vielleicht doch einem Irrtum aufzusitzen.

Früher als sonst verließ er das Haus. Zum Abschied drückte er Silvia lediglich einen flüchtigen Kuss auf den Mund. Er spürte ihren Blick, der ihn bis zur Wohnungstür verfolgte, doch zum Glück stellte sie keine Fragen.

Bis auf den Mitarbeiter des Reinigungsdienstes begegnete ihm niemand, als er das alte Gebäude in der Via dei Cerchi betrat. Gerbers Plan war, sich erneut und mit klarem Kopf die Aufnahme von der Sitzung mit Hanna Hall anzuschauen. »Viele Dinge erscheinen einem ganz anders, wenn man sie mit frischem Morgenblick betrachtet«, hatte *Herr B.* gern gesagt, wenn er ihn dazu bringen wollte, früh aufzustehen, um sich vor einer Klausur noch einmal den Schulstoff anzusehen. Wie so oft hatte er recht gehabt, und Pietro Gerber hatte gelernt, alle wichtigen Entscheidungen in seinem Leben auf die frühen Morgenstunden zu schieben.

Er war überzeugt, bei der zweiten Sichtung des Videos zum selben Ergebnis zu kommen wie am Vortag.

Doch als er die fragliche Stelle in der Aufzeichnung gefunden hatte, wurde alles komplizierter statt klarer. Am Abend hatte er die Buchstaben mit dem Gesicht ganz nah am Monitor noch entziffern können, nachdem er das Bild vergrößert und halbwegs scharf gestellt hatte. Genau dazu war er jetzt nicht mehr in der Lage.

Er stieß einen frustrierten Seufzer aus. Hatte Hanna Hall nun den Namen ISCIO in Druckbuchstaben auf das Blatt geschrieben oder nicht?

In exakt einer Stunde würde sie anrufen, und er hatte noch keinerlei Vorstellung davon, wie er ihr begegnen sollte. Außerdem war er persönlich und emotional in den Fall verwickelt. Selbst wenn bisher weder er noch seine Patientin die klassische rote Linie im Rahmen einer Therapie überschritten hatten, war Pietro Gerber nicht mehr sicher, ob er mit der nötigen Objektivität würde agieren können.

Und ihm blieb kaum noch Zeit, um eine Entscheidung zu treffen.

Auf dem Schild des alten Caffè Rivoire an der Piazza della Signoria stand in goldenen Lettern FABBRICA DI CIOCCOLATA A VAPORE geschrieben. Das historische Lokal aus dem Jahr 1872, das sich im Erdgeschoss des Palazzo Lavison befand, bot nicht nur Zuflucht vor der Kälte, sondern war auch ein Fest für die Sinne.

Einen Espresso in der Hand, stand Pietro Gerber mitten im Raum und ließ sich den Duft von ofenfrischem Gebäck um die Nase wehen.

Er sah sie genau in dem Moment durchs Schaufenster, als sie von der Via Vacchereccia auf den Platz einbog. Ein schwarzer Fleck hinter einer Gruppe von Touristen, die in Richtung Uffizien strömten. Hanna Hall trug dasselbe Outfit wie am Samstag zuvor: Pullover, Jeans, Stiefeletten und Umhängetasche. Wieder hatte sie die Haare zu einem Pferdeschwanz zurückgebunden, wieder wirkte sie für die Jahreszeit nicht warm genug angezogen.

Von seinem Platz aus konnte Gerber sie beobachten, ohne selbst gesehen zu werden. Fast meinte er, das Klackern ihrer Absätze auf den nass glänzenden Pflastersteinen zu hören.

Er sah sie ein Tabakgeschäft betreten und sich in der Warteschlange hinten anstellen. Als sie an der Reihe war, zeigte sie auf eine der Zigarettenpackungen, die hinter dem Tresen auf einem Bord aufgereiht standen. Schließlich wühlte sie so lange in ihrer Handtasche herum, bis sie ein paar verknitterte Geldscheine und Münzen hervorgeholt hatte, die sie vor dem Verkäufer ausbreitete. Er half ihr dabei, die richtige Summe zusammenzustellen.

Lauter ungeschickte kleine Gesten, die sowohl Unsicherheit als auch ihr Unvermögen ausdrückten, das schwierige Spiel des Lebens zu spielen. Pietro Gerber beschloss, ihr noch eine Chance zu geben.

Sie ist nicht so wie die anderen Spieler, sagte sich der Psychologe. Bereits ihr Start war missglückt.

Vielleicht war diese Frau gar nicht so teuflisch, wie er nach dem Betrachten des Videos gedacht hatte. Vielleicht brauchte sie einfach nur jemanden, der ihr zuhörte. Eine Reise bis ans andere Ende der Welt, um herauszufinden, ob ein so tragisches Ereignis wie der Mord an einem Kind wirklich stattgefunden hatte, und vor allem, ob sie die Schuld daran trug – eine solche Reise hätte sie sonst doch niemals angetreten.

»Welche Marke rauchen Sie?«, fragte er kurze Zeit später in seiner Praxis, als Hanna Hall sich die erste Zigarette anzündete.

Die Frau hob den Blick von der Flamme ihres Feuerzeugs.

»Winnies«, sagte sie und holte eine Packung Winfields aus ihrer Umhängetasche, um sie ihm zu zeigen. »Australische Zigaretten. Bei uns heißen die so.«

Gerber nutzte die Gelegenheit, einen Blick in die offene Tasche zu werfen. Vielleicht konnte er das Blatt entdecken, auf das sie Iscios Namen gekritzelt hatte.

»Rauchen Sie gerne?«, fragte er, um sie abzulenken.

»Ja, aber ich muss aufpassen. Und das nicht nur aus gesundheitlichen Gründen«, erklärte sie. »Rauchen ist in Australien ein verdammt teures Vergnügen: Ein Päckchen kostet fast zwanzig Euro, und die Regierung will den Preis in den nächsten Jahren noch verdoppeln, um möglichst viele Raucher abzuschrecken.«

»Dafür kann man in Italien umso hemmungsloser seinen Lastern frönen«, bemerkte er.

Hanna Hall schaute ihn verwundert an. Gerber hatte völlig vergessen, dass sie keinen Sinn für Ironie besaß. Er musste an seine Frau denken. Mit ihrer Diagnose Schizophrenie lag sie wohl richtig.

Wortlos streifte Hanna die Asche in dem tellerähnlichen Gebilde ab, das Gerber ihr kurz zuvor gegeben hatte. Das reich verzierte bunte Kunstwerk mit der unregelmäßigen Form hatte ein fünfjähriger Patient aus Modelliermasse für ihn gebastelt.

Hanna war sichtlich entspannter als bei ihrem ersten Besuch, was sich auch auf Gerber positiv auswirkte. Er hatte die gleiche Atmosphäre wie beim letzten Mal hergestellt: Kaminfeuer, Tee und absolute Ruhe.

»Ich dachte schon, Sie wollten mich nicht mehr sehen«, sagte Hanna aus heiterem Himmel.

»Wieso glauben Sie das?«

»Ich weiß nicht ... Vielleicht wegen Ihrer Reaktion am Ende unseres letzten Treffens.«

»Tut mir leid, dass Sie diesen Eindruck hatten.«

Sie hatte also seine Gedanken erraten. Pietro Gerber nahm sich vor, in Zukunft weniger durchschaubar zu sein.

Hanna kniff leicht die blauen Augen zusammen.

»Also werden Sie mir helfen?«

»Ich werde tun, was ich kann«, versprach er.

Er hatte lange darüber nachgedacht, wie er sich seiner neuen Patientin nähern sollte. Das Beste war wohl wirklich, wenn er versuchte, die Erwachsene zu vergessen und sich ganz auf das Kind zu konzentrieren. Er würde die gleiche Taktik anwenden, die bei seinen jungen Patienten immer funktionierte und die noch dazu den Vorteil hatte, dass er ihre traumatischen Erlebnisse besser nachvollziehen konnte.

Kinder liebten es, wenn man ihnen zuhörte.

Und wenn ein Erwachsener sich *ganz genau* an das erinnerte, was sie gesagt hatten, fühlten sie sich bestätigt und hatten genug Selbstvertrauen, mit ihrem Bericht fortzufahren.

»Letztes Mal haben Sie gegen Ende unseres Treffens etwas gesagt ...« Gerber bemühte sich, ihre Worte eins zu eins wiederzugeben: »›Wenn *Ado* nachts zu mir kam, im *Haus der Stimmen*, hat er sich immer unter meinem Bett versteckt ... Doch nicht er hat damals meinen Namen gerufen ... Das waren die *Fremden*.‹«

Der Hypnotiseur hatte sich die drei Begriffe notiert, die ihn am meisten beeindruckt hatten.

»Sie müssen mir meine Neugier verzeihen – aber wie hätte Ado Sie überhaupt beim Namen rufen können, wenn er doch bereits tot war?«

»Ado hat nicht viel geredet«, erklärte Hanna. »Ich wusste einfach, wenn er bei mir war. Oder eben, wenn er nicht da war.«

»Und woher wussten Sie das? Haben Sie ihn gesehen?«

»Ich wusste es einfach.«

Gerber drang nicht weiter in sie.

»Sie erinnern sich an viele Details aus Ihrer Kindheit, aber nicht daran, wie Ado getötet wurde. Ist das korrekt?«, wollte er noch einmal Gewissheit erlangen.

»Ja, das ist korrekt.«

Beide gingen nicht näher darauf ein, dass Hanna sich selbst für die Mörderin des Kindes hielt.

»Wahrscheinlich haben Sie eine ganze Reihe von Erinnerungen verdrängt, nicht nur diese.«

»Woher wollen Sie das wissen?«

»Weil diese Erlebnisse eine Art Weg darstellen, der zur Erinnerung an jenes bestimmte Ereignis führt.«

Wie die Brotkrumen im Märchen vom kleinen Däumling. So erklärte er es jedenfalls immer seinen jungen Patienten. Die Vögel im Wald hatten das Brot gefressen, weshalb der arme Däumling nicht mehr nach Hause zurückfand.

»Wir müssen diesen Weg rekonstruieren, und das versuchen wir mithilfe von Hypnose.«

»Okay, sind Sie bereit?«, fragte er.

Er hatte sie auf dem Schaukelstuhl Platz nehmen lassen, sie gebeten, die Augen zu schließen und im Rhythmus des Metronoms auf dem Kirschholztischchen auf und ab zu schaukeln.

Vierzig Schläge pro Minute.

»Was passiert, wenn ich nicht mehr aufwache?«

Er hatte die Frage schon tausendfach von seinen jungen Patienten gehört. Offenbar hegten auch Erwachsene diese Befürchtung.

»Niemand bleibt in der Hypnose zurück, solange er das nicht will«, erwiderte er wie jedes Mal. Anders als im Kino hatte ein realer Hypnotiseur nicht die Macht, sein Gegenüber zum Gefangenen seines Unterbewusstseins zu machen. »Und, was meinen Sie – können wir anfangen?«

»Ich bin bereit.«

Die verborgenen Mikrokameras waren schon dabei, die erste Hypnotherapiestunde aufzuzeichnen. Pietro Gerber überflog noch einmal seine Notizen, um einen genauen Ausgangspunkt festzulegen.

»Ich werden Ihnen erklären, wie das Ganze funktioniert«, begann er. »Die Hypnose ist wie eine Zeitmaschine, aber es ist keine Chronologie vorgeschrieben. Wir werden in den ersten zehn Jahren Ihres Lebens hin und her wandern. Wir gehen immer von dem ersten Bild aus, das Ihnen in den Sinn kommt, oder vom ersten Gefühl. Normalerweise fängt man mit den Personen an, zu denen man die engste Beziehung hat ...«

Hanna Hall hielt sich noch immer an der Umhängetasche auf ihrem Schoß fest, doch Gerber merkte, dass die Verkrampfung ihrer Hände nachließ. Ein Zeichen, dass sie sich allmählich entspannte.

»Bis ich zehn Jahre alt war, kannte ich den wahren Namen meiner Eltern nicht. Und genauso wenig meinen eigenen«, erzählte Hanna.

»Wie kann das sein?« Gerber fragte sich, aus welchem dunklen Winkel ihres Gedächtnisses sie dieses seltsame Detail hervorgeholt hatte.

»Ich kannte meine Eltern gut«, erklärte die Frau. »Doch ich hatte keine Ahnung, wie sie wirklich hießen.«

»Wollen Sie hier anfangen, Ihre Geschichte zu erzählen?«

»Ja«, lautete die Antwort von Hanna Hall.

7

Ich kann nichts sehen. Das Erste, was ich wahrnehme, ist das Läuten einer kleinen Glocke. So einer, die man Katzen um den Hals hängt – ein *Glöckchen*. Aber dieses hier hängt nicht am Hals einer Katze. Es hängt an mir, es ist mit einem roten Satinband um meinen Knöchel gebunden.

Ich weiß nicht, was mit Ado passiert ist, aber dieses Läuten steht damit in irgendeinem Zusammenhang. Auch wenn ich den Grund noch nicht kenne, bringt das Geräusch mich in die Vergangenheit zurück. Zu Mama und Papa.

Meine Familie hat mich gern. Meine Familie liebt mich.

Deshalb stört es mich nicht, dass meine Eltern mir ein Glöckchen um den Knöchel gebunden haben, um mich aus dem Reich der Toten zu holen.

Mama sagt immer, dass jedem Ding ein Zauber innewohnt. Und wenn ich mal nicht gehorche oder etwas angestellt habe, reinigt sie meine Aura, statt mich zu bestrafen. Papa kommt jeden Abend zu mir ans Bett, um mir eine Gutenachtgeschichte zu erzählen. Keine Ahnung, warum er sich so gerne Geschichten von Riesen ausdenkt. Papa wird mich immer beschützen.

Wir sind eine glückliche Familie.

Meine Eltern sind nicht so wie andere Eltern. Doch das werde ich erst nach der Brandnacht begreifen, als alles anders wird. Jetzt sind wir noch ganz am Anfang, und am Anfang kann ich es noch nicht wissen.

Wie meine Eltern ausgesehen haben, weiß ich nicht mehr. Aber ich erinnere mich noch an einige Details. An viele kleine Dinge, die auf den ersten Blick unbedeutend erscheinen mögen. Doch für mich sind sie das nicht. Denn sie gehören nur mir, niemand anders wird sie je besitzen.

Keine Ahnung, ob mein Vater groß oder klein ist, schlank oder dick. Ich kann weder seine Augen noch seine Nase beschreiben. Aber welchen Sinn hätte es auch, über die Farbe seiner Haare zu sprechen? Für mich zählt nur, dass sie dicht und lockig sind, eine richtige Mähne. Einmal ist ihm beim Versuch, seine Haare zu bändigen, der Kamm auf dem Kopf zerbrochen, und Mama hat ewig gebraucht, sie zu entwirren.

Die Hände meines Vaters sind schwielig, und wenn er mein Gesicht zu sich heranzieht, riechen sie nach Heu. Niemand sonst kennt diese Besonderheit. Genau das macht ihn zu *meinem* Vater. Genau deshalb wird er *niemals* der Vater von jemand anderem sein. Und ich werde für immer *seine* Tochter sein.

Mama hat ein kleines rotes Mal über dem linken Knöchel. Es ist kaum zu erkennen, so klein ist es. Man muss sehr genau hinschauen und vor allem ihr sehr nahe kommen, um es zu entdecken. Deswegen kannst du es nicht sehen, wenn du nicht ihre Tochter oder der Mann bist, der sie liebt.

Ich weiß nicht, woher meine Eltern kommen, und kenne auch nicht ihre Vergangenheit. Sie reden nie über meine Großeltern und haben auch nie erwähnt, dass sie irgendwo auf der Welt noch Geschwister hätten. Es scheint, als wären wir immer schon zusammen, seit ihrer und meiner Geburt. Ich meine damit, dass es auch in unseren vorherigen Leben bereits so war.

Nur wir drei.

Mama ist überzeugt, dass es so etwas wie eine Wiedergeburt gibt und der Übergang von einer Existenz in die andere so einfach ist, wie wenn du von Zimmer zu Zimmer läufst. Du selbst änderst dich nie, nur deine Umgebung tut das. Daher gibt es auch kein Vorher und kein Nachher.

Wir sind wir, und so wird es immer sein.

Manchmal bleibt jedoch jemand an der Schwelle zurück und kommt nicht weiter. Das ist das Reich der Toten, wo die Zeit stehen bleibt.

Meine Familie ist ein Ort. Ja, ein Ort. Für die meisten Leute ist es vermutlich normal, ihre Herkunft zu kennen, die Stadt, das Dorf, den Landstrich, aus dem sie kommen. Bei mir ist das nicht so.

Für mich sind meine Mutter und mein Vater dieser Ort.

Tatsächlich bleiben wir nie lange genug irgendwo, um uns dort heimisch zu fühlen. Höchstens ein Jahr.

Mama, Papa und ich suchen uns einen Punkt auf der Landkarte aus – ganz zufällig, rein nach Bauchgefühl –, und da gehen wir hin. Meistens befindet sich dieser Punkt in einem grünen Gebiet. Oder auch in einem größeren braunen oder beigefarbenen Bereich in der Nähe von einem blauen Klecks. Auf jeden Fall ist der Punkt immer weit weg von den schwarzen Linien und roten Kreisen – *von schwarzen Linien und roten Kreisen muss man sich fernhalten!*

Fast immer sind wir zu Fuß unterwegs und laufen über Wiesen und Hügel oder gehen über Nebenstraßen. Manchmal suchen wir uns auch einen Bahnhof und besteigen einen leeren Güterzug.

Das Reisen gefällt mir am besten von allem. Die Tage, an denen wir die Welt entdecken. Und die Nächte unter dem Sternenhimmel. Wir müssen nur ein Feuer anzünden, Papa schnappt sich seine alte Gitarre, und Mama singt die schönen traurigen Lieder, zu deren Klängen ich einschlafe, seit ich geboren bin.

Jede unserer Reisen endet mit dem Versprechen, dass wir uns irgendwann wieder auf die Reise begeben werden. Denn kaum haben wir unser Ziel erreicht, beginnt ein völlig anderes Leben. Als Erstes erkunden wir die Gegend, auf der Suche nach einem verlassenen Haus. Da niemand diese Häuser mehr haben will, werden sie zu unseren. Selbst wenn es nur für eine Weile ist.

Immer, wenn wir an einen neuen Ort kommen, ändern wir unsere Namen.

Jeder von uns wählt seinen eigenen Namen aus. Wir können nehmen, was wir wollen, die anderen dürfen nicht protestieren. Und so müssen wir uns dann gegenseitig rufen. Oft finden wir unsere neuen Namen in Büchern.

Ich bin nicht Hanna, noch nicht. Ich bin Schneewittchen, Dornröschen, Aschenputtel, Rosenrot, Scheherazade ... Welches Mädchen auf der Welt kann schon von sich behaupten, eine Prinzessin gewesen zu sein? Abgesehen natürlich von den echten Prinzessinnen.

Die Namen, die Mama und Papa für sich auswählen, sind einfacher. Für mich macht es sowieso keinen Unterschied, ich benutze ihre neuen Namen nie. Für mich bleiben sie immer »Mama« und »Papa«.

Es gibt allerdings eine Bedingung: Die Namen müssen in der Familie bleiben. Wir dürfen sie auf keinen Fall, niemals, jemand anderem sagen.

Regel Nummer 3: Sag deinen Namen niemals einem Fremden.

Wenn wir dann unsere Namen festgelegt haben, will Mama, dass wir unsere neue Bleibe *reinigen*. Ein Ritual, bei dem wir durch die Zimmer laufen und unsere neuen Namen herausschreien. Wir machen das mit dem ganzen Atem, den wir in der Lunge haben. Durch das gegenseitige Rufen unserer Namen werden sie uns vertraut. Wir lernen, sie anzunehmen. Und andere Menschen zu werden, obwohl wir dieselben bleiben.

Deswegen wird jedes neue Haus für mich zum Haus der Stimmen.

Unser Leben ist nicht einfach. Doch mir kommt es so vor, als würden Mama und Papa es in ein riesiges Spiel verwandeln. Jede Widrigkeit wird bei ihnen zu einem Spaß. Wenn wir manchmal nicht genug zu essen haben, holt Papa seine Gitarre hervor, und wir legen uns alle drei ins große Bett und verbringen den ganzen Tag dort gemütlich beisammen und erzählen uns Geschichten. Oder wenn es durch das kaputte Dach regnet, spazieren wir mit dem Regenschirm durchs Haus und stellen Töpfe und Pfannen unter die Löcher, sodass die Tropfen Klänge erzeugen, zu denen wir uns Lieder ausdenken.

Wir sind zu dritt, das genügt uns. Es gibt keine anderen Mütter und Väter und auch keine anderen Kinder. Mir kommt nicht einmal in den Sinn, dass es andere Kinder geben könnte.

Ich bin das einzige Kind auf der Welt.

Wir besitzen weder Wertsachen noch Geld. Da wir zu niemandem Kontakt haben, brauchen wir das auch nicht.

Mama legt einen Garten an, in dem sie das ganze Jahr wunderbares Gemüse erntet. Papa geht gelegentlich mit Pfeil und Bogen auf die Jagd.

Oft haben wir Tiere auf dem Bauernhof: Hühner, Truthähne, Gänse und einmal auch eine Ziege für Milch. Ein einziges Mal hatten wir sogar Kaninchen, vierzig an der Zahl, aber das nur, weil wir die Lage nicht im Griff hatten. Es sind meistens

Tiere, die von irgendeinem Bauernhof weggelaufen sind und die keiner zurückhaben will.

Auf jeden Fall haben wir immer Wachhunde.

Sie kommen nicht mit, wenn wir umziehen, deshalb dürfen wir sie nicht allzu sehr ins Herz schließen. Wir nehmen immer nur das Nötigste mit auf die Reise. Wenn wir dann eine neue Bleibe gefunden haben, suchen wir uns alles zusammen, was wir brauchen – Kleider, Töpfe, Decken. Normalerweise handelt es sich um Dinge, die andere Leute weggeworfen oder zurückgelassen haben.

Die Orte, die wir zum Leben auswählen, sind immer auf dem Land, verlassene Bauernhöfe, deren Besitzer ihr Glück woanders gesucht haben. In den halb verfallenen Häusern findet man häufig brauchbare Dinge. Einmal haben wir mehrere Stoffballen und eine alte Nähmaschine entdeckt – eine Singer mit Pedalantrieb –, und Mama hat den ganzen Sommer damit zugebracht, uns wunderschöne Kleider für den Winter zu nähen.

Wir brauchen den Fortschritt nicht.

Ich weiß natürlich, dass es Fernsehen, Telefon, Strom oder Kühlschränke gibt, doch abgesehen von Taschenlampen für den Notfall haben wir so etwas nie besessen.

Trotz allem kenne ich die Welt und verfüge über eine gewisse Bildung. Ich gehe zwar nicht zur Schule, aber Lesen und Schreiben bringt mir Mama bei, während Papa mir Mathematik- und Geometrieunterricht gibt.

Den Rest lerne ich aus Büchern.

Auch die finden wir irgendwo auf unseren Reisen, und jedes Mal ist es wie ein Fest.

Die Welt zwischen den Buchdeckeln ist faszinierend und zugleich bedrohlich wie ein Tiger im Käfig. Du bewunderst die Schönheit, Anmut, Kraft, aber du weißt, wenn du den Arm durch die Gitterstäbe steckst, um ihn zu streicheln, wird er ihn dir abreißen, ohne mit der Wimper zu zucken. Zumindest wurde mir das so erzählt.

Wir halten uns von der Welt fern, in der Hoffnung, dass die Welt sich von uns fernhält.

Dank meiner Eltern ist meine Kindheit ein großes Abenteuer. Ich frage mich nie, ob es einen Grund dafür gibt, dass wir dieses Leben führen. Es wirkt so, als würden wir unsere Koffer packen und weiterziehen, wenn uns an einem Ort langweilig geworden ist. Aber trotz meines jugendlichen Alters habe ich eine Sache begriffen: Dass wir so oft umziehen, liegt an einer kleinen Holzkiste, drei oder vier Handspannen lang, die wir immer mit auf die Reise nehmen.

Auf dem Deckel befindet sich eine Inschrift, die Papa mit einem glühenden Skalpell ins Holz geritzt hat. An jedem neuen Ort buddelt er ein tiefes Loch in die Erde und vergräbt sie dort. Wir holen sie erst wieder heraus, wenn wir den Ort verlassen.

Ich habe nie gesehen, was sich in der Kiste befindet, denn sie ist mit Pech versiegelt. Doch ich weiß, dass in ihr der einzige Teil unserer Familie ist, der seinen Namen nie ändert. Er ist auf dem Deckel eingebrannt.

Für Mama und Papa wird Ado immer Ado bleiben.

8

Hanna schwieg, als hätte sie von sich aus entschieden, einen Punkt hinter ihre Erzählung zu setzen.

Fürs Erste sollte das genügen. Pietro Gerber rieb sich erschöpft mit der Hand über die Stirn.

Er war verwirrt und wusste nicht mehr, was er glauben sollte. Immerhin hatte die Sitzung einen positiven Nebeneffekt gehabt: Während des Zuhörens hatte er hin und wieder tatsächlich die Stimme des Kindes gehört, das seine Patientin einmal gewesen war. Wie bei einem Baum hatten sich mit den Jahren immer weitere Schichten um dieses innere Kind gelegt, das sich zu der dreißigjährigen Frau vor ihm im Schaukelstuhl entwickelt hatte.

»Okay, jetzt möchte ich, dass Sie gemeinsam mit mir von zehn bis eins zählen und dann die Augen öffnen«, sagte der Kinderflüsterer und begann, rückwärts zu zählen.

Hanna zählte mit.

Als sie fertig waren, riss sie die Augen auf. Im Dämmerlicht der Praxis erschien ihre Iris noch blauer als sonst.

Gerber streckte die Hand aus, um das Schaukeln des Stuhls zu stoppen.

»Warten Sie noch einen Moment mit dem Aufstehen«, riet er ihr.

»Ich muss tief ein- und ausatmen, richtig?«, fragte seine Patientin langsam.

Offenbar hatte sie bei ihrer ersten Hypnotiseurin Theresa Walker diese Situation schon einmal erlebt.

»Genau«, erwiderte er.

Hanna begann, geräuschvoll zu atmen.

»Sie erinnern sich nicht an die echten Namen Ihrer leiblichen Eltern, oder?«, fragte Gerber, um sicherzugehen, dass er sie richtig verstanden hatte.

Hanna schüttelte den Kopf.

Es war normal, dass Kinder, die zur Adoption freigegeben wurden, sich nicht an ihre Herkunftsfamilie erinnerten. Doch Hanna war erst im Alter von zehn Jahren nach Australien gezogen, sie hätte ihre Namen also durchaus noch kennen können.

»Ich bin auch erst mit der Ankunft in Adelaide zu Hanna Hall geworden«, erklärte sie.

»Und als Sie in der Toskana lebten, sind Sie ständig umgezogen.«

Die Frau nickte, um diesen Punkt ebenfalls zu bestätigen.

»Darf ich Ihre Toilette benutzen?«, fragte sie dann.

»Natürlich. Zweite Tür links.«

Sie stand auf, nahm ihre Umhängetasche ab und hängte sie über die Lehne des Schaukelstuhls, was Pietro Gerber, der sich gerade Notizen machte, nicht entging.

Als Hanna den Raum verlassen hatte, wurde sein Blick wie magnetisch von dem schwarzen Beutel aus Kunstleder angezogen, der wie ein Pendel vor seinen Augen hin- und herschwang. In ihm schlummerte vermutlich noch das Blatt Papier, auf das Hanna Hall während ihres ersten Treffens möglicherweise den Namen Iscio geschrieben hatte.

Es war gegen jede Wahrscheinlichkeit, dass sie den Spitznamen seines Cousins kannte, sagte er sich erneut. Und doch musste er das Rätsel lösen, es ließ ihn einfach nicht los. Um dahinterzukommen, würde er in die Privatsphäre seiner Patientin eindringen, in ihren Sachen wühlen und ihr Vertrauen missbrauchen müssen.

Herr B. hätte so etwas niemals getan. Im Gegenteil, er hätte bereits den Gedanken an eine solche Grenzüberschreitung zutiefst verurteilt.

Die Sekunden vergingen, ohne dass Pietro Gerber sich zu einer Entscheidung durchringen konnte. Die Wahrheit befand sich dort in dieser Tasche, in greifbarer Nähe. Wenn er allerdings das Blatt an sich nahm, um die Notiz zu entziffern, würde er noch tiefer in diesen bizarren Fall verstrickt werden. Es war schon absurd genug, dass er Hanna Hall überhaupt als seine Patientin zugelassen hatte.

Als die Frau kurz darauf von der Toilette zurückkam, starrte er noch immer wie hypnotisiert auf den Schaukelstuhl.

»Entschuldigung, aber es gibt keine Seife mehr im Bad«, sagte sie.

Gerber versuchte, seine Verlegenheit zu überspielen.

»Tut mir leid. Ich werde die Putzleute bitten, welche nachzufüllen. Danke fürs Bescheidsagen.«

Hanna nahm ihre Tasche und hängte sie sich über die Schulter. Noch im Stehen kramte sie das Paket mit den Winnies hervor und zündete sich eine Zigarette an.

»Vorhin haben Sie gesagt, Ihre Eltern hätten Ihnen ein Glöckchen um den Knöchel gebunden, um Sie aus dem Reich der Toten zu holen«, zitierte Gerber sie fast wortgetreu. »Habe ich das so richtig verstanden?«

»Ja«, entgegnete die Frau. »Eins von diesen Glöckchen, die man Katzen um den Hals bindet. Meins war an einem roten Satinband befestigt.«

»Und, ist es passiert?«, fragte er in provozierendem Tonfall und schaute ihr gerade in die Augen. »*Sind* Sie gestorben und mussten von Ihren Eltern aus dem Reich der Toten zurückgeholt werden?«

Hanna Hall hielt seinem Blick stand.

»Als kleines Mädchen bin ich mehrmals gestorben.«

»Hatte Ado auch so ein Glöckchen?«

»Nein ... Ado hatte keins, deswegen ist er ja auch dort geblieben.«

Zweifellos konnte Hanna ihm die Skepsis, den Argwohn und das Misstrauen vom Gesicht ablesen. Vielleicht spürte sie auch sein Mitleid, doch Gerber hatte keine anderen Mittel zur Verfügung, um ihr zu helfen und das Wahre vom Unwahren zu unterscheiden. Nur indem er ihr klarmachte, dass ihre Dämonen nicht existierten, konnte er sie von ihnen befreien.

»Kinder wissen also Dinge, von denen Erwachsene keine Ahnung haben, Hanna? Nach dem Motto: Wie kommt man aus dem Reich der Toten wieder zurück?«

»Ja, genau. Die Erwachsenen haben diese Dinge vergessen«, sagte seine Patientin leise. Sie wirkte auf einmal seltsam nostalgisch.

Gerber konnte sich den Kampf in ihrem Inneren vorstellen. Womöglich hätte sie vor Wut am liebsten geweint und ihre Enttäuschung herausgeschrien, weil er sich weigerte zu glauben, dass sie umgeben von dunklen Mächten war. Weil er so war wie alle anderen und sie einfach nicht verstehen wollte.

Stattdessen nahm sie einen langen Zug von ihrer Zigarette und schaute ihn direkt an.

»Kommt es manchmal vor, dass Ihr Sohn mitten in der Nacht nach Ihnen ruft, weil sich ein Monster unter seinem Bett versteckt hat?«

Gerber ließ sich sein Unbehagen darüber, dass sie erneut seine Familie ins Spiel gebracht hatte, nicht anmerken und nickte.

»Und wie es sich für einen guten Vater gehört, kommen Sie sofort angelaufen, schauen unters Bett und versichern ihm, dass es keinen Grund gibt, Angst zu haben«, behauptete Hanna. »Doch während Sie die Decke anheben, um besser sehen zu können, läuft auch Ihnen ein Schauer über den Rücken, weil Ihnen plötzlich ein Gedanke durch den Kopf schießt: Was, wenn es doch wahr wäre ... Na, können Sie das abstreiten?«

Auch wenn er ein äußerst rationaler Mensch war: Er konnte es *nicht*.

»Okay, für heute reicht's«, beendete er die Diskussion. »Wir machen morgen um dieselbe Zeit weiter, wenn das für Sie passt.«

Hanna erwiderte nichts. Bevor sie sich zum Gehen wandte, leckte sie einmal schnell über Daumen und Zeigefinger und drückte ihre Winnie aus, als würde sie den Kopf eines Insekts zerquetschen. Qualm stieg von der leise zischenden Zigarette auf. Statt den Stummel in den Aschenbecher aus Modelliermasse zu legen, nahm sie das gefaltete Notizblatt aus ihrer Umhängetasche, wickelte ihn darin ein und warf das Knäuel in den Papierkorb in der Ecke des Zimmers.

Mit den Augen verfolgte Pietro Gerber die Wurfbahn des Papierknäuels, bis es sicher im Abfall gelandet war.

Hanna schien seinen Blick bemerkt zu haben, doch sie sparte sich jeden Kommentar. Vielleicht war es ja genau das, was sie wollte: seine Neugier anstacheln.

»Also, dann noch einen schönen Tag«, sagte sie und ging zum Ausgang.

Gerber wartete auf das Geräusch der ins Schloss fallenden Tür und kam sich vor wie ein Idiot. Wie kann man nur auf solche Spielchen reinfallen, ärgerte er sich über sich selbst. Er schüttelte den Kopf und musste lachen, doch das änderte nichts an seiner Frustration.

Ohne Hast erhob er sich von seinem Sessel und trat zu dem Abfallbehälter. Halb in der Erwartung, dort nichts vorzufinden, wie das genarrte Opfer eines Taschenspielertricks, schaute er nach unten.

Das zusammengeknüllte Blatt Papier lag tatsächlich in dem Korb.

Er tauchte mit der Hand hinein, um es herauszuholen. Fest davon überzeugt, dass sich nun alles ändern würde, begann er, das Papierknäuel auseinanderzufalten.

Er musste es einfach wissen.

Das Blatt stammte tatsächlich von seinem Notizblock. Und die Tinte, mit der das Wort hingekritzelt und wieder durchgestrichen worden war, stammte von dem Füllfederhalter, den er nie zuvor jemandem geliehen hatte.

Nur das Wort, das in Druckbuchstaben darauf geschrieben war, lautete nicht ISCIO.

Sondern ADO.

9

»Und, wie fanden Sie sie?«

»Ihr Äußeres ist etwas verwahrlost, sie raucht zu viel, außerdem ist mir aufgefallen, dass ihre Hände zittern. Ich habe sie aber nicht gefragt, ob sie Psychopharmaka nimmt.«

»Mir hat sie gesagt, sie hätte eine Zeit lang Zoloft genommen, aber wegen der Nebenwirkungen irgendwann damit aufgehört«, informierte ihn Theresa Walker.

In Adelaide war es halb zehn am Morgen, während es in Florenz schon Mitternacht war. Silvia und Marco schliefen in ihren Betten, und Pietro Gerber, der in der Küche saß, bemühte sich, leise zu reden, um sie nicht zu wecken.

»Hat sie Ihnen gesagt, wo sie untergekommen ist und wie lange sie in Florenz bleiben wird?«

»Sie haben recht, ich hätte sie fragen sollen. Das mache ich noch.«

Der Psychologe hatte die letzte Viertelstunde damit zugebracht, am Telefon auf Englisch die seltsame Geschichte zu referieren, die Hanna Hall ihm über ihre Kindheit erzählt hatte.

»Ist Ihnen bei Hannas Bericht irgendetwas als besonders hervorstechend aufgefallen, Dr. Gerber?«

»Hanna hat mehrmals einen Brand erwähnt«, sagte er und nahm das Handy ans andere Ohr. »Während der Sitzung hat sie sogar von einer *Brandnacht* gesprochen.«

... Meine Mama hat mir in der Brandnacht vom Wasser des Vergessens zu trinken gegeben, deswegen kann ich mich an nichts erinnern ...

»Das sagt mir nichts«, erwiderte die Kollegin. »Mir gegenüber hat sie nie eine Brandnacht erwähnt.«

»Seltsam ... Sie meinte nämlich, sie hätte sich eben wegen dieses ständig wiederkehrenden Traums auf die Hypnotherapie eingelassen.«

»Der Traum könnte etwas mit einem Ereignis in ihrer Vergangenheit zu tun haben, mit etwas, das sie stark geprägt hat.«

Gerber wäre sogar so weit gegangen, darin die Zäsur zwischen einem Vorher und einem Nachher zu sehen.

»Sie spricht von ihrer Kindheit, als wäre sie eine Phase, die vom Rest ihres Lebens völlig abgekoppelt ist ... Übrigens, den Namen oder vielmehr die Identität Hanna Hall hat sie erst nach ihrem zehnten Lebensjahr angenommen. Irgendwie wirkt es so, als wären die Erwachsene und das Kind nicht ein und dieselbe Person, sondern zwei unterschiedliche Individuen.«

»Vielleicht sollte ich mir, während Sie in der Toskana Hannas Vergangenheit erkunden, ihre australische Gegenwart mal genauer anschauen«, schlug Theresa Walker vor.

»Sie sind mir zuvorgekommen, ich halte das für eine sehr gute Idee«, stimmte er zu.

Tatsächlich wussten sie beide so gut wie nichts über die Patientin, außer dass sie sich mit gelegentlichen Übersetzerjobs über Wasser hielt.

»Ich kenne einen Privatdetektiv«, erklärte Dr. Walker. »Ich frage ihn mal, ob er ein paar Recherchen für uns machen kann.«

»Und ich sollte versuchen, mich mit den leiblichen Eltern der Frau in Verbindung zu setzen«, sagte Gerber. »Sofern sie noch leben, versteht sich.«

»Ich nehme an, es wird nicht einfach sein, sie nach zwanzig Jahren ausfindig zu machen.«

»Da dürften Sie recht haben.«

Hannas Eltern konnten sich überall und nirgends aufhalten. Gerber dachte an ihre Entscheidung, ein Leben in absoluter Einsamkeit zu führen, in prekären Verhältnissen und an abgelegenen Orten, die ständig wechselten.

Wir halten uns von der Welt fern, in der Hoffnung, dass die Welt sich von uns fernhält.

»Sie haben sich irgendeinen x-beliebigen Ort auf der Landkarte ausgesucht und sind dort hingegangen. Aber nie in die Nähe von *schwarzen Linien und roten Kreisen.*«

»Hauptstraßen und Ansiedlungen«, übersetzte die Kollegin. »Warum?«

»Ich habe keine Ahnung. Aber Hanna meint, ihre Kindheit sei ein einziges Abenteuer gewesen, ihre Eltern hätten aus den ständigen Umzügen ein Spiel gemacht ... Das Ganze stand offenbar im Zeichen der New-Age-Bewegung: Der Vater ging mit Pfeil und Bogen auf die Jagd, während die Mutter seltsame Rituale wie Aura-Reinigung und solche Dinge durchführte.«

»Es waren die Neunzigerjahre, reichlich anachronistisch also«, bemerkte Dr. Walker skeptisch.

»Während unserer ersten Sitzung hat Hanna von Geistern, Hexen und Toten, die nicht sterben, gesprochen. Sie schien fest davon überzeugt, dass es so etwas gibt.«

Deshalb stört es mich nicht, dass meine Eltern mir ein Glöckchen um den Knöchel gebunden haben, um mich aus dem Reich der Toten zu holen.

»Ich würde mir keine allzu großen Gedanken über diesen Hang zur Esoterik und den Aberglauben der Familie machen«, sagte die Psychologin. »Was mich eher nachdenklich stimmt, ist die Sache mit den Namen.«

Theresa Walker hatte recht; die Tatsache, dass Hanna Hall in ihrer Kindheit mehrmals den Namen gewechselt hatte, beschäftigte auch Pietro Gerber.

Die *Identität* eines Menschen entwickelte sich in den ersten Lebensjahren. Der Name war nicht nur Teil davon, sondern das Zentrum. Er wurde zum Magneten, um den herum sich alles gruppierte, was uns definierte und einzigartig machte: unser Aussehen, unser Wesen, unsere besonderen Merkmale, Vorlieben, Stärken, Schwächen. Die Identität war essenziell, um die *Persönlichkeit* zu entfalten. Wenn die *Identität* sich änderte, drohte die *Persönlichkeit*, ihre Konturen zu verlieren.

Den eigenen Namen gegen einen anderen einzutauschen, und sei es nur ein Mal im Leben, konnte eine destabilisierende Wirkung haben und dem Selbstwertgefühl schwere Schäden zufügen, wusste der Psychologe. Deswegen war die Gesetzgebung bei einer Geschlechtsumwandlung auch so streng. Er fragte sich, was die vielen Metamorphosen wohl mit Hanna Hall gemacht hatten.

... ich bin Schneewittchen, Dornröschen, Aschenputtel, Rosenrot, Scheherazade ... Welches Mädchen auf der Welt kann schon von sich behaupten, eine Prinzessin gewesen zu sein?

Gerber hörte die Stimme der Patientin in seinem Kopf nachhallen und hob den Deckel der Keramikdose, in der Silvia immer ihre Kekse aufbewahrte. Er fischte mit der Hand nach einem Schokoladenkeks und biss gedankenverloren hinein.

»Hanna behauptet steif und fest, in einer glücklichen Familie gelebt zu haben«, sagte er, während er den Kühlschrank öffnete, um eine Packung Milch herauszuholen.

»Glauben Sie, dass sie da falschliegt?«

Gerber musste an Emilian denken, den Geisterjungen.

»Parallel zu Hannas Fall behandele ich einen sechsjährigen Patienten aus Weißrussland, der behauptet, seine Adoptiveltern bei einem orgiastischen Ritus beobachtet zu haben, in den auch die Großeltern und ein Priester involviert waren. Er sagt, sie hätten seltsame Tiermasken getragen: Katze, Schaf, Schwein, Eule und Wolf ... Das Gericht hat mich beauftragt herauszufinden, ob er die Unwahrheit sagt. Doch es kann nicht allein darum gehen ... Für ein Kind ist die Familie der sicherste Ort auf der Welt – oder auch der gefährlichste. Jeder Kinderpsychologe weiß das. Nur das Kind selbst kann den Unterschied nicht erkennen.«

Dr. Walker dachte einen Moment über seine Worte nach.

»Hat sich Hanna Ihrer Meinung nach als Kind nicht sicher gefühlt?«

»Da ist diese Sache mit den Regeln«, erwiderte er. »Hanna Hall hat einige von ihnen erwähnt: *Fremde bedeuten Gefahr* oder *Sag deinen Namen niemals einem Fremden.*«

»Um herauszufinden, welche und wie viele Regeln es waren – und vor allem, was sie bezwecken sollten –, müssten Sie vielleicht erst mal das Thema Fremde angehen«, schlug Dr. Walker vor.

»Ja, daran habe ich auch schon gedacht.«

»Was ist Ihnen sonst noch aufgefallen?«

»Ado«, entgegnete der Psychologe.

Er wühlte in seiner Schlafanzugtasche nach dem Blatt Papier, auf das Hanna Hall ihre Notiz gekritzelt hatte.

ADO.

»Hanna hat sich von mir Papier und Stift geliehen, um diesen Namen zu notieren. Ich frage mich schon die ganze Zeit, warum sie den Drang verspürt hat, das zu tun.«

»Und welche Erklärung haben Sie gefunden?«

»Vielleicht wollte sie einfach nur meine Aufmerksamkeit erregen.«

Dr. Walker wog seine Worte ab.

»Sie zeichnen doch Ihre Sitzungen mit den Kindern auf, oder, Dr. Gerber?«

»Ja, das habe ich mir zur Regel gemacht«, räumte er ein. »Die Videos bewahre ich alle auf.«

Wahrscheinlich tat die Kollegin in Australien mit ihren Patienten genau das Gleiche. An dem Punkt hätte er ihr die Geschichte von Iscio erzählen müssen, und dass er sich eingebildet hatte, den Namen seines Cousins auf dem Blatt Papier gelesen zu haben. Doch er wollte nicht den Eindruck erwecken, einer durch seine Patientin ausgelösten Illusion aufgesessen zu sein.

»Ich glaube, Hanna hat das Blatt deshalb in den Papierkorb geworfen, weil sie wollte, dass ich es finde«, sagte er daher nur.

Seine Bemerkung schien Dr. Walker ernsthaft zu beunruhigen.

»Zeichnen Sie auf jeden Fall weiter Ihre Sitzungen mit Hanna auf«, sagte sie drängend.

»Natürlich, keine Sorge«, erwiderte er mit einem halben Lachen.

»Ich meine das ernst«, insistierte sie. »Ich bin älter als Sie, ich weiß, wovon ich rede.«

»Sie können mir vertrauen.«

»Entschuldigung, manchmal verhalte ich mich wirklich wie eine Helikoptermutter gegenüber meinen jüngeren Kollegen.«

Die Psychologin wirkte noch immer besorgt, auch wenn sie nicht den Grund dafür nennen wollte.

»Vielleicht wäre es hilfreich, wenn Sie mir die Aufzeichnung von Ihrer ersten Sitzung mit Hanna Hall in Adelaide schicken könnten.«

»Tut mir leid, ich bin nicht so fortschrittlich, ich mache meinen Job noch auf die altmodische Art«, gestand die andere ein.

»Wollen Sie damit etwa sagen, dass Sie sich nur Notizen machen – so wie früher?«, fragte Gerber verwundert.

»Nein, nein«, erwiderte die Psychologin amüsiert. »Ich besitze durchaus ein Tonaufnahmegerät. Die Aufzeichnung lasse ich Ihnen an Ihre Mailadresse schicken.«

»Sehr gut, vielen Dank.«

Theresa Walker schien ehrlich erleichtert, dass er sich am Ende doch dafür entschieden hatte, die Therapie mit Hanna Hall zu versuchen.

»Was Ihr Honorar betrifft …«

»Das ist kein Problem«, kam Gerber ihr zuvor.

Hanna Hall würde kaum in der Lage sein, einen nennenswerten Betrag zu bezahlen, das wussten sie beide.

»Diese interkontinentalen Telefonate kosten ein Vermögen«, lachte Theresa Walker.

»So oder so muss ich Ihnen recht geben: Die Frau braucht dringend Hilfe. Und nach unserer ersten Hypnosesitzung glaube ich einmal mehr, dass in ihrem Gedächtnis noch manches Verborgene schlummert.«

»Was für eine Wirkung übt Hanna auf Sie aus?«, fragte die Kollegin wie aus heiterem Himmel.

Gerber fühlte sich auf dem falschen Fuß erwischt; er wusste nicht, wie er reagieren sollte. Er schwieg eine Sekunde zu lange, sodass Dr. Walker an seiner Stelle das Wort ergriff.

»Passen Sie auf sich auf, Dr. Gerber.«

»Das werde ich«, versprach er.

Nach dem Telefonat blieb er noch einen Moment bei einem Glas kalter Milch und ein paar Schokokeksen in der Küche sitzen. Nur das Licht, das aus dem offen stehenden Kühlschrank kam, erhellte den Raum.

Was für eine Wirkung übte Hanna Hall auf ihn aus, rief er sich Dr. Walkers Frage in Erinnerung. Und warum war er ihr eine Antwort schuldig geblieben?

Jeder Patient spiegelte sich in seinem Therapeuten, so viel hatte er bereits zu Beginn seines Studiums gelernt. Doch es geschah auch umgekehrt, dies war unvermeidlich. Vor allem, wenn es sich um Kinder handelte. Sosehr ein Psychologe auch die nötige Distanz zu wahren versuchte, so schwierig war es, von manchen Schicksalen nicht emotional berührt zu sein.

Herr B. hatte ihm verschiedene Methoden beigebracht, um mit dem Unglück seiner jungen Patienten umgehen zu können. Methoden, wie man sich einen unsichtbaren Panzer zulegte und trotzdem die nötige Empathie beibehielt.

»Wenn das Grauen dich bis in deine Wohnung verfolgt, bist du nicht mehr zu retten«, hatte er immer gesagt.

Gerber stand vom Tisch auf, stellte das leere Glas in die Spüle und machte die Kühlschranktür zu. Auf bloßen Füßen lief er durch die stille Wohnung ins Schlafzimmer.

Silvia war in ihre Bettdecke eingewickelt und hatte beide Hände zwischen Wange und Kopfkissen geschoben. Bei ihrem Anblick überkam ihn ein schlechtes Gewissen. Da war etwas, das ihn mit Hanna Hall verband. Deswegen war er so rücksichtsvoll und aufmerksam zu ihr, deswegen fühlte er sich verpflichtet, ihr zu helfen.

Auch ich bin nicht mehr der, der ich einmal war, sagte er sich. Der Grund dafür war das Geheimnis, das ihn seit drei Jahren quälte und das er nicht einmal Silvia anvertrauen konnte.

Wie immer schaute er vor dem Zubettgehen noch bei Marco vorbei. Bewacht von einer Nachttischlampe in Kaktusform, schlummerte er seelenruhig in seinem Bettchen, in der gleichen Schlafhaltung wie seine Mutter. Es fühlte sich tröstlich an, dass sein Sohn ihr darin ähnelte.

Er beugte sich vor und gab ihm einen flüchtigen Kuss auf die Stirn. Der Junge regte sich mit leisem Protest, wachte jedoch nicht auf. Noch war er warm eingemummelt, doch der Vater wusste, dass er sich früher oder später freistrampeln und es an ihm sein würde, die Decke wieder um ihn herum festzustecken. Er war schon fast zur Tür hinaus, als er für einen Moment auf der Schwelle stehen blieb.

Kommt es manchmal vor, dass Ihr Sohn mitten in der Nacht nach Ihnen ruft, weil sich ein Monster unter seinem Bett versteckt hat?

Wieder drängte sich das Echo von Hanna Halls Stimme in sein Bewusstsein. Er schüttelte den Kopf. Kann schon mal passieren, dass man mitten in der Nacht auf komische Ideen kommt, versuchte er, sich zu beruhigen.

Aber er rührte sich nicht von der Stelle, sondern starrte wie gebannt auf den dunklen Spalt unter Marcos Bett.

Schließlich machte er einen Schritt vor und dann noch einen, bis er wieder vor dem Bett stand. Er kniete sich auf den Boden. Sein Herz raste.

Doch während Sie die Decke anheben, um besser sehen zu können, läuft auch Ihnen ein Schauer über den Rücken, weil Ihnen plötzlich ein Gedanke durch den Kopf schießt: Was, wenn es doch wahr wäre …

Obwohl er genau wusste, wie albern er sich benahm, konnte Gerber der Stimme in seinem Kopf nicht widerstehen. Er packte den Bettüberwurf an einem Zipfel und hob ihn hoch. Das fahlgrüne Licht der Kaktuslampe leuchtete in die dunkle Höhle hinein.

Kein Monster, nur Spielsachen, die wie auch immer unter dem Bett gelandet waren.

Er ließ den Zipfel sinken. Erleichterung stieg in ihm hoch. Gleichzeitig ärgerte er sich über sich selbst. Wie konnte er nur so hysterisch sein? Mit einem Seufzen beschloss er, endlich schlafen zu gehen.

Er rappelte sich auf und schlich auf leisen Sohlen zur Tür. Ein Rascheln hinter seinem Rücken verriet ihm, dass sein Sohn sich in seinem Bettchen bewegte.

Plötzlich hörte er noch etwas anderes.

Ein Klimpern, silberhell.

Entsetzt fuhr er herum. Nein, das konnte nicht wahr sein! Dieses Geräusch hatte er sich bestimmt nur eingebildet.

In dem Moment ertönte es ein weiteres Mal. Es kam direkt aus Marcos Bett, von unter der Decke. Wie ein Rufen.

Ein Rufen nach ihm.

Mit zwei schnellen Schritten eilte er zu dem Bett. Er riss die Decke herunter.

Es war keine Einbildung. Gelähmt vor Schrecken, starrte er auf den Gegenstand, der direkt aus Hanna Halls Hölle gekommen zu sein schien.

Jemand hatte ein rotes Satinband um den linken Knöchel seines Sohnes gebunden. Und an dem Satinband hing ein silbernes Glöckchen.

10

Sie hatten vereinbart, sich schon um halb acht Uhr morgens zu treffen, damit Hanna nicht auf die anderen Patienten stieß, die ungefähr ab neun in die Praxis kamen.

Um sieben Uhr verließ Gerber das Haus. Wieder hatte er kaum geschlafen. Doch diesmal aus einem handfesten Grund. Während er mit hastigen Schritten die Altstadt von Florenz durchmaß, konnte er das gedämpfte Klingeln des Glöckchens in seiner Jackentasche hören.

Ein Rufen aus dem Reich der Toten.

Ihm war unbegreiflich, wie das rote Satinband an den Knöchel seines Sohnes geraten war. Der Gedanke, dass Hanna Hall seiner Familie so nahe gekommen war, erschreckte ihn außerordentlich. Zumal er nicht verstand, was die Absicht dahinter war.

Eine Frage quälte ihn mehr als alle anderen: *Wann* hatte die Begegnung zwischen Marco und Hanna stattgefunden?

Am Vortag hatte der Junge das Haus nur verlassen, um in die Krippe zu gehen. Das Kindermädchen hatte ihn wie immer morgens gebracht und am Nachmittag wieder abgeholt. Wegen des schlechten Wetters hatten sie keinen Spaziergang im Park unternommen. Es hatte auch keine Geburtstagsfeier im Spieleparadies gegeben, keine Outdoor-Aktivitäten. Die einzige mögliche Antwort lautete, dass der Kontakt auf dem Weg zwischen Wohnung und Krippe erfolgt sein musste, allerdings nicht am Morgen, denn da war Hanna mit ihm zusammen gewesen.

Gerber hatte Silvia nichts von seiner nächtlichen Entdeckung erzählt. Er wollte nicht, dass sie sich unnötig aufregte. Zugleich war ihm nicht wohl dabei, etwas vor ihr verheimlichen zu müssen. Auch wenn das Geheimnis, das er seit drei Jahren in seinem Herzen begraben trug, sehr viel gravierender war. Doch es war im Grunde nur zu ihrem Besten, redete er sich ein.

»Bring du Marco heute in die Krippe, ich hole ihn ab«, hatte seine Ansage gelautet, bevor er das Haus verlassen hatte.

Silvia, die dabei war, Marcos Frühstück zuzubereiten, hatte nach dem Grund für dieses ungewöhnliche Arrangement gefragt. Doch er war schon halb zur Tür hinaus und hatte so getan, als hätte er sie nicht gehört.

Von Hanna Hall war keine Erklärung zu erwarten, sie hätte garantiert alles abgestritten. Er konnte nicht einmal die Therapie mit ihr abbrechen, denn ohne den Nachweis eines Fehlverhaltens seitens der Patientin hätte er sich der Vernachlässigung ihr gegenüber schuldig gemacht. Abgesehen davon riet ihm sein Instinkt dringend davon ab, solche drastischen Maßnahmen zu ergreifen; schließlich war nicht vorherzusagen, wie sie reagieren würde, wenn sie sich zurückgesetzt fühlte.

Er fragte sich, was *Herr B.* an seiner Stelle getan hätte. Mit Sicherheit hätte der Mistkerl sich gar nicht erst so weit auf die Sache eingelassen.

Eine Viertelstunde später schloss Gerber die Tür zu seiner Praxis auf. Im Flur begegnete ihm ein Mitarbeiter der Reinigungsfirma.

»Guten Morgen«, sagte er zerstreut.

Der Mann sah ihn unbehaglich an.

»Was ist los?«, fragte der Psychologe.

»Ich habe gesagt, sie soll draußen auf Sie warten, aber sie meinte, Sie hätten ihr den Zutritt erlaubt. Deswegen habe ich sie reingelassen«, rechtfertigte sich der andere.

Gerber konnte den Rauch von Hanna Halls Zigarette riechen. Auch sie war also zu früh dran.

»Machen Sie sich keine Sorgen, es ist alles in Ordnung«, beruhigte er den Mann.

Tatsächlich war nichts in Ordnung.

Er folgte der Rauchfahne durch den Flur Richtung Sprechzimmer. Eigentlich hätte er erwartet, sie dort anzutreffen, doch auf halber Strecke musste er feststellen, dass die Tür zu dem anderen Zimmer offen stand. Mehr von plötzlicher Wut als von Eile getrieben, beschleunigte er den Schritt, um zu verhindern, was bereits geschehen war. Hanna Hall hatte die rote Linie überschritten; sie hatte genau gewusst, dass sie das nicht tun durfte, doch sie hatte es trotzdem getan.

Herr B. hätte niemals gewollt, dass ein Fremder das Zimmer betrat.

Als er zu dem Bereich der Praxis kam, in den seit drei Jahren niemand mehr einen Fuß gesetzt hatte, blieb Gerber wie angewurzelt stehen.

Hanna Hall stand mit dem Rücken zu ihm in der Mitte des Raumes, den Ellbogen elegant in die Taille gestützt, die Zigarette in der erhobenen Hand. Rauchend blickte sie sich um. Er wollte sie gerade ansprechen, als sie sich zu ihm umdrehte. Noch immer trug sie dieselben Kleider, und in der anderen Hand hielt sie eine Papiertüte, aus der ein Päckchen hervorlugte. Gerber war zu wütend, um sich zu fragen, was es mit dem Geschenk auf sich haben mochte.

»Was ist das für ein Ort?«, fragte sie mit Unschuldsmiene und zeigte auf den grasgrünen Teppich, die blau gestrichene Zimmerdecke mit den weißen Wolken und leuchtend gelben

Sternen, die hohen Bäume aus Pappmaschee mit den goldenen Kronen, die durch lange Lianen aus Kordel miteinander verbunden waren.

Kaum hatte er den Wald seines Vaters betreten, waren Gerbers Kriegsgelüste wie weggeblasen. Eine Welle von Nostalgie überflutete ihn.

Genau diese Wirkung hatte der Ort stets auf alle Kinder ausgeübt.

Um Hannas Frage zu beantworten, drehte er sich zu einem kleinen Tisch mit einem Plattenspieler um. Auf dem Teller lag eine verstaubte Vinylscheibe. Gerber betätigte einen Kippschalter, und der Tonarm legte sich sanft auf die Rille. Nach ein paar Leerlaufdrehungen ertönte eine Melodie.

»Das ist ja Balu! Und Mogli!«, rief Hanna, sobald sie das Lied erkannt hatte. *»Ich wäre gern wie du«*, fügte sie erstaunt hinzu. »Aus dem *Dschungelbuch*.«

»Das hier war das Sprechzimmer meines Vaters«, erklärte Gerber zu seiner eigenen Verblüffung. »Hier hat er seine jungen Patienten empfangen.« Und hier hat er mir alles beigebracht, was ich weiß, dachte er, ohne es auszusprechen.

»Also das Sprechzimmer von Dr. Gerber senior«, bemerkte Hanna.

»Bei den Kindern hieß er immer nur *Herr Balu*.«

Noch immer aufgewühlt, hatte er die Tür zum Zimmer seines Vaters hinter sich geschlossen. Als er sein eigenes Sprechzimmer betrat, saß Hanna Hall rauchend auf dem Schaukelstuhl, als wäre nichts geschehen. Die Tüte mit dem Geschenk neben sich auf dem Boden, wartete sie auf den Beginn der nächsten Therapiesitzung.

Ihr war ganz offensichtlich nicht bewusst, dass sie in einen intimen Bereich vorgedrungen war, und erst recht nicht, dass sie alte Wunden aufgerissen hatte. Gerber hatte den Eindruck, dass sie völlig unberührt von der Welt ihrer Mitmenschen war und nicht in der Lage, mit deren Gefühlen umzugehen. Scheinbar hatte sie nicht einmal die einfachsten Umgangsformen erlernt. Vielleicht lag es daran, dass sie als Kind zu einem Leben in Isolation gezwungen worden war.

Dr. Walker hatte recht: Hanna Hall stellte eine Gefahr dar. Aber nicht, weil sie potenziell gewalttätig war, sondern wegen ihrer Naivität. »Das Tigerbaby spielt mit dem Menschenbaby. Doch das Tigerbaby weiß nicht, dass es das Menschenbaby töten kann. Und das Menschenbaby weiß nicht, dass es vom Tigerbaby getötet werden kann«, hatte sein Vater gesagt. Auf diese knappe Formel konnte man auch das Verhältnis zwischen Hanna Hall und ihm bringen. Daher war im Umgang mit ihr alle Vorsicht geboten.

Gerber schob die Hand in die Hosentasche und berührte das rote Satinband mit dem Glöckchen. Er ging zu seinem Sessel und tat so, als würde er noch etwas auf dem Handy nachschauen, bevor er mit der Sitzung begann. Sie sollte mitbekommen, dass er verstimmt war.

»Stimmt es, dass ein Patient schwere Schäden davonträgt, wenn man eine Hypnotherapie abrupt abbricht?«, beendete Hanna das unbehagliche Schweigen.

»Ja, das stimmt«, musste der Psychologe zugeben.

Ihr Verhalten hatte auf den ersten Blick etwas Kindlich-Treuherziges, doch es steckte offensichtlich auch eine tiefere Bedeutung hinter der Frage. Hanna wollte wissen, ob er wütend auf sie war, deshalb brauchte sie eine Reaktion von ihm. Und es war auch ein Weg, ihm zu verstehen zu geben, dass zwischen ihnen bereits eine Beziehung entstanden war und er sich nicht so einfach aus der Affäre ziehen konnte.

»Ich habe darüber nachgedacht, was Sie mir beim letzten

Mal erzählt haben«, sagte Gerber, um das Thema zu wechseln. »Sie haben mir Ihre Eltern anhand einiger äußerlicher Details beschrieben: das rote Mal am Knöchel Ihrer Mutter und die nicht zu bändigenden Haare Ihres Vaters.«

»Wieso, wie würden Sie denn Ihre Eltern beschreiben?«, drang Hanna einmal mehr in seine Privatsphäre ein.

»Es geht hier nicht um mich.«

Er musste sich zwingen, ruhig zu bleiben. Hätte er die Wahl gehabt, hätte er erwidert, dass seine Mutter weder sprach noch sich bewegte, dafür aber immer lächelte. Denn seit er ein kleiner Junge war, bestand seine einzige Erinnerung an sie aus den Familienfotos, die sich in einem ledergebundenen Album befanden. Und über seinen Vater hätte er nichts anderes zu sagen gewusst, als dass *Herr B.* derjenige war, der auf der ganzen Welt am besten mit Kindern umgehen konnte.

»Ist Ihnen schon mal aufgefallen, dass Erwachsene, wenn sie ihre Eltern beschreiben sollen, nie als junge, sondern immer nur als alte Menschen von ihnen reden?«, fragte Hanna. »Ich habe oft darüber nachgedacht und glaube mittlerweile, es liegt daran, dass sie schon da sind, wenn wir zur Welt kommen. Und wenn man dann älter wird, kann man sich nicht vorstellen, dass sie auch mal zwanzig waren, selbst wenn man damals vielleicht schon Teil ihres Lebens gewesen ist.«

Gerber hatte den Eindruck, Hanna wollte nicht recht mit der Sprache herausrücken. Vielleicht bot ein Gespräch über Eltern im Allgemeinen die Möglichkeit, sich nicht mit der schmerzvollen eigenen Vergangenheit auseinandersetzen zu müssen. Vielleicht waren ihre Eltern tot oder hatten ihr Eremitendasein ohne sie fortgeführt. Er beschloss, sie nicht direkt danach zu fragen, sondern darauf zu vertrauen, dass sie schon von selbst über das Vorgefallene sprechen würde, sobald sie so weit war.

»Ihre Eltern haben sich für ein Nomadenleben entschieden …«

»Als kleines Mädchen habe ich in verschiedenen Regionen der Toskana gewohnt: Arentino, Casentino, Garfagnana, im Appenin, in der Lunigiana, in der Maremma …«, zählte Hanna auf. »Aber das habe ich erst viel später herausgefunden. Erst nachdem ich die Namen der Orte in Erfahrung gebracht hatte. Hätte man mich damals gefragt, wo ich mich gerade befinde, hätte ich keine Antwort gewusst.«

»Gegen Ende unserer letzten Sitzung haben Sie angedeutet, die vielen Umzüge hätten eventuell mit Ado zu tun gehabt«, erinnerte Gerber sie. »Mit der Kiste mit dem eingeritzten Namen auf dem Deckel, die Sie an jeden neuen Wohnort mitgenommen haben.«

»Ado wurde immer direkt neben dem Haus der Stimmen beerdigt«, sagte Hanna.

»Um zu verstehen, welches Verhältnis zwischen Ihnen und Ado bestand, müssen wir uns diesem Komplex stufenweise annähern.«

»Einverstanden.«

»Die *Fremden* …«, sagte der Psychologe.

»Was wollen Sie wissen?«

Gerber las, was er auf seinem Notizblock festgehalten hatte.

»Sie haben von *Regeln* gesprochen und einige davon auch zitiert.«

»Regel Nummer 5: *Wenn ein Fremder dich bei deinem Namen ruft, ergreife die Flucht*«, begann Hanna herunterzuleiern. »Regel Nummer 4: *Komm niemals einem Fremden zu nahe, und lass nie einen Fremden zu nahe an dich heran.* Regel Nummer 3: *Sag niemals einem Fremden deinen Namen.* Regel Nummer 2: *Fremde bedeuten Gefahr.* Regel Nummer 1: *Vertrau nur Mama und Papa.*«

»Also haben diese fünf Regeln Ihr Verhältnis zum Rest der Welt bestimmt«, schlussfolgerte der Psychologe. »Jedes andere Individuum, abgesehen von Ihren Eltern, wurde als mögliche Gefahr angesehen. Folglich war die Welt nur von Bösewichten bevölkert.«

»Nicht nur«, widersprach Hanna Hall. »So habe ich das nie gesagt.«

»Dann erklären Sie mir das bitte noch mal genauer.«

»Die Fremden haben sich unter die normalen Leute gemischt.«

Gerber musste an einen alten Film denken, in dem ein paar Außerirdische in die Haut von Normalsterblichen geschlüpft waren, während diese schliefen, um dann seelenruhig deren Leben weiterzuführen, ohne dass jemand die Täuschung bemerkte.

»Wenn die Fremden sich nicht von den anderen Leuten unterschieden, wie haben Sie sie dann erkannt?«

»Wir konnten sie nicht erkennen«, erwiderte Hanna und sah ihn mit ihren großen blauen Augen an, als wäre ihre Unterhaltung vollkommen alltäglich.

»Und deshalb haben Sie sich von allem ferngehalten. Das scheint mir aber doch etwas übertrieben, finden Sie nicht?«

»Was wissen Sie über Schlangen?«, fragte die Frau wie aus heiterem Himmel.

»Nichts.«

»Wenn Ihnen eine über den Weg läuft, sehen Sie dann, ob sie giftig ist oder nicht?«

»Nein«, musste der Psychologe zugeben.

»Und wie wollen Sie dann das Risiko vermeiden, gebissen zu werden?«

Gerber zögerte einen Moment.

»Indem ich einen Bogen um sie mache.«

Er war in der Zwickmühle. Hannas Argumentation war nicht zu entkräften.

»Warum hatten Sie solche Angst vor den Fremden?«, fragte er.

Die Frau wandte den Blick von ihm ab. Sie schien in ferne Welten abgetaucht zu sein.

»Die Fremden haben die Leute entführt, sie haben sie von ihren Liebsten weggeholt«, sagte sie schließlich. »Weder wusste man, wo sie hingebracht wurden, noch, was mit ihnen geschah. Vielleicht war ich auch einfach nur zu jung, und niemand wollte mir die Wahrheit sagen … Ich wusste nur, dass diese Leute nicht mehr zurückkehrten. Nie mehr.«

Ohne noch etwas hinzuzufügen, setzte Gerber das Metronom in Gang. Gleich beim ersten Schlag schloss Hanna die Augen und begann, sich mit dem Schaukelstuhl vor und zurück zu wiegen.

11

Als ich den Fremden zum ersten Mal begegne, bin ich etwa sieben Jahre alt.

Bis zu diesem Moment hatte es für mich nur *uns* und *die anderen* gegeben.

In meinem kurzen Leben habe ich noch nicht viele Menschen gesehen. Die *anderen* sind weit weg und winzig, sie spazieren am Horizont entlang, man kann ihre Größe zwischen Daumen und Zeigefinger bemessen. Aber ich weiß, dass es sie gibt. Ich weiß, dass sie normalerweise in großen Städten leben, alle zusammen, dicht gedrängt. Ich weiß auch, dass einige von ihnen so sind wie wir. Sie ziehen von einem Ort zum nächsten, sie sind unsichtbar. Jeder hat seine eigenen Gründe, warum er sich von der Welt fernhält. Der eine flieht vor dem Krieg oder einem schrecklichen Schicksal, der andere hat sich verirrt oder ist von zu Hause weggelaufen und will nie mehr zurückkehren. Oder aber er lebt allein, weil er sich von niemandem etwas vorschreiben lassen möchte.

Wir, die wir zur Gruppe der Heimatlosen gehören, sind eine Art Gemeinschaft. Auch wenn wir nie zur selben Zeit an einem Ort sind, hinterlassen wir uns dort gegenseitig Zeichen, die nur wir zu deuten wissen. Mein Vater ist ein wahrer Könner darin. Ein Baum mit einem in die Rinde geritzten Symbol, Steine an einer Straßenecke, die auf bestimmte Weise angeordnet sind. Sie zeigen uns, in welche Richtung wir gehen sollen oder wo Gefahren lauern. Sie sagen uns, wo wir etwas zu essen und zu trinken finden. Wo Menschen sind, die uns bemerken könnten, oder wo wir unbeobachtet sind.

Auch wir tun unseren Teil. Jedes Mal, wenn wir ein Haus verlassen, müssen wir es für diejenigen vorbereiten, die nach uns kommen. Papa nennt es das Gesetz der Wanderer. Es besagt zum Beispiel, dass man Wasser nicht verunreinigen oder die Dinge immer besser hinterlassen soll, als man sie vorgefunden hat.

Wegen dieser Erfahrungen ist mein Bild von den anderen Menschen ein positives, obwohl wir ihnen nie begegnet sind.

Das alles ändert sich auf dem Hof der Ströms.

Die Gegend ist über Kilometer hinweg unbewohnt. Wir haben unser Zelt am Rand eines großen Waldes aufgebaut. Weil wir uns dort nur kurz aufhalten werden, hat Papa Ados Sarg nicht vergraben. Er ist bei uns im Zelt. Wir sind seit einer guten Woche hier.

Diesmal hat die Reise länger gedauert als sonst, fast einen ganzen Monat lang. Es ist Ende November, und allmählich wird es kalt. Um nicht zu frieren, müssen wir auch tagsüber in unsere Schlafsäcke kriechen oder uns in Decken hüllen. Am frühen Morgen macht Mama ein Feuer an, um etwas zu essen vorzubereiten, während Papa seinen Rucksack aufsetzt und die Umgebung erkundet. Erst mit Einbruch der Dunkelheit kommt er zurück.

Eines Abends, als ich gerade einschlafen will, höre ich, wie meine Eltern sich unterhalten.

»Wenn wir nicht bald ein geeignetes Haus finden, müssen wir den Winter hier verbringen«, sagt Papa.

Sein Tonfall gefällt mir nicht. Er ist nicht so fröhlich wie sonst, er klingt besorgt.

»Können wir nicht wieder zurückgehen?«, schlägt Mama vor.

»Nein, können wir nicht«, erwidert er ungewöhnlich brüsk.

»Aber unsere Vorräte gehen zur Neige.«

»Der Landkarte nach zu urteilen, war hier früher mal ein Kohlebergwerk. Daneben haben sie ein Dorf für die Minenarbeiter und ihre Familien errichtet, das inzwischen unbewohnt sein dürfte.«

»Dann lass uns dort hingehen. Ich muss dringend einen Garten anlegen, uns bleibt nur noch eine Ernte.«

»Ich weiß nicht, ob das eine gute Idee ist«, gibt Papa zu bedenken. »Die Gegend ist ziemlich isoliert, wahrscheinlich setzt im Winter kein Mensch einen Fuß dorthin. In einem Dorf hingegen lauert an jeder Ecke eine Falle, und man kann es nur schlecht überschauen.«

»Was machen wir dann? Hierzubleiben ist der helle Wahnsinn, das weißt du auch.«

»Ab morgen werde ich nicht mehr bei Sonnenuntergang zurückkommen wie bisher«, sagt er. »Ich werde mich so weit vorpirschen wie möglich, bis ich einen guten Ort für uns gefunden habe.«

In meinen Schlafsack gehüllt, höre ich, wie Mama in Tränen ausbricht. Papa rückt näher an sie heran, um sie zu umarmen. Ich weiß das, weil ich seinen Schatten auf der Zeltwand sehe.

»Alles wird gut«, verspricht er ihr.

Auch ich möchte am liebsten weinen.

Papa ist früh am Morgen aufgebrochen, zwei Tage ist das schon her. Mama redet nicht viel und ist die ganze Zeit traurig, was sie vor mir zu verbergen versucht.

Am dritten Tag, als die Sonne gerade aufgeht und wir Holz für unser Feuer suchen, tritt plötzlich Papa aus dem Wald hervor und kommt auf uns zu. Ein seltsames Lächeln umspielt seine Lippen.

»Ich habe einen Ort gefunden«, sagt er und legt seinen Rucksack ab. Er lässt uns einen Blick hineinwerfen.

Jede Menge Konservendosen: Bohnen, Corned Beef, Thunfisch.

»Wo hast du das denn alles her?«, fragt Mama, die ihren Augen kaum zu trauen wagt.

»Ein paar Tagesmärsche von hier befindet sich ein verlassener Bauernhof. Um dorthin zu gelangen, muss man allerdings einen Fluss überqueren.«

Sie schauen beide zu mir hinüber. Papa hat mir schon als kleines Kind Schwimmen beigebracht, doch um der Strömung von diesem Fluss standzuhalten, braucht man viel Kraft in den Armen.

»Ich schaffe das schon«, sage ich.

Als der Moment gekommen ist, habe ich große Angst vor dem tobenden Fluss, aber das behalte ich für mich. Papa bindet mir ein Seil um den Bauch und befestigt das andere Ende über Kreuz an seinem Oberköper. Der Abstand zwischen uns beträgt ein paar Meter. Mama macht es mit Ados Sarg genauso.

»Halte dich nicht am Seil fest, es ist nur als Sicherung gedacht«, schärft Papa mir ein. »Du musst schwimmen«, sagt er noch, bevor er mich mit sich ins Wasser zieht.

Am Anfang bin ich so panisch, dass ich nicht einmal die Kälte spüre. Ich schwimme. Nach etwa zehn Metern merke ich, wie meine Kräfte schwinden. Meine Arme bewegen sich wie Schaufelräder, aber ohne dass ich auch nur einen Zentimeter vorankomme. Der Fluss reißt mich mit sich, er zerrt mich an den Beinen nach unten. Statt zu atmen, japse ich nur noch. Ich taste nach dem Seil und finde es nicht. Mein Kopf taucht unter Wasser. Einmal, zweimal, dreimal. Obwohl ich weiß, dass ich es nicht tun sollte, öffne ich beim vierten Mal den Mund und fange an zu schreien. Als er mir das Schwimmen beibrachte, hat Papa mir erklärt: »Das Letzte, was du tun solltest, wenn du ertrinkst, ist um Hilfe schreien.« Und tatsächlich dringt das eisige Wasser in meinen Mund, bahnt sich seinen Weg nach unten in meine Kehle und füllt meine Lungen.

Dann wird alles um mich herum schwarz.

Ein Gewicht drückt schwer auf meine Brust. Plötzlich quillt ein warmer Wasserstrahl aus meinem Mund und ergießt sich über meinen Körper. Ich öffne die Augen. Unter meinem Rücken spüre ich die glatt geschliffenen Kieselsteine, und ich erkenne, dass ich am Ufer des Flusses liege – ich weiß nicht, wie ich hierhin gekommen bin. Der Himmel ist blendend weiß, die Sonne eine dunkle Kugel. Mein Vater hockt über mir, hinter ihm steht Mama. Sie schaut mich ängstlich an, während er noch einmal mit beiden Händen auf meinen Brustkorb drückt. Ein weiterer Wasserschwall sprudelt aus meinen Lungen.

»Los, atmen!«, schreit Papa.

Ich versuche, Luft zu holen, doch nur ein winziges bisschen Sauerstoff gelingt in meinen Organismus. Der Vorgang wiederholt sich, immer wieder. Ich fühle mich wie eine Fahrradpumpe. Ein heftiger Schmerz wütet in meiner Brustgegend. Noch weiß ich es nicht, aber Papa hat mir gerade eine Rippe gebrochen.

Ich bin aus dem Reich der Toten zurückgekehrt. Und endlich atme ich. Schwach, aber immerhin.

Mein Vater zieht mich hoch und schlägt mir ein paar Mal kräftig auf den Rücken, um mich zum Husten zu bringen. Ich schaue nach unten: Das Wasser aus meinen Lungen läuft an mir herunter, dünne Rinnsale, die sich kleinlaut wieder mit dem Fluss vereinen. Wie ein besiegter Teufel, der auf eine Seele verzichten muss und gedemütigt in die Hölle zurückkehrt, zieht sich der Fluss von mir zurück.

Mama drückt mich an sich, Papa umarmt uns beide. Auf den Knien danken wir Ado, dass er mich nicht mit sich genommen hat.

Papa zündet sofort ein Feuer an, damit ich mich daran wärmen kann. Während ich warte, zittere ich vor Kälte. Mama zieht mir die nassen Kleider aus und reißt mehrere Bahnen Zeltstoff ab, um sie über den Bluterguss auf meiner Brust zu wickeln, der sich rasant vergrößert und bald in tausend Farben schillern wird.

»Schaffst du es zu laufen?«, fragt sie.

»Ja, das schaffe ich.«

Das Unterholz ist dicht. Papa bahnt uns einen Weg durch die Zweige, die uns Gesicht, Arme und Beine zerkratzen, ohne dass wir es wirklich bemerken. Die Sonne verschwindet immer wieder minutenlang hinter den Baumkronen, taucht auf und verschwindet erneut. Um uns herum ist alles feucht, und bald sind wir wieder klatschnass.

Statt zwei Tagen brauchen wir vier.

Vor uns liegt das kleine Tal, in der Ferne, aber dennoch nah. Ein Bach schlängelt sich mitten hindurch, daneben befindet sich eine Ruine.

Der Hof der Ströms.

Der Name ist in einen grauen Stein gemeißelt, der in der Nähe des Hauses liegt. Daneben steht das Baujahr: 1897. Wir treten ein und schauen uns um. Das Haus ist groß, die meisten

Räume sind leer. Nur das Erdgeschoss ist mit Möbeln ausgestattet.

Der große Kaminofen aus Gusseisen ist auch zum Kochen gedacht. Auf dem gedeckten Tisch stehen Teller aus Emaille, auf der Anrichte Schüsseln und Pfannen. In der Speisekammer sind jede Menge Lebensmittel gehortet – Gefäße mit Reis und Keksen, Mehl, Zucker, Milchpulver, Käse, Konserven mit Bohnen, Thunfisch und Corned Beef. Sogar Himbeersirup gibt es. Die Schränke sind vollgestopft mit Decken und Wäsche. Auch ein paar Kleidungsstücke hängen an den Bügeln. Die Betten sind gemacht.

Über allem liegt eine dicke Staubschicht. Auf den ersten Blick scheint an dem Ort die Zeit stillzustehen. Die ursprünglichen Bewohner haben ihn schon lange verlassen. Doch danach ist noch jemand gekommen. Er hat seine eigenen Sachen mitgebracht, das Dach und die Wasserpumpe repariert und den Boden umgegraben, um einen Garten anzulegen. Dieser Jemand ist ebenfalls wieder fortgegangen und hat Lebensmittel, Einrichtungsgegenstände und Kleidung für diejenigen zurückgelassen, die nach ihm kommen würden, getreu dem Gesetz der Wanderer.

Leute wie wir.

Als Erstes gräbt Papa ein Loch neben einer Kastanie am Waldrand. Er lässt den Sarg hinabgleiten und schaufelt frische Erde obendrauf. Ado wird in Sicherheit sein, bewacht von dem großen, knotigen Baum.

Mama zündet Weihrauch an, um dem alten Haus zu danken. Dann singt sie ein Lied für das Haus und vertreibt die negativen Energien. Anschließend wählen wir unsere neuen Namen aus. Über meinen denke ich schon seit einer ganzen Weile nach, ich kann es kaum erwarten, mich endlich so zu nennen. *Aschenputtel.* Wie immer laufen wir von Zimmer zu Zimmer und rufen laut unsere neuen Namen. Wir sind glücklich. Keiner spricht es offen aus, doch unsere Freude ist Ausdruck der Gewissheit, einer Menge Probleme entgangen zu sein. Der Aussicht, den Winter in einem Zelt verbringen zu müssen, Kälte und Hunger ausgesetzt. Dem tosenden Fluss, der uns für immer voneinander trennen wollte.

Ich stürme die Treppe hinauf, und meine gebrochene Rippe tut gar nicht mehr weh. Auf dem Speicher entdecke ich etwas, mit dem ich nicht gerechnet hätte. Etwas, das unser Glück bedroht, das sehe ich sofort.

Das erste *Zeichen.*

Drei mit Kreide auf den Boden gezeichnete Figuren, wie von Kinderhand. Ein Mann, eine Frau, ein Mädchen. Die Sonne scheint durch das Gebälk hindurch und erhellt das staubige Halbdunkel. Ich starre auf die Strichmännchen und habe sofort diesen einen Gedanken: Ich kenne sie.

Diese Familie, das sind wir.

Ich beschließe, Mama und Papa nichts davon zu erzählen. Ich will ihnen die Freude nicht verderben. Deshalb reibe ich so lange mit der Schuhsohle über die Kreidezeichnung, bis sie nicht mehr zu sehen ist.

Wir zünden den Ofen an, und Mama kocht eine Suppe zum Abendessen. Papa hat eine Flasche Rotwein in der Speisekammer gefunden, er sagt, es gibt noch mehr davon. Ich darf einen Fingerhut von dem Wein trinken, mit Wasser aus dem Brunnen verdünnt. Bei Tisch sage ich kein Wort, doch der Wein trägt mich davon. Ich denke immer noch an die Zeichnung. Sind diese Strichmännchen wirklich wir? Wie kann das sein? Ich sage mir, dass wir schon einmal hier gewesen sein müssen. Aber wann? Und warum haben wir es vergessen?

Mama hat versprochen, dass sie mir gleich nach unserer Ankunft eine Puppe näht.

Am nächsten Tag geschieht etwas Seltsames. Ich helfe Mama, die Wäsche hinter dem Haus aufzuhängen, als sie plötzlich innehält. Mit der Hand schirmt sie ihre Augen vor der Sonne ab. Sie hat etwas entdeckt. Ihr Blick ist auf den verlassenen Stall gerichtet, der etwa hundert Meter von uns entfernt steht.

Um die Stallluke herum drängen sich Tausende von Fliegen.

Wir beschließen, Papa zu rufen, der auf der anderen Seite vom Haus Holz hackt. Er kommt sofort angelaufen und stellt sich neben uns.

»Okay«, sagt er ernst, »ich schaue mir das mal an.«

Kurze Zeit später sehen wir ihn aus dem Stall stürzen. Mund und Nase hat er mit dem Hemdsärmel bedeckt. Er beugt sich vor und erbricht sich. Dann winkt er Mama zu sich.

Sie schaut mich streng an.

»Du bleibst hier«, sagt sie und geht zu ihm.

Als Papa sich die Axt und mehrere Kalksäcke schnappt, begreife ich: Die Tiere, die den ehemaligen Bewohnern des Hofs gehörten, sind alle tot. Doch nicht das bedrückt Mama und Papa, sondern die Art und Weise, wie sie gestorben sind. Abends, als ich im Wohnzimmer spiele, sehe ich sie am Küchentisch sitzen und reden. Ich begreife, dass die Kühe im Stall verrückt geworden sind, weil sie nichts mehr zu essen hatten.

Das Gesetz der Wanderer schreibt vor, dass die Tiere freigelassen werden müssen, bevor man einen Ort verlässt.

Diese armen Kühe blieben eingesperrt.

Die Tage vergehen und werden immer kürzer. Der Winter naht. Jeden Morgen pflücke ich Blumen auf der Wiese und lege sie unter den Kastanienbaum. Sie sind für Ado. In der Regel bleibe ich ein Weilchen dort stehen und rede mit ihm über die Dinge, die um uns herum geschehen und die, so scheint es mir zumindest, nur ich bemerke.

Die Zeichen.

Abgesehen von den toten Kühen und der Kreidezeichnung auf dem Dachboden schlagen nachts die Türen. Aber nur im oberen Stockwerk, in dem niemand wohnt. Papa sagt, das ist normal, in dem Bauernhaus zieht es an allen Ecken und Enden. Aber warum passiert das dann nie tagsüber? Keiner kann mir eine Antwort geben.

Mama hat die Puppe noch nicht genäht, sie sagt, sie hätte zu viel zu tun und bald würde es anfangen zu schneien. Doch sie hat ihr Reinigungsritual wiederholt. Sie behauptet, alte Häuser würden sich an die Stimmen ihrer Bewohner erinnern und sie bewahren. Nachts versuche ich, ihnen zuzuhören, doch sie sprechen eine Sprache, die ich nicht verstehe. Ein Raunen und Flüstern, das mir Angst macht. Um die Stimmen zum Schweigen zu bringen, stecke ich den Kopf unter die Decke.

Es ist mitten am Tag. Ich trage einen langen Samtrock, der mir bis zu den Knöcheln reicht, eine Strickjacke mit bunten Rhomben, einen Rollkragenpullover, eine Wollstrumpfhose und Wanderschuhe. Mama hat mir eingeschärft, einen Schal umzulegen, wenn ich aus dem Haus gehe. Mir macht es Spaß, die trockenen Blätter auf der Wiese vor dem Bauernhof zu zertreten, ich mag das Knistern. Der Wind dreht, plötzlich ist es viel kälter. Dunkle Wolken ziehen über unser kleines Tal. Wegen des hohen Grases sehe ich erst jetzt, dass da etwas aus der Erde hervorguckt. Ein Stück Stoff. Ich trete näher, vorsichtig, doch meine Neugier ist stärker. Ich knie mich auf den Boden, um es genauer betrachten zu können. Ich strecke die Hand aus, berühre den bunten Fetzen. Mit den Fingern grabe ich die Erde ringsumher auf. Ein Ärmchen kommt zum Vorschein, es ist ganz weich. Dann habe ich auch das andere freigelegt, und schließlich die Beinchen, aber ohne Füße. Am Schluss der Kopf, der im Verhältnis zum Rest des Körpers riesig ist. Die Lumpenpuppe schaut mich aus ihrem einen Auge an. Ich befreie ihre Wollfädenhaare vom Schmutz. Das unerwartete Geschenk macht mich überglücklich. Ich frage mich weder, wie es an diesen Ort gekommen ist, noch, wer es dort hingelegt hat. Ich frage nicht einmal, wer das Mädchen war, für das die Puppe genäht worden ist. Stattdessen beschließe ich, dass wir uns niemals mehr voneinander trennen werden.

Dabei ist die Puppe nur ein weiteres Zeichen.

Der Winter, den wir erwartet und auch befürchtet haben, ist gekommen. Dichter Schnee fällt den ganzen Tag lang, ohne Unterlass. Und wenn es doch einmal aufhört zu schneien, wissen wir, dass die Pause nur von kurzer Dauer sein wird, denn der Himmel ist weiß und schwer.

Ich bin es leid, die ganze Zeit im Haus eingeschlossen zu sein. Papa geht es genauso, doch er behält seinen Unmut für sich, um Mama nicht zu verärgern, die findet, in der kalten Jahreszeit sollte man schön in der warmen Stube bleiben. Eines Morgens erklärt uns Papa beim Frühstück, dass er auf die Jagd gehen wird, mit Pfeil und Bogen. Er hat die Spuren eines großen Wildschweins entdeckt, das in unserer Gegend seine Runden macht, und es wäre schade, es davonkommen zu lassen. Wir hätten für lange Zeit frisches Fleisch und müssten nicht immer die gleichen Konserven essen. Mama hört ihm zu, ohne eine Miene zu verziehen, sie nickt bestätigend, doch sie scheint nicht wirklich überzeugt. Mein Blick geht von einem zum anderen, um herauszufinden, wie das Match wohl enden wird. Papa hat eine ganze Palette an guten Gründen, die er mit reichlich gesundem Menschenverstand garniert. Mama lässt ihn reden, sie weiß ohnehin, dass sie das letzte Wort haben wird. Ich hoffe, dass sie Ja sagt, auf diese Weise hätten wir in diesen eintönigen Tagen wenigstens etwas zu tun. Das Fleisch in Stücke schneiden und konservieren, das Leder gerben. Und vielleicht würde Papa ja auch den Kopf des Wildschweins als Glücksbringer im Haus aufhängen. Endlich äußert sich Mama, doch ihre Worte sind anders als erwartet.

»Einverstanden, aber wir gehen zusammen«, sagt sie mit einem Lächeln.

In meinem Bauch breitet sich Freude aus, und in meinen Augen glitzert es.

Mama und ich backen Brötchen aus Milchpulver und füllen eine Mischung aus Wasser und Himbeersirup in eine Feldflasche. Den Proviant packen wir in einen Stoffrucksack. Papa fettet die Bogenschnur ein und hängt sich den Köcher mit etwa dreißig gespitzten Pfeilen quer über die Brust. Wir lassen das Feuer im Ofen brennen, damit das Haus geheizt ist, wenn wir zurückkommen, und ziehen uns dicke Wolljacken und -mützen an. An den Füßen tragen wir schwere Stiefel.

Unsere Schritte versinken im Schnee. Der Wald ist ruhig. Alle Geräusche scheinen von der Erde verschluckt zu werden. Selbst das leiseste Knistern prallt an den unsichtbaren Wänden des Echos ab, bis es sich in der Ferne verliert.

Papa hat die Spur des Wildschweins entdeckt und eilt voraus, um das Beutetier zu überraschen. Ich halte Mamas Hand. Mir ist klar, dass ich mich absolut ruhig verhalten muss. Ängstlich beobachte ich die Szene. Dann, ohne rechten Grund, schaue ich nach oben in den Himmel. Ich erstarre. Da ich nicht sprechen darf, hebe ich die Hand und zeige Mama, was ich gesehen habe. Auch sie sieht es und hält sich den Mund zu, um nicht zu schreien. Papa hört trotzdem den erstickten Laut. Er kehrt zu uns zurück, um nachzuschauen, was passiert ist. Jetzt ist auch er wie erstarrt vor Schreck.

An einem Ast ganz weit oben in der Baumkrone hängen drei Paar Turnschuhe. Zwei für Erwachsene, eins für ein Kind. Sie schaukeln wie Pendel gemächlich im eisigen Wind.

Ich denke sofort an die ehemaligen Bewohner des Bauernhofs. Diejenigen, die weggegangen sind, bevor wir kamen. Aber wie kann man ohne Schuhe einen Ort verlassen, frage ich mich. Die Antwort lautet: Diese Leute sind nie weggegangen. Sie sind noch da. Oder jemand hat sie entführt.

Mir wird klar, dass sie entweder tot sind oder sich dieser Jemand, der sie entführt hat, noch in der Nähe befindet. Und ich weiß nicht, was mir mehr Angst macht.

»Mama, was ist mit den Leuten passiert?«

Sie schweigt, versucht zu lächeln, aber ihre Angst ist stärker. Sie verzieht die Lippen auf unnatürliche Weise, sodass ihr Lächeln zu einer Grimasse wird.

Es ist Abend. Das Feuer knistert im Kamin. Papa ist draußen, er macht einen Kontrollgang ums Haus. Am Ende haben wir kein Wildschwein erlegt. Wir sind zurückgekehrt und haben die Turnschuhe in der Baumkrone hängen lassen.

»Willst du, dass wir deiner Puppe ein zweites Auge nähen?«, fragt Mama, um meine Gedanken von den Ereignissen des Tages abzubringen.

»Nein, danke«, erwidere ich gut erzogen. »Ich mag die Puppe so, wie sie ist. Sie hat nur ein Auge, aber mit dem einen Auge sieht sie Dinge, die wir nicht sehen. Unsichtbare Dinge.«

Mama überläuft ein Schauer. Vielleicht macht meine Puppe ihr Angst.

Während ich schlafe, sieht meine Lumpenpuppe Mama und Papa in der Küche sitzen und diskutieren.

»Wir müssen sofort weg von hier«, sagt Mama, den Tränen nahe.

»Wir können nicht eher weg, bis der Frühling kommt, das weißt du doch. Wir müssen warten, bis der Schnee geschmolzen ist«, entgegnet Papa in der Hoffnung, sie zu beruhigen.

»Und wenn sie auch nach uns suchen?«, fragt sie verzweifelt.

Meine Puppe versteht nicht, wer diese Leute sind, die von einem Moment auf den anderen kommen können.

»Du hast doch auch die Schuhe im Baum und die Kühe im Stall gesehen«, fährt Mama fort. »Und wir haben uns nie gefragt, woher diese ganzen Sachen hier im Haus stammen und warum unsere Vorgänger sie dagelassen haben.«

»Das stimmt, wir haben uns die Frage nie gestellt. Aber wir brauchten einen Ort, an dem wir bleiben konnten, anders hätten wir nicht überleben können.«

Mama packt Papa am Kragen und zieht ihn zu sich heran.

»Sie werden sie mitnehmen, und wir sehen sie nie wieder …« Sie fügt hinzu: »Die Fremden interessieren sich nicht für uns, sie wollen uns nur wehtun.«

Die Puppe hört dieses Wort. *Fremde*. Sie berichtet mir brühwarm, worüber Mama und Papa gesprochen haben. Es ist das erste Mal, dass ich von den Fremden erfahre. Und ich komme zum ersten Mal zu der Überzeugung, dass unser Nomadenleben keine freiwillige Entscheidung ist. Wir fliehen vor etwas, auch wenn ich nicht weiß, wovor.

Der Winter ist lang. Wir warten auf den Frühling und achten streng darauf, unsere Anwesenheit auf dem Hof der Ströms geheim zu halten. Zum Beispiel machen wir das Feuer im Ofen oder Kamin erst abends an, wenn es dunkel wird und man den Rauch aus der Ferne nicht sehen kann.

Die Monate vergehen, und endlich beginnt der Schnee rund um den Hof der Ströms zu schmelzen. Aber zum Weiterziehen reicht es noch nicht. Mama ist nervöser als sonst, und Papa gelingt es nicht, sie zu beruhigen. Sie ist überzeugt, dass die Fremden im Anmarsch sind und wir dringend etwas tun müssen, um das Schlimmste zu verhindern. Ich weiß nicht, was dieses »Schlimmste« sein soll, von dem Mama spricht. Ich habe trotzdem Angst.

Eines Nachmittags überrasche ich sie dabei, wie sie am Fenster ihres Zimmers, wo mehr Licht hinfällt, etwas näht. Ich weiß nicht, was es ist, doch sie hat den Satinsaum eines alten Abendkleids abgetrennt und von einem Militärabzeichen, das wir in einer Truhe gefunden haben, ein Stück Silber abgelöst. Papa hat sich mit seinem Werkzeug in den Stall verzogen, man hört ihn sägen und hämmern.

Nach dem Abendessen, bevor wir zu Bett gehen, setzt Papa sich in den alten Sessel und nimmt mich auf den Schoß. Mama hockt sich neben uns auf den Teppich. Sie haben etwas für mich. Ein Geschenk. Meine Augen glänzen vor Freude. Ich nehme das in braunes Papier gewickelte und mit einer Bastschleife versehene Geschenk entgegen und packe es aus.

In dem Päckchen befindet sich ein Band aus rotem Satin mit einem Glöckchen daran.

Mama bindet es mir um den Knöchel und sagt:

»Morgen werden wir ein schönes Spiel spielen.«

Ich kann nicht einschlafen, weil ich so aufgeregt bin. Am nächsten Morgen beeile ich mich mit dem Frühstück, um endlich mehr über das geheimnisvolle Spiel zu erfahren. Dank des Glöckchens werden meine Schritte von einem fröhlichen

Läuten begleitet, das im ganzen Haus zu hören ist. Meine Eltern sind bereits aufgestanden und warten im Wohnzimmer auf mich. Sie stehen neben dem Kamin, lächeln mich an, und dann machen sie beide einen Schritt zur Seite. Auf dem Teppich hinter ihnen steht eine Kiste, wie die von Ado. Aber sie ist etwas größer.

»Das Spiel besteht darin, so lange wie möglich in der Kiste zu bleiben«, erklärt mir Papa. »Komm, wir probieren es mal aus.«

Ich bin verblüfft. Ich will nicht in diese Kiste steigen. Was für ein Spiel soll das sein? Doch sie sehen so zufrieden aus, dass ich sie nicht enttäuschen will, also tue ich, was sie sagen. Ich lege mich in die Kiste und schaue nach oben, in ihre lächelnden Gesichter.

»Jetzt legen wir den Deckel drauf«, sagt Papa. »Aber keine Sorge, wir legen ihn erst mal nur lose auf.«

Dieses »erst mal« gefällt mir nicht. Doch ich sage nichts. Wir machen die Probe, und sie zählen zusammen die Minuten, die vergehen, während ich mich frage, wie ich dieses Spiel gewinnen kann.

»Nach dem Frühstück machen wir den Deckel richtig zu«, verkündet Mama. »Du wirst sehen, das wird sicher lustig.«

Es ist überhaupt nicht lustig. Das Spiel macht mir Angst. Als Papa den Deckel festnagelt, hallen die Hammerschläge in meinem Kopf wider. Jeder Schlag ein Zucken. Ich schließe die Augen. Das geschieht nicht wirklich, das ist nur ein böser Traum. Ich fange an zu weinen.

»Hör auf zu weinen«, sagt Mama mit ihrer allerstrengsten Stimme.

Es ist dunkel und eng in der Kiste, ich kann meine Arme nicht bewegen.

»Wenn du das Gefühl hast, es geht nicht mehr, wackle mit dem Fuß, an dem das Glöckchen ist. Wir hören das dann und machen die Kiste auf«, sagt Papa.

»Aber versuch, so lange wie möglich durchzuhalten«, schärft Mama mir ein und fängt an zu zählen.

Die ersten paar Male klingele ich mit dem Glöckchen, bevor sie die Hundert erreicht hat. Ich will dieses Spiel nicht mehr spielen, doch sie wollen unbedingt weitermachen. Es ist wichtig, sagen sie. Ich verstehe nicht, warum, aber ich kann mich nicht wehren. Den ganzen Tag geht das so. Manchmal kann ich die Tränen nicht zurückhalten. Ich merke, dass sie dann ein schlechtes Gewissen haben. Also machen wir eine kleine Pause, bevor es wieder losgeht.

Abends bin ich so müde und erschöpft, dass ich beim Essen keinen Bissen herunterwürgen kann. Mama und Papa bringen mich ins Bett, sie bleiben bei mir sitzen und streicheln meine Hände, bis ich eingeschlafen bin. Sie geben mir einen Kuss und bitten mich um Verzeihung. Dann weinen auch sie.

Am nächsten Morgen weckt mich Mama. Sie sorgt dafür, dass ich mich anziehe, und führt mich nach draußen. Ich sehe Papa, der unter der alten Kastanie steht. Er hat einen Spaten in der Hand. Beim Näherkommen sehe ich, dass er ein Loch neben der Stelle gebuddelt hat, an der Ado begraben ist. Zu seinen Füßen steht meine Kiste. Sofort habe ich einen dicken Kloß im Hals. *Warum tut ihr mir das an?* Ich habe große Angst. Mama und Papa haben mich nie schlecht behandelt, diese Angst ist etwas ganz Neues für mich und deswegen umso schrecklicher.

Mama kniet sich vor mich hin.

»Wir werden die Kiste jetzt in das Loch runterlassen. Diesmal spielen wir das Spiel bis zum Ende, bis zu dem Moment, in dem Papa die Kiste mit Erde bedeckt.«

»Ich will nicht«, sage ich schluchzend.

Doch Mamas Blick ist hart, er lässt keinen Raum für Mitleid.

»Wenn du das Gefühl hast, keine Luft mehr zu kriegen, klingelst du mit dem Glöckchen, und wir holen dich raus.«

»Ich will nicht«, wiederhole ich verzweifelt.

»Hör zu, du bist ein ganz besonderes Mädchen.«

Ein ganz besonderes Mädchen? Das habe ich nicht gewusst. Was soll das bedeuten?

»Deswegen müssen Papa und ich dich vor den Fremden beschützen. Sie suchen nach dir. Wenn du leben willst, musst du lernen zu sterben.«

Nach mehreren Anläufen ist es so weit. Papa hat die Kiste zugenagelt. Nach einer Weile höre ich, wie die Erde auf den Deckel fällt, Schaufel für Schaufel. Ein abgehacktes, dumpfes Geräusch. Je dicker die Schicht über mir wird, umso weicher wird der Aufprall. Ich höre, wie der Spaten in gleichmäßigen Abständen in die Erde sticht. Und ich höre meinen Atem, er ist schneller als sonst. Am Ende ist da nur noch er. Und mein kleines Herz, das in meinen Ohren wummert.

Die Stille um mich herum ist schlimmer als die Dunkelheit. Ich denke an Ado. Ich habe mich nie gefragt, wie das für ihn wohl ist, den ganzen Tag eingeschlossen in seinem Sarg unter der Erde zu liegen. Jetzt tut er mir leid. Er hat nicht mal ein Glöckchen an seinem Knöchel. Niemand kann ihm helfen.

Ich habe jedes Gefühl für die Zeit verloren, weil ich vergessen habe, die Minuten zu zählen. Mein Atem wird schwerer. Lange werde ich das nicht mehr durchstehen. Ich bewege die Beine. Das Läuten des Glöckchens ist ohrenbetäubend, viel zu laut. Doch ich mache weiter. Ich will nicht mehr hier unten begraben sein. Ich will nicht sterben. Aber nichts passiert.

Warum höre ich den Spaten nicht, der in den Boden eindringt? Ein schrecklicher Verdacht überkommt mich. Was ist, wenn Mama und Papa mich nicht hören können? Wenn sie sich verrechnet haben? Ich beginne zu schreien. Ich weiß, dass ich es nicht tun sollte, dass es eine ähnliche Situation ist wie damals, als ich fast im Fluss ertrunken wäre. »Das Letzte, was du tun solltest, wenn du ertrinkst, ist um Hilfe schreien.« Die Luft ist schnell verbraucht; ich fühle mich wie eine Kerze in einem umgestülpten Glas. Mein Atem wird schwächer, meine Stimme erstirbt. Ich bringe keinen Ton mehr hervor. Meine Augen fallen zu, ich schnappe nach Luft und fange an zu zittern. Ich krümme und winde mich in diesem beengten Raum, von Krämpfen geschüttelt, ich kann gar nicht mehr aufhören.

Eine unsichtbare Hand legt sich auf meinen Mund. Ich bin tot.

12

Plötzlich war Hanna wieder da. Mit aufgerissenen Augen beugte sie sich aus dem Schaukelstuhl nach vorne, doch sie bekam noch immer nicht richtig Luft.

»... vier, drei ...« Pietro Gerber beeilte sich mit dem Zählen, um den Weg zurück in die Realität für sie zu beschleunigen. »... zwei, eins – atmen! Los, atmen Sie!«

Beide Hände um die Armlehnen gekrallt, verharrte sie regungslos. Noch immer ging ihr Atem stoßweise.

»Sie sind nicht mehr in der Kiste, es ist vorbei«, versuchte der Hypnotiseur, sie zu beruhigen, und nahm ihre Hand.

Gerber war so gebannt von ihrer Erzählung gewesen, dass er sich auch jetzt noch an einem anderen Ort wähnte. Er hörte das Läuten des Glöckchens in seiner Hosentasche. Wie Hanna Hall verspürte auch er ein Gefühl von Panik. *Und er hatte sie wieder berührt*. Kein Wunder bei so einer Horrorstory, sagte er sich. Der Gedanke an seinen Sohn, der mit dem verdammten Satinband um den Knöchel in seinem Bettchen schlief, machte es auch nicht besser.

Endlich schien seine Patientin wieder Kontakt mit der Realität aufzunehmen. Sie begann, gleichmäßig zu atmen.

»Gut so«, spornte der Psychologe sie an und zog diskret seine Hand zurück.

Hanna ließ ihren Blick durchs Zimmer schweifen, als wäre sie geistig noch immer nicht wieder ganz zurückgekehrt.

Gerber trat zum Bücherschrank, öffnete eine der beiden Flügeltüren und nahm eine Flasche Pellegrino heraus. Als er etwas Wasser in ein Glas goss und es der Patientin reichte, bemerkte er, dass seine Hände zitterten. Ich muss mich beruhigen, sagte er sich. Hoffentlich hat sie nichts gemerkt.

»Ich bin tot«, wiederholte Hanna und sah ihn aus schreckgeweiteten Augen an. »Ich bin tot.«

»Sie sind nicht tot.«

»Woher wollen Sie das wissen?«, fragte sie fast flehend.

Gerber wandte sich zu ihr um.

»Wenn es so wäre, dann wären Sie nicht hier.«

Eine naheliegendere Antwort hätte er ihr nicht geben können, doch Gerber wusste zugleich, dass es die ungeeignetste von allen war. Er hatte es mit einer Frau zu tun, die unter schweren paranoiden Störungen litt, das durfte er nicht vergessen. Jemanden, der von Ängsten besessen war, auf nackte Tatsachen aufmerksam zu machen, würde rein gar nichts helfen.

»Ich hatte überhaupt keine Erinnerung mehr an den Hof der Ströms.«

»Tut mir leid, dass sie so plötzlich wiedergekommen ist. Und vor allem, dass die Rückkehr aus der Hypnose so traumatisch für Sie war.«

Doch Hanna schien den Schock bereits verdaut zu haben. Ihr Gesichtsausdruck veränderte sich von einem Moment zum anderen und war wieder so undurchdringlich wie sonst. Sie schob die Hand in ihre Umhängetasche und holte Feuerzeug und Winnies hervor, als wäre nichts weiter vorgefallen.

Als würden in diesem Körper zwei völlig verschiedene Persönlichkeiten leben, dachte Gerber verwundert.

»Sie haben mich gehört …«

»Wer? Die Fremden?«

»Nein, meine Eltern ... Das Läuten des Glöckchens ist bis zu ihnen vorgedrungen, haben sie mir später erzählt, wie aus weiter Ferne. Aber sie haben mich nicht sofort ausgegraben.« Hanna nahm einen langen Zug von ihrer Zigarette und schaute ihn prüfend an. »Sie wussten, ich würde das Bewusstsein verlieren, doch sie wollten herausfinden, wie lange ich es dort unten aushalten würde. Das Glöckchen sollte mich in dem Glauben wiegen, dass ich um Hilfe rufen könnte. In Wirklichkeit diente es nur dazu, mich ruhigzustellen.«

»Finden Sie es richtig, wie Ihre Eltern sich verhalten haben?«

»Die Fremden sind nie zum Hof der Ströms gekommen. Als es Sommer wurde, sind wir von dort weggezogen.«

»Das habe ich nicht gefragt ...«, beharrte der Psychologe.

Hanna dachte nach.

»Eltern haben die Pflicht, ihre Kinder zu beschützen. Der Sarg war das beste Versteck, das sie finden konnten: Die Fremden hätten mich niemals dort entdeckt. Mama und Papa mussten es ihnen so schwer wie möglich machen, um jeden Preis ... Schließlich war ich ein *besonderes Mädchen*«, fügte sie mit einem bitteren Lächeln hinzu.

»Was war Ihrer Meinung nach das Besondere?«

Hanna reagierte nicht. Sie streifte die Asche von ihrer Zigarette ab und sah auf die Uhr.

»Bald kommen Ihre anderen Patienten, ich gehe jetzt wohl besser.«

Sie erhob sich, nahm die Tüte mit dem Geschenk, das sie am Morgen mitgebracht hatte, und reichte es ihm.

»Das ist für Ihren Sohn.«

Der Psychologe erkannte erst jetzt, dass sich in dem Päckchen ein Buch befand.

»Das kann ich nicht annehmen«, sagte er, bemüht, nicht allzu unhöflich zu klingen.

Die Frau wirkte enttäuscht.

»Ich wollte Ihnen nicht zu nahetreten.«

»Sie sind mir nicht zu nahegetreten. Es ist nur unangemessen.«

Hanna dachte einen Moment über seine Worte nach, als wollte sie herausfinden, was an ihrer Geste falsch gewesen sein könnte.

»Bitte, lassen Sie es mich nicht wieder mit ins Hotel nehmen«, sagte sie schließlich und hielt ihm erneut das Päckchen hin.

Du hast ohne Erlaubnis das Zimmer meines Vaters betreten. Du hast dich meiner Familie angenähert. Ich weiß nicht, wie, aber du hast ein Glöckchen um den Knöchel meines Sohnes gebunden. Ich werde dir nicht gestatten, noch weiter in mein Leben einzudringen.

»Das ist nicht gut für die Therapie«, erklärte er. »Zwischen uns muss immer ein gewisser Sicherheitsabstand bleiben.«

»Sicherheitsabstand für wen?«, fragte die Frau.

»Für uns beide«, lautete die klare Antwort von Pietro Gerber.

Er erinnerte sich an sein Versprechen Theresa Walker gegenüber, dass er sich erkundigen würde, wo Hanna Hall untergekommen war. Da sie ihr Hotel nun schon einmal erwähnt hatte, nutzte er die Gelegenheit, darauf zurückzukommen.

»Ich welchem Hotel übernachten Sie eigentlich?«, fragte er.

»Im Albergo Puccini. Es hat zwar sicher schon bessere Tage gesehen, und das Frühstück ist nicht inbegriffen, aber etwas anderes kann ich mir nicht leisten.«

Gerber speicherte den Namen in seinem Kopf ab. Falls Gefahr drohte, würde er wissen, wo er sie erreichen könnte.

Die Frau drückte die Zigarette aus, nahm ihre Sachen und

machte Anstalten zu gehen. An der Türschwelle wandte sie sich noch einmal um.

»Finden Sie, dass ich wegen der Geschichte mit dem Sarg meine Eltern hassen sollte?«

Er gab die Frage zurück.

»Würden Sie denn ein solches Gefühl für angebracht halten?«

»Ich weiß nicht … Jedes Mal, wenn wir aus dem Haus der Stimmen weggezogen sind, haben meine Eltern sich eine neue Möglichkeit ausgedacht, um mich in Sicherheit zu bringen. Der Sarg war eine davon. Wir hatten die unterschiedlichsten Verstecke in all den Jahren: Mauernischen, doppelte Wände in Schränken, ein geheimes Zimmer unter dem Kamin …« Hanna machte eine Pause. »Was würden Sie tun, um Ihren Sohn im Falle einer Gefahr zu verteidigen?«

»Alles«, sagte Gerber wie aus der Pistole geschossen. Sein Tonfall ließ keinen Zweifel daran, dass dies auch eine Warnung an sie bedeutete.

Kaum hatte Hanna Hall das Dachgeschoss verlassen, begann sich das Karussell in Gerbers Kopf zu drehen.

Wenn du leben willst, musst du lernen zu sterben.

Um seine Unruhe besser in den Griff zu bekommen, beschloss der Psychologe, ein paar Details aus dem Bericht der Patientin zu überprüfen. Er hatte nicht viele Anhaltspunkte, daher begann er mit dem Hof der Ströms.

Bei Hannas Erwähnung eines verlassenen Bergarbeiterdorfs hatte Gerber gleich an die Siedlungen im toskanischen Erzgebirge zwischen Grosseto, Pisa und Livorno gedacht.

Bestimmt befand sich das Haus dort in der Nähe.

Ström war jedoch alles andere als ein typisch toskanischer Name. Aber als er den Namen im Internet eingab, entdeckte der Psychologe, dass sich tatsächlich Ende des neunzehnten Jahrhunderts eine Familie dänischen Ursprungs zwecks Gründung eines Zuchtbetriebs in der Gegend niedergelassen hatte.

Er klickte auf eine Satellitenkarte, um nach dem Fluss zu suchen, in dem Hanna beinah ertrunken wäre. Seinem Lauf folgend, stieß er auf ein dicht bewaldetes Stück Land. Er vergrößerte die Ansicht und entdeckte eine fast vollständig von Pflanzen überwucherte Ruine in der Nähe eines Bachs.

Der Bauernhof war noch da. Mit dem Stall und der Kastanie, unter der Hanna Hall höchstwahrscheinlich erfahren hatte, was es bedeutete, lebendig begraben zu sein.

Was würden Sie tun, um Ihren Sohn im Falle einer Gefahr zu verteidigen?

In den folgenden Stunden hätte Gerber seine volle Aufmerksamkeit seinen jungen Patienten widmen sollen, doch es gelang ihm nicht, sich zu konzentrieren. Das, was er am Morgen erlebt hatte, war noch zu präsent. Außerdem hatte sich Hannas letzter Satz, bevor sie gegangen war, in ihn eingebrannt. Was sollte das bedeuten? War das etwa eine Drohung gewesen?

Es bahnte sich gerade das Schlimmste an, was in seinem Beruf passieren konnte: Die Patientin versuchte, die Oberhand zu gewinnen. Normalerweise wäre dies ein Grund, die Behandlung sofort abzubrechen – was bei einer Hypnotherapie, wie er nur allzu gut wusste, alles andere als ratsam war. Doch er wurde das Gefühl nicht los, dass die Therapie ihm entglitt.

Gegen Mittag, nach einer Sitzung mit einem neunjährigen Mädchen, das von permanenten Albträumen gequält wurde, beschloss er, sich eine Pause zu gönnen und seine Frau anzurufen.

»Hast du mich vermisst?«, fragte sie fröhlich. »Normalerweise rufst du nie um diese Uhrzeit an.«

Silvia beschwerte sich oft über das schlechte Timing ihres Mannes. Diesmal schien sie geradezu Gefallen daran zu finden.

»Ich hatte Lust auf ein Schwätzchen, mehr nicht«, rechtfertigte er sich.

»Kein guter Tag heute? Beim Frühstück kam es mir fast so vor«, sagte seine Frau in Anspielung auf die düstere Miene, mit der er am frühen Morgen überstürzt das Haus verlassen hatte.

»Es hat schon bessere Tage gegeben«, räumte Gerber ein.

»Wem sagst du das?«, klagte Silvia. »Heute Morgen habe ich ein Pärchen ertragen müssen, das, kaum war der Honeymoon vorbei, gegenseitige Mordgelüste entwickelt hat.«

»Ich war heute zum ersten Mal seit drei Jahren in dem verschlossenen Zimmer«, brach es unvermittelt aus ihm heraus.

Seine Frau schwieg einen langen Moment.

»Und wie fühlst du dich jetzt?«

»Desorientiert.«

Silvia und *Herr B.* waren einander nie begegnet. Pietro Gerber hatte die Frau seines Lebens wenige Monate nach dem Tod seines Vaters kennengelernt. Schon sehr bald hatten sie sich verlobt. Liebe auf den ersten Blick, hatte es in seinem Bekanntenkreis geheißen.

Die Wahrheit war, dass er jemanden an seiner Seite gebraucht hatte.

Er hatte eine Frau gesucht und enorm viel Energie für die Suche aufgebracht. Eine Frau und ein Kind zu haben, war für ihn, dessen eigene Familie nur noch eine schmerzvolle Erinnerung war, ein besonderes Bedürfnis gewesen. Vielleicht war sein unbedingtes Verlangen, zu heiraten und sich fortzupflanzen, nicht wirklich gesund gewesen. Wahrscheinlich hätte Silvia mehr Zeit gebraucht. Die Unbeschwertheit einer jungen

Liebe, bei der man noch nichts vom anderen wusste und das allmähliche Kennenlernen in vollsten Zügen genoss, hatte bei ihnen gefehlt. Tatsächlich hatte es einen Moment gegeben, in dem die Entscheidung zusammenzuziehen die ganze Beziehung auf den Prüfstand gestellt hatte. Auch wenn sich die Dinge schließlich zum Guten gewendet hatten, war der Eindruck geblieben, dass sie zwischen ihrem Kennenlernen und dem Heiratsversprechen einige wichtige Schritte übersprungen hatten.

»Warum sprichst du nie mit mir über ihn?«

Gerber hatte nicht bemerkt, dass er sein Handy unnatürlich fest umklammert hielt. Vor lauter Anspannung waren seine Knöchel weiß geworden.

»Weil ich noch nicht mal *mein Vater* sagen kann …«

Silvia hatte das Thema bislang nie angeschnitten, obwohl sie sich sicher schon des Öfteren Gedanken darüber gemacht hatte. Gerber nannte ihn *Herr B.*, in Anlehnung an *Herrn Balu*, den Spitznamen, den seine jungen Patienten ihm vor Jahren gegeben hatten. Es war ein Weg, seine Verachtung für diesen Vater auszudrücken, der nicht mehr da war.

»Du hast mir im Grunde nie erzählt, was zwischen euch vorgefallen ist«, sagte Silvia, ohne ihre Enttäuschung zu verhehlen.

Doch Pietro hatte nicht die Kraft, ihr sein Geheimnis anzuvertrauen.

»Können wir bitte von was anderem reden? Ich weiß nicht mal, warum ich überhaupt damit angefangen habe.«

»Klar. Nur eins noch«, beharrte seine Frau. »Wenn du ihn so sehr hasst, warum übst du dann den gleichen Beruf wie er aus?«

»Als ich rausgefunden habe, wer er wirklich gewesen ist, war es leider schon zu spät.«

Silvia drang nicht weiter in ihn, wofür er dankbar war. Vielleicht würde er eines Tages in der Lage sein, ihr die Wahrheit zu sagen, aber für den Moment wollte er es dabei belassen.

»Meine Assistentin hat mir übrigens vorhin ein Päckchen übergeben«, sagte sie, als er das Telefonat schon beenden wollte. »Ich hätte es dir heute Abend erzählt, aber da wir jetzt schon miteinander reden …«

»Was für ein Päckchen?«, fragte Gerber alarmiert.

»Es sieht aus wie ein Buch. Jemand hat es für Marco in der Praxis hinterlassen.«

Er hatte das Gespräch rasch beendet, damit Silvia seine Beunruhigung nicht bemerkte. Hektisch schnappte er sich seinen Mantel, stürmte die Treppe des Palazzos hinunter und hielt ein Taxi an.

Die Angst fraß ihn schier auf. Die Vorstellung, dass sich Marco – sein Kind – seinetwegen in Gefahr befinden könnte, machte ihn angreifbar und wütend zugleich.

Er gab dem Taxifahrer die Adresse des Kindergartens und bat ihn, so schnell zu fahren, wie er konnte. Die Fahrt kam ihm trotzdem unendlich vor.

Was würden Sie tun, um Ihren Sohn im Falle einer Gefahr zu verteidigen?

Hanna Hall hatte »verteidigen« und nicht »beschützen« gesagt. Ob sie das Wort bewusst gewählt hatte? Vermutlich, diese Frau tat nichts ohne eine konkrete Absicht dahinter.

Beim Kindergarten angekommen, drückte er dem Taxifahrer ein paar Scheine in die Hand und eilte auf den Eingang zu. Kaum hatte er die Schwelle übertreten, blieb er wie angewurzelt stehen. Der Schreck war ihm in die Glieder gefahren. Was drang da für ein Geräusch an seine Ohren?

Das silbrige Geläut Dutzender Glöckchen hatte ihn empfangen.

Er folgte dem Klingeln durch einen langen Flur, bis er in den Gemeinschaftssaal kam, ein Labyrinth aus Stofftunneln, Rutschbahnen und Turnmatten. Endlich entdeckte er in dem Gewusel eine Erzieherin.

»Da ist ja Marcos Papa!«, rief sie herzlich, als sie ihn bemerkte. »Wie kommt's, dass Sie heute schon so früh da sind?«

Gerber sah seinen Sohn, der zusammen mit anderen Kindern in der Spiellandschaft herumtobte und gerade in einer Höhle verschwand. Jedes Kind hatte ein rotes Satinband mit einem Glöckchen um den Knöchel gebunden.

Der Psychologe griff in seine Hosentasche und zog das Glöckchen hervor, das er gestern Nacht an Marcos Fuß entdeckt hatte. Das Zauberding, das laut Hanna Hall die Macht hatte, einen aus dem Reich der Toten zurückzuholen.

»Seit ein paar Tagen spielen wir ein sogenanntes Tonspiel«, kam die Erzieherin seiner Frage zuvor. »Die Kinder sind total begeistert.«

Bei Pietro Gerber hingegen hielt sich die Begeisterung in Grenzen.

13

»Wenn Hanna Hall das Glöckchen an Marcos Knöchel bemerkt hat, heißt das, sie hat während der Hypnose gelogen.«

»Der Punkt ist doch, dass diese Frau unseren Sohn überhaupt gesehen hat!«, rief Silvia aufgebracht. »Das bedeutet, sie spioniert uns nach.«

»Aber warum hätte sie eine Lüge in ihren Bericht einbauen sollen, wenn sie doch wusste, dass ich es höchstwahrscheinlich herausfinden würde?«

»Vielleicht, weil sie eine Psychopathin ist?«, bemerkte seine Frau angriffslustig.

Doch Pietro Gerber wollte so schnell nicht klein beigeben. Vielleicht verhielt es sich ja genauso wie bei dem Blatt Papier mit Ados Namen. Lauter Merkwürdigkeiten, die das Mysterium um diese Frau noch undurchdringlicher machten und ihn an den Rand der Verzweiflung brachten.

Silvia hatte sich mit wachsender Besorgnis die Zusammenfassung der Ereignisse angehört, die seit Beginn seiner Bekanntschaft mit Hanna Hall eingetreten waren. Sie sprachen bereits seit einer halben Stunde in ihrem Wohnzimmer darüber. Das Abendessen hatten sie ausgelassen, weil keiner von beiden Appetit verspürt hatte. Zu viel Spannung lag in der Luft. Sie mussten rasch eine Lösung finden, bevor es zu spät war.

Silvia, die auf dem Sofa saß, blätterte in dem Buch, das Hanna Marco geschenkt hatte.

Der fröhliche Bauernhof.

»Fröhlich« stimmte ja schon mal überhaupt nicht, hatte der Psychologe sofort gedacht. Dass es sich um eine Analogie zum Hof der Ströms handeln musste, lag auf der Hand. Wieder hatte Hanna Hall ihm auf verschlungenen Pfaden eine beunruhigende Nachricht zukommen lassen, für die es Tausende von Interpretationsmöglichkeiten gab – eine erschreckender als die andere.

Es war wie bei einem perfiden Ränkespiel: Jedes Mal, wenn er ein Rätsel gelöst zu haben meinte, verbarg sich dahinter ein weiteres, das noch schwieriger zu entschlüsseln war.

»Diese Geschichte gefällt mir ganz und gar nicht«, sagte Silvia.

»Vielleicht versucht Hanna Hall einfach nur, mir etwas zu sagen, und ich bin zu dumm, es zu verstehen.«

Von plötzlicher Wut ergriffen, sprang Silvia vom Sofa auf und schleuderte das Buch zu Boden.

»Warum verteidigst du sie eigentlich immer? Gib doch endlich zu, dass sie dich manipuliert!«

Sie kochte vor Zorn. Gerber konnte es ihr kaum verübeln.

»Du fragst dich, ob sie über so ein banales Detail wie dieses Glöckchen gelogen haben könnte. Aber du fragst dich nicht, ob die ganze Geschichte eine einzige Lüge ist. Das ist doch absurd!«

»Ihre Erinnerungen sind zu lebendig, um ihrer Fantasie entsprungen zu sein«, entgegnete er. »Mein Gott, ich habe mitbekommen, wie sie fast erstickt ist, als sie dachte, lebendig begraben zu sein …«

Gerber merkte, dass er zu laut geworden war. Aus Angst, Marco geweckt zu haben, starrte er für einen Moment in bangem Schweigen zur Kinderzimmertür.

Schließlich wandte er sich wieder seiner Frau zu.

»Hör zu, wenn sie wirklich eine Betrügerin ist, werden wir das bald wissen: Ihre Psychologin in Australien hat einen Privatdetektiv engagiert, der Informationen über sie zusammenstellen soll.«

Ihm fiel ein, dass Theresa Walker versprochen hatte, ihm die Tonbandaufzeichnung ihrer Hypnosesitzung mit Hanna Hall zu schicken. Noch hatte er nichts erhalten.

»Da ist noch etwas«, fügte er mit ernster Stimme hinzu. »Am Anfang habe ich gedacht, das mit dem Tod des Jungen, als Hanna Hall selbst noch ein Kind war, sei eine falsche Erinnerung von ihr, eine Fantasiegeschichte, die von der fragilen Psyche einer Frau mit einem krankhaften Bedürfnis nach Aufmerksamkeit erdacht wurde ... Aber inzwischen glaube ich, dass sie die Wahrheit gesagt hat.«

Silvia schien ihr inneres Gleichgewicht wiedergefunden zu haben.

»Was ist denn deiner Meinung nach passiert, wenn du meinst, dass sie nicht gelogen hat?«

»Erinnerst du dich an diesen Fall aus den Fünfzigerjahren, bei dem eine Mutter wegen Mordes an ihrem eigenen Kind verurteilt worden ist?«

»Natürlich. Das war eine Aufgabe bei meiner Kriminologieprüfung.«

»Und weißt du auch noch, was meine Theorie zu dem Fall war?«

»Dass in Wahrheit der große Bruder der Mörder war und die Mutter die Schuld auf sich genommen hat, um ihren Sohn zu schützen.«

Was ist schlimmer: die Mörderin des eigenen Kindes oder die Mutter eines Mörders zu sein, hatte sich der junge Pietro Gerber gefragt, als er sich die Nöte dieser Frau vorzustellen versuchte.

»Was willst du damit sagen?«

»Hanna Hall behauptet, Ado umgebracht zu haben, als sie noch zu jung war, um die Schwere dieser Tat zu begreifen … Ich glaube, dass Ado ihr Bruder war.«

Silvia begann, seine Überlegungen nachzuvollziehen.

»Du meinst also, die Eltern haben den Mord vertuscht, um zu verhindern, dass ihnen die Tochter weggenommen wird? Und dass sie deshalb dieses Nomadenleben geführt haben?«

Ihr Mann nickte.

»Und sie haben ständig ihre Identität gewechselt, weil sie auf der Flucht waren. Auf diese Weise hätte Hanna, wenn sie von einem möglichen Verfolger nach ihrem Namen gefragt worden wäre, den von irgendeiner Prinzessin genannt.«

»Genau«, bestätigte Gerber. »Aber da ist noch etwas: Wie du weißt, kann das Gedächtnis eines Menschen nicht ausgelöscht werden, außer bei einer Hirnverletzung. Mehr als jedes andere Ereignis im Leben hinterlassen psychische Traumata ebenso unsichtbare wie tiefe Narben. Die Erinnerungen, die im Unterbewusstsein verborgen sind, kommen nach und nach wieder zum Vorschein, manchmal auch in veränderter Form. Die Mutter, die sich für ihren Sohn opfert, um ihn zu schützen, hat de facto einen Mörder laufen lassen, der die Erinnerung an seine Tat archiviert hat, ohne vorher ihre Schwere und Bedeutung herauszuarbeiten. Mit der fatalen Folge, dass er sie jederzeit wiederholen könnte.«

Bei der Vorstellung, dass auch Hanna Hall ihr Verbrechen erneut begehen könnte, lief ihm ein Schauer über den Rücken.

»Hannas Eltern wussten, dass es nicht genügen würde, mit einer Leiche im Gepäck die Flucht zu ergreifen, um ihre Spuren zu verwischen«, schlussfolgerte Silvia.

»Sie mussten das Vorgefallene vor allem vor ihrer eigenen Tochter verbergen«, führte der Psychologe weiter aus. »Das erklärt auch die Sache mit den Fremden und der Familie, die sich auf dem Hof der Ströms versteckt hielt.«

»Eine Art Inszenierung …«

»Eine Art Gehirnwäsche«, korrigierte Gerber. »Hanna lebendig zu begraben, war ihre Therapie.«

Um sie in dem Glauben zu wiegen, dass alles nur zu ihrem Besten war, hatte die Mutter ihr eingeredet, ein besonderes Mädchen zu sein.

Silvia ließ sich aufs Sofa fallen. Die Betroffenheit war ihr ins Gesicht geschrieben. Pietro war froh, dass sie seiner Argumentation gefolgt war, aber vor allem freute er sich, seine Frau wieder an seiner Seite zu wissen.

»Du sorgst dafür, dass sie uns nicht zu nahe kommt, ja?«, sagte Silvia mit einem Anflug von Panik in der Stimme.

»Natürlich«, beruhigte er sie. Er hatte nicht das geringste Bedürfnis danach, Hanna Hall tiefer in ihr gemeinsames Leben eindringen zu lassen.

Endlich schien die Anspannung von Silvia zu weichen. Mit einem Gefühl der Erleichterung erhob sich Pietro Gerber vom Sofa, um den *Fröhlichen Bauernhof* aufzuheben. Das Buch lag mit den Seiten nach unten aufgeklappt auf dem Fußboden. Als er es hochnahm, fiel sein Blick auf eine der Illustrationen.

Die plötzliche Erkenntnis traf ihn wie ein Schlag. Hektisch fing er an, in dem Geschenk von Hanna Hall zu blättern.

»Mein Gott …«, war das Einzige, was er angesichts dieser neuen absurden Denkaufgabe herausbrachte.

14

Das Spielzimmer blieb immer gleich.

Eine vertraute Umgebung war eine unabdingbare Voraussetzung für den Therapieerfolg. Die Spielsachen, die sich mit der Zeit abgenutzt hatten, wurden immer wieder ersetzt. Die Bilderbücher wirkten stets druckfrisch, die Stifte nagelneu.

Sämtliche Spuren der anderen Kinder wurden sofort beseitigt. Jeder junge Patient sollte das Gefühl haben, dieser Ort war nur für ihn allein gedacht, wie ein mütterlicher Schoß.

Eine Hypnose brauchte Routine, um funktionieren zu können. Jede Veränderung konnte eine Ablenkung bedeuten, was unter Umständen fatal für den Therapieverlauf war.

Das Metronom wiederum gab eine Zeit vor, die nur zwischen diesen vier Wänden existierte. Vierzig Schläge pro Minute.

»Wie geht's, Emilian? Alles gut bei dir?«, fragte der Kinderflüsterer, als er sichergestellt hatte, dass der Junge in einen leichten Trancezustand hinübergeglitten war.

Emilian, der gerade eine Dampflok zeichnete, nickte. Sie saßen beide an dem flachen Tisch, vor sich einen Stapel Papier und einen Strauß an Buntstiften.

Der Junge aus Weißrussland trug ein eng anliegendes T-Shirt, das seine Magersucht deutlich erkennen ließ. Gerber versuchte, sich nicht von seinem Aussehen beeinflussen zu lassen, immerhin ging es um die Existenz von fünf Menschen.

»Weißt du noch, was du mir beim letzten Mal erzählt hast?«, fragte er.

Emilian nickte erneut. Gerber hatte keinen Zweifel, dass er sich erinnerte.

»Kannst du es bitte wiederholen?«

Der Junge ließ sich Zeit. Der Hypnotiseur war überzeugt, dass er seine Frage richtig verstanden hatte, doch er war sich nicht sicher, ob er seine Geschichte auch ein zweites Mal erzählen würde. Dennoch war es wichtig, den Gesprächsfaden dort aufzugreifen, wo sie ihre Unterhaltung unterbrochen hatten.

»Ich habe gemalt wie jetzt und plötzlich das Lied vom kleinen Naseweis gehört …«, begann Emilian mit gedämpfter Stimme zu sprechen. »Also bin ich runter in den Keller gegangen … Dort waren Mama und Papa, Opa und Oma und Pater Luca. Aber sie hatten Masken auf, Tiermasken«, präzisierte er. »Eine Katze, ein Schaf, ein Schwein, eine Eule und ein Wolf.«

»Du hast sie trotzdem erkannt, stimmt's?«

Emilian gab ein zustimmendes Brummen von sich. Er wirkte ganz ruhig.

»Und was haben sie da unten gemacht, weißt du das noch?«

»Sie waren nackt und haben so Sachen aus dem Internet gemacht …«

Schon beim ersten Mal hatte Emilian das höchst effektvolle Stilmittel der Metonymie verwendet, um eine Sexszene zu beschreiben. Die Tatsache, dass er mehr oder weniger dieselben Worte benutzte, um seinen Bericht aus der ersten Befragung zu bestätigen, beruhigte Gerber. Die Erinnerung des Jungen war klar und ungetrübt. Er hatte nichts hinzufantasiert.

Der Psychologe schaute hoch zur Spiegelwand. Er konnte Anita Baldis Gesichtsausdruck nicht erkennen, doch er wusste, dass die Jugendrichterin sich gerade erneut die Frage stellte, ob diese Version der Geschichte tatsächlich der Wahrheit entsprach. Er stellte sich die angespannten Gesichter der Angeklagten vor. Was den Adoptiveltern von Emilian, seinen Großeltern und dem Pfarrer wohl in diesem Moment durch den Sinn ging? Ihre ganze Existenz hing davon ab, was ein sechsjähriges Kind sagen oder eben nicht sagen würde.

»Bist du auch andere Male in den Keller runtergegangen?«

Der Junge schüttelte den Kopf, gänzlich uninteressiert. Um ihn wieder zurückzuholen, begann Gerber, das Lied zu singen, das Emilian in der besagten Nacht gehört hatte.

»*Der kleine Naseweis, / der spielt in seinem Zimmer, / da hört er eine Stimme, / die ist von einem Geist. / ›Mein lieber kleiner Naseweis, / komm, gib mir doch ein Küsschen, / dann kriegst du auch ein Eis / mit vielen leck'ren Nüsschen.‹*«

Emilian nahm einen schwarzen Stift. Gerber bemerkte, dass er den Stil seiner Zeichnung zu verändern begann.

»Mein Pausenbrot ...«, sagte er.

»Hast du Hunger? Willst du etwas essen?«, fragte der Hypnotiseur.

Emilian antwortete nicht.

»Ist es Zeit für dein Pausenbrot? Ich verstehe nicht ...«

Vielleicht versuchte der Junge, seinen Fragen auszuweichen. In dem Moment schaute Emilian erst zu ihm und dann zu der Spiegelwand. Oder aber die Erwähnung des Pausenbrots dient dazu, die Leute hinter der Scheibe in die Irre zu führen, dachte Gerber dann. Emilian wollte seine Aufmerksamkeit – und nur seine allein. Also setzte er sich so hin, dass er einen direkten Blick auf die Zeichnung hatte.

Das, was er da sah, behagte ihm gar nicht.

Der bunte Zug war dabei, sich in ein Gesicht zu verwandeln. Schmale Augen ohne Pupillen, ein riesiger Mund und spitze Zähne.

In diesen wenigen Strichen steckten sämtliche Ängste und Schrecken seiner Kindheit. Die Monster unserer jungen Jahre sind schwer zu fassen, erinnerte sich Gerber. Doch sie sind da. Und du kannst sie sehen.

Als der Junge fertig war, gab er dem Bild einen Namen.

»*Maci*«, sagte er leise, aber fest.

Der Hypnotiseur beschloss, dass der Moment gekommen war, das unschuldige Kind von seinem Albtraum zu befreien. Er schob die Blätter zur Seite und enthüllte das, was er vor der Sitzung heimlich daruntergelegt hatte. Das Bilderbuch, das Hanna Hall Marco geschenkt hatte. *Der fröhliche Bauernhof.*

»Hast du dieses Buch schon einmal gesehen?«, fragte er.

Der Junge betrachtete es einen Moment, ohne etwas zu sagen. Gerber begann, in dem schmalen Band zu blättern. Auf den Bildern tauchten immer wieder dieselben niedlichen Protagonisten auf.

Eine Katze, ein Schaf, ein Schwein, eine Eule und ein Wolf.

Eine Stunde zuvor hatte eine Sozialarbeiterin auf Anordnung Gerbers eine Durchsuchung von Emilians Zimmer vorgenommen und ein identisches Exemplar des Buches gefunden.

Der Hypnotiseur sah die Tränen, die über das Gesicht des Jungen liefen.

»Ganz ruhig, alles wird gut«, machte er ihm Mut.

Doch nichts war gut. Eine neue, starke Emotion hatte Einzug in das Spielzimmer gehalten. Das Geisterkind war in flagranti ertappt worden, und jetzt fühlte es sich ausgeliefert, gedemütigt.

Emilian beugte den Kopf über seine Zeichnung. Mit leiser Stimme wiederholte er:

»Mein Pausenbrot schmeckt immer so eklig ...«

Der Junge versuchte, von seiner Person abzulenken, er war sichtlich verstört.

Gerber beschloss, dass es für heute genug war.

»Jetzt fangen wir an, rückwärts von zehn bis eins zu zählen, und danach ist alles vorbei, das verspreche ich dir.«

Die Sozialarbeiterin kam, um Emilian abzuholen. Nach der Anklage, die zum Prozess geführt hatte, war er vorübergehend in einer Inobhutnahme untergebracht worden. Doch Pietro Gerber wusste nicht, welches Schicksal ihn nun erwartete.

Ob die Adoptiveltern bereit sein würden, ihn wieder zu sich zu nehmen, nachdem er sie vor der ganzen Welt als Monster dargestellt hatte?

Der Psychologe blieb noch für einen Moment im Spielzimmer zurück. Er stand auf, um das Metronom auszuschalten. In der gedämpften Stille des Raumes versuchte er, Trost zu finden, und betrachtete sein Gesicht in dem Spiegel, hinter dem sich nun niemand mehr befand. Er war erschöpft und fühlte sich Emilian gegenüber schuldig. So ging es ihm jedes Mal, wenn er ein Kind der Lüge überführt hatte. Denn selbst hinter der größten Lüge steckte ein Fünkchen Wahrheit, wusste er. Und diese Wahrheit war nichts anderes als der Ausdruck von Angst und Verlassenheitsgefühlen.

Emilians Adoptiveltern hatten nichts falsch gemacht. Zu Gerbers Bedauern kamen jedoch die eigentlichen Täter ungeschoren davon. Sie verbargen sich nicht hinter angsteinflößenden Tiermasken, sie sahen aus wie die Mama und der Papa, die den Jungen zur Welt gebracht hatten.

Mit dem Buch von Hanna Hall in der Hand trat der Psychologe hinaus auf den Korridor, wo er es dem Gerichtsdiener übergab, damit es als Beweisstück zu den Akten genommen werden konnte. Er fragte sich, wie seine Patientin Kenntnis von Emilians Fall erlangt hatte. Wieder musste er sich eingestehen, dass er völlig im Dunkeln tappte. War Hanna mit übernatürlichen Kräften ausgestattet, oder war es bloß der x-te Zufall gewesen? Beide Optionen waren so absurd, dass er sie entnervt ausschloss.

Noch mit den Gedanken auf der Suche nach einer plausiblen Erklärung, sah er, dass sich wenige Meter von ihm entfernt ein Grüppchen gebildet hatte.

Die Angeklagten unterhielten sich mit ihren Verteidigern und einigen Mitgliedern der religiösen Bruderschaft, die zu ihrer moralischen Unterstützung ins Gericht gekommen waren. Wie zu erwarten, waren sie zutiefst erleichtert. Es gab zwar noch kein Urteil, doch das Ergebnis stand fest. Die beiden Eheleute hielten sich an der Hand und dankten ihren Mitstreitern. Die Großeltern kämpften sichtlich mit der Fassung. Mit ziemlicher Wahrscheinlichkeit hatten diese Leute niemals damit gerechnet, sich eines Tages in einem Gerichtssaal wiederzufinden, konfrontiert mit einem ungeheuerlichen Vorwurf, gegen den sie sich zu verteidigen hatten. Angesichts all dieser Glückwünsche und Umarmungen konnte Gerber gar nicht anders, als Mitleid mit dem armen Emilian zu haben, der gerade seine zweite Familie verloren hatte.

»Wann gedenkst du, mir deinen Abschlussbericht zu geben?«

Der Hypnotiseur drehte sich um und wäre fast mit Anita Baldi zusammengestoßen, die ihn prüfend musterte.

»Sobald ich die Frage geklärt habe, ob ich Emilian noch mal anhören muss oder nicht.«

Die Richterin zeigte sich überrascht.

»Du willst ihn noch mal anhören? Aus welchem Grund?«

»Sollten wir nicht versuchen rauszufinden, warum er uns diese Lüge aufgetischt hat?«, gab er zurück.

»Leider wissen wir das bereits. Die Antwort liegt in seiner Vergangenheit in Weißrussland, in dem Missbrauch und der Gewalt, die er dort erlitten hat. Für Emilian ist es einfacher, die Schuld auf seine neue Familie abzuwälzen. Du hast ihn doch gehört: ›Mein Pausenbrot schmeckt immer so eklig‹«, wiederholte die Richterin.

»Meinen Sie, er wollte von seiner Person ablenken?«

»Entlarvte Lügner versuchen immer, die Schuld auf jemand anderen zu schieben, auch wenn sie erst sechs Jahre alt sind ... ›Mein Pausenbrot schmeckt immer so eklig, deswegen habe ich die Geschichte mit dem Keller erfunden.‹«

»Sie halten den Jungen für einen Sadisten?«

»Nein«, entgegnete Anita Baldi. »Ich glaube, er ist einfach nur ein Kind.«

Sie wurden von Pater Luca unterbrochen, der die Aufmerksamkeit der kleinen Gruppe einforderte, weil er sie zum Gebet für Emilian bitten wollte. Sogleich bildeten seine Gefolgsleute einen Kreis, fassten einander bei den Händen und senkten mit geschlossenen Augen die Köpfe.

Als Gerbers Blick auf Emilians Adoptivmutter fiel, erstarrte er. Auf dem Gesicht der attraktiven jungen Frau, die sich für ein paar Sekunden unbeobachtet von den anderen wähnte, hatte sich ein Lächeln abgezeichnet. Doch es drückte weder Erleichterung noch Dankbarkeit aus. Es war vielmehr ein selbstzufriedenes Grinsen, das sofort wieder verschwand, als die Frau gemeinsam mit den anderen wieder die Augen öffnete.

Bevor Gerber der Baldi seine Entdeckung mitteilen konnte, begann das Handy in seiner Hosentasche zu vibrieren. Er holte es hervor. Auf dem Display erschien die Telefonnummer, die er inzwischen fast auswendig kannte.

»Dr. Walker, ich habe Ihren Anruf schon erwartet.« Er rechnete nach, dass es zur hiesigen Mittagszeit in Adelaide etwa halb zehn Uhr abends sein musste. »Sie wollten mir doch noch die Tonaufnahme von Ihrer Hypnosesitzung mit Hanna Hall schicken. Sie denken daran, nicht wahr?«

»Natürlich, keine Frage, entschuldigen Sie die Verzögerung.« Ihre Stimme klang aufgeregt.

»Was ist denn passiert?«, fragte Gerber, dem ihre Nervosität nicht entgangen war.

»Es tut mir so leid«, wiederholte die Kollegin mehrfach, »es tut mir so leid. Ich werde mir nie verzeihen, Sie in diese Sache mit reingezogen zu haben …«

15

Was versuchte sie, ihm zu sagen? Warum hätte Theresa Walker etwas leidtun sollen? Wovon redete sie? Gerber hatte das Gefühl, einem Bluff aufgesessen zu sein.

Mit großen Schritten verließ er das Gerichtsgebäude und fand sich auf der Straße wieder – wie beim ersten Mal, als er mit der Kollegin aus Australien telefoniert hatte. Damals war ein eiskalter Wind zwischen den Häusern hindurchgefegt und hatte ihm ins Gesicht geschnitten, und auch jetzt, bei diesem beunruhigenden Déjà-vu, lag Regen in der Luft.

»Bitte, beruhigen Sie sich! Erzählen Sie mir Schritt für Schritt, was passiert ist«, bemühte er sich, die Kollegin zu besänftigen.

»Ich hätte es Ihnen sofort sagen müssen, aber ich hatte Angst ... Dann haben Sie mich gebeten, Ihnen die Tonaufzeichnung von der Sitzung mit Hanna zu schicken, und mir ist klar geworden, dass ich einen Fehler begangen habe.«

Gerber war sprachlos.

»Das heißt, Sie haben mir die Datei zuerst bewusst nicht geschickt? Ist es das, was Sie mir sagen wollen?«

»Ja«, gestand sie schließlich. »Aber ich habe es mit den besten Absichten getan, glauben Sie mir ... Wenn Sie das Band abgehört haben, müssen Sie mich sofort anrufen. Den Rest erzähle ich Ihnen dann am Telefon.«

Was hatte es mit dieser Aufzeichnung auf sich? Welches

Geheimnis hatte Theresa Walker ihm unterschlagen? Und vor allem: Warum war es erst jetzt zum Problem geworden?

In Gerber wuchs der Verdacht, dass noch etwas anderes dahintersteckte. Etwas Schwerwiegendes. Doch er beschloss, die Aufzeichnung erst einmal beiseitezuschieben und sich auf den Moment zu konzentrieren.

»Einverstanden«, sagte er. »Aber bitte sagen Sie mir, warum Sie so aufgelöst sind.«

»Mein Freund, der Privatdetektiv, hat seine Nachforschungen über unsere Patientin beendet.«

Gerber erinnerte sich, dass Theresa Walker einen Bekannten um diesen Gefallen gebeten hatte. Allerdings hatte er nicht mit einem beunruhigenden Ergebnis gerechnet. Offenbar hatte er sich getäuscht.

»In Australien gibt es sechs Frauen mit dem Namen Hanna Hall«, fuhr die Psychologin fort. »Aber nur zwei von ihnen sind um die dreißig Jahre alt … Eine ist eine international bekannte Meeresbiologin. Bei ihr habe ich gleich ausgeschlossen, dass es sich um die Person handelt, mit der wir es zu tun haben.«

Gerber musste ihr recht geben.

»Und die andere?«

Theresa Walker machte einen tiefen Atemzug. Sie wirkte verstört.

»Die andere hat vor ein paar Jahren versucht, am helllichten Tag ein Baby zu entführen, das sie in einem Park aus dem Kinderwagen genommen hat.«

Ohne es zu merken, hatte der Hypnotiseur seinen Schritt verlangsamt, bis er ganz zum Stehen gekommen war.

»Sie hat es nur nicht geschafft, weil die Mutter des Kindes laut um Hilfe geschrien hat. Bevor sie jemand festhalten konnte, hat diese Frau die Flucht ergriffen.«

Er konnte nicht glauben, was er da gerade hörte. Die Luft blieb ihm weg.

»Dr. Gerber, sind Sie noch da?«

»Ja«, keuchte er in den Hörer.

Warum hatte er das ungute Gefühl, dass die Geschichte damit noch nicht zu Ende war?

»Die Polizei hat Hanna innerhalb von wenigen Stunden ausfindig gemacht. In ihrer Wohnung haben die Beamten einen Spaten und eine Holzkiste gefunden.«

Gerber spürte, wie seine Kräfte schwanden. Er hatte Angst, das Telefon könnte ihm aus der Hand gleiten, und lehnte sich mit dem Rücken gegen eine Hauswand. Seine Knie zitterten, sein Magen revoltierte.

»Vor Gericht konnten sie ihr nichts nachweisen, doch laut Polizeibericht hatte Hanna Hall die Absicht, das Baby lebendig zu begraben.«

7. Juli

Der Tag, der das Leben von Pietro Gerber für immer verändern sollte, hatte mit einem klaren Sonnenaufgang begonnen. Der Florentiner Sommerhimmel war in rosafarbenes Licht getaucht, das die Farbe von Bernstein annahm, kaum dass es auf die Hausdächer fiel.

Gleich nach dem Studium, mit seinem ersten Gehalt als Kinderpsychologe, hatte Pietro die Wohnung in der Via della Canonica gemietet. Sie befand sich unter dem Dach eines alten Palazzos ohne Aufzug; man musste acht Stockwerke zu Fuß erklimmen, um sie zu erreichen. Von »Wohnung« zu sprechen, war im Übrigen gnadenlos übertrieben. Eigentlich handelte es sich um ein Einzimmerapartment, in das gerade mal ein französisches Bett hineinpasste. Weil für einen Schrank nicht genug Platz war, hatte er quer durch den Raum eine Schnur gespannt und seine Kleider daran aufgehängt. Es gab eine winzige Kochnische, und die Toilette war hinter einem Paravent verborgen. Kam Übernachtungsbesuch, musste man draußen auf dem Flur warten, wenn das Klo benutzt wurde.

So einfach seine erste Bleibe war, so sehr schätzte er die Unabhängigkeit, die sie ihm ermöglichte. Nicht dass er ungern mit seinem Vater unter einem Dach gewohnt hätte, doch er fand es wichtig, als Berufsanfänger endlich sein eigenes Zuhause zu haben. Er genoss es, selbst für seinen Lebensunterhalt verantwortlich zu sein und seine Rechnungen bezahlen zu können.

Ein weiterer Vorteil der Wohnung war, dass er nicht mehr auf ein anonymes Hotelzimmer zurückgreifen musste, wenn er eine neue Eroberung gemacht hatte. Noch dazu sparte er Geld. Denn wenn es eines gab, worauf Pietro Gerber nicht hätte verzichten wollen, dann auf die Frauen in seinem Leben. Sie waren seine große Leidenschaft.

Nach allgemeiner Ansicht war der junge Gerber ein gut aussehender Mann. Er dankte dem lieben Gott jeden Tag erneut dafür, ihm nicht die Nase seines Vaters und auch nicht dessen riesige Segelohren vermacht zu haben. Was den Damen am besten an ihm gefiel, war sein Lächeln. *Unwiderstehlich* nannten sie es oft. Alles nur wegen der *drei* Grübchen, begründete er gern seine Anziehungskraft und unterstrich dabei die Tatsache, dass sie so uneinheitlich waren.

Anders als viele seiner Altersgenossen dachte Pietro damals nicht im Entferntesten daran, eine Familie zu gründen. Er konnte sich nicht vorstellen, sein ganzes Leben mit ein und demselben Menschen zu verbringen, und hatte nicht die leiseste Absicht, Kinder in die Welt zu setzen. Er mochte Kinder, das durchaus, sonst hätte er schließlich nicht den gleichen Beruf wie sein Vater ergriffen. Sie erschienen ihm unglaublich komplex und damit viel interessanter als Erwachsene. Trotzdem sah er sich nicht in der Rolle eines Elternteils.

An jenem Julimorgen wachte Pietro Gerber um sechs Uhr vierzig auf. Die Sonnenstrahlen, die durch die Ritzen der Rollläden drangen, wanderten langsam den nackten Rücken der entzückenden Brittany hinunter und betonten die perfekte Linie ihrer Schultern. Pietro drehte sich auf die Seite, um das exklusive Schauspiel zu genießen, das ihm die Schlafende in dem goldenen Licht bot. Die langen, dunklen Haare, die freilich ihren hübschen Nacken verbargen, die wie bei einer tanzenden Venus unter dem Kissen verschränkten Arme, das Leintuch, das sie bis zur Hüfte bedeckte und das dennoch den durchtrainierten Po erahnen ließ …

Sie kannten sich noch nicht einmal einen Tag, und am selben Abend, vor ihrem Abflug zurück nach Kanada, würden sie einander schon für immer Lebewohl sagen. Doch Pietro hatte beschlossen, die letzten Stunden in Florenz unvergesslich für Brittany werden zu lassen.

Er hatte sich ein beeindruckendes Programm ausgedacht.

Zum Frühstück würde er sie ins Caffè Gilli ausführen und danach mit ihr Eau de Cologne und Schönheitscremes in der ältesten Apotheke von Florenz kaufen, der Officina Profumo-Farmaceutica in der Nähe der Kirche Santa Maria Novella. Das konnte gar nicht ins Auge gehen – alle Mädchen und Frauen waren verrückt nach diesem Ort. Nach einem kleinen Spaziergang zu einigen touristischen Höhepunkten, die nicht in jedem Reiseführer standen, würde der Ausflug mit einer Spritztour in seinem Alfa Romeo Spider nach Forte dei Marmi enden, wo sie Lorenzos legendäre Meeresfrüchte-Pasta essen würden.

Während er darauf wartete, dass seine Eroberung erwachte, dachte Pietro an seinen Vater. Denn der hatte in ihm das Interesse für all diese Dinge geweckt.

Herr B. liebte seine Stadt.

Wann immer er Zeit hatte, ließ er sich in ihr treiben, um neue Kuriositäten, Gerüche oder Menschen kennenzulernen. Jeder kannte, jeder grüßte ihn. Ein schlaksiger Mann, mit dem unvermeidlichen Burberry-Trench und einem breitkrempigen Regenhut, selbst wenn die Sonne schien. Im Sommer trug er weite Bermudas und bunte Hemden, aber auch schreckliche Ledersandalen. Er blieb nie unbemerkt. Bevor er das Haus verließ, füllte er sich stets die Taschen mit bunten Luftballons und roten Rossana-Bonbons, die er wahllos an Groß und Klein verteilte.

Als Pietro noch ein Kind war, hatte sein Vater ihn oft bei der Hand genommen und ihm auf ihren Spaziergängen durch die Stadt all das gezeigt, womit er später bei den Mädchen Eindruck schinden sollte. So zum Beispiel ein steinernes Gesicht auf der Fassade des Palazzo Vecchio, das angeblich einen zum Tode Verurteilten darstellte und aus der Hand von Michelangelo stammte, der zufällig in dem Moment vorbeigekommen war, als der Verbrecher zum Schafott geführt wurde. Oder das Selbstporträt Benvenuto Cellinis im Nacken des *Perseus*, das man nur entdeckte, wenn man die Loggia dei Lanzi verließ und die Statue von hinten sah. Das UFO auf einem Madonnengemälde aus dem fünfzehnten Jahrhundert. Oder die lange Reihe historischer Kinderporträts, die im Vasarikorridor hingen.

Unter all den Sehens- und Merkwürdigkeiten hatte eine den kleinen Pietro Gerber immer besonders fasziniert: die Drehlade, die sich außen am Ospedale degli Innocenti befand. Es handelte sich um einen drehbaren Holzzylinder, eine Art Babyklappe aus dem fünfzehnten Jahrhundert. Eltern, die ihre neugeborenen Kinder nicht behalten konnten, legten sie dort ab und zogen an einer Schnur. Diese war mit einer Glocke verbunden, wodurch die Nonnen im Inneren des Klosters alarmiert wurden. Der sogenannte Torno wurde um einhundertachtzig Grad gedreht, sodass das Neugeborene herausgenommen werden konnte und nicht länger der Witterung ausgesetzt war. Die Erfindung hatte vor allem den Vorzug, die Anonymität derjenigen zu wahren, die die Kinder abgegeben hatten. In den darauffolgenden Tagen wurden die Kleinen der Öffentlichkeit präsentiert, damit sich Wohlmeinende ihrer annehmen oder aber die von Gewissensbissen geplagten leiblichen Eltern es sich noch einmal anders überlegen konnten.

Normalerweise waren die Mädchen von dieser Geschichte sehr bewegt. Was für Pietro ein Glücksfall war, denn spätestens ab dem Moment hatte er in der Regel die Gewissheit, dass sie zusammen im Bett landen würden. Er hatte nie viel Wert auf Gefühle gelegt, woraus er keinen Hehl machte. Da er sich nicht verlieben konnte, dachte er auch nicht darüber nach, wie es sein könnte, von einer Frau geliebt zu werden. Vielleicht lag es daran, dass er ohne ein weibliches Wesen um sich herum aufgewachsen war, an dem er sich hätte orientieren können, denn sein Vater war schon früh Witwer geworden.

Herr B. hatte sein Bestes gegeben. Er hatte seine tiefe Trauer zur Seite geschoben und sich darauf konzentriert, allein ein Kind großzuziehen, das mit seinen zwei Jahren keine Erinnerungen mehr an die Mutter zurückbehalten würde.

Bis zum Eintritt in die Grundschule hatte Pietro nie nach ihr gefragt. Sie fehlte ihm auch nicht. Er konnte nicht um jemanden trauern, den er nie gekannt hatte. Seine Mutter war die schöne Frau von den Fotos aus dem alten Lederalbum.

Doch als er zwischen sechs und acht Jahre alt war, änderte sich das.

In dieser Phase hatte er seinen Vater mit Fragen gelöchert. Er wollte alles wissen. Wie ihre Stimme geklungen, welche Eissorte sie am liebsten gemocht, wann sie Fahrradfahren gelernt hatte oder wie die Puppen aus der Zeit ihrer Kindheit hießen. Leider wusste sein Vater nicht auf jede Frage eine Antwort, und oft genug hatte er improvisieren müssen.

Nach jener Phase war Pietros Neugier plötzlich und grundlos versiegt. Er hatte gar nichts mehr über die tote Mutter wissen wollen, und die wenigen Male, die das Thema bei ihnen zu Hause angeschnitten wurde, war die Unterhaltung nach einigen belanglosen Bemerkungen schnell beendet gewesen. Einen Satz jedoch gab es, den der Vater bei jeder Gelegenheit wiederholte.

»Deine Mama wollte dich unbedingt bekommen.«

Als hätte dies rechtfertigen können, dass sie gerade mal einundzwanzig Monate nach seiner Geburt gestorben war.

Für lange Zeit hatte Pietro *Herrn B.* nie mit einer anderen Frau gesehen und sich nichts weiter dabei gedacht. Als er beinahe neun Jahre alt war, geschah jedoch etwas. Sein Vater hatte ihn an einem Sonntagnachmittag zum Eisessen bei Vivoli ausgeführt. Es schien ein Spaziergang wie jeder andere zu sein, bei dem er ihm zum wiederholten Mal erklärte, dass diese Süßspeise in Florenz erfunden und erstmals am Hof der Medici serviert worden war. Während sie an einem der Tischchen draußen vor dem historischen Lokal saßen, hatte plötzlich eine attraktive junge Frau vor ihnen gestanden, die der Vater ihm als »eine Freundin« vorstellte. Der junge Pietro hatte sofort gespürt, dass die Begegnung keineswegs so zufällig war, wie die beiden ihn glauben machen wollten. Im Gegenteil, sie war zu einem ganz bestimmten Zweck arrangiert worden. Welcher das war, wollte er gar nicht wissen. Um seine Ablehnung zu verdeutlichen, probierte er nicht einen einzigen Löffel von seinem Schoko-Nougat-Eis. Vor ihren entsetzten Augen ließ er es langsam dahinschmelzen, so grausam, wie nur Kinder sein können. Er hatte keine Mutter gehabt und wollte auch jetzt keinen Ersatz für sie haben. Seit diesem Tag hatte er die junge Frau nicht wiedergesehen.

Viele Jahre später, an jenem sonnigen Julimorgen, begann die entzückende Brittany endlich, sich in seinem Bett zu rekeln. Sie drehte sich zu Pietro um, blinzelte mit ihren grünen Augen und schenkte ihm ein strahlendes Lächeln.

»Guten Morgen, du bezaubernde Tochter Kanadas, herzlich willkommen an diesem süßen Florentiner Morgen«, begrüßte er sie feierlich und gab ihr einen Klaps auf den Hintern und einen Kuss auf den Mund. »Ich habe jede Menge Überraschungen für dich parat.«

»Ach, wirklich?«, bemerkte das Mädchen vergnügt.

»Ich möchte dafür sorgen, dass du mich niemals vergisst: Noch in fünfzig Jahren wirst du deinen Enkeln von mir erzählen, das garantiere ich dir.«

Die junge Frau drehte sich ganz zu ihm herum.

»Dann beweise es mir«, flüsterte sie ihm ins Ohr.

Pietro schlüpfte unter das Laken, und Brittany ließ ihn machen. Sie legte den Kopf in den Nacken und schloss die Augen.

In dem Moment begann sein Handy zu vibrieren. Er schimpfte auf den unbekannten Anrufer, der ihn um diese absurde Uhrzeit zu stören wagte, und nahm das Gespräch an.

»Herr Gerber?«, sagte eine kühle Frauenstimme.

»Ja, wer spricht da?«

»Universitätsklinikum Careggi, Kardiologisches Zentrum. Sie müssen bitte sofort kommen.«

Mehrmals fiel der Satz in seinem Kopf auseinander und setzte sich wieder zusammen, während er versuchte, den Sinn zu begreifen.

»Was ist passiert?«, gelang es ihm hervorzupressen, während er seine eigene Panik auf Brittanys Gesicht gespiegelt sah.

»Es handelt sich um Ihren Vater.«

Die schreckliche Nachricht hatte die Macht, alles andere mit einem Mal in einem ganz anderen Licht erscheinen zu lassen. Die reizende Brittany mit den üppigen Lippen und dem weichen Busen kam ihm nur noch albern vor. Und er selbst fühlte sich absolut lächerlich.

Als er das Krankenhaus erreichte, eilte er sofort zur Intensivstation.

Die Nachricht hatte sich innerhalb der Familie rasch verbreitet. Im Wartezimmer traf er auf seine Onkel und Tanten, und auch sein Cousin Iscio war da. Sogar einige Bekannte seines Vaters waren gekommen, um sich nach seinem Befinden zu erkundigen. *Herr Balu* war sehr beliebt; viele Menschen waren ihm herzlich zugetan.

Pietro musterte die Anwesenden, die ihn ihrerseits anstarrten. Er hatte die unsinnige Angst, sie könnten Brittanys Geruch an ihm wahrnehmen, fühlte sich frivol und fehl am Platz. Während das Herz des Mannes, der ihn großgezogen hatte, von jetzt auf gleich seinen Dienst verweigerte, hatte er sich mit einem Mädchen amüsiert. In keinem dieser Blicke lag der leiseste Vorwurf, doch Pietro fühlte sich trotzdem schuldig.

Die Richterin Baldi trat auf ihn zu und legte ihm ihre Hand auf die Schulter.

»Du musst jetzt sehr stark sein, Pietro.«

Die langjährige Familienfreundin verkündete ihm das, was alle anderen im Raum bereits wussten. Als er seine Augen von einem Gesicht zum anderen wandern ließ, entdeckte er ein Antlitz, das er erst ein einziges Mal gesehen hatte, im Alter von neun Jahren. In einer Ecke des Wartezimmers saß die Frau, die sein Vater ihm an jenem Sonntagnachmittag vor einem halben Leben hatte vorstellen wollen und die er genauso verschmäht hatte wie seinen Eisbecher. Sie weinte leise und wich seinem Blick aus. In dem Moment begriff Pietro, dass sein Vater keinesfalls der untröstliche Witwer gewesen war, für den er ihn immer gehalten hatte. Und er hatte auch nicht aus Treue zu seiner verstorbenen Frau darauf verzichtet, eine neue Familie zu gründen.

Er hatte es für ihn getan.

Ein Damm brach in seinem Inneren, und er wurde von fürchterlichen Gewissensbissen gepackt. Eine Krankenschwester kam auf ihn zu. Pietro nahm an, sie würde ihn fragen, ob er seinen Vater ein letztes Mal sehen wollte – war das nicht so üblich? Er wollte ihr schon mit Nein antworten, weil er die Erkenntnis nicht ertrug, seinem Vater die Möglichkeit verwehrt zu haben, ein neues Glück zu finden.

»Er möchte Sie unbedingt sehen«, sagte die Schwester. »Bitte, kommen Sie, er findet sonst keine Ruhe.«

Sie ließ ihn einen grünen OP-Kittel anziehen und brachte ihn in das Zimmer, in dem sein Vater mühsam von ein paar Maschinen am Leben gehalten wurde. Die Sauerstoffmaske bedeckte fast sein ganzes Gesicht; nur die Schlitze seiner Augen waren frei geblieben. Doch er war wach genug, ihn zu erkennen, kaum hatte Pietro die Schwelle überschritten. Er begann sich zu bewegen.

»Papa, ganz ruhig, ich bin bei dir.«

Mit der wenigen Kraft, die ihm noch verblieb, hob sein Vater den Arm und winkte ihn zu sich.

»Du sollst dich doch nicht anstrengen, Papa«, sagte er und trat zum Kopfteil des Bettes. Er wusste nicht, was er sonst sagen sollte. Jeder andere Satz wäre eine Lüge gewesen. Dennoch wäre es sicher gut, seinem Vater noch einmal seine Liebe zu zeigen, daher beugte er sich über ihn.

Herr B. wollte ihm zuvorkommen und murmelte etwas, das Pietro wegen der Sauerstoffmaske nicht verstand. Er neigte sich noch ein wenig weiter vor, und unter größter Anstrengung wiederholte sein Vater das Gesagte.

Wie ein gewaltiger Felsbrocken stürzte die Enthüllung auf das Herz des jungen Gerber.

Er traute seinen Ohren nicht. Instinktiv wich er vom Bett seines sterbenden Vaters zurück. Er stand unter Schock. Wie konnte er ausgerechnet diesen Moment wählen, um ihm ein so furchtbares Geheimnis anzuvertrauen? Es erschien ihm geradezu absurd und respektlos. Ja, zutiefst grausam.

Er machte ein paar unsichere Schritte in Richtung Tür. Doch nicht er war es, der zurückwich, sondern das Bett seines Vaters entfernte sich von ihm. Wie ein Boot, das davontrieb. Als wollte es Distanz zwischen sie beide bringen. Endlich in Freiheit.

Das, was er in den Augen von *Herrn B.* sah, während sie sich für immer voneinander verabschiedeten, war kein Abschiedsschmerz. Es war Erleichterung. Nackte, egoistische Erleichterung. Sein Vater, der friedlichste Mensch auf Erden, hatte sich des unverdaulichen Bissens entledigt, den er zeit seines Lebens bei sich behalten hatte.

Jetzt lag die Last ganz auf ihm.

16

Die Regentropfen bildeten dünne, ineinander verlaufende Schlieren auf der Windschutzscheibe. Jenseits dieses transparenten Schirms wirkte alles andere verschwommen. Die Lichter der Autos vermengten sich, verschwanden im Nichts und tauchten wieder auf wie Fata Morganas.

Pietro Gerber saß am Steuer des Kombis, den er bei Marcos Geburt kleinlaut gegen seinen geliebten Alfa Romeo Spider eingetauscht hatte. Reglos starrte er auf das Smartphone in seinen Händen.

Auf dem Display war der Beginn von Theresa Walkers E-Mail zu lesen, in deren Anhang sich eine Datei mit der Tonaufzeichnung befand.

... Ich werde mir nie verzeihen, Sie in diese Sache mit reingezogen zu haben ...

Die erste Hypnosesitzung mit Hanna Hall.

... Wenn Sie das Band abgehört haben, müssen Sie mich sofort anrufen. Den Rest erzähle ich Ihnen dann am Telefon ...

An dem Morgen vor ein paar Tagen, als die Kollegin aus Australien ihn gebeten hatte, den Fall zu übernehmen, hatte sie erzählt, die Patientin habe plötzlich angefangen zu schreien, weil die verschüttete Erinnerung an den Mord aus Kindertagen wieder in ihr Bewusstsein gelangt sei.

Was hatte sich seit jenem Telefonat verändert? Was hatte Theresa Walker ihm verschwiegen?

Gerber hatte die Kopfhörer bereits aufgesetzt, doch noch nicht den Mut gefunden, die Aufzeichnung anzuhören. Walker hatte ihn angelogen. Während dieser Sitzung musste etwas Gravierendes vorgefallen sein. Um dies zu verheimlichen, hatte sie ihm die Audiodatei bis jetzt nicht geschickt.

... Aber ich habe es mit den besten Absichten getan, glauben Sie mir ...

Dass sie ihre Meinung geändert hatte, lag allein an dem befreundeten Privatdetektiv, der ihr von Hannas Entführungsversuch erzählt hatte.

... Vor Gericht konnten sie ihr nichts nachweisen, doch laut Polizeibericht hatte Hanna Hall die Absicht, das Baby lebendig zu begraben ...

Pietro Gerber seufzte schwer. Der Parkplatz eines Einkaufszentrums war der ideale Ort, um unbeobachtet zu sein. Die Leute beeilten sich mit ihren Besorgungen, weil sie an einem so ungemütlichen Winternachmittag wie diesem so schnell wie möglich wieder zu Hause sein wollten. Eingeschlossen im Inneren seines Autos, während draußen der Regen auf das Wagendach trommelte, würde niemand ihn bemerken, niemand ihn sehen. Er fühlte sich dennoch nicht in Sicherheit.

Was auch immer Gegenstand der Tonaufzeichnung sein würde, die Kollegin war darüber regelrecht in Panik geraten.

... Ich hätte es Ihnen sofort sagen müssen, aber ich hatte Angst ...

Als er sich endlich bereit fühlte, tippte Gerber mit dem Daumen auf das Handydisplay. Eine simple Geste, ein leichter Druck auf das entsprechende Icon, und schon öffneten sich die Pforten der Hölle.

Das Rauschen des Aufnahmegeräts. Das Mikrofon, das in die richtige Position gebracht wurde und dabei irgendetwas streifte.

»Okay. Können wir anfangen, Hanna?«

Kurze Pause.

»Ja, ich bin so weit.«

Ein mechanisches Geräusch wie von einem Zahnrad, das sich in einem Getriebe dreht. Als der Mechanismus vollständig aufgezogen war, erklang leicht scheppernd eine romantische Melodie.

Jeder Hypnotiseur hatte seine eigene Methode, die Patienten in Trance zu versetzen. Gerber arbeitete am liebsten mit dem Metronom. Es war zwar banal, besaß jedoch eine gewisse Eleganz. *Herr B.* hatte sich für die Melodie aus einem alten Disney-Film entschieden. Andere sagten ein paar suggestive Sätze mit veränderter Stimme auf oder verwendeten ein spezielles Licht. Das Pendel oder die Taschenuhr, die vor den Augen des Patienten hin- und herschwingt, war eine Erfindung des Kinos, genauso wie die Spirale, auf die man starren sollte.

Theresa Walker benutzte eine alte Spieluhr.

Das Stück lief etwa anderthalb Minuten lang, dann klang die Melodie allmählich aus. Gerber stellte sich vor, dass der Trancezustand der Patientin mit dem Verklingen immer intensiver wurde.

»Hanna, ich möchte, dass wir weit zurück in deine Vergangenheit gehen ... Wir fangen mit der Kindheit an ...«

»In Ordnung ...«

Theresa Walkers Tonfall war freundlich und beruhigend. Letztlich war dies der Beginn einer normalen Therapiestunde mit dem Zweck, die Erinnerungen an die Vergangenheit zu ordnen. Nichts an der ganzen Atmosphäre deutete auf ein dramatisches Ende hin.

»Ich erkläre dir, was wir tun werden ... Zuerst machen wir uns auf die Suche nach einer glücklichen Erinnerung. Wir werden sie als eine Art Orientierungspunkt in deinem Unterbe-

wusstsein verankern. Jedes Mal, wenn dich etwas verstört oder dir merkwürdig vorkommt, kehren wir zu dieser Erinnerung zurück, und du wirst dich wieder gut fühlen …«

»Okay, verstanden.«

Eine längere Pause folgte.

»Und, hast du etwas gefunden?«

Hanna atmete hörbar ein und aus.

»Ja. Den Garten.«

17

Papa weiß immer genau, wann die Jahreszeit umschlagen wird. Er braucht sich nur die Wurzeln der Pflanzen anzuschauen. Oder er orientiert sich am Geruch des Windes, wenn er wissen will, ob der Sommer kommt oder es bald schneien wird. Ein paar Nächte lang beobachtet er den Himmel, und je nachdem, wie die Sterne stehen, sagt er Mama, was sie im Gemüsegarten anpflanzen soll.

Wir brauchen keine Uhr und nicht einmal einen Kalender. Deswegen wissen wir auch nicht genau, wie alt ich bin. Ich entscheide selbst, wann ich Geburtstag habe: Ich suche mir einen bestimmten Tag aus und verkünde ihn. Mama backt dann einen Kuchen aus Brot und Zucker, und wir feiern.

Es ist Frühling, und wir wohnen erst seit Kurzem in dieser Gegend. Ich heiße Scheherazade, und das Haus der Stimmen befindet sich neben einer verlassenen Obstplantage.

Mein Garten.

Statt abzusterben, weil sich keiner um sie kümmert, sind die Bäume auf ganz natürliche Weise gewachsen, sodass wir den ganzen Sommer lang Früchte haben.

Das Haus befindet sich auf einem Hügel. Es ist nicht sehr groß, bietet aber einen tollen Ausblick. Vogelschwärme, die sich in die Lüfte erheben und wieder auf der Erde landen, ein tänzerisches Auf und Ab. Staubteufel, die zwischen den Baumreihen umherwirbeln. Manchmal sieht man nachts auch in der Ferne seltsame Lichter. Mama meint, das ist ein Feuerwerk, die Leute schießen Raketen und Böller ab, um irgendetwas zu feiern. Ich frage mich, warum wir nicht bei ihnen sind. Es gibt keine Antwort darauf.

Mitten im Haus steht ein Kirschbaum. Er ist so in die Höhe geschossen, dass er mit seinen Ästen das Dach durchstoßen hat. Papa hat beschlossen, Ado unter ihm zu begraben, damit die Wurzeln ihn beschützen. Ich glaube allerdings, der wahre Grund ist ein anderer: Auf diese Weise ist Ado näher bei uns. Mir gefällt die Vorstellung, dass wir alle eng beieinander sind; auch Mama und Papa sind zufriedener als sonst.

Der Frühling ist eine schöne Jahreszeit, doch den Sommer mag ich lieber. Ich kann es kaum erwarten, bis er kommt. Die Tage sind verrückt, mal scheint die Sonne, mal regnet es. Wenn es regnet, lese ich normalerweise. Aber ich habe alle meine Bücher schon ausgelesen, manche sogar mehrfach, und sie langweilen mich. Papa hat versprochen, mir neue zu besorgen, aber das ist noch nicht passiert. Also beschließe ich, dass seit meinem letzten Geburtstag genug Zeit vergangen ist, und kündige abends in der Küche meine Feier für den darauffolgenden Tag an. Mama und Papa lächeln und erklären sich mit meinem Vorschlag einverstanden, wie immer.

Am nächsten Morgen ist es so weit. Mama hat den Holzofen angeworfen, um ihre berühmte Brot-Zucker-Torte zu backen. Aber nicht nur die, sie hat noch ganz viele andere Leckereien vorbereitet. Die Tafel heute Abend, wenn Papa mit meinem Geschenk zurückkommt, wird ein Fest der Köstlichkeiten sein.

Der Nachmittag vergeht schnell, und ich bin so glücklich, dass ich diesen Tag wohl nie mehr vergessen werde. Ich liebe es, mich auf mein Fest vorzubereiten. Das Warten auf den Moment macht alles noch viel schöner. Die Welt ist durchtränkt von Freude.

Mama hat jede Menge Kerzen um den Kirschbaum herum aufgestellt und bunte Stofffetzen in die Zweige gehängt. Sie hat eine Decke ausgebreitet, um die Speisen daraufzustellen. Es gibt auch einen Krug mit Limonade. Papa spielt Gitarre, und wir singen unsere Lieblingslieder. Ich begleite ihn auf meinem Tamburin. Dann lässt er das Instrument sinken, und ich spiele allein weiter, während er Mama um die Hüften fasst und sie im Tanz herumschwenkt. Sie lacht und lässt ihn machen. *Nur er kann sie so zum Lachen bringen.* Ihr Rock fliegt hoch und gibt ihre Knöchel frei, ihre nackten Füße auf dem Boden sind wunderschön. Sie schaut ihm in die Augen, und er kann seinen Blick nicht von ihr lösen. *Nur er kann dieses Gefühl in ihr auslösen.* Sie sind so glücklich, dass ich weinen muss.

Dann kommt der Moment der Geschenkübergabe. Ich kann es kaum erwarten. Normalerweise bekomme ich nichts Großes geschenkt, weil es sonst zu schwierig mitzunehmen wäre, wenn wir uns wieder auf die Reise begeben. Papa baut mir eine Schleuder oder schnitzt etwas aus Holz. Einmal habe ich einen bildhübschen kleinen Biber bekommen. Doch diesmal ist es anders. Papa verschwindet für einen Moment im Haus, und als er wiederkommt, hat er ein Fahrrad dabei.

Ich kann es nicht glauben. Ein Fahrrad ganz für mich allein!

Es ist nicht neu, hier und da gibt es ein bisschen Rost, und die beiden Reifen sind nicht identisch. Aber was soll's? Es ist *mein* Fahrrad. Ich habe noch nie eins besessen, dies ist das erste Fahrrad in meinem Leben. Vor lauter Glück vergesse ich, dass ich gar nicht Rad fahren kann.

Ich brauche nicht lange, um es zu lernen. Papa gibt mir ein paar Nachhilfestunden und nach zwei, drei Stürzen höre ich gar nicht mehr auf. Ich rase zwischen den Baumreihen hindurch, so schnell, dass man laut Mama die Staubwolken sogar vom Haus aus aufwirbeln sieht. Wir haben eine Verabredung getroffen: Ich weiß, dass ich das Fahrrad zurücklassen muss, wenn wir wieder losziehen, aber Papa hat versprochen, mir dann ein neues zu besorgen. Kein Fahrrad wird jedoch wieder so sein wie dieses. Kein Fahrrad ist so wie das allererste.

Meine Haare sind enorm gewachsen, sie reichen mir bis über die Schultern. Ich bin stolz auf meine Haare, sie sind genauso lang wie Mamas. Sie sagt, wenn ich sie schon nicht schneiden lassen will, soll ich sie wenigstens zusammenbinden. Sie hat mir eine von ihren Spangen gegeben, die mit der blauen Blume, die Papa so gut gefällt.

Doch als ich eines Abends von meinem Fahrradausflug zurückkomme, sitzt die Spange nicht mehr auf meinem Kopf.

Ich bin so traurig, dass ich niemandem ein Wort davon sage. Und auch als Mama und Papa beim Essen fragen, ob mir eine Laus über die Leber gelaufen oder was sonst mit mir los sei, ziehe ich es vor, nicht darüber zu sprechen. Leider finde ich die Spange auch am nächsten Tag nicht wieder, obwohl ich denselben Weg nehme wie am Vortag. Ich fahre ihn mehrmals ab – ohne Erfolg.

Der Garten ist ein Labyrinth. Man kann sich leicht in ihm verirren, das weiß ich. Trotzdem nehme ich mir fest vor, ihn so lange abzusuchen, bis ich Mamas Haarspange gefunden habe.

Am vierten Tag entferne ich mich weiter vom Haus als sonst. Während der Fahrt passiert etwas Merkwürdiges: Wie aus heiterem Himmel klatscht mir etwas mitten ins Gesicht, etwas Kleines, Leichtes. Ich lege eine Vollbremsung hin und drehe mich um.

Auf dem Boden hinter mir liegt die Haarspange mit der blauen Blume. Wie ist sie in meinem Gesicht gelandet? Es war nicht der Wind, denn alle Bäume um mich herum sind absolut still. Ich bin so verdattert, dass ich mich kaum rühren kann. Mein Atem ist fast ein Keuchen, aber ich kann es nicht abstellen.

Ohne zu erzählen, was passiert ist, kehre ich mit der Spange im Haar nach Hause zurück. Ich muss erst eine Erklärung für dieses seltsame Ereignis finden. Ich fühle mich schuldig. Warum, weiß ich nicht. Aber ich bin schuld.

Nachts kann ich nicht schlafen. Ich beschließe, am nächsten Tag wieder dorthin zu fahren, um mich ein wenig umzuschauen. Ja, das ist eine gute Idee, das werde ich tun. Denn ich kann immer noch nicht glauben, dass es wirklich passiert ist, so etwas Verrücktes kann doch gar nicht sein.

Am nächsten Morgen frühstücke ich und fahre sofort los. Ich erinnere mich genau, wo ich die Spange wiedergefunden habe. Außerdem sind die Bremsspuren noch deutlich zu erkennen. Eine merkwürdige Stille liegt über dem Ort. Kein Insekt, kein Vogel, kein anderes Tier ist zu hören. Es ist, als wären sämtliche Lebewesen wie vom Erdboden verschluckt. Während ich darüber nachdenke, warum das so ist, lasse ich meinen Blick schweifen und sehe etwas, das gestern noch nicht da war. Oder vielleicht habe ich es auch nur nicht bemerkt.

Jemand hat einen Pfeil in die Rinde eines Baumes geritzt.

Ich bin total verwirrt. Was ist denn das für ein schlechter Scherz? Das kann nicht sein. *Regel Nummer 4: Komm niemals einem Fremden zu nahe, und lass keinen Fremden zu nahe an dich ran.* Aber ich bin nicht sicher, ob es die Fremden waren. Ein Teil von mir sagt, dass sie damit nichts zu tun haben, diesmal nicht. Und dass ich daher dem Pfeil folgen kann. Ich schaue in die angezeigte Richtung. Dort ist nichts, nur Bäume. Ich lege das Fahrrad zu Boden und laufe los. Nach zehn Schritten stoße ich auf den nächsten Pfeil.

Diesmal ist er in die Rinde eines Pfirsichbaums geritzt.

Als ich dem Pfeil folge, entdecke ich einen dritten, auf einem Mandelbaum. Dann einen vierten, fünften, sechsten. Es ist wie bei einer Schatzsuche. Ich bin so aufgeregt, dass ich ganz vergesse, Angst zu haben. Die Suche an sich interessiert mich viel mehr als das, was am Ende dabei herauskommen wird. Ich denke nicht darüber nach; vielleicht ist es das erste Mal in meinem Leben, dass ich nicht allein spiele.

Denn eins ist sicher: Diese Pfeile sind von Menschenhand gemacht.

Ich komme zu einer kleinen Lichtung. Zu meiner Überraschung ist ein Kreis um den letzten Pfeil gezogen.

Was soll das bedeuten? Wo soll ich suchen? Plötzlich fühle ich mich wie eine Idiotin. Wie jemand, der einem anderen auf den Leim gegangen ist. Das macht keinen Spaß. Doch irgendetwas daran ist seltsam. Überzeugt, nicht allein zu sein, schaue ich mich um. Jemand beobachtet mich. Ich spüre den Blick aus einem Augenpaar, der direkt auf mich gerichtet ist.

»He!«, rufe ich ins Unterholz hinein.

»*He!*«, antwortet mir das Echo.

»Komm raus!«

»Komm raus!«

»Wer bist du?«

»Wer bist du?«

»Wo bist du?«

»Wo bist du?«

»Ich weiß, dass du da bist …«

»Ich weiß, dass du da bist …«

Ich weiß, dass da jemand ist. Die Stimme des Echos scheint meine eigene zu sein … *aber sie ist nicht meine eigene.* Ich bin mir fast hundertprozentig sicher. Ein Schauer rieselt mir über den Rücken.

Ich muss zu meinem Fahrrad zurück. Ich muss nach Hause zurück.

Den ganzen Abend denke ich an nichts anderes. Während ich mein Gemüse esse, zeichne ich mit dem Finger den Pfeil im Kreis, den ich auf dem letzten Baum entdeckt habe, in den Brotkrümeln auf dem Tisch nach. Mama und Papa bemerken nichts. Beim Spülen grübele ich darüber nach, was dieses Symbol bedeuten könnte. Später im Bett kann ich nicht einschlafen.

Am nächsten Tag kehre ich zu der kleinen Lichtung zurück. Meine Hände sind schweißnass, ich bin nervös. Aber ich muss es tun, der Gedanke lässt mir keine Ruhe. Mir ist eine mögliche Bedeutung für den letzten Pfeil eingefallen. Eine einzige. Vielleicht ist es albern, aber was soll ich machen. Ich nehme einen tiefen Atemzug und breite die Arme aus. Dann fange ich an, mich um mich selbst zu drehen. Erst langsam, dann immer schneller. Ich drehe und drehe mich. Die Bäume sausen um mich herum, als wäre ich in einem Karussell. Schneller und schneller. Ich achte darauf, nicht die Balance zu verlieren. Meine Haare fliegen im Wind. Jetzt drehen sich die Bäume zusammen mit mir.

Und plötzlich taucht inmitten der Bäume ein Gesicht auf.

Ich versuche anzuhalten, doch ich falle rücklings um. Ein Mädchenlachen. Mein Herz schlägt wie verrückt, ich keuche vor Anstrengung und Aufregung. Die Sonne blendet mich, aber ich kann einen Schatten näher kommen sehen. Rasch setze ich mich auf, obwohl mir noch immer schwindelig ist. Endlich erkenne ich sie.

»Hallo«, sagt sie.

»Hallo«, erwidere ich.

Sie trägt ein Kleid, das mit gelben Bienen bedruckt ist, und weiße Sandalen. Ihre langen blonden Haare sind viel ordentlicher als meine, und ihre Haut ist schneeweiß. Meine eigene ist gebräunt von der Sommersonne. Ich habe mich schon immer gefragt, wie andere Kinder so sind. Jetzt, wo ich es weiß, erscheinen sie mir gar nicht so viel anders als ich.

Ich habe keine Ahnung, wie man sich in solchen Fällen verhält.

»Wie heißt du?«, fragt sie.

Regel Nummer 3: Sag niemals einem Fremden deinen Namen.

»Das darf ich nicht sagen …«

»Warum nicht?«

»Weil ich es nicht darf.«

Ich habe schon die vierte Regel verletzt, noch mehr in die Nesseln will ich mich nicht setzen.

»Okay, also keine Namen.«

»Und keine Fragen«, schiebe ich direkt hinterher.

So habe ich das Gefühl, nicht allzu sehr gegen die Vereinbarung mit Mama und Papa zu verstoßen.

»Keine Namen und keine Fragen«, stimmt sie zu und streckt mir die Hand hin. »Willst du etwas ganz Tolles sehen?«

Ich zaudere, mir fehlt es an Vertrauen. Doch gleichzeitig spüre ich etwas, das ich noch nie gespürt habe. Die Angst vor Konsequenzen ist nicht so stark wie der Impuls, die rote Linie zu überschreiten. Also ergreife ich ihre Hand und folge ihr. Ich habe noch nie jemand anderen als Mama und Papa berührt.

Für das Mädchen ist das ganz normal, denke ich, warum auch immer – letztlich weiß ich rein gar nichts über sie.

Plötzlich bleibt sie stehen und ich auch. Sie wendet mir das Gesicht zu.

»Mach die Augen zu«, befiehlt sie.

Wenn ich bis hierhin gegangen bin, kann ich auch noch einen Schritt weiter gehen, sage ich mir. Und tue, was sie gesagt hat.

Ich fühle, wie ich weitergezogen werde. Meine Füße bewegen sich von ganz allein. Ich klammere mich an die Hand der Unbekannten, bis wir erneut stehen bleiben.

»Wir sind da. Du kannst die Augen aufmachen.«

Das tue ich. Vor mir liegt eine helle Fläche. Es sieht aus wie Schnee, aber es ist ein Bett aus Blumen. Tausende, Millionen kleiner Margeriten. Mir wird sofort klar, dass dieser Ort etwas Besonderes ist. Vor uns ist noch nie jemand hier gewesen. Und wenn meine neue Bekanntschaft dieses Geheimnis mit mir teilt, dann bin auch ich etwas Besonderes. Mir spukt ein ganz bestimmtes Wort im Kopf herum, doch ich wage nicht, es auszusprechen. Ich schäme mich, es über die Lippen zu bringen, und warte darauf, dass sie es tut.

»Sind wir Freundinnen?«, fragt sie.

»Ich glaube, ja«, erwidere ich und lächele sie an.

Auch sie lächelt.

»Dann sehen wir uns morgen wieder …«

Es wird morgen, übermorgen und überübermorgen. Wir sehen uns jeden Tag. Treffpunkt ist entweder der Baum mit dem Pfeil im Kreis oder das Margeritenfeld. Wir gehen stundenlang spazieren und erzählen uns gegenseitig, was wir mögen und nicht mögen. Wie vereinbart lassen wir alles Persönliche außen vor. Deshalb fragt sie mich auch nicht nach Mama und Papa, und ich erkundige mich nicht, wo sich ihr Zuhause befindet – obwohl ich in der Gegend noch nie ein Haus gesehen habe – oder warum sie immer dasselbe Kleid mit den gelben Bienen trägt.

Nichts voneinander zu wissen, ist kein Problem für uns, selbst wenn ich ihr wahrscheinlich früher oder später sagen sollte, dass wir bald wieder von hier fortgehen werden. Und genauso wie ich mein neues Fahrrad nicht werde mitnehmen können, werde ich der einzigen Freundin in meinem Leben Adieu sagen müssen.

Eines Tages geschieht etwas Merkwürdiges. Wir sitzen am Ufer eines Teichs und lassen Kiesel übers Wasser flitschen. Ich bin fast sicher, dass meine Freundin mir etwas sagen möchte, doch sie schaut mich nur an. Dann senkt sie den Blick und starrt auf meinen Bauch.

»Was ist?«, frage ich.

Sie antwortet nicht, sondern streckt den Arm aus, hebt mein T-Shirt an und legt ihre warme Hand auf meinen Unterleib, direkt unterhalb des Bauchnabels. Ich lasse sie machen, auch weil ich ihre Berührung angenehm finde. Aber mit ihr selbst stimmt etwas nicht, sie wirkt verstört.

»Es wird dir nicht gefallen«, sagt sie.

»Was?«

»Aber es muss sein.«

»Was denn? Ich verstehe nicht ...«

Langsam werde ich nervös. Warum drückt sie sich nicht klarer aus?

Nichts passiert. Sie nimmt ihre Hand weg und springt auf. Ich begreife, dass sie gehen will.

»Sehen wir uns morgen?«, frage ich.

Ich habe Angst, sie verletzt zu haben. Andererseits habe ich nicht das Gefühl, etwas gesagt oder getan zu haben, das sie gekränkt haben könnte.

Sie lächelt mich an wie immer, doch dann sagt sie:

»Morgen nicht.«

Es ist Nacht. Ich liege im Bett und wälze mich von einer Seite zur anderen. Ich träume. Meine Freundin legt ihre Hand auf meinen Bauch, doch diesmal ist ihre Berührung nicht angenehm. Diesmal tut sie weh.

Ich öffne die Augen. Es ist dunkel. Meine Freundin ist verschwunden, der Schmerz nicht. Er ist noch da – tief und bohrend. Ich schwitze. Ich spüre, dass ich Fieber habe. Als ich anfange zu jammern, kommen Mama und Papa sofort angelaufen.

Das Fieber steigt. Mir wird erst heiß, dann kalt. Und dann wieder heiß. Ich weiß nicht, wo ich mich befinde; hin und wieder verliere ich für einen Moment das Bewusstsein. Ich bin im Haus der Stimmen auf dem Hügel – das weiß ich und dann wieder nicht. Da draußen sind die Nacht und der Garten. Der Garten ist dunkel in der Nacht, nicht einmal der Mond scheint. Ich deliriere. Ich rufe meine Freundin, auch wenn ich ihren Namen nicht kenne. Mein Bauch tut weh. Fürchterlich weh. Ich habe noch nie solche Schmerzen gehabt. Warum passiert das ausgerechnet mir? Was habe ich Schlimmes getan? Mama, hilf mir, sorg dafür, dass die Schmerzen weggehen. Papa, hilf mir, ich will nicht mehr.

Ich kann sie sehen. Papa steht mitten im Raum, er hat die Arme über der Brust gekreuzt und verlagert das Gewicht von einem Bein aufs andere. Sein Blick ist angstvoll, er weiß nicht, was er tun soll. Mama kniet neben meinem Bett, sie hat die Hand auf meinen Bauch gelegt und weint. Sie ist verzweifelt.

»Verzeih mir, meine Kleine.«

Ich weiß nicht, was ich ihr verzeihen soll. Nicht sie tut mir weh, sondern da ist etwas in mir drin. Eine Art Insekt, das sich in meinen Bauch gräbt. Ein schwarz-grünes Insekt mit einem langen, haarigen Körper. Es hat unzählige winzige Beinchen, die in mein Fleisch einschneiden. Und es trinkt von meinem Blut.

Bitte, Mama und Papa, ich flehe euch an: Befreit mich von diesem Insekt!

In dem Moment sehe ich einen Schatten näher kommen. Es ist meine Freundin, sie kommt mich besuchen. Ich erkenne sie an ihrem Kleid mit den gelben Bienen. Sie setzt sich aufs Bett und streicht mir die verschwitzten Haare aus dem Gesicht.

»Ich habe dir gesagt, dass es dir nicht gefallen wird«, wiederholt sie. »Aber es muss sein.«

Was muss sein? Ich verstehe nicht. Dann dreht sie sich zu Mama und Papa um, und ich sehe, dass die beiden über ihren Besuch nicht wütend sind.

»Es muss sein, wegen ihnen«, sagt meine Freundin und schaut mich mitleidig an.

»Warum?«, frage ich nach Luft schnappend.

»Es gibt da einen Ort, der nennt sich *Krankenhaus*«, erwidert sie. »Du hast bestimmt in deinen Büchern darüber gelesen, oder?«

Ja, das stimmt. An diesen Ort begeben sich die Leute, wenn sie krank sind. Doch wir können dort nicht hingehen, wegen der Fremden. *Regel Nummer 2: Fremde bedeuten Gefahr.*

»Du bist sehr krank. Du kannst sogar sterben, weißt du das?«

»Ich will nicht sterben«, entgegne ich erschrocken.

»Aber das wird passieren, wenn du nicht sofort Medikamente bekommst.«

»Ich will nicht sterben«, wiederhole ich weinerlich.

»Deine Eltern wissen das, deshalb hat dein Papa auch so große Angst, und deine Mama bittet dich um Verzeihung …

Sie können dich nicht ins Krankenhaus bringen; wenn sie das tun, ist alles vorbei.«

Mama weint und fleht mich an – als könnte *ich* irgendetwas tun. Papa ist anders als sonst, nicht wie mein normaler Papa, bei dem ich mich in Sicherheit fühle, egal in welcher Situation. Er scheint seine ganze innere Kraft verloren zu haben und schaut mich an, wie ich ihn anschauen würde, wenn ich mich in Gefahr wähnte.

»Werde ich sterben?«, frage ich, obwohl ich die Antwort schon kenne.

»Vergiss nicht, wenn du jetzt stirbst, können wir für immer zusammen sein, hier im Garten.«

»Aber warum muss ich sterben?«

Ich weiß, dass es einen Grund dafür gibt, ganz unabhängig von dem verdammten Insekt, das sich in meinem Bauch breitmacht. Es hat mit etwas zu tun, das vor langer Zeit passiert ist.

Meine Freundin legt den Kopf schief und mustert mich.

»Du kennst den Grund ... Du hast Ado getötet und seinen Platz eingenommen. Das ist deine Strafe.«

»Es stimmt nicht, was du da sagst. Ich habe ihn nicht getötet.«

»Doch, hast du«, widerspricht sie. »Und wenn du jetzt nicht stirbst, werdet ihr alle eines Tages sterben.«

18

»Ich war das nicht, ich habe ihn nicht getötet!«

Hannas verzweifelter Schrei.

»In Ordnung, aber jetzt beruhig dich erst mal ...« Die Stimme von Theresa Walker legte sich über die der Patientin. *»Du musst dich beruhigen. Hörst du mich, Hanna?«*

Noch bevor die Psychologin begonnen hatte, rückwärts von zehn bis eins zu zählen, um das Ende der Hypnose einzuleiten, wurde die Aufnahme abrupt unterbrochen.

Pietro Gerber wartete noch ein paar Sekunden, bis er den Kopfhörer abnahm. Der Schrei der Frau hallte wie ein Echo in seinen Ohren nach. Der Kinderflüsterer sehnte sich nach nichts als Ruhe. Sein Nacken und seine Arme waren steif geworden, seine Finger hatten sich in den Oberschenkeln verkrallt.

Wieder sagte er sich, dass mit jener Sitzung alles begonnen haben musste. Zu der Gewissheit, Ado getötet zu haben, war Hanna Hall erst unter Hypnose gelangt. Sie hatte keine unmittelbare Erinnerung an den Mord – ein Mädchen, das es nur in ihrer Fantasie gab, hatte ihr den Mord eingeredet. Was bedeutete all dies? Man müsste noch tiefer in ihr Unterbewusstsein vordringen, um an die eigentliche Erinnerung heranzukommen, vorausgesetzt, sie existierte überhaupt. Doch er wusste nicht, ob er sich das antun sollte.

Er streckte die Hand zum Lenkrad aus und betätigte, ohne

den Motor anzulassen, zitternd die Zündung, um das Fenster einen Spaltbreit zu öffnen.

Frische Regenluft drang in den Innenraum und verscheuchte den scharfen Angstgeruch. Gerber atmete langsam ein und aus und versuchte, sich zu sammeln. Die Worte Theresa Walkers fielen ihm wieder ein.

Wenn Sie das Band abgehört haben, müssen Sie mich sofort anrufen. Den Rest erzähle ich Ihnen dann am Telefon.

Am liebsten wäre er nach Hause gefahren, zu Silvia und Marco. Am liebsten hätte er die Zeit zurückgedreht und die Bitte um Unterstützung der Kollegin ausgeschlagen. Doch stattdessen hatte er sich in eine Sache hineinziehen lassen, die er nicht durchschaute – und vor allem spürte er, dass er in Gefahr war, ohne dass er wusste, warum.

Er griff nach seinem Smartphone und kontrollierte den Stand der Batterie. Die Aufnahme der Sitzung mit Hanna Hall hatte einige Stunden gedauert, vielleicht hatte er nicht mehr genug Akku für ein Telefonat. Doch er musste unbedingt »den Rest« erfahren, wie Theresa Walker es genannt hatte. Er tippte auf die Nummer aus der Anrufliste.

»Und, haben Sie es angehört?«, fragte die Psychologin sofort nach dem Abheben.

»Ja«, erwiderte er.

»Und was denken Sie jetzt?«

»Das Gleiche wie vorher: Hanna Hall hat ihren Bruder getötet, als sie noch ein kleines Mädchen war. Vielleicht war es keine Absicht, vielleicht war es ein Unfall. Tatsache ist, dass die Eltern Angst hatten, ein Gericht würde ihnen die Tochter wegnehmen. Außerdem wollten sie Hanna vor dem, was sie getan hatte, beschützen und haben sie deshalb vollständig isoliert. Auf diese Weise hofften sie wohl, dass sie nie die Wahrheit erfahren würde. Ihr Lebensentwurf sah eine Welt vor, in der andere Menschen ignoriert oder auf Distanz gehalten würden und in der sie auf niemanden angewiesen wären … Doch das alles hatte seinen Preis: zum Beispiel, dass sie im Notfall keinen Arzt aufsuchen konnten.«

»Würden Sie etwa das Leben Ihres Sohnes ohne schwerwiegenden Grund aufs Spiel setzen?«, fragte Dr. Walker angriffslustig.

»Natürlich nicht«, antwortete er widerwillig. »Worauf wollen Sie hinaus?«

»Nur die Angst vor einer noch größeren Gefahr würde das Verhalten von Hanna Halls Eltern angesichts der Erkrankung ihrer Tochter rechtfertigen.«

»Sprechen Sie von den *Fremden*?«, fragte er spöttisch. »Die Fremden existieren nicht. Hannas Eltern sind vor sich selbst und vor dem Urteil der Gesellschaft geflüchtet. Wenn du Kinder hast, kannst du dir jede Art von Egoismus erlauben, du musst es nur Liebe nennen.«

Er wusste es selbst nur allzu gut, hatte er doch genau das mit seinem Vater erlebt.

»Und was sagen Sie zu dem Mädchen aus dem Garten?«

»Na ja, Hanna hat schon als Kind Stimmen gehört … Wie leider alle Schizophrenen.«

Er hätte auf Silvia hören sollen; seine Frau hatte als Erste, noch vor Theresa Walker und ihm, Hannas Krankheit richtig diagnostiziert. Stattdessen war er jetzt auf Gedeih und Verderb dieser Verrückten ausgeliefert.

Vor Gericht konnten sie ihr nichts nachweisen, doch laut Polizeibericht hatte Hanna Hall die Absicht, das Baby lebendig zu begraben …

»Also würden Sie sagen, die ganze Sache läuft auf eine eingebildete Freundin hinaus?«, fasste die Psychologin zusammen, die seiner Argumentation nicht zu folgen schien.

»Die blonde Freundin mit den weißen Sandalen und dem Kleid mit den gelben Bienen war das, was Hanna selbst gerne gewesen wäre, aber nicht sein konnte: ein Mädchen wie alle anderen. Diese Figur ist eine Hilfskonstruktion, die sich ihre Psyche ausgedacht hat, um nicht der Wahrheit gegenübertreten zu müssen«, erwiderte der Hypnotiseur gereizt.

»Und wie lautet diese Wahrheit?«

»Die Wahrheit lautet, Hanna hat immer gewusst, dass sie für Ados Tod verantwortlich ist. Aber manchmal ist es besser, wenn die Wahrheit von jemand anderem aufgedeckt wird.«

»Nicht Hanna Hall ist diejenige, die der Wahrheit auszuweichen versucht, Dr. Gerber ... sondern Sie.«

»Darf man erfahren, weshalb Sie eine solche Angst vor dieser Frau haben? Warum nennen Sie mir nicht den wahren Grund dafür, dass Sie mir diese Tonaufzeichnung bis heute vorenthalten haben?«

Theresa Walker schwieg einen langen Moment.

»Einverstanden«, sagte sie schließlich. »Ich hatte eine Zwillingsschwester. Sie hieß Liz.«

»Was hat das damit zu tun? Warum haben Sie ›ich hatte‹ gesagt?«

»Weil sie im Alter von acht Jahren an einer Blinddarmentzündung gestorben ist.«

Pietro Gerber lachte laut auf.

»Sie glauben wirklich, dass ...«

Die Kollegin ließ ihn nicht zu Ende sprechen.

»Obwohl es mitten im Winter war, wurde Liz in ihrem Lieblingskleid begraben: einem Baumwollkleidchen, das mit kleinen gelben Bienen bedruckt war.«

19

Richterin Baldi trug ein langes Samtkleid und bewegte sich auf Pantoffeln durch ihren Salon, der sich im zweiten Stock eines prachtvollen Gebäudes unweit des Ponte Vecchio direkt am Arnoufer befand. Der Raum hatte eine Kassettendecke und war mit antiken Möbeln, Teppichen, Gobelins und Samtvorhängen ausgestattet. Auf jeder freien Oberfläche stand ein Ziergegenstand, meist eine kleine Plastik oder ein Silberobjekt.

Die Baldis waren im siebzehnten Jahrhundert tüchtige Kaufleute gewesen und hatten ein Vermögen angehäuft. Ihre Erben hatten über Generationen hinweg davon gezehrt, ohne einen Finger rühren zu müssen, geschweige denn zu arbeiten. Die letzte Repräsentantin dieses Geschlechts hatte sich jedoch nicht mit dem Gedanken an ein Leben im Müßiggang anfreunden können und sich einen Beruf gesucht, der sie mit der realen Welt in Kontakt brachte.

Bevor sie ihr Büro im Jugendgericht bezogen hatte, war Anita Baldi Staatsanwältin gewesen und hatte sich im Rahmen ihrer Ermittlungstätigkeit auf der Straße die Hände schmutzig gemacht. Von ihrem Luxusdomizil hatte sie sich geradewegs ins Elend begeben, in heruntergekommene Mietskasernen, zugige Baracken und feuchte Kellerlöcher, um nach Kindern zu suchen, die ihre Hilfe benötigten.

Pietro Gerber ließ seinen Blick durch das pompös eingerichtete Zimmer schweifen und fragte sich, ob es eine gute

Idee gewesen war, seine alte Freundin zu so später Stunde aufzusuchen. Er hatte Anita Baldi die Ereignisse der letzten Tage geschildert, allerdings ohne den Namen Hanna Hall zu erwähnen. Nun saß er auf einem damastbezogenen Sessel und wagte nicht, sich zurückzulehnen, zumal er viel zu angespannt war.

Er war gekommen, weil er einen Gefallen erbitten wollte.

Die Richterin reichte ihm das Glas Wasser, nach dem er gefragt hatte.

»Sieht ganz so aus, als hätte deine Kollegin sich einlullen lassen.«

»Theresa Walker ist eine anerkannte Psychologin, sie macht diesen Job seit vielen Jahren«, widersprach er heftig, als müsste er seinen Berufsstand verteidigen. »Ich habe mir ihre Referenzen auf der Webseite der WHO genau angeschaut, bevor ich die Patientin übernommen habe.«

»Das bedeutet gar nichts. Du hast mir doch gesagt, sie sei schon ein älteres Semester.«

»Sie ist um die sechzig«, präzisierte er.

»Jemand, der diesen Punkt im Leben erreicht hat, verspürt gerne mal das Bedürfnis, aus dem Nähkästchen zu plaudern. Was die Patientin offenbar zu ihrem Vorteil genutzt hat …«

Gerber hatte den emotionalen Aspekt der Angelegenheit bisher außer Acht gelassen, vielleicht, weil er selbst erst dreiunddreißig Jahre alt war. Aber Anita Baldi mit ihren fast siebzig wusste höchstwahrscheinlich, wovon sie sprach.

»Wenn ich psychisch weniger gefestigt wäre und jemand würde mir erzählen, ein nahestehender Mensch sei in Gestalt eines Geistes zurückgekehrt, wäre das sehr tröstlich für mich«, schloss die Richterin.

»Mit anderen Worten, Sie meinen, Dr. Walker wurde hinters Licht geführt?«

»Wundert dich das?«, entgegnete die Freundin und nahm auf einem ihrer Sofas Platz. »Da draußen laufen jede Menge Betrüger herum: Wahrsagerinnen, Zauberer, Okkultisten … Sie wissen ganz genau, wie sie an bestimmte Informationen herankommen, um sie gegen andere zu verwenden. Diese Leute graben selbst die intimsten Dinge aus, oder Geheimnisse, die wir für absolut wasserdicht gehalten haben. Manchmal brauchen sie nur unsere Mülleimer zu durchwühlen. Mit diesen Kenntnissen ausgestattet, üben sie ihre betrügerischen Machenschaften aus, die nicht mal besonders raffiniert sind, weil sie davon ausgehen, dass jeder das glaubt, was er glauben will.«

»Normalerweise versuchen solche Leute, einem Geld aus der Tasche zu ziehen. Aber aus welchem Grund sollte meine Patientin so etwas tun? Also ehrlich gesagt sehe ich das hier nicht …«

»Diese Frau ist mental instabil, das hast du selber gesagt. Meiner Meinung nach hat sie sich diesen Betrug ausgedacht, weil sie nach Aufmerksamkeit giert und Selbstbestätigung sucht. Die Vorstellung, andere Leute manipulieren zu können, ist für manche sehr reizvoll.«

Um das zu erreichen, flocht Hanna Hall also bestimmte Vorkommnisse aus dem Privatleben ihrer Therapeuten in ihre Geschichten ein.

»So wie wir sie beobachten und ihr zuhören, macht sie es umgekehrt genauso. Und zieht dann ihre Lehren daraus.«

Die früh verstorbene Zwillingsschwester der Walker, sein Cousin Iscio oder das Satinband mit dem Glöckchen, das die Kinder aus Marcos Krippe um den Knöchel gebunden hatten … Das Bilderbuch, das zur Lösung von Emilians Fall beigetragen hatte, stellte für ihn allerdings nach wie vor das größte Rätsel dar. Gerber wäre im Leben nicht auf die Idee gekommen, mit Hanna über diesen Fall zu reden.

Er nahm einen Schluck Wasser und stellte das Glas zurück auf den Beistelltisch neben seinem Sessel. Erst jetzt bemerkte er die Zeichnung, die dort lag.

Das Bild, das das Geisterkind im Spielzimmer angefertigt hatte.

Der bunte Zug, der sich in eine Fratze verwandelt hatte. Das Monster *Maci*, wie Emilian es genannt hatte.

Anita Baldi hatte die Zeichnung aufbewahrt. Doch nicht deswegen war der Psychologe mit einem Mal hellwach.

»Ich habe Theresa Walker gegenüber eine Andeutung hinsichtlich Emilian gemacht«, erinnerte er sich plötzlich. »Gut möglich, dass sie unserer gemeinsamen Patientin anschließend davon erzählt hat.«

Ja, das war das verbindende Glied. Er war erleichtert, dem Rätsel auf die Spur gekommen zu sein. Doch diese mögliche Erklärung für Hanna Halls unheimliche Fähigkeit löste noch lange nicht sein grundsätzliches Dilemma, einmal ganz abgesehen von weiteren Problemen, die sich noch auftun würden.

»Die Patientin und Theresa Walker stehen nach wie vor in Kontakt – was die Kollegin mir jedoch verschwiegen hat«, sagte er düster. »Das beweist, dass selbst eine so erfahrene Psychologin wie sie nicht davor gefeit ist, sich manipulieren zu lassen.«

»Was habe ich gesagt?«, entgegnete Anita Baldi.

Nun war er wirklich beunruhigt.

»Wie soll ich mich jetzt verhalten?«, fragte er die Freundin.

»Glaubst du, dass die Patientin eine Gefahr für dich oder deine Familie darstellt?«, fragte die Richterin zurück.

»Ich habe keine Ahnung … Diese Frau hat versucht, ein Baby zu entführen, womöglich in der Absicht, es lebendig zu begraben.«

»Du kannst nicht mal zur Polizei gehen. Weshalb würdest

du sie anzeigen wollen? Abgesehen davon würdest du einen schweren Verstoß gegen die ärztliche Schweigepflicht begehen.«

»Silvia meint, sie spioniert uns nach.«

»Das reicht nicht aus, so etwas ist nicht strafbar.«

»Ich sage mir immer wieder, dass es gegen jede fachliche Empfehlung ist, eine Hypnosetherapie abzubrechen. Aber in Wirklichkeit habe ich hauptsächlich Angst vor den Konsequenzen.«

»Welche Art von Konsequenzen?«

»Ich fürchte, die Patientin ist in der Lage, sehr heftig zu reagieren. Sie könnte regelrecht zu einer Bedrohung werden.« Er dachte kurz über seine Worte nach. »Was hätte *Herr Balu* wohl an meiner Stelle getan?«

»Dein Vater hat damit nichts zu tun. Diesmal musst du alleine klarkommen.«

Dieser Mistkerl fehlte ihm! Er spürte, wie seine Wut nur noch angestachelt wurde.

»Der Freund von Dr. Walker, dieser Ermittler, meinte, es gibt in Australien zwei Frauen um die dreißig mit demselben Namen … Eine von ihnen ist eine international bekannte Meeresbiologin.«

»Was tut das hier zur Sache?«

»Ich habe nur darüber nachgedacht, dass diese beiden gleichaltrigen Frauen mit demselben Namen so unterschiedliche Lebensläufe haben, mehr nicht … Wäre ich nicht der Sohn meines Vaters, wäre ich vielleicht kein Psychologe geworden und befände mich jetzt nicht in dieser Situation.«

Die Richterin erhob sich von ihrem Sofa, um sich auf die Armlehne seines Sessels zu setzen.

»Dieser Fremden zu helfen, wird dein Problem mit ihm nicht lösen, was auch immer es ist.«

Pietro Gerber schaute zu ihr hoch.

»Bis sie zehn war, hat meine Patientin bei ihren leiblichen Eltern gelebt. Sie haben an zahlreichen unterschiedlichen Orten gewohnt und häufig die Identität gewechselt. Dann ist irgendetwas vorgefallen. Die Frau hat von einer Brandnacht gesprochen, in der die Mutter ihr vom *Wasser des Vergessens* zu trinken gab. Dieses Ereignis muss die Verbindung zur Ursprungsfamilie abrupt gekappt haben. Sie ist nach Australien gezogen, wo sie zu Hanna Hall wurde.«

Bei der Erwähnung des Namens versteifte sich der Körper von Anita Baldi, was Pietro Gerber nicht entging.

»Warum bist du wirklich zu mir gekommen, was willst du wissen?«, fragte sie mit argwöhnischer Stimme.

»Ich gehe davon aus, dass Hanna vor zwanzig Jahren ihren leiblichen Eltern weggenommen wurde. Vielleicht gibt es ja irgendwo noch Dokumente, aus denen der Grund dafür hervorgeht. Und vielleicht hat sich auch jemand um den Mord an dem kleinen Bruder gekümmert.«

»Das ist doch alles völliger Quatsch!«, platzte es aus der Richterin heraus. »Wach auf, Pietro, es hat keinen Mord gegeben. Diese Frau nimmt dich auf den Arm.«

Doch Gerber wollte sich nicht geschlagen geben. Ungerührt fuhr er fort.

»Ihre leiblichen Eltern haben ihr erlaubt, sich so zu nennen, wie sie wollte, daher hatte sie in ihrer Zeit in Italien zahlreiche Namen. Zu Hanna Hall ist sie erst geworden, als sie nach Australien kam. Daher nehme ich an, dass sie mit zehn Jahren von einer Familie aus Adelaide adoptiert wurde.«

»Sag mal, was machst du eigentlich um diese Uhrzeit noch hier?«, fuhr Anita Baldi ihn an. »Warum bist du nicht zu Hause bei Frau und Kind?«

Doch er achtete gar nicht auf sie.

»Natürlich sind das alles nur Mutmaßungen. Um Gewissheit zu bekommen, bräuchte ich eine Genehmigung zur Einsichtnahme in die vertraulichen Akten des Jugendgerichts.«

Es handelte sich um das sogenannte *Dekret 23*, das für die heikelsten Adoptionsfälle bestimmt war – was die Richterin natürlich nur allzu gut wusste.

Anita Baldi tat einen tiefen Seufzer und erhob sich, um zu dem antiken Schreibtisch vor dem Fenster zu gehen. Sie nahm einen Stift und kritzelte etwas auf ein Stück Papier, das sie Gerber reichte.

»Geh damit zur Geschäftsstelle; die Kollegen werden dich alle Recherchen durchführen lassen, die du machen willst.«

Der Psychologe nahm das Blatt entgegen, faltete es einmal in der Mitte und steckte es in die Tasche. Er dankte der alten Freundin mit einem Kopfnicken und verließ das Haus, ohne ein weiteres Wort zu verlieren oder ihr noch einmal in die Augen zu sehen.

Als er auf die Straße trat, hatte es aufgehört zu regnen. Dichte Nebelschwaden stiegen vom Arno herauf und strömten in die engen Gassen, sodass die Sichtweite dort nur wenige Meter betrug.

Irgendwo über ihm schlug die Glocke des Torre di Arnolfo Mitternacht. Einer nach dem anderen hallten die Glockenschläge durch die Straßen von Florenz, bis sie schließlich ganz verstummten.

Gerber hatte den Ponte Vecchio erreicht. In der dumpfen Stille erzeugten seine Schritte ein fast metallisches Echo. Die Juweliergeschäfte waren geschlossen, die Leuchtreklamen ausgeschaltet. Wie freundliche alte Seelen, die ihn durch die opake weiße Masse geleiteten, tauchten die Lichter der Straßenlaternen aus dem Nebel auf und verschwanden wieder. Der

Kinderflüsterer war froh, dass er sich an ihnen orientieren konnte, und fühlte sich fast versucht, ihnen dafür zu danken.

Hinter der Brücke bog er in das enge Gassengewirr der Altstadt ein. Die Feuchtigkeit kroch unter seine Kleidung. Gerber zog den Burberry enger über der Brust zusammen, doch ihm war immer noch kalt. Um sich aufzuwärmen, beschleunigte er seinen Schritt.

Erst hörte er nur einzelne Töne aus weiter Ferne. Doch während er näher kam, setzten sich die Klangfetzen nach und nach zu einer Melodie zusammen, die ihm vage bekannt vorkam. Er verlangsamte sein Tempo, um besser hören zu können. Jemand hatte offenbar eine alte Schallplatte aufgelegt. Die Nadel kratzte über die Rillen im Vinyl. Pietro Gerber blieb wie angewurzelt stehen. Die Töne kamen und gingen, wie in Schüben. Zwei leicht verzerrte, aber ihm wohlbekannte Stimmen stimmten in die Melodie ein.

Das waren doch … Balu, der Bär, und Mogli, das Dschungelkind, die *Probier's mal mit Gemütlichkeit* sangen …

Ein schlechter Scherz? Oder vielmehr ein grausames Spiel?

Während die eisige Kälte bis zu seinem Herzen vordrang, blickte er fieberhaft um sich. Irgendwo in diesem milchigen Niemandsland verbarg sich der Witzbold, der sich auf seine Kosten lustig machte.

Er dachte an seinen Vater. Und an die letzten Worte, die dieser an ihn gerichtet hatte. Die bittere Galle eines dem Tode Geweihten.

Bevor er wirklich begriffen hatte, was mit ihm geschah, hielt die Musik plötzlich an. Aber die Stille trug nicht zu Pietro Gerbers Beruhigung bei.

Hatte die Melodie vielleicht nur in seinem Kopf existiert?

20

Die Hand an dem schmiedeeisernen Geländer, zog er sich mit schweren Beinen die Treppe zum Gericht hoch. Er hatte in der Nacht schon wieder kein Auge zugetan und war zutiefst erschöpft. Seit ein paar Tagen bereits hatte er versäumt, sich zu rasieren, und nur der erstaunte Blick seines Sohnes beim Abschiedskuss hatte ihn daran erinnert. Silvia hatte ihn mit zunehmender Besorgnis gemustert. Der stumme Blick seiner Ehefrau war ehrlicher als jeder Spiegel. Am Morgen im Bad hatte er eine 10-mg-Ritalin-Tablette genommen, um die Folgen der schlaflosen Nacht auszugleichen. Mit dem Ergebnis, dass er wie in einem Wachtraum mit offenen Augen durch die Gegend irrte.

Manche Therapeuten nannten das den *Zombie-Effekt*.

Als er in die Geschäftsstelle des Jugendgerichts kam, stieß er auf eine Beamtin, die er aus den Verhandlungen mit Anita Baldi kannte: eine Frau um die fünfzig mit akkurat geschnittenen blonden Haaren und einer Brille, die an einer goldenen Kette um ihren Hals hing.

Er zeigte ihr den Zettel, den die Richterin ihm am Vorabend gegeben hatte.

»Der Fall liegt etwa zwanzig Jahre zurück«, erklärte er. »Ein namenloses zehnjähriges Mädchen, das später Hanna Hall genannt wurde. Sie muss von einer Familie aus Adelaide adoptiert worden sein, in Australien.«

Die Gerichtsdienerin studierte den Zettel der Richterin, dann hob sie den Blick zu Gerbers müdem Gesicht. Vielleicht fragte sie sich, was mit ihm los war.

»Dekret 23 ...«, sagte sie gedehnt.

»In der Tat«, bestätigte der Psychologe, ohne eine Erklärung hinzuzufügen.

»Ich schaue mal im Computer nach.«

Die Frau verschwand im Nachbarzimmer, in dem die Prozessakten aufbewahrt wurden.

Gerber setzte sich auf einen der Besucherstühle. In der Hoffnung, die Wartezeit zu verkürzen, war er absichtlich gleich zu Beginn der Geschäftszeiten gekommen. Tatsächlich musste er nicht lange warten.

Bereits nach zehn Minuten kehrte die Frau zurück, allerdings mit leeren Händen.

»Es gibt keinen Eintrag zu diesem Namen«, verkündete sie.

Gerber konnte es nicht glauben. Er war fest davon überzeugt gewesen, dass Hanna Hall gleich nach der Brandnacht zur Adoption ins Ausland freigegeben worden war.

»Haben Sie alles genau durchgesehen?«

»Natürlich«, erwiderte die Gerichtsdienerin pikiert. »Es gibt kein italienisches Mädchen, das einer ausländischen Familie anvertraut wurde und später den Namen Hanna Hall angenommen hat.«

Pietro Gerber spürte, wie seine letzten Kräfte ihn verließen. Der abendliche Besuch bei Anita Baldi war also vollkommen umsonst gewesen. Noch dazu hatte sich das Spinnennetz aus Mysterien, das die Patientin umgab, um ein weiteres Rätsel vergrößert.

Offensichtlich war und blieb die Vergangenheit von Hanna Hall ein wohlgehütetes Geheimnis, zu dem allein ihr Erinnerungsvermögen Zutritt hatte. Wenn er dahinterkommen wollte, musste er wohl oder übel erneut in die Tiefen ihres Bewusstseins vordringen.

Nach dem Besuch im Jugendgericht fuhr der Hypnotiseur direkt in seine Praxis. Im Treppenhaus blieb er stehen. Jemand schien im Dämmerlicht auf ihn zu warten. Er trat näher und erkannte Hanna Hall, die sich in der Ecke neben der Eingangstür zu seiner Praxis zusammengekauert hatte. Sie schlief, doch für einen kurzen Moment hatte ihr Anblick ihn vermuten lassen, sie sei ohnmächtig.

Ihre ganze rechte Gesichtshälfte inklusive Augenpartie, Schläfe und Wange war dunkelviolett angelaufen. Gerber sah, dass der Riemen ihrer Umhängetasche abgerissen war. Auch ihre Kleider wiesen Risse auf, und einer ihrer Absätze war abgebrochen.

»Hanna«, rief er leise und berührte sie vorsichtig.

Sie zuckte zusammen. Mit weit aufgerissenen Augen wich sie vor ihm zurück.

»Sie müssen keine Angst haben, ich bin's nur«, versuchte er, sie zu beruhigen.

Die Frau brauchte einen Moment, um zu realisieren, dass von ihm keine Gefahr ausging.

»Entschuldigung«, sagte sie dann.

Es war ihr offensichtlich unangenehm, in diesem Zustand überrascht worden zu sein. Mit dem Handrücken fuhr sie sich über den Mundwinkel, aus dem ein wenig Speichel gelaufen war, und strich sich die Haare aus dem Gesicht.

»Was ist mit Ihnen passiert?«, fragte der Psychologe.

»Ich weiß es nicht«, erwiderte sie. »Ich glaube, ich bin überfallen worden.«

Gerber versuchte, die Information einzuordnen. Wer hätte so etwas tun sollen, wunderte er sich. Und warum?

»Ist das heute Morgen auf dem Weg hierhin passiert?«

»Nein, gestern Abend, so gegen elf.«

Sie musste also die ganze Nacht vor seiner Praxistür verbracht haben. Gerber fragte sich gar nicht erst, weshalb sie nicht in ihr Hotel zurückgekehrt war. Er dachte an die alte Schallplatte, deren Klänge durch die verlassenen Straßen von Florenz gewabert waren. *Probier's mal mit Gemütlichkeit.*

»Wollen Sie mir den genauen Hergang erzählen?«

»Ich hatte keine Zigaretten mehr, deshalb bin ich raus aus dem Hotel, um nach einem Automaten zu suchen. Draußen herrschte dichter Nebel, sodass ich schon Angst hatte, nicht mehr zurück ins Puccini zu finden. Irgendwann habe ich Schritte gehört. Jemand hat mich am Arm gepackt und geschubst. Ich bin direkt aufs Gesicht gefallen und dachte nur, jetzt rauben sie dich aus. Doch in dem Moment ist der Angreifer weggerannt. An mehr kann ich mich nicht erinnern.« Sie machte eine Pause. »Ach ja«, fügte sie hinzu, »als ich wieder klar denken konnte, hatte ich das hier in der Hand.«

Sie öffnete die Faust und zeigte ihm einen kleinen schwarzen Gegenstand.

Ein Knopf.

Der Psychologe nahm ihn in die Hand, um ihn von allen Seiten zu betrachten. Ein loser Faden hing an dem Knopf.

»Wir müssen zur Polizei gehen.«

»Nein«, sagte Hanna sofort. »Das will ich nicht. Bitte!«

Gerber war überrascht von der Heftigkeit ihrer Reaktion.

»Na gut«, gab er schließlich nach. »Aber lassen Sie uns reingehen, wir müssen etwas gegen diesen Bluterguss tun.«

Er half ihr aufzustehen und schloss die Tür zur Praxis auf. Da Hanna hinkte und zudem unter Schock zu stehen schien, legte er den Arm um ihre Hüften, um sie auf dem Weg durch den Flur zu stützen. Aus der Nähe nahm er den Geruch wahr, der aus ihrem schwarzen Pullover stieg. Der süßliche Eigengeruch ihres Körpers, gemischt mit den Aromen von billiger Hotelseife, Schweiß und Zigaretten, war nicht unangenehm. Er ließ sie auf dem Schaukelstuhl Platz nehmen.

»Ist Ihnen schwindelig? Haben Sie Kopfschmerzen?«

»Nein«, erwiderte sie.

»Das ist gut. Jetzt brauchen wir nur noch was gegen die Schwellung.«

Er trat zur Hausbar in der Ecke des Zimmers und kehrte mit ein paar Eiswürfeln zurück, die er in ein Geschirrhandtuch gewickelt hatte. Hanna hatte sich bereits ihre erste Winnie angezündet, aber als sie die Zigarette zum Mund führte, sah er, dass ihre Hand mehr zitterte als sonst.

»Ich kann Ihnen ein Rezept besorgen, falls Sie keine Medikamente mehr haben«, sagte er.

»Nein, danke, nicht nötig«, entgegnete sie höflich.

Gerber ließ es dabei bewenden. Er ging vor ihr in die Hocke. Ohne um Erlaubnis zu fragen, hob er mit den Fingerspitzen leicht ihr Kinn an und näherte sich ihrem Gesicht, um den Bluterguss genauer betrachten zu können. Er strich ihr über die Wangen, damit sie den Kopf von einer Seite zur anderen drehte. Hanna ließ ihn stumm gewähren, ihre Augen suchten seinen Blick. Er spürte das Kitzeln ihres Atems auf der Haut und wich ihrem Blick aus. Die plötzliche Intimität verwirrte ihn. Gerber war überzeugt, dass es ihr genauso erging.

Vorsichtig legte er das Eiswürfelpäckchen auf die Schwellung. Hanna verzog das Gesicht vor Schmerz, dann wurden ihre Züge wieder weich. Der suchende Blick aus ihren melancholischen blauen Augen war so intensiv, dass der Hypnotiseur gar nicht anders konnte, als ihn zu erwidern.

Rasch nahm er ihre Hand und legte sie anstelle von seiner auf die Kühlkompresse.

»Schön draufdrücken«, sagte er.

Er wollte aufstehen, um Distanz zwischen sich und seine Patientin zu bringen, doch Hanna packte ihn am Arm.

»Sie sind wieder da ... Keine Ahnung, wie, aber sie haben mich gefunden ...«

Panik zeichnete sich auf ihrem Gesicht ab. Wieder fragte sich der Psychologe, ob ihre Angst echt war oder ob sie nur Theater spielte, weil sie ihn manipulieren wollte. Er beschloss, sie direkt zu fragen.

»Hanna, wissen Sie, wer Sie heute Nacht angegriffen hat?«

Die Frau senkte den Kopf.

»Nein ... weiß ich nicht ... Oder ... ich bin mir nicht sicher«, versuchte sie, um den heißen Brei herumzureden.

»Sie haben gesagt: ›*Sie* sind wieder da.‹ Also war es nicht nur einer ...«

Die einzige Reaktion war ein Kopfschütteln.

»Was heißt das: Sie haben Sie *gefunden*? Werden Sie von jemandem gesucht?«

»Sie haben alle drei geschworen, dass sie mich ...«

»Geschworen? Das verstehe ich nicht ... Wer denn? Die Fremden?«, bemühte Gerber sich, den Sinn hinter ihren Sätzen zu verstehen.

Aus großen Augen schaute sie ihn an.

»Nein. Neri, Lucciola und Vitello.«

Der Schwarze, das Glühwürmchen, das Kalb – die drei Namen schienen geradewegs aus einem grotesken Märchen zu stammen.

»Haben Sie diese Leute schon einmal getroffen?«, fragte er in der Hoffnung, mehr über die drei Fabelwesen zu erfahren.

»Ja, als ich klein war.«

Gerber hatte sich schon gedacht, dass die Namen im Zusammenhang mit ihrer Zeit in der Toskana standen.

»Ich kann heute keine Sitzung mit Ihnen machen«, sagte er spontan. »Nicht nach dem, was heute Nacht passiert ist.«

»Bitte«, sagte die Frau flehend. »Bitte!«

»Ihre Psyche wurde auf eine harte Probe gestellt, das wäre zu gefährlich.«

»Ich bin bereit, das Risiko auf mich zu nehmen ...«

»Risiko heißt in dem Fall, dass die emotionale Erinnerung an das Vorgefallene vertieft wird.«

»Das ist mir egal, lassen Sie uns einfach anfangen.«

»Ich kann Sie nicht dahin zurückgehen und allein mit diesen Typen lassen ...«

»Ich muss sie finden, bevor sie mich finden.«

Ihre Ansage war so klar und eindeutig, dass ihm jeder Widerspruch fehl am Platz schien.

Er holte den schwarzen Knopf aus seiner Hosentasche, den sie in der Nacht von der Jacke ihres Angreifers abgerissen haben musste, warf ihn in die Luft und fing ihn wieder auf.

»Na gut«, sagte er schließlich.

21

Der Sommer im Moor ist tropisch. Es ist so heiß, dass man tagsüber kaum draußen sein kann. Gegen zwei Uhr mittags wird alles ganz still, kein Mucks ist dann zu hören. Auch die Grillen zirpen nicht mehr. Man hört nur noch die Pflanzen, die in ihrer Geheimsprache, einem Rauschen und Rascheln, miteinander reden. Nachts sieht man über der Oberfläche des stehenden Wassers einen grünlichen Flimmer. Papa sagt, das ist das Sumpfgas, das von den Wurzeln des Moorwalds ausgeht. Das Sumpfgas ist hübsch anzusehen, doch sein Geruch ist unerträglich. Abgesehen von dem Gestank steigen aus dem Moor auch Schwärme von Mücken auf, und wenn du einmal in eine solche Wolke hineingerätst, bist du verloren. Es gibt auch Ringelnattern, die durchs Gras streifen, und endlos lange Regenwürmer, die die Erde aufgraben.

Niemand lebt freiwillig in einem Sumpfgebiet. Nur wir.

Ich heiße Bella, und das Haus der Stimmen ist diesmal eine Kirche. Mama sagt, Kirchen sind Orte, wo die Leute hingehen, um Gott zu begegnen. Aber uns ist er nicht begegnet. Vielleicht, weil unsere Kirche schon so lange verlassen ist. Papa meint, sie ist bestimmt fünfhundert Jahre alt. Ich weiß, dass das sehr viel ist, denn keiner von uns wird in fünfhundert Jahren noch leben. Jedenfalls nicht, wenn er nur ein Leben hat.

Bei unserer Ankunft war die Kirche voller Schlamm. Wir haben ewig gebraucht, um sie sauber zu machen. Aber dann, als der alte Fußboden endlich frei war, kamen unzählige bunte Steinchen zum Vorschein. Die Steine stellen Menschen dar, ähnlich wie bei einem Puzzle. Manche haben einen leuchtenden Kreis um den Kopf. Ich hatte jede Menge Spaß beim Putzen, denn ich wollte unbedingt sehen, was sich sonst noch für Bilder unter der Schlammschicht verbergen. Papa hat mich machen lassen, obwohl seiner Meinung nach alles umsonst ist, denn im Herbst würde sich das Moor unsere Kirche sowieso zurückholen, und alles wäre wieder voller Wasser und Schlamm.

Im Herbst werden wir aber schon nicht mehr da sein.

Die Kirche hat einen Turm mit einer kleinen Glocke, doch leider können wir sie nicht läuten. Die Fremden würden uns hören und herkommen.

Mir gefällt dieser Ort. Ado gefällt er auch. Neben der Kirche befindet sich ein Friedhof mit zahlreichen Kreuzen und Gedenksteinen. Die meisten von ihnen sind allerdings umgekippt und liegen verstreut auf der Erde herum. Mama, Papa und ich haben ein Grab für Ado ausgesucht, das schönste von allen. Ich denke, es wird ihm dort gut gehen.

Ein steinerner Engel wacht über ihn.

Ich habe ein Buch in der Kirche gefunden. So ein Buch habe ich noch nie gesehen. Es nennt sich *Bibel.* Mama sagt, es ist sehr alt. Unzählige Geschichten sind in ihm enthalten. Manche sind sehr interessant, andere hingegen ziemlich merkwürdig. Zum Beispiel die Geschichte von Jesus oder auch genannt Christus, die längste von allen. Oder die von einem mit ganz vielen Kindern. Auch wie die Welt einmal untergehen wird, ist darin beschrieben. Meine Lieblingsgeschichte ist die von der Arche, die vor langer, langer Zeit gebaut wurde, um alle Tiere zu retten, als die Meere die Welt überfluteten. Es gibt jede Menge Regeln in dem Buch, aber die Fremden werden nicht erwähnt. Die Regel, die mir am besten gefällt, stammt ausgerechnet von Jesus, auch genannt Christus:

»Liebt einander so, wie ich euch geliebt habe.«

Ich liebe Mama, Papa und Ado. Sie lieben mich auch, das weiß ich. Ich habe noch nicht verstanden, wozu die Regeln in dem Buch gut sind. Doch sie sind der Grund, warum alles so schlimm geworden ist.

Ich laufe mit meiner Lumpenpuppe im Arm einen Weg entlang. Wir pflücken Brombeeren und legen sie in einen Korb, damit Mama einen Kuchen backen kann. Meine Finger und auch meine Lippen sind rot vom Saft. Natürlich habe ich die eine oder andere Brombeere genascht. Ich bin so versunken in meine Beschäftigung, dass ich um mich herum nichts mitbekomme.

»Hallo, Kleine!«

Die Stimme, die nach mir gerufen hat, ist so dumpf, als würde sie aus einem Brunnen oder Keller kommen. Sofort drehe ich mich um. Auf einem steinernen Mäuerchen sitzt ein Greis. Er dreht Tabak in ein Blättchen ein. Auch Papa macht das hin und wieder. Der Alte hat graue Haare, die wohl schon seit einer Weile nicht mehr gewaschen wurden. Seine Haut ist faltig und mit roten Flecken übersät. Ich habe noch nie einen alten Menschen aus der Nähe gesehen. Mama hat mir erklärt, was mit den Leuten passiert, wenn sie alt werden. Aber dass sie so verschrumpeln, hätte ich nicht gedacht.

Der Alte trägt Jeans, Lederschuhe und ein kariertes Hemd, das vorne offen steht. Seine Kleidung ist fleckig und hat viele

Risse. Neben ihm lehnt ein Stock, und seine Augen sehen merkwürdig aus, wie zwei weiße Murmeln.

»Hallo, Kleine«, wiederholt er. »Weißt du, wo ich ein bisschen Wasser herkriege? Bitte, ich habe schrecklichen Durst ...«

Ich schaue ihn an und begreife, dass er mich nicht sehen kann. Er kann mich nur hören. Deswegen verharre ich ganz still und sage kein Wort. Vielleicht denkt er dann, er habe sich vertan und in Wirklichkeit sei da gar niemand.

»He, ich rede mit dir!« Sein Tonfall ist fordernd. »Hast du etwa deine Zunge verschluckt?« Er bricht in Gelächter aus. »Ein blinder Greis und ein stummes Mädchen – was für ein hübsches Pärchen!«

Ich weiß nicht, was ich tun soll. Die vierte Regel besagt, dass ich ihm nicht zu nahe kommen darf und auch dafür sorgen muss, dass er mir nicht zu nahe kommt. Aber der Mann scheint mir nicht bedrohlich zu sein. Er ist nur alt und hässlich, wie ein Greis eben. Auch die Kröten im Moor sind hässlich, und trotzdem sind sie lustig. Man sollte nicht von Äußerlichkeiten ausgehen, habe ich von Mama gelernt. Außerdem kann ich immer noch wegrennen, er wird mich schon nicht einholen.

»Bist du echt?«, frage ich, wobei ich darauf achte, nicht zu dicht in seine Nähe zu kommen.

»Entschuldige, ich verstehe nicht, was du meinst ...«

»Bist du ein echter Mensch, oder bist du ein Geist?« Ich habe mich schon bei meiner Freundin aus dem Garten geirrt, ich will den gleichen Fehler nicht noch einmal machen.

Der Alte verzieht das Gesicht, er ist sprachlos.

»Ein Geist? Zum Teufel, nein!«, ruft er. Dann bricht er wieder in Gelächter aus. Sein Lachen geht in einen Hustenanfall über. Er spuckt aus. »Warum glaubst du, dass ich ein Geist bin?«

»Ich habe noch nicht so viele echte Menschen gesehen.«

Der Alte denkt über meine Worte nach.

»Wohnst du hier in der Nähe?«

Ich bleibe stumm.

»Schon richtig, dass du nicht antwortest. Ich wette, deine Eltern haben dir beigebracht, nicht mit fremden Leuten zu reden. Richtig so ... Du darfst nur Mama und Papa vertrauen.«

»Woher kennst du sie?«

»Was?«

»Die Regel Nummer 1 ...«

»Ich kenne alle Regeln«, behauptet er, aber ich glaube ihm nicht.

»Dann nenn mir doch mal eine weitere ...«, stelle ich ihn auf die Probe.

»Warte mal ...« Der Alte überlegt. »Es gibt auch eine Regel, die besagt, dass du mir deinen Namen nicht nennen darfst, stimmt's?«

Wie hat er das erraten? Ich bin erstaunt. Also sagt er die Wahrheit.

»Ich möchte mit zu dir nach Hause kommen und ein wenig Wasser trinken, wenn du nichts dagegen hast.«

»Ich kann dich nicht mit nach Hause nehmen«, erwidere ich freundlich.

»Ich bin schon den ganzen Tag unterwegs und habe noch nicht einen Schluck getrunken.« Er zieht ein schmutziges Schnäuztuch aus seiner Tasche und reibt sich damit über den verschwitzten Hals. »Wenn ich nichts zu trinken kriege, muss ich sterben.«

»Das tut mir leid, wenn du stirbst. Aber ich kann dir nicht helfen.«

»In der Bibel steht, dass man den Durstigen zu trinken geben muss. Hast du keinen Religionsunterricht gehabt?«

Ich kann es nicht glauben.

»Du hast das Buch gelesen?«

Großes Gelächter.

»Natürlich!«

»Dann weißt du auch, wozu es gut ist?«

»Wenn du es gelesen hast, kommst du ins Paradies«, erwidert der Alte. »Hat man dir das nicht gesagt?«

Ich schäme mich, denn genau so ist es.

»Das Paradies ist ein wunderschöner Ort, an den die guten Menschen am Ende ihrer Tage gehen. Die bösen kommen in die Hölle, wo sie schmoren bis in alle Ewigkeit.«

»Ich bin eine von den Guten«, sage ich sofort.

»Wenn dem so ist, musst du mir etwas zu trinken geben.«

Er streckt die Hand aus. Ich weiß nicht, wie ich mich verhalten soll. Ich mache einen Schritt auf ihn zu, doch dann überlege ich es mir anders. Er versteht.

»Okay, machen wir es so«, sagt der Alte. »Du gehst vor, und ich folge dir.«

»Aber wie machst du das, wenn du nichts sehen kannst?«

»Meine Ohren sehen besser als deine Augen, das kannst du mir glauben.«

Als wir in die Nähe der Kirche kommen, fangen die Hunde an zu bellen. Mama wäscht gerade Wäsche. Sie hält inne, als sie uns bemerkt. An ihrem Gesichtsausdruck ist nicht zu erkennen, was sie denkt. Sie ruft Papa, der sofort herbeigelaufen kommt und ebenfalls in unsere Richtung schaut. Ich hoffe inständig, dass sie nicht wütend auf mich sind.

»Seid gegrüßt«, sagt der Alte und entblößt seine gelben Zähne zu einem Lächeln. »Dieses hübsche kleine Mädchen hier war so nett, mich mitzunehmen.«

Mir gefällt, dass er mich Mama und Papa gegenüber als hübsch bezeichnet. Auch wenn er das eigentlich gar nicht wissen kann, weil er nichts sieht. Sie werden sicher stolz sein wegen des Kompliments. Doch man merkt es ihnen nicht an. Ihre Mienen scheinen mir eher besorgt.

»Was willst du?«, fragt Papa in einem Tonfall, der mir nicht gefällt.

»Eigentlich wollte ich nur etwas trinken, aber wenn ich es mir genauer überlege, möchte ich auch darum bitten, die Nacht hier verbringen zu dürfen. Ich werde euch nicht weiter stören, mir genügt ein ruhiges kleines Plätzchen.«

Mama und Papa schauen sich an.

»Du kannst hier nicht bleiben«, sagt Mama. »Du musst wieder gehen.«

Ich bin enttäuscht über ihre Reaktion. Was soll dieser arme Alte schon groß anstellen? Will Mama nicht mit mir ins Paradies kommen?

»Ich bitte euch«, fleht der Blinde. »Ich habe einen weiten Weg hinter mir, ich muss mich ausruhen …« Er hält die Nase in die Luft und schnüffelt wie ein Hund. »Außerdem spüre ich, dass ein Gewitter naht.«

Ob Papa heute wohl auch den Regen im Wind gehört hat?

»Gleich morgen früh mache ich mich wieder auf den Weg«, verspricht der Alte. »In zwei Tagen will ich bei meinen Kindern sein, die ich schon lange nicht mehr gesehen habe.«

Mir gefällt, dass er eine Familie hat. Wer Kinder hat, kann so schlecht nicht sein. Doch Mamas und Papas Mienen haben sich bei seinen Worten nur noch mehr verdüstert.

»Es gibt Panzanella zum Essen«, sagt Mama schließlich.

»Das hört sich doch großartig an, vielen Dank«, erwidert der Alte zufrieden.

Mama und ich decken den Tisch auf dem Altar. Als es dunkel wird, verteilen wir im Raum fast alle Kerzen, die wir bei unserer Ankunft in der Sakristei gefunden haben. Die Atmosphäre ist wunderschön, wie bei einem Fest. Wir hatten bisher noch nie Gäste zum Essen, ich bin ganz aus dem Häuschen.

Der Alte hat sich zum Rauchen ans andere Ende des Kirchenschiffs gesetzt. Papa ist zu ihm gegangen, um zu reden, keine Ahnung, über was. Die Sorge, die ich vorhin auf den Gesichtern meiner Eltern gesehen habe, ist verschwunden. Trotzdem benehmen sie sich merkwürdig.

Wir setzen uns an den Tisch. Papa hat eine Flasche Wein entkorkt, die er für besondere Gelegenheiten aufbewahren wollte, Mama bringt die Schüssel mit dem Brotsalat. Der Duft nach gehackten Tomaten, Basilikum und Knoblauch ist köstlich.

»Eure Panzanella ist ausgezeichnet«, stellt der Alte prompt fest. »Wir haben uns übrigens noch gar nicht unsere Namen gesagt«, bemerkt er dann.

Ich warte darauf, dass Mama und Papa etwas sagen, doch sie schweigen beharrlich.

»Ich bin jedenfalls der *Neri.*«

Wieder wechseln meine Eltern einen Blick. Mir wird klar, dass sie wissen, wer er ist. Keine Ahnung, woher, aber sie wissen es.

Sie sprechen kaum bei Tisch, man hört nur die Stimme des Alten, die durch die Kirche hallt. Er scheint jemand zu sein, der gerne redet. Aber es ist nicht langweilig, er hat viel zu erzählen. Auch er ist ein Wandersmann, er hat zahlreiche Reisen unternommen. Anders als wir kennt er die Welt. Er erzählt von weit entlegenen Orten, von denen ich nur aus Büchern gehört habe. So wie er diese Orte beschreibt, muss es fantastisch dort sein. Ich frage mich, woher er so viele Einzelheiten kennt, wenn er doch blind ist.

Als Papa ihm Wein nachschenken will, packt der Alte ihn beim Handgelenk.

»Ich weiß nicht, warum – aber ich habe das Gefühl, das hier alles schon einmal erlebt zu haben«, sagt er. »Vielleicht in einem Traum?« Er lacht. »Wir sind uns nicht zufällig bereits begegnet?«

»Nein«, entgegnet Papa sofort. »Ausgeschlossen«, fügt er mit fester Stimme hinzu.

»Und doch kommt es mir so vor.« Der Tonfall des Alten wird ernst. »Normalerweise irre ich mich bei solchen Dingen nie ...« Er reckt wieder schnüffelnd die Nase in die Höhe. »Euer Geruch ist mir vertraut.«

Genau in dem Moment fängt es draußen an zu donnern. Ein Luftzug bringt die Kerzen zum Flackern, Schatten tanzen auf den Wänden.

»Vielleicht sollten wir jetzt besser zu Bett gehen«, sagt Mama. »Wir schlafen im Pfarrhaus, du kannst es dir hier bequem machen.«

»Natürlich, danke. Ich werde sicher ganz ausgezeichnet schlafen«, erwidert Neri höflich.

Mama, Papa und ich schlafen im selben Zimmer, im zweiten Stock des kleinen Pfarrhauses: sie beide in dem großen Bett und ich auf einer Matratze auf dem Boden. Blitze erhellen die Nacht. Es schüttet wie aus Kübeln. Vielleicht wird das Gewitter ja die Hitze vertreiben. Mir gefällt es, wenn es donnert. Ich zähle die Sekunden zwischen dem Blitz und dem Krachen – so weiß man, ob die Wolken näher kommen oder weiterziehen.

Mama und Papa schlafen wahrscheinlich längst, aber ich kann nicht einschlafen. Die heutigen Ereignisse haben mich zu sehr aufgewühlt. Mitten im Donnerhall meine ich, etwas gehört zu haben. Es ist Neris Stimme. Ich kann ihn kaum verstehen, nur einzelne Wortfetzen dringen zu mir herüber. Aber mir wird sofort klar, dass er mit jemandem spricht. Ganz leise, um Mama und Papa nicht zu wecken, stehe ich auf und gehe nachschauen. Oben an der Treppe bleibe ich stehen und starre in die Finsternis. Die Stimmen schwappen an die Oberfläche der Dunkelheit, so wie die toten Frösche im Teich. Jetzt sind sie viel lauter, aber ich kann die Worte immer noch nicht verstehen. Abgesehen von dem Alten höre ich eine Frau und einen Mann sprechen. Sie flüstern, vielleicht wollen sie uns nicht stören. Dann verstummen sie plötzlich. Wer diese Leute wohl sind, frage ich mich. Und kehre zurück ins Bett.

Diesmal gelingt es mir einzuschlafen. Doch bevor ich in den Tiefschlaf abtauche, weckt mich ein Geräusch. Ein Jammern. Ich ziehe mich hoch und schaue mich um. Der Regen hat aufgehört, im Pfarrhaus ist es mucksmäuschenstill. Aber ich habe mir dieses Jammern nicht eingebildet, das weiß ich. Da beginnt es von Neuem. Ich hatte recht, jemand weint dort unten. Ich strecke den Arm aus, um Papa zu wecken, doch meine Hand ertastet nur das leere Kissen. Jetzt richte ich mich vollständig auf und sehe, dass in dem großen Bett niemand mehr liegt. Sind sie schon aufgestanden? Wohin sind sie ohne mich gegangen? Ich laufe zur Treppe, folge dem unterdrückten Weinen. Es klingt nicht nach Mama oder Papa. Was passiert da gerade? Bevor ich unten nachschauen gehe, zünde ich die Kerze an, die auf dem Nachttisch steht. Langsam und mit klopfendem Herzen steige ich die Stufen hinab. Noch ist nicht sicher, ob ich wirklich Grund habe, mich zu fürchten.

Unten angekommen, stelle ich fest, dass sich die weinende Person direkt vor mir befinden muss. Ich mache einen Schritt vor und leuchte mit der Kerze. Das bernsteinfarbene Licht enthüllt den alten Neri. Er sitzt auf einem Korbstuhl, die Schultern gebeugt, beide Hände auf den Knauf seines Stocks gelegt. Seine Brust wird von Schluchzern geschüttelt, dicke Tränen quellen aus seinen blinden Augen.

»Was ist mit dir?«, frage ich. »Warum weinst du?«

Er scheint mich erst jetzt zu bemerken, denn er hält inne und wendet seinen erloschenen Blick in meine Richtung.

»Oh, meine Kleine ... Du weißt nicht, was hier gerade Schreckliches passiert.«

»Hat dir jemand was angetan?«

Neri zieht die Nase hoch.

»Nicht mir«, antwortet er.

Ich denke sofort an meine Eltern, die Angst schnürt mir die Kehle zu.

»Wo sind Mama und Papa? Warum sind sie nicht hier? Wo sind sie hingegangen?«

Der Alte zieht sein Schnäuztuch aus der Tasche und prustet lautstark hinein. Warum antwortet er nicht? Warum lässt er sich so viel Zeit?

»Meine Kinder haben mich zu früh gefunden.«

Suchend schaue ich mich um. Doch ich sehe niemanden.

»Wo sind sie?«, frage ich.

»Genau hinter dir«, sagt Neri.

Ich weiß, dass ich mich sofort umdrehen sollte, doch ich tue es nicht. Erst ganz allmählich wende ich mich um, es kribbelt in meinem Nacken. Mit der Kerze in der Hand stehe ich vor einer Wand aus Dunkelheit und versuche, etwas zu erkennen – eine Bewegung, Umrisse. Ich höre Schritte. Dann sehe ich sie näher kommen. Zwei menschliche Silhouetten. Eine größer, eine kleiner.

Der Junge ist dünn und lang. Seine glatten Haare reichen ihm bis über die Schultern. Die Augen liegen tief in den Höhlen.

Das Mädchen trägt einen grünen Overall und ist stark geschminkt. Sie raucht eine Zigarette.

»Er heißt Vitello. Und sie ist Lucciola«, stellt der Alte mir seine Kinder vor.

Mit ihnen hat er also vorhin gesprochen.

Vitello hat ein Teppichmesser in der Hand, er fährt damit über seine Handfläche, als wollte er es schärfen. Lucciola umklammert eine rostige Gabel. Ich bin umzingelt.

»Meine Kinder sind nicht böse«, versichert Neri. »Sie erschrecken mich nur manchmal.«

Die beiden schauen sich an und lachen. Ich wende mich wieder dem Alten zu.

»Wo sind Mama und Papa?«, frage ich bemüht tapfer. Doch ich höre das Beben in meiner Stimme, und mit Sicherheit haben sie es auch gehört.

»Wenn du sie wiedersehen willst, musst du uns was geben«, sagt Vitello. Seine Stimme ist so scharf wie die Klinge in seiner Hand.

»Was wollt ihr? Wir haben nichts.«

»Eine Sache habt ihr«, mischt sich der Alte ein. »Den Schatz.«

Sein Tonfall hat sich verändert. Er klingt jetzt nicht mehr weinerlich, sondern böse. Aber wir haben keinen Schatz.

»Aber wir haben keinen Schatz.«

»Habt ihr doch.«

Das stimmt nicht.

»Das stimmt nicht.«

»Die Kiste«, sagt der Alte ruhig. »Die Kiste, die ihr immer mit euch rumschleppt.«

Ich kann es nicht glauben. Wollen sie etwa Ado?

»Da ist kein Schatz drin«, begehre ich auf. »Da ist mein Bruder drin.«

Die drei brechen in Gelächter aus. Dann hebt Neri seinen Stock, donnert mit der Spitze auf den Boden, und alle sind still.

»Du gibst uns den Schatz, und wir geben dir deine Eltern.«

Ich spüre, wie die Tränen in mir hochsteigen.

»Ich kann nicht …«

Der Alte schweigt.

»Ich kann nicht, bitte …«

Neri stößt einen tiefen Seufzer aus.

»Pass auf, meine Kleine. Deine Mama und dein Papa sind heute Abend nicht ehrlich zu mir gewesen. Und ich werde sehr wütend, wenn die Leute mich anlügen … Aber das Schlimmste ist, dass sie auch dich angelogen haben, und das tut mir wirklich weh.«

»Mich?« Was soll das heißen?

»Sie kannten mich bereits von früher. Das weiß ich genau, denn ich erkenne die Leute immer an ihrem Geruch. Aber sie haben so getan, als könnten sie sich nicht erinnern … Zugegeben, es ist lange her, dass wir zusammen bei den *Roten Dächern* waren …«

Bei den Roten Dächern – was bedeutet das?

»Aber eines Nachts haben sie einfach den Schatz genommen und sind abgehauen, ohne dem armen Neri Bescheid zu sagen.«

»Ich schwöre bei der Heiligen Schrift: Es gibt keinen Schatz.«

»Hör auf, so gotteslästerliche Dinge zu sagen!«, herrscht Neri mich an.

Ich spüre, wie eine Hand von hinten in meine Haare greift und mich zu Boden reißt. Lucciola setzt sich rittlings auf mich, ihr Gewicht lastet schwer auf meinem Körper. Die Gabel hält sie direkt über mein Auge. Vitello kniet neben ihr und hält mir sein Messer an die Kehle. Die Klinge ritzt in meine Haut.

»Kommt schon, Kinder, macht keinen Unsinn!«, ruft der Blinde sie zurück.

Doch sie lassen nicht von mir ab.

»Unsere kleine Freundin sagt uns jetzt, wo die Kiste ist …«

»Auf dem Friedhof«, flüstere ich kaum hörbar.

Ich habe das Gefühl, gleich sterben zu müssen, weil ich Mama und Papa verrate. Aber ich weiß nicht, was ich sonst tun soll.

»Wo auf dem Friedhof?«

»Unter dem steinernen Engel …«

Nasse Erde umzugraben ist schwieriger als trockene, hat Papa mir erklärt. Doch Vitello ist stark, und wenn er den Spaten in den Boden sticht, scheint es, als würde die Erde überhaupt nichts wiegen. Er wirft sie hinter sich und macht den nächsten Spatenstich, er ist unermüdlich. Lucciola hält eine Gaslaterne über ihn, um das Loch zu beleuchten. Neri hockt auf einem Grabstein und hat mich auf seine Knie gesetzt. Von seinen schmierigen Zärtlichkeiten bekomme ich Gänsehaut. Der steinerne Engel wacht über uns, machtlos wie alle Engel, wenn du ihre Hilfe brauchst.

»Wie lange dauert das denn noch?«, beschwert sich Lucciola.

»Ich schwöre, wenn da unten nichts ist, erwürge ich sie mit beiden Händen«, droht ihr Bruder mit einem bösen Blick in meine Richtung.

»Da ist was, da ist was«, beruhigt ihn der Alte. »Unsere neue Freundin hat die Wahrheit gesagt«, sagt er und streichelt mir übers Haar.

Ich bin mir nicht sicher, ob die drei wirklich eine Familie sind. Tatsächlich bin ich mir über gar nichts mehr sicher. Ich frage mich, wo meine Eltern sind. Nicht zu wissen, was mit ihnen ist, bereitet mir fürchterliche Angst. Was haben sie mit ihnen gemacht? Und wenn sie erst mal die Holzkiste geöffnet und entdeckt haben, dass sich kein Schatz darin befindet, was machen sie dann mit mir?

Der Alte nähert seinen Mund meinem Ohr. Sein stinkender Atem ist warm, aber mir läuft trotzdem ein Schauer über den Rücken.

»Die Violette Witwe sucht dich …«, sagt er. »Du bist ein besonderes Mädchen, du weißt es nur noch nicht.«

Schon wieder dieses Wort – *besonders*. Ich weiß nicht, was es bedeutet. Und wer ist die *Violette Witwe*? Was will sie von mir?

Ein dumpfer Aufprall. Der Spaten ist gegen etwas Hartes gestoßen. Ich sehe Vitello in das Loch springen und mit bloßen Händen weitergraben.

»Leuchte ihm!«, befiehlt Neri Lucciola.

Ich selbst bleibe auf dem Schoß des Alten sitzen. Kurz darauf höre ich triumphierendes Gelächter von unten heraufklingen.

»Ich habe ihn gefunden«, jubelt Vitello.

Ich sehe seine langen Arme aus dem Loch herausragen. Sie tragen Ados Sarg und setzen ihn auf dem Rand der Gruft ab. Lucciola reicht ihrem Bruder die Hand, um ihm herauszuhelfen.

Beide drehen sich zu dem Alten um und warten auf weitere Anweisungen.

»Aufmachen!«, befiehlt Neri.

Seine beiden Kinder lächeln zufrieden.

Der Alte erhebt sich und lässt mich neben dem Grabstein stehen, während er zu seinen Handlangern vorgeht. Ich sehe, wie sie sich an dem Sarg zu schaffen machen. Mit dem Taschenmesser kratzt Vitello das Pech ab, das den Deckel mit dem eingravierten Namen meines Bruders versiegelt. Dann bohrt er die Klinge in den Spalt und beginnt, den Deckel aufzuhebeln.

Ich will nicht hinschauen, will Ado nicht sehen. Ich kann es nicht. Was ist nach all den Jahren aus ihm geworden, was ist von ihm noch übrig, frage ich mich. Ich habe noch nie einen Toten gesehen. Ich habe Angst vor dem, was sich mir gleich auftun wird. Ihr Elenden, ihr werdet noch merken, dass sich kein Schatz in dem Sarg verbirgt. Und dass ihr nur ein Kind in seiner Totenruhe gestört habt.

Der Deckel springt ab. Obwohl ich mir geschworen habe, es nicht zu tun, stehe ich plötzlich hinter den anderen und versuche, einen Blick auf Ado zu erhaschen. Auch der blinde Alte will es wissen.

»Und, was ist drin?«, fragt er neugierig.

Vitello und Lucciola starren auf den offenen Sarg, ohne dass einer von beiden etwas sagt. Dann gehen sie zu Neri und flüstern ihm etwas ins Ohr.

Ich sehe Ado. Sein Gesicht ist wunderschön, es ist völlig intakt. Der Tod hatte Mitleid mit ihm. Er sieht wirklich so aus, als würde er nur schlafen.

Der wütende Aufschrei des Alten zerreißt die Nacht. Er dreht sich zu mir um und schaut mich aus seinen nutzlosen Augen an. Auf dem Grund dieses weißen Blicks sehe ich die Hölle. Mir wird klar, dass dies meine letzte Chance ist, die Flucht zu ergreifen. Ich drehe mich auf dem Absatz um und will mich hinein in die Finsternis stürzen.

Da spüre ich die Hand des Alten, der meinen linken Arm festhält. Seine Fingernägel bohren sich mir ins Fleisch. Ich möchte schreien, doch ich spare meinen Atem auf, ich brauche ihn noch. Es gelingt mir, mich frei zu machen, aber seine Krallen hinterlassen einen tiefen Kratzer auf meiner Haut.

»Schnappt sie euch, sie darf uns nicht entkommen!«, befiehlt er zornig seinen Kindern.

Ich höre sie losrennen, dicht hinter mir. Vitello und Lucciola mit der Gaslampe. Aber sie kriegen mich nicht. Einer der beiden stolpert und fällt, der andere versucht, mit mir mitzuhalten, doch ich bin zu schnell. So schnell wie ein Hase, sagt Papa immer. Nach einer Weile höre ich keine Rufe und Schritte mehr hinter mir. Ich höre nur noch meinen Atem. Erst jetzt bleibe ich stehen. Ich keuche, habe Ohrensausen und einen hochroten Kopf, der fast explodiert. Aber ich bin allein. Ich stelle fest, dass ich mich im Moor befinde. Die Trauerweiden empfangen mich, bei ihnen bin ich in Sicherheit.

Ich rühre mich nicht vom Fleck. Wie lange ich dort stehe, kann ich nicht sagen. Meine Blase droht zu platzen, doch ich bleibe wie angewurzelt stehen. Dann beginnt es zu dämmern, der Himmel klart auf, und das Morgenlicht sucht zwischen den Zweigen nach mir. Ich weiß, dass ich zum Haus zurückkehren sollte, aber ich weiß nicht, was mich erwartet, was ich dort vorfinden werde. Am Ende mache ich mich doch auf den Heimweg. Ich bete zu dem Gott, den ich nicht kenne, dass er mir den Schmerz erspart, alles verloren zu haben.

Als ich in der Nähe der Kirche angelangt bin, sehe ich von Weitem Papa auf dem Friedhof stehen, neben dem steinernen Engel. Er ist dabei, Ados Sarg mit Pech zu versiegeln. Ich renne zu ihm und sehe, dass sein Auge geschwollen ist.

»Wo wart ihr?«, frage ich verzweifelt.

Er streichelt mich.

»Sie haben uns im Turm eingesperrt, aber jetzt sind sie weg«, sagt er mit trauriger Stimme. Dann bemerkt er die Schramme, die Neris Fingernägel auf meinem linken Arm hinterlassen haben. »Mama ist im Haus, sie wird dich verbinden.«

Ich frage nicht, was passiert ist, bevor ich Neri und den anderen verraten musste, wo Ado begraben ist. Und auch nicht, was aus unseren Hunden geworden ist. Auch Papa fragt mich nichts. Ich möchte wissen, was es mit den *Roten Dächern* und der *Violetten Witwe* auf sich hat, aber mir ist klar, dass sie niemals darüber reden werden. Niemals mehr.

»Werden sie wiederkommen?«

»Nein«, beruhigt er mich. »Aber wir werden noch heute von hier fortgehen.«

22

Es war das erste Mal, dass Hanna Hall von Ado als von ihrem Bruder gesprochen hatte.

Da ist kein Schatz drin. Da ist mein Bruder drin.

Gerber sah es als großen Fortschritt an.

Er musste nicht ganz bis zum Ende zählen, bei »vier« wachte die Patientin bereits aus der Hypnose auf. Es war etwas ganz Natürliches, fast Befreiendes.

Der Teil der Erzählung, der von der Sargöffnung handelte, hatte den Psychologen tief getroffen. Die Störung der Totenruhe eines Kindes musste für dessen Schwester ein furchtbares Erlebnis sein. Vor allem, wenn besagte Schwester verantwortlich für den Tod war.

Hanna war überzeugt, ihren kleinen Bruder unversehrt gesehen zu haben, ohne dass die Zeit den Leichnam entstellt hatte. Es konnte gar nicht anders sein, als dass ihre Psyche ihr etwas vorgegaukelt und das tatsächlich Wahrgenommene retrospektiv verändert hatte.

Gerber stellte sich den mumifizierten kleinen Körper vor, schwarz und eingefallen durch den Fäulnisprozess.

Er verscheuchte das Bild aus seinen Gedanken und konzentrierte sich auf das, was er auf seinem Notizblock festgehalten hatte: die Dinge, die im zweiten Teil der Sitzung eingehender besprochen werden sollten. Noch immer hielt er den Knopf in der Hand, den Hanna ihm vor Beginn der Sitzung gegeben hatte – den einzigen Beweis für den Angriff in der Nacht.

»Glauben Sie wirklich, dass einer von den dreien Sie letzte Nacht überfallen hat? Ich sehe keine Verbindung zu der Geschichte, die Sie mir gerade erzählt haben …«

Hanna erwiderte nichts. Sie zog ihren linken Ärmel hoch und zeigte ihm die Narben von drei tiefen Kratzern auf der elfenbeinfarbenen Haut.

»Neris letzte Liebkosung«, sagte sie.

Dann wiederholte sie die Geste auf der rechten Seite. Unter dem Ärmel befanden sich drei weitere Kratzspuren. Das Blut auf den Wunden war geronnen, doch man konnte sehen, dass sie frisch waren.

Gerber versuchte, sich unbeeindruckt zu geben, zumal er kaum glaubte, dass der Blinde auch für diese Verletzungen verantwortlich war.

»Ihnen ist schon klar, dass Neri während Ihrer Kindheit bereits ein alter Mann war, oder? Vermutlich lebt er längst nicht mehr.«

Hanna nahm das Zigarettenpäckchen aus ihrer Tasche.

»Sie haben ein seltsames Verhältnis zum Tod, Dr. Gerber«, bemerkte sie und zündete sich eine Winnie an.

Nein, er würde sich nicht in ein weiteres Gespräch über Geister verwickeln lassen. Auf keinen Fall durfte er jetzt die Kontrolle über die Situation verlieren.

»Und was können Sie mir über die Violette Witwe sagen?«

»Die Violette Witwe war eine Hexe«, erwiderte Hanna ungerührt. »Und laut Neri hat sie nach mir gesucht …«

»Weil Sie ein besonderes Kind waren, nicht wahr?«

Die Patientin nickte, doch wieder nannte sie ihm nicht den Grund für ihre »Besonderheit«. So oder so hatte Gerber keine Lust mehr auf diese Art von Gespräch.

»Vorhin haben Sie Neri zitiert, der gesagt hat: ›Es ist lange her, dass wir zusammen bei den *Roten Dächern* waren …‹«, las er aus seinen Notizen vor.

»Ja«, bestätigte die Frau.

»Was wollte er Ihrer Meinung nach mit diesem Satz sagen?«

Hanna dachte über seine Frage nach, zog an ihrer Zigarette und stieß eine graue Rauchwolke aus. Dann schüttelte sie den Kopf.

»Ich habe nicht die geringste Ahnung.«

Der Hypnotiseur war sich dessen nicht so sicher.

»Die *Roten Dächer* ist ein Ausdruck, den die alten Florentiner als Synonym für das San Salvi verwendet haben, eine psychiatrische Klinik, die es nicht mehr gibt.«

Herr B. hatte ihm davon erzählt. In seiner Kindheit hatten die Erwachsenen gesagt: »Er wohnt jetzt bei den *Roten Dächern*«, wenn sie andeuten wollten, dass jemand verrückt geworden war. Damals waren psychische Krankheiten noch etwas Unergründliches gewesen. Genau wie der Fluch einer Hexe.

Hanna Hall studierte sein Gesicht, als wollte sie herausfinden, was er ihr damit sagen wollte.

»Waren meine Eltern etwa verrückt?«, fragte sie. »Sind sie aus einem Irrenhaus entflohen – ist es das, was Sie denken?«

Der Psychologe registrierte eine leichte Verstimmung in ihrem Tonfall, doch er tat so, als hätte er nichts gemerkt.

»Warum haben Sie mir nicht erzählt, dass Sie in Australien versucht haben, ein Baby aus einem Kinderwagen zu entführen?«

Hannas Visier klappte herunter.

»So etwas habe ich nie getan«, verteidigte sie sich.

Klar hast du das getan, dachte er.

»Was wollten Sie mit dem Kind?«

»Wer hat Ihnen das gesagt? Das war Dr. Walker, oder?«

Ihre wachsende Erregung war ihr deutlich anzumerken. Gerber durfte sich jetzt nicht von ihr weichkochen lassen, er musste Autorität und Festigkeit ausstrahlen.

»Dr. Walker hat Sie angelogen«, rief sie und sprang auf. Nervös lief sie im Zimmer auf und ab. »Ich wollte dieses Kind retten …«

»Es retten?« Gerber war erstaunt über die Banalität ihrer Rechtfertigung. »Retten wovor?«

»Vor seiner Mutter«, erwiderte Hanna sofort. »Sie hätte ihm sonst etwas angetan.«

»Und wieso waren Sie sich da so sicher?«

»Ich wusste es einfach«, sagte sie, ohne länger nachzudenken. »Für ein Kind ist die Familie der sicherste Ort auf der Welt. Oder der gefährlichste.«

Dass seine eigenen Worte auf eine solche Weise gegen ihn verwendet wurden, brachte Gerber innerlich fast zum Explodieren.

»Hanna, ich will Ihnen doch nur helfen«, sagte er stattdessen und versuchte, aufrichtige Besorgnis in seine Stimme zu legen. »Sie weisen ernsthafte Anzeichen von Schizophrenie auf«, erklärte er. »Aber das haben Ihnen sicher schon andere Therapeuten vor mir gesagt …«

»Die haben doch keine Ahnung«, schnitt die Frau ihm das Wort ab. »Ihr alle habt keine Ahnung.«

»Aber nach der Sitzung von heute Morgen wissen wir, dass es möglicherweise eine Erbkrankheit in Ihrer Familie gibt … Jetzt haben wir einen Ansatz, Sie zu heilen.«

Die Frau zog hektisch an ihrer Zigarette. Sie schien sich gar nicht mehr beruhigen zu wollen.

»Es gibt keine Geister. Wahrscheinlich haben Sie sich den

Bluterguss im Gesicht und die Kratzer auf dem Arm selbst beigebracht«, provozierte er sie. »Wissen Sie, was das bedeutet? Das ist schlimmer, als von einem Fremden angegriffen zu werden. Denn vor diesem Feind kann man nicht fliehen.«

Hanna hielt abrupt inne.

»Vor den Geistern auch nicht«, fügte sie mit fester Stimme hinzu. Sie maß ihn mit einem unergründlichen Blick. Ihre Wut schien noch nicht verraucht, doch es lag auch etwas Bittendes in ihrem Ausdruck. »Aus dem Grund hat Ihr Vater Ihnen das gesagt, nicht wahr?«

Gerber war wie betäubt.

»Was hat das jetzt mit meinem Vater zu tun?«

Hanna rückte ein Stück vor, bis sie nur noch wenige Zentimeter voneinander trennten.

»Kurz vor seinem Tod hat er etwas gesagt ...«

Wie eine eiskalte Dusche überkam ihn das Gefühl, dass diese Frau seine Gedanken lesen konnte. Plötzlich fühlte er sich zutiefst verletzlich.

»Ja, Ihr Vater hat etwas zu Ihnen gesagt«, beharrte sie. »Und das hat Sie umgehauen.«

Woher kannte sie das Geheimnis, das *Herr B.* auf dem Totenbett mit ihm geteilt hatte? Niemand sonst war dabei gewesen, niemand hatte sie belauscht. Und er hatte es niemandem anvertraut, nicht einmal Silvia.

»Man sollte keine Geheimnisse vor denen haben, die man liebt«, erklärte Hanna Hall, die genau zu wissen schien, dass er gerade an seine Frau gedacht hatte.

Am liebsten hätte er ihr gesagt, dass er nicht an ihre übernatürlichen Kräfte glaubte und dass sie mit ihren Spielchen vielleicht jemanden wie Theresa Walker beeindrucken konnte, aber sicher nicht ihn.

»Da gibt es kein Geheimnis: Mein Vater hat diesen Moment

gewählt, um mir zu sagen, dass er mich in seinem ganzen Leben nie geliebt hat.«

Die Frau schüttelte den Kopf.

»Das ist nicht wahr. Sie haben seine Worte nur so interpretiert … Als er mit Ihnen auf dem Totenbett gesprochen hat, war die Stimme, die Sie gehört haben, bereits die von einem Geist – stimmt's?«

Er erwiderte nichts.

»Erzählen Sie schon: Was genau hat er gesagt?«

Hanna wirkte ungemein selbstsicher. Pietro Gerber hatte den Eindruck, ihre unverfrorene Neugier seinem Seelenleben gegenüber nicht durch irgendwelche Ausflüchte stillen zu können. Also entschied er sich für die simple Wahrheit.

»Eine Handvoll Worte«, sagte er. »Eine Handvoll Worte hat er gesagt … Aber ich werde es niemals verraten.«

In dem Moment fiel es ihm wie Schuppen von den Augen. Da war etwas, das er die ganze Zeit übersehen hatte. Etwas, das ihn zu Tode erschreckte.

Hanna Hall war nicht zu ihm gekommen, weil sie seine Hilfe brauchte. Diese Frau war da, weil sie glaubte, *ihm* helfen zu können.

23

Das San Salvi bestand aus mehreren Pavillons, die mit Buchstaben von A bis P gekennzeichnet waren.

Lange Zeit war es das größte psychiatrische Krankenhaus in ganz Europa gewesen. Gegründet 1890, verfügte es über ein riesiges Gelände von zweiunddreißig Hektar. Wegen seiner modernen Bauweise im Stil eines Dorfes inmitten einer parkähnlichen Grünanlage galt das San Salvi noch immer als Paradebeispiel für großstädtische Architektur. Vor über einem Jahrhundert noch in der Peripherie von Florenz errichtet, glich es einer Stadt in der Stadt und war nahezu vollkommen autonom – von der Wasser- und Stromversorgung bis hin zu Mensa, Kirche und Friedhof.

Pietro Gerber erinnerte sich noch gut an die Beschreibung in einem der Bücher, die er an der Universität gelesen hatte. Doch ein wichtiges Detail hatte gefehlt.

Das San Salvi war die Hölle. Und trotz seines Berufes hatte Pietro Gerber noch nie einen Fuß dorthin gesetzt.

Der Name *Rote Dächer*, den die Florentiner dem »Irrenhaus« gegeben hatten, war dem Anblick des Gebäudekomplexes aus der Ferne geschuldet. Niemand wusste genau, was in jener entlegenen Welt geschah, denn einmal dort gelandet, kam man nie wieder heraus.

Es ist lange her, dass wir zusammen bei den Roten Dächern *waren …*

Die Aussage von Neri war eindeutig: Er, Vitello und Lucciola waren ehemalige Patienten der Klinik. Und genau an diesem Ort hatten sie Hanna Halls Eltern kennengelernt. Die Tatsache, dass auch Letztere in der Psychiatrie gewesen waren, überraschte Gerber nicht: Das merkwürdige Verhalten, die Paranoia, der Verfolgungswahn waren eindeutige Symptome für eine psychische Krankheit.

Nach der Sitzung mit Hanna Hall hatte der Hypnotiseur beschlossen, im San Salvi nach Spuren zu suchen, die die Eltern seiner Patientin womöglich hinterlassen hatten.

Mit dem Auto fuhr er am zentralen Eingangstor vor, hinter dem sich der dunkle Park erstreckte: eine Wand aus Bäumen und Sträuchern, die den Ort vor der Neugier der – vermeintlich – geistig Gesunden schützen sollte.

Er drückte auf den Klingelknopf an der Sprechanlage, und sogleich wurde ein automatischer Türöffner aktiviert. Gerber legte den Gang ein und fuhr auf dem asphaltierten Weg in den Park hinein.

Nach etwa einem Kilometer sah er das erste Gebäude, den Mittelteil einer Ellipse. Er machte den Motor aus und stieg aus dem Wagen. Eine deprimierende Stille empfing ihn.

Abgesehen von ein paar streunenden Hunden war der Ort seit Jahren verlassen. Überzeugt, dass Patienten psychiatrischer Einrichtungen unmenschlich und entwürdigend behandelt würden, hatte der Gesetzgeber im Jahr 1978 über die Schließung sämtlicher Kliniken dieser Art verfügt.

Gerber hatte schon fast die Hoffnung aufgegeben, eine Menschenseele anzutreffen, als doch noch eine Gestalt in seinem Blickfeld auftauchte. Ein stämmiger Mann mit einer blauen Uniform und einem riesigen Schlüsselbund, der klimpernd gegen seine Hüfte schlug, trat aus einem Wachhäuschen hervor.

»Ich dachte, Sie sind vom Hausmeisterdienst«, beschwerte sich der alte Wächter. »Aber Sie sehen mir nicht so aus, als wären Sie gekommen, um ein kaputtes Rohr zu reparieren ... Das Ding leckt schon seit Tagen.«

»Nein«, erwiderte der Psychologe mit einem freundlichen Lächeln. »Ich bin nur zu Besuch hier.«

»Tut mir leid, das Museum ist geschlossen. Die Stadt hat kein Geld, um jemanden einzustellen, der sich darum kümmert.«

»Was für ein Museum?« Gerber hatte gar nicht gewusst, dass es so etwas im San Salvi gab.

»Na, eins, das die Geschichte von diesem Ort erzählt«, erwiderte der Wächter. »Sind Sie etwa nicht deswegen gekommen?«

»Mein Name ist Pietro Gerber«, stellte er sich rasch vor, um nicht gleich wieder weggeschickt zu werden. »Ich bin Kinderpsychologe.«

Er wusste, dass das San Salvi in früheren Zeiten Anlaufstelle für zahlreiche Psychologieabsolventen gewesen war, die dort ein Praktikum gemacht hatten, um erste Erfahrungen mit der Welt der psychisch Kranken zu sammeln. Nur wenige hatten dem Druck standgehalten, die meisten waren auf andere Berufsfelder umgeschwenkt. Als er seinen Abschluss gemacht hatte, war die Klinik bereits dauerhaft geschlossen gewesen.

»Psychologe?«

Gerber spürte den prüfenden Blick des Mannes auf sich ruhen. Ihm fiel ein, dass er in seiner augenblicklichen Verfassung wahrscheinlich keinen sehr soliden Eindruck machte.

»Ja«, entgegnete er.

»Und was wollen Sie hier?«, fragte der Mann mit kaum verhohlenem Argwohn.

»Ich bin auf der Suche nach zwei Patientenakten. Vielleicht sind sie ja hier im Archiv gelandet.«

Der Wächter fing an zu lachen.

»Zusammen mit dem ganzen anderen Rest, was?« Er machte eine ausladende Geste. »Alles den Bach runter …«

Gerbers Blick fiel auf den Oberkörper des Mannes.

»Sie haben da einen Knopf verloren«, sagte er und zeigte auf die leere Stelle an der Uniformjacke.

Der Wächter schaute an sich herunter.

»Sie aber auch«, gab er zurück und deutete auf Gerbers Brust.

Tatsächlich, auch an seinem Burberry fehlte ein Knopf, stellte der Psychologe erstaunt fest. Schade nur, dass weder die verbliebenen Knöpfe des Wärters noch seine eigenen Ähnlichkeit mit dem besaßen, den Hanna Hall angeblich von der Jacke ihres Angreifers abgerissen hatte.

Was ist los mit mir?, fragte er sich unwillkürlich. Plötzlich bemerkte er Dinge, auf die er unter normalen Umständen garantiert nicht geachtet hätte. Auch das war wohl der Obsession zuzuschreiben, die er dank Hanna Hall entwickelt hatte.

»Sie sind leider umsonst hergekommen«, verkündete der Wächter. »Aber wenn Sie wollen, kann ich Ihnen einen exklusiven Museumsbesuch ermöglichen … Es passiert schließlich nicht oft, dass hier jemand vorbeikommt, mit dem man ein Schwätzchen halten kann. Und meine Schicht scheint heute wieder mal kein Ende nehmen zu wollen.«

Als er endlich den richtigen Schlüssel an dem Bund an seiner Hüfte ausfindig gemacht hatte, öffnete der Wächter eine schwere Eisentür und trat vor Gerber in einen langen Flur. Das Licht, das aus den hohen, vergitterten Fenstern fiel, ermöglichte den Blick auf mehrere große Glasvitrinen entlang der Wände. Zahlreiche Fotos, manche schwarz-weiß, andere farbig, dokumentierten den Klinikalltag der Patienten. Eine Zurschaustellung menschlichen Elends der schlimmsten Sorte – Männer und Frauen, die ihre Seele verloren hatten, Ertrunkene in einem aussichtslosen Kampf gegen die Fluten, Dahinvegetierende in einem Nichtleben, bewacht von muskulösen Pflegern. Wie in einem Zoo beobachteten die Ärzte sie von den höher gelegenen Laubengängen aus, die die Pavillons miteinander verbanden. Weil es keine angemessenen Psychopharmaka gab, bestand die Therapie allein aus Insulin und Elektroschocks.

»Sie wurden unterschieden in *Ruhige*, *Wilde* und *Erloschene*«, erklärte der Wächter. »Dann waren da noch die *Halbwilden* sowie die *Gebrechlichen* und die *Gelähmten*. Es gab *Epileptiker* und *Schmutzige* – das waren die, die Sex mit allen hatten. Und die *Alten* im sogenannten Altenheim.«

Gerber wusste, dass an solchen Orten nicht nur Patienten anzutreffen waren, die unter einer mehr oder weniger ausgeprägten psychischen Störung litten, sondern auch Menschen mit Behinderung, die niemanden hatten, der sich um sie kümmerte. Bis vor wenigen Jahren hatten zu den Insassen der psychiatrischen Kliniken auch Alkoholiker gehört sowie Schwule und Lesben, um sie von den »falschen Kreisen« fernzuhalten. Tatsächlich gehörte nicht viel dazu, in einer Einrichtung wie dem San Salvi zu landen. Das betraf vor allem Frauen. Man brauchte nur ein freizügiges Leben zu führen oder sich gegen die herrschende Moral zu benehmen, und schon wurde man, nicht selten mit Zustimmung der Eltern, in die Klinik eingeliefert. Die meisten Diagnosen waren fern jeder medizinischen Notwendigkeit. Aus ähnlichen Gründen wurden auch alleinstehende, unvermögende Senioren dort untergebracht, wo sie einen einsamen Tod starben.

Das San Salvi war das Inferno der Armen, derjenigen, die

es sich nicht erlauben konnten, vorzeitig in die echte Hölle zu fahren.

Das Museum mit seiner ständigen Ausstellung stellte den heuchlerischen Versuch dar, die Wunden zu heilen, die der Stadt Florenz durch diese Einrichtung beigebracht worden waren.

Pietro Gerber hielt es nicht mehr aus, er musste diesen Ort so schnell wie möglich verlassen.

»Ich habe mich geirrt«, sagte er. »Das San Salvi wurde 1978 geschlossen, da waren die Leute, nach denen ich suche, noch Kinder, sie konnten also keinesfalls hier gewesen sein.«

Der Gedanke war ihm erst jetzt gekommen. Neri hatte gelogen, als er Hanna gegenüber behauptete, ihre Eltern bei den *Roten Dächern* kennengelernt zu haben. Oder was noch wahrscheinlicher war: Hanna hatte ihn, Gerber, angelogen. Aber warum hatte sie ihn dann dort hingeschickt?

»Moment, das stimmt nicht ganz«, korrigierte ihn der Wächter. »Es spricht zwar keiner darüber, aber die psychiatrische Klinik war noch ungefähr zwanzig Jahre nach ihrer Schließung in Betrieb. Sie konnten die Patienten ja schlecht auf die Straße setzen, zumal sie die meiste Zeit ihres Lebens hier drinnen verbracht hatten. Nicht dass es ein Geheimnis gewesen wäre, es hat nur niemanden interessiert.«

Der Mann hatte recht, das hatte Gerber nicht bedacht.

»Die Familien hätten diese armen Verrückten nie mehr bei sich aufgenommen, und sie selbst hatten natürlich auch keine Ahnung, wohin mit sich.«

»Also lebten auch nach 1978 noch Patienten hier ...«

»Der Ort war schon immer eine Müllkippe für Menschen ... Das neue Gesetz war sicher gut gemeint, aber mit einem Stück Papier bewirkst du noch lange keine Veränderung in den Köpfen der Leute.«

Gerber konnte ihm nur beipflichten. Plötzlich hatte er eine Art Eingebung.

»War in den letzten Tagen noch jemand hier zu Besuch?«

»Sie sind der Erste in diesem Jahr«, erwiderte der Mann sofort.

»Es ist also niemand anders hergekommen, um Fragen zu stellen?«

Der Wächter dachte einen Moment nach und schüttelte dann den Kopf.

Gerber beschloss, ihm etwas auf die Sprünge zu helfen.

»Eine blonde Frau vielleicht, die eine Zigarette nach der anderen geraucht hat …?«

»Die geraucht hat, meinen Sie? Vielleicht …«

Der Psychologe wollte ihn schon bitten, seinen Satz zu Ende zu bringen, als der Wächter von sich aus weitersprach.

»Manchmal passieren hier seltsame Dinge«, sagte er zögernd. Ihm war anzusehen, dass er befürchtete, auf Unverständnis zu stoßen, oder schlimmer noch – dass man ihn für verrückt hielt. »Verstehen Sie mich nicht falsch, ich sehe keine Gespenster. Ich weiß genau, was die Leute denken … Wenn du in einem verlassenen Irrenhaus arbeitest und bestimmte Dinge behauptest, wirst du schnell für bekloppt erklärt.«

»Was haben Sie gesehen?«, fragte der Hypnotiseur betont sachlich, um zu signalisieren, dass er ihm ohne Vorbehalte zuhören würde.

Die Stimme des Wächters wurde unsicher, fast ängstlich.

»Manchmal höre ich sie in den Pavillons weinen … Dann wieder lachen sie … Oder sie reden miteinander, aber man versteht nicht, was sie sagen … Oft stellen sie auch die Stühle um: meistens zum Fenster hin, mit Blick in den Garten …«

Gerber sagte nichts, aber er konnte nicht leugnen, dass die Worte des Wärters Eindruck bei ihm hinterließen. Vielleicht lag es an der Atmosphäre des Ortes. Oder daran, dass ihn rationales Denken in letzter Zeit mehrfach an seine Grenzen gebracht hatte.

»Warum erzählen Sie mir das?«, fragte er nach einer Weile, überzeugt, dass dies nur der Anfang war.

»Warten Sie, ich zeige Ihnen was …«, sagte der Wächter.

Gerber folgte ihm in einen Raum, dessen eine Wand vollständig von einem riesigen Gruppenfoto aus dem Jahr 1998 bedeckt war. Vier Reihen Männer und Frauen in weißen Kitteln, die sich vor dem Kameraobjektiv versammelt hatten.

»Das Foto wurde am Tag der finalen Schließung aufgenommen. Das sind die Letzten, die noch am San Salvi gearbeitet haben: Psychologen, Psychiater, Fachärzte für verschiedene Spezialgebiete … Gestern habe ich genau hier drei Kippen auf dem Boden gefunden.«

»Welche Marke, wissen Sie das noch?«, fragte Gerber wie elektrisiert.

»Nein, tut mir leid. Ich habe sie weggeworfen, ohne genauer hinzusehen.«

Der Hypnotiseur wusste auch so, dass die Zigarettenstummel zur Marke Winfield gehört haben mussten. Aber was oder wen hatte Hanna Hall auf dem Foto gesucht? Er starrte auf das Sammelporträt, wie es seine Patientin wahrscheinlich auch getan hatte, und ließ den Blick von Kopf zu Kopf wandern.

In der vierten Reihe entdeckte er plötzlich ein bekanntes Gesicht.

Er hatte sie nur zwei Mal gesehen. Das erste Mal im Alter von neun Jahren an einem Sonntag in der Gelateria Vivoli, vor sich einen Eisbecher, der allmählich dahinschmolz, ohne dass er auch nur einen Löffel davon gegessen hätte. Und das zweite Mal im Universitätsklinikum Careggi im Wartezimmer der Kardiologie, während er über den bevorstehenden

Tod des Mannes weinte, den sie all die Jahre über geliebt haben musste.

Nun, da Pietro Gerber ihr zum dritten Mal begegnete, erkannte er zu seiner Verwunderung, dass sie offenbar auch im Leben von Hanna Hall eine Rolle spielte.

An dem Kittel, den sie auf der alten Fotografie trug, fehlte ein schwarzer Knopf.

24

Auf dem Nachhauseweg im Auto überlegte er fieberhaft, wie er es anstellen sollte, die geheimnisvolle Freundin seines Vaters zu finden.

Er konnte kaum erwarten zu erfahren, welche Rolle Hanna Hall der Frau in ihrem wohlinszenierten Theaterstück zugedacht hatte. Aber es würde nicht einfach werden, ihre Adresse herauszubekommen. Er kannte nicht einmal ihren Namen und war sich auch nicht sicher, ob sie nach all den Jahren überhaupt noch lebte.

Die Sonne war untergegangen, und ein leichter Nieselregen hatte eingesetzt. Die von den Scheibenwischern zur Seite geschobenen Tropfen hinterließen lange, glänzende Streifen, in denen sich die Straßenschilder spiegelten. Nur noch wenige Meter von seinem Ziel entfernt, wurde Pietro Gerber jäh aus seinen Gedanken gerissen. Sein Unterbewusstsein hatte jenseits der Windschutzscheibe etwas Ungewöhnliches registriert und auf Alarmzustand geschaltet.

Zwei helle Lichter direkt vor seinem Wohnhaus leuchteten ihm entgegen – die Scheinwerfer eines Streifenwagens.

Als dem Psychologen dämmerte, dass die Anwesenheit der Polizei etwas mit ihm zu tun haben könnte, hätte er am liebsten aufs Gaspedal getreten und wäre weitergefahren.

Stattdessen suchte er hektisch einen Parkplatz, sprang aus dem Auto und eilte zum Hauseingang.

Den Blick nach oben ins Treppenhaus gerichtet, um zu sehen, in welcher Etage sich die Polizisten befanden, nahm er immer zwei Stufen auf einmal.

Sie waren im vierten Stock. In seiner Wohnung.

Die Tür stand offen. Er hörte Marcos Weinen und Silvias Stimme, die mit den Polizeibeamten sprach.

»Geht es euch gut?«, rief er atemlos und stürzte ins Wohnzimmer.

Seine Frau saß in einem Sessel und hielt den Jungen im Arm. Beide trugen noch ihre Jacken, als wären sie gerade erst nach Hause gekommen. Silvia war völlig außer sich.

Die Polizisten drehten sich zu ihm um.

»Alles in Ordnung«, beruhigte ihn einer der beiden. »Es ist nichts Schlimmes passiert.«

»Warum sind Sie dann hier?«

Er trat auf seine Frau zu und gab ihr einen Kuss auf die Stirn. Marco streckte die Händchen nach ihm aus. Gerber nahm ihn auf den Arm.

»Ihre Frau glaubt, dass jemand in die Wohnung eingedrungen ist«, erklärte der Polizist.

»Ich glaube das nicht nur, es *war* so!« Sie wandte Pietro ihr aufgebrachtes Gesicht zu. »Als ich nach Hause kam, steckte dein Wohnungsschlüssel im Schloss. Erst dachte ich, du bist schon da und hast vergessen, ihn abzuziehen.«

Instinktiv klopfte Gerber seine Manteltaschen ab. Tatsächlich, der Schlüssel war nicht da. Hatte er ihn wirklich beim Verlassen der Wohnung in der Tür stecken lassen? Oder hatte man ihn bestohlen?

»Als ich in die Wohnung kam, warst du aber nicht da«, fuhr seine Frau fort. »Alle Lichter waren aus, bis auf das im Wohnzimmer. Also bin ich sofort dort hin – und habe das hier vorgefunden …«

Sie streckte den Arm aus und zeigte auf einen Punkt hinter dem Sofa. Gerber machte einen Schritt vor, um über das Möbelstück blicken zu können.

Auf dem Fußboden lag aufgeschlagen das alte ledergebundene Familienalbum. Sämtliche Fotos waren aus den Einstecktaschen genommen und im hinteren Teil des Zimmers verstreut worden.

Als ob ein böser Geist erschienen wäre, der Unruhe stiften wollte.

Die Fotos zeigten die verschiedenen Stationen seiner Kindheit. Auf den frühen Bildern war noch seine Mutter zu sehen, die späteren waren ein Paradebeispiel für die Einsamkeit eines Witwers mit Kind. Bilder von Urlauben, Weihnachtsfeiern und Geburtstagen, die alle den Eindruck vermittelten, dass etwas fehlte. Eine einzige traurige Leere.

Beim Anblick der Fotos fiel Gerber auf, dass er sie seit Jahren nicht mehr angeschaut hatte. Die meisten hatte er sogar noch nie gesehen, er konnte sich lediglich an die Momente erinnern, in denen die Aufnahmen gemacht wurden. Einmal entwickelt, waren die Fotos für immer in dem Album verschwunden, ohne dass irgendjemand sie noch einmal angeschaut hatte.

Warum waren diese Erinnerungen, war die Vergangenheit so plötzlich wieder zurückgekehrt? Es schien, als wollte jemand seine Aufmerksamkeit für sich einfordern. Aber wer? Etwa *Herr B.*? Hanna Halls Worte fielen ihm wieder ein.

… Als er mit Ihnen auf dem Totenbett gesprochen hat, war die Stimme, die Sie gehört haben, bereits die von einem Geist – stimmt's?

»Bewahren Sie Geld, Schmuck oder wertvolle Uhren in der Wohnung auf?«, fragte einer der beiden Polizisten.

Silvia merkte, dass ihr Mann zu verwirrt war, um zu antworten, daher ergriff sie das Wort.

»Mein Schmuckkästchen ist im Schlafzimmer.«

»Können Sie bitte nachschauen, ob etwas fehlt?«, forderte der Mann sie auf.

Wie betäubt hob Gerber den Jungen auf das Sofa und setzte sich neben ihn. Marco spielte weiter mit seinen Fingern, doch der Psychologe war zu aufgewühlt, um seinem Sohn Beachtung zu schenken. Er war überzeugt, dass der Eindringling keine Wertsachen mitgenommen hatte. Aber allein der Gedanke, dass jemand in ihre Wohnung und damit in ihre Intimsphäre eingedrungen war, verstörte ihn zutiefst.

»Es fehlt nichts«, verkündete wenig später Silvia, die zurück ins Wohnzimmer gekommen war.

»Wenn dem so ist, sind die Voraussetzungen für eine Anzeige nicht gegeben, fürchte ich«, sagte der Polizist.

»Wie bitte?« Silvia konnte es nicht glauben.

»Wir können noch nicht mal von einem Einbruch reden, weil der Schlüssel in der Wohnungstür steckte.«

»Und das hier?« Sie zeigte auf die am Boden verteilten Fotos.

»Vielleicht hat sich jemand einen Scherz mit Ihnen erlaubt.«

»Einen Scherz?«, wiederholte sie und lachte nervös auf. »Das kann ja wohl nicht Ihr Ernst sein!«

»Ich will die Sache nicht verharmlosen, aber das ist die wahrscheinlichste Erklärung. Haben Sie vielleicht einen Verdacht, wer Ihnen diesen Streich gespielt haben könnte?«

Silvia schaute stumm zu ihrem Ehemann. Gerber, der sich schuldig fühlte, wandte als Erster den Blick ab.

»Nein, habe ich nicht«, sagte sie mit einem Zögern, das ihre Worte Lügen strafte.

»Es passiert nicht oft, aber manchmal sind solche Akte von Vandalismus erst der Anfang«, erklärte der Polizist prompt, als wollte er eine Warnung aussprechen.

»Der Anfang von was?«, fragte Silvia alarmiert.

Der andere schwieg eine Sekunde zu lange, bevor er antwortete.

»Wenn sie beim ersten Mal nicht erwischt werden, kehren sie in der Regel ein zweites Mal zurück.«

Unter dem Vorwand, den Jungen ins Bett bringen zu müssen, ging Silvia nach dem Abendessen sofort schlafen, ohne auf Gerber zu warten. Sie war noch immer aufgewühlt und wahrscheinlich auch wütend auf ihn, was er ihr kaum verübeln konnte.

Sie hatte ihn gedeckt, indem sie den Polizisten einen Bären aufgebunden hatte. Beide wussten sie, dass die Geschichte mit dem in der Tür stecken gelassenen Schlüssel kaum glaubwürdig war. Aber es war weniger peinlich, als sagen zu müssen: »Mein Mann hat eine schizophrene Patientin und lässt sie aus irgendeinem Grund in unser Leben eindringen.«

Silvia hatte sich verhalten wie eine betrogene Ehefrau, die aus Scham die ehebrecherischen Aktivitäten ihres Mannes in der Öffentlichkeit leugnet. Doch als der Polizeibeamte sie gefragt hatte, ob sie jemanden verdächtige, hatte der Psychologe Trauer und Wut in ihrem Blick gelesen.

Gerber hielt es nicht für ausgeschlossen, dass diese perfide Verletzung ihrer Privatsphäre tatsächlich das Werk von Hanna Hall gewesen war, aber er wollte ihr auch nicht die Schuld geben, ohne Beweise zu haben. Selbst wenn seine Patientin aus jeder Mücke einen Elefanten machte, war nicht gesagt, dass alles Ungemach, das ihm widerfuhr, von ihr ausging. Es gehörte zum Wesen ihrer Krankheit, überall Betrug und Verschwörung zu wittern. Doch Paranoia war der erste Schritt Richtung Wahnsinn, und er musste auf der Hut bleiben.

Nachdem er die Küche aufgeräumt hatte, setzte er sich mit

dem Familienalbum an den Tisch, um die Fotos wieder einzusortieren. Er wusste, dass er das Buch danach nie mehr aufschlagen würde.

Um sein Werk zu vollenden, war er gezwungen, Momente seiner Vergangenheit erneut zu durchleben, die in seinem Gedächtnis fast vollständig verblasst waren.

Ist Ihnen schon mal aufgefallen, dass Erwachsene, wenn sie ihre Eltern beschreiben sollen, nie als junge, sondern immer nur als alte Menschen von ihnen reden?

Hanna Hall hatte recht: Beim Wiedersehen der alten Aufnahmen, auf denen er zusammen mit seinem Vater und seiner Mutter abgebildet war, wurde ihm bewusst, wie unbeholfen und naiv sie zur Zeit seiner Kindheit wirkten. Vielleicht würde auch Marco eines Tages voller Erstaunen feststellen, dass Silvia und er einmal jung gewesen waren.

Beim Blättern in dem Album registrierte er Dinge, an die er seit Ewigkeiten nicht mehr gedacht hatte. Das Lächeln seiner Mutter zum Beispiel. Sein Gedächtnis war noch nicht vollständig entwickelt, als sie starb. So konnte er ihr Glück, ihn auf die Welt gebracht zu haben, nur an diesen wenigen Fotografien ablesen, die sie zusammen in seinen ersten beiden Lebensjahren zeigten. Sein Vater schien eher das Gegenteil empfunden zu haben, hatte er doch jenes unbezwingbare Bedürfnis verspürt, ihm in seinen letzten Sekunden auf Erden die schlimmste aller Enthüllungen zu machen.

Die geheimen Worte des Herrn B.

Warum hatte er sein Geheimnis nicht mit ins Grab genommen? Was hatte er, Pietro, getan, um eine solche Behandlung zu verdienen?

Er hat mir die Schuld an Mamas Tod gegeben, sagte er sich. Zum ersten Mal ließ er zu, dass dieser Gedanke, den er schon so lange in seinem Unterbewusstsein hegte, Gestalt annahm.

Ich weiß nicht, warum, aber ich fühlte mich schuldig an der Krankheit, die sie umgebracht hat. Ein bisschen wie Hanna Hall, die überzeugt ist, die Mörderin ihres kleinen Bruders zu sein.

Nein, schlimmer. Viel schlimmer.

Die Überzeugung verfestigte sich in ihm, als er auf ein Foto seiner Eltern aus der Zeit vor seiner Geburt stieß. Seiner Mutter war bereits die Krankheit anzusehen, die sie wenige Jahre später dahinraffen sollte. Bis zu dem Moment hatte Gerber gedacht, ihr Leiden sei nur von kurzer Dauer gewesen.

Sie hatte den Wunsch nach einem Kind lange vor ihrem Tod geäußert. *Herr B.* hatte sich dem Wunsch gefügt, obwohl er wusste, dass er dieses Kind höchstwahrscheinlich allein würde großziehen müssen.

Das also war der Grund für die fehlende Liebe seines Vaters. Das also war der Grund, warum er sich vor seinem eigenen Tod an ihm hatte rächen wollen, indem er das Geheimnis enthüllte, über das Pietro mit niemandem sprechen konnte.

Diese Entdeckung war für Gerber viel schockierender als das eigentliche Geständnis seines Vaters. An seiner Stelle hätte er vermutlich das Gleiche gegenüber seinem Kind empfunden, das ihn für alle Zeiten an seinen großen Verlust erinnerte.

Ein Kind, das wie ein immerwährender Fluch über dem eigenen Leben schwebte.

Er konnte die Tränen nicht länger zurückhalten. Still begannen sie, über sein Gesicht zu laufen. Mit dem Handrücken trocknete er sich die Wangen, als wollte er jedes Anzeichen von Schwäche wegwischen. Dann sortierte er die letzten Fotos in das Album ein.

Erst jetzt bemerkte er, dass ein Bild fehlte.

Er starrte auf die leere Einstecktasche. Vielleicht täuschte er sich auch, und es hatte sich nie ein Foto darin befunden. Doch der Verdacht, dass jemand es absichtlich entnommen haben könnte, erhärtete sich mehr und mehr in ihm. Er wusste, dass der Gedanke ihn nicht mehr loslassen und er sich unaufhörlich fragen würde, welche Szene auf dem Bild verewigt war und welche Bedeutung sie in seinem Leben hatte.

Er knallte die Faust auf den Tisch und verfluchte die Dunkelheit und Hanna Hall. Genau in dem Moment klingelte sein Handy.

»Rufe ich zu spät für Sie an?«

»Ah, Dr. Walker! Nein, es ist noch nicht zu spät für mich. Ich freue mich, Ihre Stimme zu hören.«

»Nach unserem letzten Telefonat war ich mir da nicht mehr so sicher.«

»Tut mir leid, wenn ich etwas lauter geworden sein sollte, Dr. Walker. Ich muss zugeben, die Situation mit Hanna Hall ist nicht gerade einfach für mich.«

»Ich hatte gehofft, Sie würden sagen, dass sich die Therapie als erfolgreich erweist ...«

»Leider nein.«

»Ist etwas passiert?«

»Hannas Eltern waren möglicherweise Patienten in einer psychiatrischen Klinik.«

»Das würde den Grund für ihre mentalen Störungen erklären ...«

»Ja, aber ich glaube nicht, dass wir an die Akten herankommen, denn nach der Schließung der Einrichtung sind sämtliche Unterlagen verloren gegangen. Und da ist noch etwas, das nicht ins Bild passt: Hanna hat bis zum Alter von zehn Jahren bei ihren leiblichen Eltern gelebt ...«

»Bis zur Brandnacht, meinen Sie?«

»Genau. Mit anderen Worten: Sie muss danach in die Obhut Dritter gegeben worden sein. Anders lässt sich nicht erklären, dass sie später in Australien war und ihre jetzige Identität angenommen hat.«

»Wollen Sie mir sagen, dass es in Italien keinen Beleg für eine Adoption gibt?«

»In der Tat. Aber vielleicht könnten Sie das bei sich verifizieren …«

»Natürlich, ich werde es versuchen.«

»Hanna hat als kleines Mädchen den Inhalt der Kiste oder vielmehr des Sargs gesehen, den die Familie immer bei sich hatte.«

»Wirklich? Und wie hat sie reagiert?«

»Der arme Ado sah angeblich so aus, als würde er nur schlafen. Als hätte der Tod ihn völlig unversehrt gelassen.«

»Typischer Fall von Wahrnehmungsverzerrung.«

»Ja, das habe ich auch gedacht.«

»Sonst noch irgendwelche Auffälligkeiten?«

»Sie hat von einer Hexe gesprochen.«

»Einer Hexe?«

»Sie hat sie die Violette Witwe genannt. Will sagen, sie hat die Geschichte vom Besonderen Kind wieder aufgewärmt und behauptet, die Hexe hätte deswegen nach ihr gesucht.«

»Die Hexe und die Fremden …«, sagte Theresa Walker abwiegend. »Was wollen Sie jetzt tun?«

»Ich werde mich aus dem Fall zurückziehen. Mir ist jede Lust vergangen, mir weiter Geschichten von Geistern und anderem paranormalem Mist anzuhören. Ich werde Hanna Hall zwingen, endlich aus der Deckung zu kommen. Meiner Meinung nach hat diese Frau sich nicht nur in den Kopf gesetzt, hier in Florenz die Wahrheit über Ado herauszufinden, sondern auch, mir zu helfen.«

»Ihnen zu helfen?«

»Belassen wir es dabei, dass sie sich erdreistet hat, mehrfach in meine Privatsphäre einzudringen.«

»Das erstaunt mich jetzt aber. So etwas hätte ich nie von ihr gedacht.«

»Keine Sorge, ich werde weiterhin Ihren Rat befolgen: Ich zeichne jede Sitzung auf und bleibe auf der Hut.«

»Sehr gut, Herr Kollege ... Ich muss mich jetzt aber leider verabschieden, ein Patient wartet auf mich.«

»Stehen Sie eigentlich weiterhin in Kontakt mit Hanna Hall?«

»Aber nein, das hätte ich Ihnen doch erzählt!«

Aus irgendeinem Grund hatte der Psychologe das Gefühl, dass sie nicht die Wahrheit sagte.

»Danke für Ihren Anruf. Ich melde mich so bald wie möglich wieder bei Ihnen.«

»Eine Sache noch, Dr. Gerber ...«

»Ja, bitte?«

»An Ihrer Stelle würde ich der Geschichte von der Violetten Witwe auf den Grund gehen.«

»Warum?«

»Weil ich glaube, dass sie von Bedeutung ist.«

Pietro Gerber wollte noch etwas erwidern, als Theresa Walker am anderen Ende der Leitung etwas tat, das sie noch nie zuvor getan hatte.

Sie zündete sich eine Zigarette an.

25

»Das heißt, du hast am Telefon immer nur mit Hanna Hall gesprochen …«

Silvia mochte nicht glauben, dass sich Hanna Hall die ganze Zeit als Theresa Walker ausgegeben hatte und er darauf hereingefallen war. Pietro Gerber konnte es ihr kaum verübeln.

»Ich habe natürlich sofort, nachdem mir der Verdacht gekommen ist, in der Praxis von Dr. Walker in Adelaide angerufen. Und weißt du, was ich herausgefunden habe?«

»Was?«, fragte sie angespannt.

»Die Sprechstundenhilfe hat mir gesagt, ihre Chefin sei zusammen mit einigen Patienten auf einem Hypnoseseminar in den Bergen und wolle nicht gestört werden … Ich habe ihr meine Nummer hinterlassen und um Rückruf gebeten.«

»Also kannst du nicht mit Sicherheit davon ausgehen, dass Hanna sich als Theresa Walker ausgegeben hat.« Silvia wirkte enttäuscht.

Doch Gerber hatte noch einen Pfeil im Köcher.

»Als ich die Sprechstundenhilfe fragte, ob ihre Chefin zufällig Raucherin sei, hat sie mir nach einem Moment der Verwirrung geantwortet, dass Theresa Walker nicht mal den Anblick einer brennenden Zigarette erträgt.«

Er hatte seine Frau mitten in der Nacht aufgeweckt, um ihr die beunruhigende Neuigkeit zu erzählen. Dadurch, dass er sie ins Vertrauen gezogen hatte, waren sie sich wieder nähergekommen. Im Schneidersitz saßen sie im Dunkeln einander gegenüber auf dem großen Ehebett. Sie flüsterten, als würde sich in der Finsternis um sie herum eine unsichtbare Präsenz verbergen, die sie belauschte. Auch wenn keiner von beiden es laut ausgesprochen hatte, waren sie zutiefst erschrocken.

»Durchaus möglich, dass Hanna Hall gar nicht ihr wahrer Name ist«, sagte Silvia.

Seine Frau hatte recht; letztlich wussten sie nichts über die Patientin.

Pietro Gerber hatte die Ereignisse der vergangenen Tage noch einmal rekonstruieren müssen, um sie im Licht seiner Entdeckung neu zu interpretieren.

Das erste Telefonat mit Theresa Walker, in dem die Kollegin ihm die Ankunft von Hanna Hall in Florenz angekündigt und ihn gebeten hatte, sich ihrer anzunehmen. Die Enthüllung des mutmaßlichen Mordes an dem kleinen Bruder. Der mehrere Jahre zurückliegende Versuch Hanna Halls, ein Baby aus einem Kinderwagen zu entführen. Selbst die Tonaufnahme der ersten Sitzung in Adelaide konnte nur eine Fälschung sein. Vielleicht hätte Gerber erkennen müssen, dass die beiden Stimmen ein und derselben Person gehörten, aber die Aufzeichnung hatte ihn so gefesselt, dass er nur auf den Inhalt geachtet hatte.

Was für ein Idiot er doch war! Okay, er hatte mit der einen Italienisch und mit der anderen Englisch gesprochen – womöglich hatte er deswegen die Ähnlichkeit der Stimmen nicht bemerkt, rechtfertigte er sich.

Er dachte an all die Informationen, die er mit der vermeintlichen Hypnotiseurin geteilt und die sich die Patientin bei ihrem üblen Spiel zunutze gemacht hatte. Er hatte ihr sogar von

Emilian erzählt. Aber am meisten regte ihn auf, dass er ihr Dinge aus seinem Privatleben anvertraut hatte.

In einem musste er Hanna Hall jedoch zustimmen: Geister gab es tatsächlich. Sie selbst war ein Geist. Daher hatte er auch keine Unterlagen über die Adoption eines italienischen Mädchens mit diesem Namen durch eine Familie aus Adelaide gefunden. Diese Person existierte gar nicht.

Plötzlich prustete er los.

»Was ist los?«, fragte Silvia irritiert, als er gar nicht mehr aufhörte zu lachen.

»Dr. Walker hat mir sogar vorgegaukelt, dass es in Australien zwei Hanna Halls gibt, unsere Patientin und eine international anerkannte Meeresbiologin ... Soweit wir wissen, kommt diese Frau nicht mal von dort!«

»Hör auf!«, herrschte Silvia ihn an, doch auch sie musste trotz aller Dramatik die Komik in der Situation anerkennen.

Wieder ernst geworden, blickten sie einander an.

»Was machen wir jetzt?«, fragte Silvia nüchtern.

Pietro Gerber liebte seine Frau für ihren Pragmatismus. Bei Problemen verlor sie nie unnötig Zeit damit, einen Schuldigen zu suchen oder die Verantwortung auf jemand anderen zu schieben, sondern zeigte Kraft und Entschlossenheit und hielt die Truppe zusammen.

»Ich dachte, mit deiner Diagnose, dass Hanna Hall schizophren ist, hättest du ins Schwarze getroffen, aber das stimmt nicht«, sagte er. »Diese Frau ist eine Psychopathin.«

Gerber sah, dass Silvias Gesichtsausdruck sich veränderte. Jetzt wirkte sie geradezu verängstigt.

»Wir können nicht Anzeige gegen sie erstatten, weil sie keine strafbare Handlung begangen hat. Abgesehen davon, dass wir keinen Beweis dafür haben, dass sie bei uns eingebrochen hat«, stellte er fest.

»Was sollen wir deiner Meinung nach jetzt tun?«

»Ich werde es so halten wie die Leute aus den Irrenwitzen …«

Er hasste das Wort »Irre«. Sein Vater hatte ihm vermittelt, wie entwürdigend es war, einen Patienten – oder vielmehr einen Menschen – so zu bezeichnen. Aber jetzt diente das Bild einfach nur dazu, seine Vorgehensweise zu erklären.

»Du tust also, als wäre alles in schönster Ordnung …«, schlussfolgerte Silvia überrascht.

»Zumindest so lange, wie ich nicht weiß, was sie in Wirklichkeit vorhat«, erwiderte er.

»Und wenn sie dich einfach nur in den Wahnsinn treiben und unser Leben zerstören will?«

Darüber hatte er auch nachgedacht. Die Gefahr war nicht zu leugnen.

»Hanna Hall hat nur eins im Sinn«, erläuterte er. »Sie versucht, mir eine Geschichte zu erzählen … Am Anfang dachte ich, bloß Zuschauer zu sein. Inzwischen ist mir klar, dass ich eine ganz bestimmte Rolle darin spiele, auch wenn ich noch nicht weiß, welche.«

»Woher willst du wissen, ob das, was sie dir bisher erzählt hat, der Wahrheit entspricht? Vielleicht war das alles gelogen …«

»Du scheinst ja nicht gerade viel Zutrauen in meine Fähigkeiten als Hypnotiseur zu haben«, entgegnete er ironisch. »Hätte Hanna während ihres Trancezustands gelogen, dann hätte ich das gemerkt. Nein, es gelingt ihr einfach immer wieder, irgendwelche verwirrenden Informationen in ihren Bericht einzuflechten, die mich zum Zweifeln bringen oder unsicher werden lassen. Zum Beispiel das mit dem Glöckchen an Marcos Knöchel … Sie will mir damit signalisieren, dass sie die Kontrolle über die Therapie hat und damit auch über mich. Aber ich glaube trotzdem, dass ihre Geschichte im Kern real ist. Viele von den Dingen, die sie erzählt, sind wirklich passiert. Wie ein Kind, das von Hexen und Geistern fabuliert, will Hanna mich dazu zwingen herauszufinden, was erfunden ist und was sie in ihrer Kindheit am eigenen Leib schmerzlich erfahren hat.«

Silvia schien unbedingt zur Tat schreiten zu wollen. Doch Gerber war noch nicht fertig. Er nahm einen tiefen Atemzug. Jetzt kam der schlimmste Teil.

»Ich glaube, dass Hanna mir durch das Anzünden der Zigarette am Telefon absichtlich zu verstehen geben wollte, dass sie die falsche Dr. Walker ist.«

»Aber warum, um Gottes willen?«, rief seine Frau bestürzt.

»Um mir Angst zu machen. Oder vielleicht auch, um mir zu verstehen zu geben, dass wir noch einen zweiten Kommunikationsweg haben. Jedenfalls werde ich weiterhin gute Miene zum bösen Spiel machen, um diesen Kanal offen zu halten. Auch wenn Hanna diesen Trick anwendet, um Informationen aus mir herauszulocken: Ihr Alter Ego als Psychologin scheint mir immer noch vernünftiger als die Patientin. Im Übrigen hat sie mir schon wertvolle Hinweise gegeben, wie ich die Therapie gestalten kann.«

»Meinst du etwa die Violette Witwe?«

»Hanna benutzt Dr. Walker, um mir die Richtung anzuzeigen, der ich folgen soll. Deswegen werden wir bei der nächsten Sitzung mit der Hexe beginnen.«

»Und wie kann ich mich nützlich machen?«

»Indem du mit Marco zusammen zu deiner Familie nach Livorno fährst, bis ich den Fall gelöst habe«, erwiderte er prompt.

»Kommt gar nicht infrage!«, gab sie in ihrer üblichen kämpferischen Art zurück. Nicht jetzt, wo sie wieder zueinandergefunden hatten.

Gerber nahm ihre Hand. Er hätte ihr sagen müssen, dass Hanna Hall es geschafft hatte, bis in sein Innerstes vorzudringen, ohne dass er es gemerkt hatte oder sich dagegen hätte wehren können.

»Ich habe Angst um dich und unseren Sohn«, redete er sich stattdessen heraus. »Inzwischen bin ich mir ganz sicher, dass Hanna Hall gefährlich ist.«

Silvia durchschaute ihn sofort. Doch ihr war klar, dass sie keine Chance hatte. Ihr Mann war nicht ehrlich ihr gegenüber, und das genügte ihr. Gerber hingegen wusste nicht, wie er ihr erklären sollte, dass seine Beziehung zu Hanna Hall über das übliche Arzt-Patienten-Verhältnis hinausging. Irgendetwas verband ihn mit dieser Frau, aber solange er nicht hinter das Rätsel gekommen war, konnte er nicht wieder derselbe wie vor dieser Begegnung sein.

Langsam löste Silvia ihre Hand aus seiner. Zu spüren, wie der physische Kontakt zwischen ihnen verloren ging, war für Gerber schlimmer als jede Kränkung oder selbst die saftigste Ohrfeige. Seine Frau war der Illusion aufgesessen, ihr nächtliches Gespräch würde ihre alte Verbundenheit wiederherstellen, doch in Wirklichkeit hatte es sie an einen Wendepunkt gebracht. Ihr kühler Rückzug war die logische Folge, und der Psychologe konnte sie nicht daran hindern. Die Tatsache, dass er besessen war von einer psychisch kranken Frau, machte auch ihn zu einem psychisch Kranken.

»Warum tust du das?«, fragte Silvia fast unhörbar.

Er wusste keine Antwort.

Seine Frau sprang vom Bett auf und verließ das Zimmer, ohne ihn eines Blickes zu würdigen. Auch so blieb Gerber ihre Wut nicht verborgen. Ihre ganze Haltung, die hochgezogenen Schultern und geballten Fäuste drückten Ablehnung aus. Kurz war er versucht, sie aufzuhalten, sich zu entschuldigen und alles wieder ins rechte Lot zu bringen. Doch er konnte es nicht.

Es gab kein Zurück mehr.

26

Kurz vor Morgengrauen erwachte er und stellte fest, dass er allein im Ehebett lag. Als er sich aufrichtete, wurde ihm klar, dass sich außer ihm niemand mehr in der Wohnung befand.

Silvia hatte Marco mitgenommen. Er hatte nicht einmal gehört, dass sie das Haus verlassen hatten.

Während er sich, ohne einen Blick in den Spiegel zu wagen, die Zähne putzte, dachte er an das, was in der Nacht vorgefallen war. Innerhalb von wenigen Tagen war sein ganzes Leben und das seiner Liebsten auf den Kopf gestellt worden. Hätte ihm dies jemand vor einer Woche vorhergesagt, Gerber hätte ihm ins Gesicht gelacht. Er fragte sich, inwieweit die Schuld bei Hanna Hall zu suchen war und was er selbst dazu beigetragen hatte. So gesehen war es nur folgerichtig, dass er jetzt allein war. Allein mit seinen Dämonen.

Es gab noch eine Möglichkeit, sich zu retten. Eine Aufgabe, die er zu erledigen hatte.

Er musste die geheimnisvolle Frau finden, die sein Vater ihm als kleinem Jungen in der Gelateria hatte vorstellen wollen und die, wie er jetzt wusste, am San Salvi gearbeitet hatte. Nicht nur musste er in Erfahrung bringen, welche Bedeutung die Unbekannte für Hanna Hall besaß, sondern auch, was für eine Beziehung zwischen ihr und *Herrn B.* geherrscht hatte. Waren sie wirklich ein Paar gewesen, wie er bisher geglaubt hatte? Oder was hatte sie miteinander verbunden? Es würde nicht einfach werden, Antworten auf diese Fragen zu erhalten, zumal er so gut wie nichts über die Frau wusste und auch keine Idee hatte, wie und wo er sie ausfindig machen sollte.

Und dann war da noch die Sache mit dem verschwundenen Foto aus dem Familienalbum. Wenn Hanna Hall es mitgenommen hat, dann nicht ohne Grund, sagte er sich.

Er rechnete nach, wie viele Stunden er geschlafen hatte. Ziemlich wenige. So war das mit der Schlaflosigkeit. Man fiel für kurze Zeit in eine Art Koma, und dann tauchte man aus dem Delirium wieder auf, ohne zu wissen, ob man wach war oder nicht.

Bevor er in die Praxis fuhr, nahm er noch eine Dosis Ritalin. Um sicherzugehen, dass er den Tag einigermaßen überstehen würde, schluckte er gleich noch eine zweite Tablette.

Im Dachgeschoss angekommen, ging er sofort in sein Sprechzimmer. Er hatte darüber nachgedacht, wie er Hanna Hall empfangen sollte. Am besten gab er sich ganz gelassen und ließ sich seine Nervosität wegen der jüngsten Ereignisse keinesfalls anmerken. Mit einem solchen Verhalten würde er ihr eine klare Botschaft vermitteln: Er spielte ihr Spiel mit. Er war bereit, sich von ihr überall dorthin führen zu lassen, wo sie ihn hinbringen wollte. Koste es, was es wolle, sagte er sich fest entschlossen.

Er entzündete ein Feuer im Kamin und bereitete den Tee vor. Doch zur verabredeten Uhrzeit erschien keine Hanna Hall. Als sie nach zwanzig Minuten immer noch nicht da war, begann er, unruhig zu werden. Normalerweise war die Patientin überpünktlich. Was war passiert?

Eine Stunde später tauchte sie endlich auf. Obwohl der nächtliche Überfall von vor einigen Tagen deutliche Spuren auf ihrer Kleidung hinterlassen hatte, war sie genauso angezogen wie immer. Doch eine Veränderung gab es. Sie hatte einen anderen Gesichtsausdruck, wirkte heiterer als sonst.

»Sie sind zu spät«, bemerkte er.

An ihrer selbstzufriedenen Miene erkannte Gerber, dass sie sich dessen genau bewusst war, ja, sie schien sogar extra zu spät gekommen zu sein, damit er sich Sorgen machte.

»Ich sehe, die Schwellung auf Ihrem Gesicht geht allmählich zurück«, sagte Gerber, um Desinteresse an ihrem Zuspätkommen zu heucheln.

»Erst war sie grün-gelb und dann fast schwarz«, erwiderte Hanna. »Ich musste sie mit Make-up überschminken.«

Sie nahm im Schaukelstuhl Platz und zündete sich eine Zigarette an, das Gesicht zum Fenster gewandt. Nach Tagen des Unwetters zeigte sich zum ersten Mal wieder die Sonne über Florenz. Ihr goldenes Licht wanderte über die Dächer und leuchtete in die Fenster der Praxis hinein. Verborgen wie ein wertvolles Juwel lag die Piazza della Signoria hinter den sich auftürmenden Palazzi in der historischen Altstadt.

Hanna war tief in Gedanken versunken. Ein kurzes Lächeln stahl sich auf ihr Gesicht. Bei seinem Anblick fühlte Gerber einen Stich im Magen. Er musste unbedingt wissen, was oder wer diesen ungewöhnlichen Glücksmoment in ihr ausgelöst hatte.

»Was ist los?«, hörte er sich sagen.

Hanna lächelte erneut.

»Gestern habe ich auf dem Heimweg jemanden kennengelernt.«

Wieder heuchelte er Desinteresse.

»Sehr gut«, erwiderte er bloß. Doch nichts war gut.

»Ich war in einer Bar, und er hat gefragt, ob er sich zu mir setzen kann«, fuhr die Frau fort. »Er hat mir ein Getränk ausgegeben, und wir sind ins Gespräch gekommen.« Sie machte eine Pause. »Es ist lange her, dass ich auf so eine Art mit jemandem geredet habe.«

»Auf welche Art?« Er wunderte sich selbst über seine Frage.

Hanna blickte ihn erstaunt an.

»Sie wissen schon, auf welche Art. Ganz bestimmt wissen Sie das«, sagte sie maliziös.

»Ich freue mich, dass Sie eine neue Bekanntschaft gemacht haben.« Er konnte nur hoffen, dass sein Tonfall nicht allzu künstlich geklungen hatte.

»Er hat eine Sightseeing-Tour durch Florenz mit mir gemacht«, erzählte die Patientin weiter. »Erst waren wir bei der Loggia dei Lanzi, dort, wo man das Selbstporträt von Benvenuto Cellini im Nacken des *Perseus* sehen kann. Danach hat er mir das Gesicht eines zum Tode Verurteilten gezeigt, das in die Fassade des Palazzo Vecchio gehauen wurde, möglicherweise von Michelangelo persönlich. Und am Schluss waren wir noch bei der Drehlade am Ospedale degli Innocenti, wo im Mittelalter Eltern ihre ungewollten Neugeborenen abgeben konnten ...«

Als Pietro Gerber die Aufzählung der touristischen Highlights hörte, zu denen er wenige Jahre zuvor die Mädchen geführt hatte, die er erobern wollte, wurde ihm schwindelig.

»Keine Sorge«, sagte Hanna Hall, »ich habe geflunkert. Sie haben mir empfohlen, diese Orte zu besuchen – wissen Sie nicht mehr?«

Tatsächlich konnte er sich nicht daran erinnern. Aber konnte das denn sein? Wieder einmal hatte die Patientin ihm zeigen wollen, wie viel sie über ihn und seine Vergangenheit wusste.

Er war innerlich bereit gewesen, das Match gegen diese Frau anzutreten, egal, wie hoch der Einsatz sein würde. Doch allmählich dämmerte ihm, dass er das perverse Spiel von Hanna Hall nicht einmal ansatzweise durchschaut hatte.

»Die Violette Witwe«, sagte er nur, um zu ihrer bevorstehenden Sitzung überzuleiten.

Hanna maß ihn mit ruhigem Blick.

»Ich bin so weit«, sagte sie.

27

Ich heiße Aurora und will nicht mehr allein sein.

Das beschließe ich an einem Tag gegen Ende des Sommers, als ich mit meiner Lumpenpuppe spiele. Ich bin es leid, mir Spiele auszudenken, bei denen ich die Einzige bin. Mama und Papa haben zu viel zu tun, um mir Gesellschaft zu leisten. Am selben Abend sage ich es ihnen. Ich möchte jemanden um mich haben, einen Spielkameraden. Ein Mädchen oder einen Jungen. Ein Geschwisterkind. Ado ist unter der Erde, er kann kein Bruder mehr für mich sein. Mama und Papa lächeln, als ich ihnen meinen Wunsch verkünde. In der Hoffnung, dass ich ihn wieder vergesse, tun sie so, als wäre nichts gewesen. Aber ich vergesse ihn nicht, sondern bleibe hartnäckig. Jeden Tag fange ich wieder davon an. Also versuchen sie, mir zu erklären, dass unser Leben schon zu dritt kompliziert genug ist. Zu viert wäre alles noch schwieriger. Doch ich gebe nicht auf. Wenn ich mir einmal etwas in den Kopf gesetzt habe, bleibe ich so lange stur, bis ich mein Ziel erreicht habe. Wie damals, als ich unbedingt mit unserer Ziege zusammen schlafen wollte und Flöhe gekriegt habe. Ich fange immer wieder damit an, bis sie die Quälerei irgendwann satthaben und mit mir reden.

»Einverstanden«, sagt Papa. »Du sollst deinen Willen haben.«

Vor Freude mache ich einen Luftsprung. Doch an ihren Gesichtern erkenne ich, dass eine Bedingung daran geknüpft ist, die mir nicht gefallen wird.

»Wenn Papa ein Brüderchen oder Schwesterchen in meinen Bauch gepflanzt haben wird, müssen wir uns für eine Weile trennen«, sagt Mama.

»Für wie lange?«, frage ich sofort mit wild klopfendem Herzen, denn ich will mich nicht von ihr trennen.

»Eine ganze Weile«, erwidert sie nur.

»Warum?« Ich spüre, wie sich meine Augen mit Tränen füllen.

»Weil es sicherer ist«, meint Papa.

»Die Violette Witwe sucht nach mir«, sage ich. »Deshalb sind wir auf der Flucht.«

Überrascht blicken sie mich an.

»Der Neri hat das gesagt, auf dem Friedhof.«

»Was genau hat er gesagt?«, fragt Mama.

»Dass die Violette Witwe nach mir sucht.«

»Sie ist eine Hexe«, erklärt Papa und schaut Mama an, die sofort nickt.

»Die Hexe bestimmt über die Fremden«, fügt sie hinzu. »Deshalb müssen wir uns von ihr fernhalten.«

Es ist beschlossene Sache: Ich bekomme ein Geschwisterchen. Am Anfang wird es noch zu klein sein, um mit mir spielen zu können. Aber es wird wachsen, und wir werden immer zusammen sein. Ich kann es kaum erwarten. Mama und Papa sagen mir nicht, wann es so weit ist. Die Tage vergehen, ohne dass etwas geschieht. Aber eines Morgens kommt Mama an mein Bett, um mich zu wecken.

»Ich habe dir dein Lieblingsfrühstück zubereitet«, sagt sie. Ihre Stimme klingt traurig.

Zu dritt setzen wir uns an den Esstisch. Es ist noch sehr

früh, draußen ist es dunkel. Während ich warmes Brot mit Honig esse, sehe ich, dass Mama und Papa einander nicht aus den Augen lassen, als müsste einer über den anderen wachen.

»Mama wird jetzt fortgehen«, verkündet Papa.

Ich sage nichts, denn ich weiß es längst. Ich darf jetzt nur nicht in Tränen ausbrechen und sie zum Bleiben überreden.

Mama hat ihre Sachen in einen Rucksack gepackt, und als die Sonne aufgeht, schauen wir zu, wie sie loszieht und sich immer weiter vom Haus der Stimmen entfernt. Ganz allein geht sie über die Felder und Wiesen. Ab und zu dreht sie sich um und winkt. Wir bleiben so lange auf der Türschwelle stehen, bis sie mit dem Horizont verschmolzen und der Tag angebrochen ist.

Die Zeit vergeht. Es wird Herbst, dann Winter. Papa und ich kommen gut ohne Mama zurecht, aber sie fehlt uns trotzdem. Ich habe ein schlechtes Gewissen ihm gegenüber. Wenn ich meinen Wunsch nicht geäußert hätte, wäre Mama noch bei uns. Aber Papa ist lieb zu mir und lässt mich meine Schuld nicht spüren. Wir sprechen kaum über Mama, weil wir Angst haben, durch die Erwähnung ihres Namens noch trauriger zu werden. Nach und nach können wir immer besser mit ihrer Abwesenheit umgehen. Ich habe sogar angefangen zu kochen, indem ich genau das tue, was ich sie Tausende von Malen habe tun sehen. Manchmal setzen Papa und ich uns an den Kamin. Ich fände es schön, wenn er Gitarre spielen würde. Doch seit Mama weg ist, hat er das Instrument nicht ein Mal angefasst. Die schönen Dinge sind nicht mehr schön, wie eine Staubschicht legt sich die Melancholie über alles.

Der Frühling ist schon fast vorbei, und ich bin draußen auf dem Platz vor dem Haus der Stimmen und spiele. Als ich beim Versuch, eine Fliege zu fangen, aufschaue, sehe ich plötzlich aus der Ferne eine Gestalt auf mich zukommen. Sie hebt den Arm, als würde sie mich kennen. Die Sonne blendet mich, ich kann kaum etwas sehen. Aber dann erkenne ich sie: Es ist Mama. Sie hat ein Tragetuch umgebunden. Ihr Lächeln ist strahlender, ihr Blick klarer als sonst. Ich rufe Papa und renne zu ihr, um sie zu umarmen. Sie kniet sich vor mich auf den Boden und drückt mich ganz fest. Ich spüre, wie sich in dem Tragetuch etwas regt. Sie schiebt es zur Seite und zeigt mir das winzige Kind.

»Du musst ihm einen Namen geben«, sagt sie. »Es ist ein Junge.«

Ich soll entscheiden, wie wir ihn nennen.

Weil ich so heiße wie eine Prinzessin, muss auch er einen Prinzennamen bekommen.

»Azzurro«, verkünde ich glücklich.

Azzurro kann nicht mal sprechen. Ich versuche, ihm alles Mögliche beizubringen, aber er versteht es einfach nicht. Er kann nur schlafen, essen und sich in die Hose machen. Manchmal lacht er, aber viel öfter schreit er ohne Unterlass. Vor allem nachts. Er lässt uns keine Nacht durchschlafen. Ich hatte geglaubt, mit einem Geschwisterchen im Haus würde alles viel schöner werden. Tatsächlich ist es nur schön, wenn Papa die Gitarre nimmt und ihm etwas vorspielt, um ihn zur Ruhe zu bringen. Mit Mamas Rückkehr ist auch die Musik zu uns zurückgekehrt. Dafür habe ich Mamas und Papas Aufmerksamkeit verloren. Das war mir nicht klar, als ich mir ein Geschwisterchen gewünscht habe. Ich hätte besser darüber nachdenken sollen, denn es gefällt mir gar nicht, dass jetzt immer dieser

Neuankömmling zwischen Mama und Papa in dem großen Bett liegt und ich alles mit ihm teilen muss.

Deswegen fasse ich eines Tages einen Entschluss: Ich hasse Azzurro.

Am liebsten würde ich wieder rückgängig machen, dass Papa ihn in Mamas Bauch gepflanzt hat. Weil man die Vergangenheit nicht ungeschehen machen kann, überlege ich, das Problem auf andere Weise zu lösen. Mama sagt, wenn du dir etwas von ganzem Herzen wünschst, machen die Geister es dir zum Geschenk.

Mein Wunsch an die Geister ist eindeutig.

Ich will, dass sie Azzurro zu Ado in den Sarg legen.

Die Geister haben meine Bitte erhört, denn eines Nachts fängt Azzurro an zu husten. Auch am nächsten Morgen und in den darauffolgenden Tagen hustet er. Er hat hohes Fieber und will nichts essen. Mama und Papa nehmen ihn abwechselnd auf den Arm, damit er besser Luft kriegt. Sie sind erschöpft, und ich sehe ihnen an, dass sie nicht wissen, was sie tun sollen. Mama hat Azzurro einen Kräuteraufguss zubereitet und warme Wickel gemacht, die sie ihm auf die Brust legt. Doch sie haben keine lindernde Wirkung. Azzurro geht es sehr schlecht.

»Was passiert jetzt mit ihm?«, frage ich Papa eines Abends.

Er streichelt mir über die Wange. Ich merke, dass er kurz vorm Weinen ist.

»Ich fürchte, Azzurro wird uns verlassen«, sagt er und schaut mich an.

Ich bin zwar noch klein, aber ich weiß, was das bedeutet. Bald wird Azzurro in einer Kiste liegen. Und dann müssen wir ihn überall mit hinnehmen, so wie Ado. Mama scheint stärker zu sein als Papa, doch auch sie ist kurz vor dem Zusammenbruch. Ich fühle mich schuldig, möchte etwas tun. Also rufe ich wieder die Geister an und bitte sie, Azzurro und uns diesen Schmerz zu ersparen. Diesmal erhören die Geister mich nicht.

Weil ich dafür gesorgt habe, dass Azzurro krank wird, ist es auch an mir, ihn wieder gesund zu machen. Seit einiger Zeit sage ich mir, dass wir wahrscheinlich ein anderes Leben führen würden, wenn die Violette Witwe nicht nach mir suchte. Vielleicht würden Mama, Papa und Azzurro ohne mich in der Stadt wohnen, wo es andere Menschen gibt. Sie bräuchten auch keine Angst vor den Fremden zu haben. Vor allem gibt es in der Stadt Ärzte, Medikamente und Krankenhäuser, um etwas gegen den Husten meines Bruders zu tun. Doch mir ist klar, dass Mama und Papa ihn niemals in die Stadt bringen würden, damit er geheilt wird. Denn sie müssen mich beschützen. Ich bin ein besonderes Mädchen.

Eines Morgens – Papa sucht draußen nach Heilkräutern, Mama schläft noch – gehe ich ins Schlafzimmer, schnappe mir meinen kleinen Bruder, wickle ihn in das Tragetuch, wie ich es bei Mama gesehen habe, und binde es mir um. Unbemerkt verlasse ich das Haus der Stimmen so schnell ich kann. Hinter den Feldern und den Granatapfelbäumen befindet sich eine Straße, das habe ich auf der Landkarte gesehen. Eine schwarze Linie, die zu einem roten Punkt führt. Ich laufe los, ohne zu wissen, wie lange ich für den Weg brauchen werde. Am Anfang ist Azzurro noch leicht, aber mit der Zeit wird er immer schwerer. Ich muss es trotzdem schaffen. Er hustet, bis er irgendwann einschläft. Sein Schlaf ist seltsam. Zu ruhig. Doch ich laufe weiter. Endlich sehe ich die Stadt vor mir. Sie ist anders, als ich erwartet habe. Überall Häuser, Lichter, Autos. Ein einziges großes Durcheinander. Ich begebe mich mitten hinein in das Chaos und stelle fest, dass ich keine Ahnung habe, wo ich hingehen soll. Überall sind Menschen – viele Menschen. Achtlos laufen sie an mir vorbei, sie sehen mich nicht einmal. Wer weiß, vielleicht sind auch Fremde unter ihnen. Ich bin ein Gespenst.

Ich setze meinen Weg fort, schaue nach rechts, nach links und weiß nicht, was ich tun soll. Wo sind die Ärzte und die Medikamente? Wo sind die Krankenhäuser?

Ich setze mich auf eine Treppenstufe. Es fängt an zu regnen. Ich will nach Hause – aber wie? Am liebsten würde ich weinen. Ich schaue nach Azzurro in seinem Tragetuch. Er schläft, gut beschützt vor dem Regen, also versuche ich, ihn zu wecken. Doch er wacht nicht auf. Ich halte ihm einen Finger unter die Nase. Er atmet noch, aber sein Atem ist schwach. Er wirkt wie ein Vögelchen mit gebrochenem Flügel. In dem Moment passiert etwas Seltsames. Ich hebe den Blick und sehe Mama. Sie durchtrennt den Regenvorhang und überquert den Fluss aus Autos, um zu uns zu kommen. Ich bin heilfroh und stehe auf. Verzeih mir, denke ich, während ich auf sie zugehe. Sie ist sehr erregt. Vielleicht ist sie auch wütend auf mich.

»So etwas darfst du nie wieder tun!«, sagt sie und umarmt mich.

Sie ist völlig außer sich, aber auch glücklich, dass sie uns gefunden hat. Nur eine Mutter kann glücklich und wütend zugleich sein. Sie nimmt mir das Tragetuch ab und bindet es sich um, dann packt sie mich an der Hand und zieht mich weg.

»Ich will nicht, dass Azzurro in Ados Sarg kommt«, sage ich schluchzend. »Ich will, dass er wieder gesund wird und bei uns bleibt.«

Mama will mich umarmen und trösten, doch plötzlich hält sie inne. Irgendetwas muss passiert sein, denn ohne es zu merken, umklammert sie meine Hand. Ich schaue in dieselbe Richtung wie sie und sehe das, was sie sieht.

Auf der anderen Straßenseite steht die Violette Witwe. Sie beobachtet uns. Es ist, als ob nur sie uns sehen könnte.

Sie ist tatsächlich von Kopf bis Fuß in Violett gekleidet. Ihre Schuhe sind violett. Ihr Rock, der Regenmantel und alles, was darunter ist. Sogar ihre Tasche. Mama kann den Blick nicht von ihr abwenden. Dann tut sie etwas, das ich nicht verstehe. Sie beginnt, das Tragetuch mit Azzurro von ihrem Körper zu lösen. Langsam lässt sie das Bündel zu Boden gleiten. Ich weiß nicht, warum sie das tut. Die Leute werden es mit Füßen treten. Dann verstehe ich: Sie tut es für die Hexe. Sie soll es sehen.

Mama schaut mich fest an.

»Du musst jetzt rennen«, sagt sie.

Sie reißt mich mit sich, und wir ergreifen die Flucht. Azzurro bleibt auf dem Boden liegen. Mama dreht den Kopf nach hinten, um zu überprüfen, was in unserem Rücken passiert. Auch ich blicke zurück. Die Violette Witwe hat die Straße überquert und geht auf Azzurro zu. Sie nimmt ihn auf den Arm, bevor ihn irgendjemand tottrampelt. Jetzt kann sie uns nicht mehr verfolgen.

Mama hatte die Wahl: entweder Azzurro oder ich. Auch die Hexe musste diese Wahl treffen.

Azzurro ist nun bei den Fremden. Mama hat ihn der Hexe überlassen, um mich zu retten.

28

Hanna schlug die Augen auf und sah sich benommen um.

Ohne es zu bemerken, hatte sie geweint. Gerber reichte ihr ein Papiertaschentuch.

»Wie geht's?«, fragte er besorgt.

Seine Patientin schien sich nicht an das zu erinnern, was vorgefallen war. Hanna strich sich mit der Hand übers Gesicht und starrte ihre feuchten Fingerkuppen an, als wunderte sie sich, woher die Tränen kamen.

»Azzurro«, sagte der Hypnotiseur, um die Erinnerung an die Sitzung in ihr wachzurufen.

Ihr Gesichtsausdruck wechselte von Verwirrung zu Überraschung, schließlich zu schmerzlicher Trauer.

»Azzurro«, wiederholte sie, wie um sich den Namen zu vergegenwärtigen. »Ich habe ihn nicht mehr gesehen …«

»Was, glauben Sie, ist aus ihm geworden? Sie haben sich doch sicher Gedanken darüber gemacht …«

»Die Fremden holen sich die Menschen«, erwiderte sie kurz angebunden. »Ich habe es Ihnen gesagt … Sie holen sie sich, und niemand weiß, was danach aus ihnen wird.«

»Aber in dem Fall, Hanna, wissen Sie es doch genau.«

Die Frau versteifte sich.

»Weshalb sollte ich das wissen?«

»Weil Ihnen nach der Brandnacht das Gleiche passiert ist. Richtig?«

»Ich habe vom Wasser des Vergessens getrunken, zusammen mit Mama«, rechtfertigte sie sich.

Er beschloss, sie nicht weiter in Bedrängnis zu bringen.

»Ich denke, für heute belassen wir es dabei.«

Hanna schien erstaunt, dass ihre Sitzung schon zu Ende sein sollte.

»Sehen wir uns morgen?«

»Zur gewohnten Uhrzeit«, versicherte ihr der Psychologe. »Seien Sie aber diesmal pünktlich.«

Die Frau stand auf und griff nach ihrer Handtasche.

»Ach, übrigens ...«, fügte Gerber hinzu, »wie lange werden Sie voraussichtlich noch in Florenz bleiben?«

»Glauben Sie, wir werden keine Fortschritte mehr machen?« Sie schien verwirrt.

»Ich glaube, Sie sollten sich mit dem Gedanken anfreunden, dass die Therapie Ihnen vielleicht nicht alle Antworten liefern wird, nach denen Sie suchen.«

Hanna dachte einen Moment über seine Worte nach.

»Wir sehen uns morgen«, sagte sie dann nur.

Er hörte, wie sie die Praxis verließ und die Tür ins Schloss fiel. Allein zurückgeblieben, dachte er über das nach, was sie erzählt hatte. Der kleine Bruder, die Violette Witwe, das Menschenopfer der Mutter, die das Neugeborene zurückgelassen hatte, um die Tochter zu retten. Aber wovor denn eigentlich?

Er ließ Hannas Bericht nochmals Revue passieren. Zum ersten Mal kam ihm der Gedanke, dass sich hinter der Allegorie der Hexe und der Fremden eine konkrete Bedeutung verbergen könnte. Er dachte an seine eigenen Kindheitserfahrungen zurück und fragte sich, wen oder was diese Figuren in der Welt eines kleinen Mädchens darstellen mochten. Sie standen für etwas oder jemanden, so viel war sicher. Auch Emilian hatte seine Familie und den Priester durch Tiere ersetzt. Viele Minderjährige, die bei ihm in Behandlung waren, erzählten von Ogern und bösen Wölfen, um die Erwachsenen zu beschreiben, die ihnen Schlimmes antaten oder vor denen sie schlichtweg Angst hatten.

Eine stets violett gekleidete Frau, sagte er sich immer wieder, ohne jedoch eine Entsprechung in der Wirklichkeit zu finden.

Über dieses neue Mosaiksteinchen hätte er wunderbar mit Theresa Walker diskutieren können – wenn die Hypnotiseurin nur tatsächlich das gewesen wäre, was sie zu sein vorgab. Gerber stellte fest, dass er in den letzten Stunden alle seine Bezugspersonen verloren hatte. Erst die australische Kollegin, dann Silvia.

Er musste allein zurechtkommen.

Diese Überlegung brachte ihn sofort zu einer weiteren. Er dachte an das Familienalbum, die alten Fotos, die auf dem Fußboden bei ihm zu Hause verstreut gelegen hatten. Auch *Herr B.* musste, als er Witwer geworden war, »allein zurechtkommen«.

Und genau da lag der Hase im Pfeffer. Alles führte zu ihm zurück. Zu jenem Vater, der womöglich in Gestalt von Ektoplasma wiedergekehrt war und für Unordnung in seinem Wohnzimmer gesorgt hatte.

Die Absurdität dieses Gedankens ließ Gerber schmunzeln, doch mehr aus Gewohnheit denn aus Überzeugung. Als er ihn jedoch mit den nächtlichen Telefongesprächen mit Dr. Walker in Beziehung setzte, fiel ihm wieder ein, dass sie ihm bis zum Überdruss eingeschärft hatte, die Sitzungen mit Hanna Hall vorsichtshalber aufzuzeichnen.

Ich meine das ernst. Ich bin älter als Sie, ich weiß, wovon ich rede.

Weshalb hatte sie so sehr darauf beharrt? Ein weiteres Mal hatte ihm die Patientin über ihr Alter Ego eine Botschaft zukommen lassen.

Gerber beschloss, sich die Videos von den Sitzungen noch einmal anzusehen. Vielleicht war ihm ja wirklich etwas entgangen. Doch er wusste bereits, dass er in den Aufzeichnungen vor allem nach dem Moment suchen würde, in dem die Frau ihm den Schlüssel aus der Tasche gezogen hatte, um in seine Wohnung einzudringen.

Es musste bei ihrer letzten Sitzung passiert sein, als er Hanna nach dem angeblichen Überfall beigestanden hatte.

Während er die Szene erneut auf seinem Handy abspielte, wurde Gerber bewusst, dass Silvia keine Ahnung hatte, wie ihre Rivalin eigentlich aussah. Zwischen den beiden Frauen lagen Welten. Hanna Hall besaß nicht einen Funken von der Eleganz und Gewandtheit seiner Ehefrau. Sie wirkte schlampig, verlottert. Nach Silvia drehten sich die Männer um; er hatte nicht wenige dabei ertappt, wie sie ihr bewundernde Blicke zuwarfen. Hanna Hall dagegen war geradezu unsichtbar. Vielleicht fühlte er sich eben aus diesem Grund privilegiert: weil sie nur ihm aufgefallen war, weil er an ihr etwas entdeckt hatte, das die anderen übersehen hatten.

Auf dem Display flackerten die Bilder jener Momente auf, die der Hypnose vorausgegangen waren: wie er die Prellung an der Schläfe der Frau untersucht und sogar Eis daraufgelegt hatte. Ihre Körper, ihre Gesichter waren einander ganz nahe gekommen. Er fühlte sich unwohl, als er diesen merkwürdigen Augenblick der Intimität mit seiner Patientin erneut erlebte, geradezu verstört und aus dem Gleichgewicht gebracht. Hinter dem, was er zunächst für einen Akt der Autoaggression gehalten hatte, verbarg sich etwas anderes, war er überzeugt, nämlich der geschickte Schachzug Hanna Halls, in seine unmittelbare Nähe zu kommen, um ihm heimlich den Wohnungsschlüssel zu entwenden.

Gerber schaute sich die Aufzeichnung mehrmals an. Dank der diversen Videokameras konnte er die Szene aus unterschiedlichen Blickwinkeln einsehen, ohne jedoch etwas Auffälliges zu entdecken. Es war frustrierend. Das Universum hatte sich gegen ihn verschworen, um ihn in dem Glauben zu wiegen, dass tatsächlich der Geist seines Vaters für die Geschichte mit den Fotos verantwortlich war. Vielleicht wollte man ihn auch einfach in den Wahnsinn treiben.

Plötzlich kam ihm ein Gedanke, den er bis dahin außer Acht gelassen hatte. Hatte er vielleicht selbst den Schlüssel in der Eingangstür stecken lassen, damit Hanna Hall hereinkommen konnte? Sie verfolgt mich, sagte er sich. Beobachtet mich. Sie weiß alles über mich. Womöglich hatte er es unbewusst darauf angelegt, dass sie in seine Wohnung kam? War er denn dermaßen besessen von ihr?

Ja, das war er.

Hanna wusste Dinge über ihn und auch über *Herrn B.*, die die Enthüllung einer Wahrheit erahnen ließen. Sie wollte ihn in ihre Geschichte verwickeln. Gerber konnte sich nicht erklären, weshalb, doch der einfachste Weg zur Lösung dieses Rätsels führte garantiert über seinen Vater. Weil er selbst empfänglich für das Thema war und sich die alte Wunde noch immer nicht geschlossen hatte. Anita Baldi hatte ihn vor den Kniffen gewisser Betrüger gewarnt. Doch wenn Hanna Hall nicht an Geld interessiert war, was wollte sie dann von ihm? Nur um Aufmerksamkeit schien es ihr nicht zu gehen …

Es dauerte nur den Bruchteil einer Sekunde, doch Gerber erkannte deutlich den aufblitzenden Gegenstand, der aus Hanna Halls Hand auf den Teppich fiel. Instinktiv wandte er den Blick vom Display ab und schaute nach unten. Doch neben den Kufen des Schaukelstuhls befand sich nichts.

Er kann nicht verschwunden sein, sagte er sich. Er muss noch da sein.

Ohne zu wissen, wonach er eigentlich suchte, machte Gerber sich an die Arbeit, verschob Möbelstücke und sah selbst in den hintersten Winkeln des Sprechzimmers nach. Schließlich entdeckte er den mysteriösen Gegenstand neben einem Bein des Kirschholztischchens.

Ein kleiner Schlüssel.

Er musterte ihn. Für eine Tür war er zu klein. Eher gehörte er zu einem Vorhängeschloss oder einem Schränkchen. Er überlegte kurz, ob er für ein Schließfach am Bahnhof sein konnte, verwarf den Gedanken aber wieder, als ihm etwas Naheliegenderes in den Sinn kam.

»Ein Koffer!«, sagte er zu sich selbst.

Aber konnte das wirklich sein?, fragte er sich dann. Hanna Hall besaß vermutlich keinen Koffer. Seit er sie kannte, trug sie immer dieselbe Kleidung. Aber vielleicht war genau das der Punkt …

Wenn er sie richtig verstanden hatte, blieb bei ihr nichts dem Zufall überlassen. Indem sie also immer dieselben Kleider trug, wollte sie ihm wahrscheinlich signalisieren, dass ihr Gepäck etwas anderes enthielt.

Doch wenn dem so war, hatte dies eine ernst zu nehmende Konsequenz: Niemand würde ihm bestätigen können, dass es diesen Koffer wirklich gab.

Er musste es selbst herausfinden.

29

Das Hotel Puccini war genau so, wie Pietro Gerber es sich vorgestellt hatte: ein heruntergekommenes kleines Ein-Sterne-Hotel aus den Siebzigerjahren. Eine vertikale Neonschrift, zum Teil schon erloschen. Braune Sperrholzvertäfelung. Eingang auf der Rückseite eines Mietshauses in Bahnhofsnähe.

Fast eine Stunde lang hatte er den Eingang vom Auto aus überwacht, in der Hoffnung, Hanna Hall herauskommen zu sehen. Um sicherzustellen, dass sie auch wirklich da war, hatte er bei der Rezeption angerufen und darum gebeten, sie sprechen zu dürfen, allerdings wollte er sofort auflegen, sobald sie sich gemeldet hätte. Doch es gab keine Antwort. Kurz darauf hatte er sie an einem der Fenster im dritten Stock vorbeihuschen sehen.

Bestimmt würde sie irgendwann ausgehen und ihm das Feld überlassen, redete er sich ein. Hanna wollte doch, dass er diesen Koffer fand, so viel war gewiss.

Er seufzte. Die Situation war ihm ziemlich unangenehm. Aber er hatte sich selbst hineinmanövriert. Oder vielleicht war es auch die Schuld dieses Vaters, der ihn nie geliebt hatte. Er fragte sich, wie sein Leben wohl ohne die Last durch diese jüngste Enthüllung verlaufen wäre.

Die geheimen Worte des *Herrn B.*

Auch seine Trennung von Silvia war dadurch ausgelöst worden. Niemals hätte er geglaubt, dass sich hinter jeder Geste der Zuneigung seines Vaters ein solches Unbehagen verbarg. Weil er inzwischen nicht mehr wusste, ob es schlimmer war, heimlich gehasst oder nur zum Schein geliebt zu werden, hatte er einen Vorwand gefunden, damit seine Frau sich von ihm distanzierte. Erst musste er sich seiner eigenen Gefühle bewusst werden. Er wollte nicht, dass Silvia es Jahre später selbst herausfand. Auf diese Weise wäre ihre ganze gemeinsame Vergangenheit infrage gestellt worden. Vielleicht konnte Gerber auch deshalb nicht für sich entscheiden, ob Hanna Halls Erzählung der Wahrheit entsprach oder nicht. Doch warum reizte ihn der Gedanke, das Geheimnis seines Vaters eher einer Fremden anzuvertrauen statt der Frau, die er geheiratet hatte?

Weil Hanna es bereits wusste, sagte er sich. Er konnte sich nicht erklären, weshalb, aber er war der festen Überzeugung, dass sie die Worte kannte, mit denen *Herr B.* sein Leben erschüttert hatte. Und er hatte Angst, sie danach zu fragen und herauszufinden, dass es sich genau so verhielt.

... Aus dem Grund hat Ihr Vater Ihnen das gesagt, nicht wahr? ...

Gerber bemerkte eine vertraute Gestalt, die das Hotel verließ. Hanna Hall zündete sich eine Zigarette an und entfernte sich langsam von dem Gebäude.

Der Psychologe stieg aus dem Auto und ging auf den Hoteleingang zu. Er wartete, bis der Mann an der Rezeption in seinem Büro verschwand, und trat ein. Er beugte sich über den Tresen, um die Namen auf der Gästeliste und die dazugehöri gen Zimmernummern zu lesen, dann nahm er Hanna Halls Schlüssel vom Brett.

Über das Treppenhaus gelangte er in den dritten Stock, fand die gesuchte Tür und schlüpfte rasch ins Zimmer. Mit dem Rücken lehnte er sich gegen die Wand.

Was tat er hier? Er musste verrückt geworden sein.

Abgesehen von dem bläulichen Schimmer eines kleinen Fernsehers, der seltsamerweise noch lief, war der Raum dunkel. Gerber blickte sich um und wartete, bis seine Augen sich an das Dämmerlicht gewöhnt hatten. In dem Zimmer befanden sich ein Einzelbett, eine Kommode und ein unverhältnismäßig großer Schrank. Eine schmale Tür führte in ein winziges Bad.

Es roch nach ihr. Zigaretten, abgestandener Schweiß und wieder dieser süßliche Geruch, den er nicht identifizieren konnte.

Als sein Herzschlag sich wieder beruhigt hatte, machte er einen Schritt vor. Der Unbekannte tauchte ohne Vorwarnung vor ihm auf. Gerber zuckte zusammen. Doch dann begriff er, dass er sich vor seinem eigenen Spiegelbild erschreckt hatte.

Er starrte auf das Bild, das sich ihm bot. Ihm fiel auf, dass er dieselben Kleidungsstücke trug wie am Vortag und vermutlich wie bereits zwei Tage zuvor. Unbewusst hatte er die Gewohnheiten seiner Patientin angenommen. Er wirkte genauso ungepflegt und verlottert wie sie.

Er ging ins Bad. Erstaunt registrierte er, dass sich auf der Konsole über dem Waschbecken weder Schminkutensilien noch Parfümflakons befanden. Nicht einmal eine Zahnbürste. Abgesehen von Hannas Geruch im Zimmer waren nirgendwo Spuren zu entdecken, die auf ihre Anwesenheit hindeuteten.

So als wäre sie nie da gewesen. Ein Geist.

Er suchte nach dem Koffer. Wie er schon fast erwartet hatte, war der Schrank leer. Die einzige andere Möglichkeit war unter dem Bett.

Tatsächlich, dort war er.

Er packte ihn am Handgriff und zog ihn hervor. Ein alter, schwerer Koffer aus braunem Leder.

Auf dem verschlissenen Teppichboden kniend, nestelte er den kleinen Schlüssel aus der Hosentasche, um ihn sogleich auszuprobieren. Doch gerade als er ihn ins Schloss des Koffers stecken wollte, hielt er inne. Seine Ungeduld war auf einmal wie weggeblasen.

Er stand auf und ließ sich auf die Matratze sinken. Eingehüllt in das warme, wohlige Halbdunkel, blieb er minutenlang so sitzen und starrte auf Hanna Halls Gepäck. Bleierne Müdigkeit überfiel ihn. Das war die depressive Phase, wenn die Wirkung des Ritalin nachließ – ein Zustand, der ihm wohlvertraut war. Außerdem war da die neue Erkenntnis, dass sich, sobald er den Koffer öffnete, ein Abgrund auftun würde, der ihn unweigerlich verschlingen würde.

Schließlich konnte darin ein totes Neugeborenes liegen.

Er beschloss, sich ein paar Minuten Bedenkzeit zu gönnen, und schlug die Bettdecke zurück, um sich hinzulegen. Den Kopf auf das Kissen gebettet, atmete er in Seitenlage langsam ein und aus. Zur Musik und den Kinderstimmen aus einem Zeichentrickfilm schlief er, ohne es zu wollen, ein.

Er träumte von Hanna Hall. Er träumte von *Herrn B.* Er träumte von der Violetten Witwe und den Fremden, die kein Gesicht hatten. Er träumte, in Ados Sarg unter der Erde zu liegen. Plötzlich blieb ihm die Luft weg.

Als er japsend erwachte, war das milde Tageslicht vollständig der nächtlichen Dunkelheit gewichen. Nur die grelle Neonreklame an der Hotelfassade erleuchtete schwach den Raum. Es herrschte eine ungewöhnliche Stille. Jemand musste den Fernseher ausgeschaltet haben.

War Hanna etwa ins Zimmer gekommen? Er stellte sich vor, wie sie sich neben ihn legte, während er schlief. Wie sie ihn mit ihren undurchdringlichen blauen Augen ansah und seine Träume zu erraten versuchte. Unwillkürlich tastete Gerber nach dem Schalter der Nachttischlampe und knipste sie an. Er war allein. Doch als er auf das Kissen neben sich blickte, entdeckte er darauf ein blondes Haar.

Auf dem Boden lag der Lederkoffer und wartete auf ihn.

Diesmal steckte Pietro Gerber den Schlüssel ins Schloss. Er passte. Als er das Gepäckstück öffnete, verschlug es ihm die Sprache.

Kein totes Neugeborenes lag darin, kein menschliches Wesen mit monsterhaften Zügen. Nur ein paar vergilbte Zeitungen.

Er nahm eine davon heraus und las die Titelzeile eines Artikels, den irgendjemand angestrichen hatte.

Die Wahrheit war viel einfacher als erwartet. Und genau deshalb war sie auch viel schrecklicher.

30

Er wartete bis nach Mitternacht, bevor er Theresa Walker anrief.

Er hatte lange hin und her überlegt, war dann aber zu der Überzeugung gekommen, dass es die richtige Entscheidung war. Er musste Hanna auf die Zeitungen in dem Koffer ansprechen, aber zu viel Direktheit schadete hier nur. Ihr Alter Ego eignete sich jedoch perfekt dafür: Wenn Hanna Hall die Rolle von Theresa Walker einnahm, schob sich gewissermaßen ein Filter zwischen sie und ihre eigene Geschichte. Sich als Psychologin auszugeben, half ihr dabei, das Ganze aus der Distanz zu betrachten, aus einem Sicherheitsabstand, ohne sich dabei wehzutun.

»Können Sie nicht schlafen, Dr. Gerber?«, fragte sie in lebhaftem Tonfall.

»Nicht wirklich«, erwiderte er.

Theresa Walker zeigte sich besorgt.

»Was ist los? Geht es Ihnen nicht gut?«

»Heute habe ich in Bezug auf Hanna etwas herausgefunden.«

»Erzählen Sie!«

Gerber saß bei sich zu Hause im Wohnzimmer, im Dunkeln.

»Hanna Hall ist ihr richtiger Name, sie wurde nämlich nie adoptiert.«

»Das klingt nicht gerade nach einer großen Entdeckung«, sagte seine Gesprächspartnerin.

»Ich bin auf ein paar Zeitungen von vor zwanzig Jahren gestoßen ... Darin ist die Rede von der berühmten Brandnacht.«

Die Kollegin schwieg. Gerber begriff, dass dies eine Einladung war weiterzuerzählen.

»Hanna und ihre Eltern waren in ein Gehöft in den Hügeln bei Siena gezogen. Eines Nachts umzingelten die Fremden das Haus der Stimmen, was den Bewohnern nicht verborgen blieb. Hannas Vater hatte für einen solchen Notfall ein System ausgeklügelt, um die Familie in Sicherheit zu bringen: Im Kamin gab es eine Falltür, die zu einem unterirdischen Versteck führte. Bei einem Angriff von außen würde das Haus in Brand gesetzt werden, sodass die Eindringlinge in der Überzeugung, die Bewohner seien Opfer der Flammen geworden, das Weite suchen würden.« Er machte eine Pause. »Bevor die Fremden eindringen konnten, schüttete Hannas Vater Benzin auf den Boden und warf ein paar selbst gebaute Molotowcocktails hinterher. Die Mutter hatte sich in der Zwischenzeit mit Hanna in den unterirdischen Schutzraum geflüchtet. Der Vater schaffte es jedoch nicht rechtzeitig dorthin, weil er gefangen genommen wurde.« Er hielt inne, um Luft zu holen. Am anderen Ende der Leitung herrschte weiterhin Schweigen. »Hannas Mutter wollte um jeden Preis verhindern, in Gefangenschaft zu geraten, vor allem aber wollte sie den Fremden nicht ihre Tochter überlassen. Also gab sie ihr eine Flüssigkeit aus einem kleinen Fläschchen zu trinken und trank auch selbst davon ...«

»Was geschah dann?«, fragte Theresa Walker mit bebender Stimme.

»Sie nannte es das Wasser des Vergessens, ein Trank aus hoch dosierter Alraune ... Hannas Mutter starb auf der Stelle. Das Mädchen wurde gerettet.«

Theresa Walker brauchte ein paar Sekunden, um sich wieder in den Griff zu bekommen. Gerber konnte hören, wie sie schwer atmete.

»Und die Kiste mit Ado?«, fragte sie schließlich.

»In den Zeitungen steht nichts darüber, daher gehe ich davon aus, dass sie nie gefunden wurde.«

»Was bedeutet, dass wir nicht wissen, ob Hanna ihren Bruder Ado umgebracht hat oder nicht ...«

»Ich bin der Ansicht, Hanna hat in Wirklichkeit nie jemanden umgebracht.«

»Wie kann das sein?«, fragte Theresa Walker. »Warum erinnert sie sich dann an den Mord?«

»Diese Frage können uns vermutlich nur die Fremden beantworten«, erwiderte Gerber. »Dafür weiß ich jetzt mit Sicherheit, dass die Violette Witwe tatsächlich existiert hat.«

11. März

Sie hatte etliche Tage in einem abgedunkelten Raum verbracht, angeschlossen an Maschinen, die für sie atmeten, sie ernährten und von innen reinigten. Ihre einzige Aufgabe war es zu ruhen, wie sie von allen Seiten immer wieder zu hören bekam.

Inzwischen befand sie sich auf einer anderen Etage, in einem Einzelzimmer, das sogar ein Fenster hatte. Noch nie war sie der Welt der Fremden so nahe gekommen. Sie war es nicht gewohnt, alle diese Menschen um sich zu haben, alle diese Stimmen zu hören.

Insbesondere die Krankenschwestern waren sehr bemüht um sie. Sie überschütteten sie mit Aufmerksamkeit und machten ihr kleine Geschenke. Eine hatte ihr ein Schokoladenei mitgebracht, etwas, das sie noch nie zuvor gegessen hatte.

»Sobald du wieder selbstständig essen kannst, darfst du ein Stück davon probieren«, hatten sie ihr versprochen.

Ihr Magen war noch nicht imstande, feste Nahrung zu verdauen. Der Arzt hatte ihr erklärt, es werde länger dauern als vorgesehen. Sie wusste nicht genau, woran sie erkrankt war, niemand hatte es ihr gesagt. Es hieß lediglich, dass sie zu viel Rauch eingeatmet hatte. Vielleicht stimmte das sogar, denn wenn sie durch die Nase Luft holte, konnte sie noch den Rauch riechen. Die Flammen waren allerdings nicht bis in ihr Versteck vorgedrungen.

An den Brand hatte sie kaum Erinnerungen. Ab dem Zeitpunkt, als Mama ihr vom Wasser des Vergessens gegeben hatte, war alles verschwommen in ihrem Kopf. Sie hatte sich gefragt, was danach passiert war. Offenbar hatte man sie gefunden und gerettet, ehe das Feuer, das das Haus der Stimmen zum Einsturz brachte, sie verschlingen konnte. Bevor sie ihr aus dem Fläschchen zu trinken gab, hatte Mama zu ihr gesagt: »Wir werden einschlafen, und wenn wir wieder aufwachen, ist alles vorbei.« Ja, es war wirklich besser so, dass sie sich nicht an diese angstvollen Momente erinnern konnte.

Seit sie hier war, hatte sie versucht, die fünf Regeln einzuhalten. Es ließ sich nicht vermeiden, dass die Fremden ihr nahe kamen, ohne dass sie die Flucht ergreifen konnte, aber sie redete nicht mit ihnen, und vor allem hatte sie niemandem gesagt, dass sie Schneewittchen hieß.

Sie hoffte, auf diese Weise Mama und Papa bald wiedersehen zu können. Sie vermisste sie schrecklich. Wie gerne wäre sie bei ihnen gewesen! Gerne hätte sie ihnen erzählt, dass die Welt der Fremden übrigens gar nicht so schlimm war. Vielleicht waren sie doch nicht so böse, wie sie glaubten, auch wenn sie sie vom Haus der Stimmen fortgeschleppt hatten.

Bei dem Gedanken an ihr letztes Zuhause kamen ihr die Tränen. Nichts mehr war davon jetzt noch übrig. Das Feuer hatte sich alles einverleibt. Und obwohl sie nie zu einem ihrer Wohnorte eine engere Beziehung entwickelt hatte, freute sie sich an dem Gedanken, dass jedes Haus der Stimmen, in dem sie gewohnt hatte, zusammen mit den glücklichen Erinnerungen an ihre Eltern irgendwo weiterbestand.

Vom Weinen geschwächt, schlief sie ein. Als sie wieder aufwachte, wartete eine Überraschung auf sie: Ihre Lumpenpuppe starrte sie aus ihrem einen Auge an. Sofort streckte sie die Arme nach ihr aus. Doch dann stellte sie fest, dass die Puppe auf den Knien einer alten Bekannten saß.

Die Violette Witwe saß auf einem Stuhl neben dem Bett.

»Hallo!«, sagte sie schließlich und lächelte. »Wie geht es dir heute? Schon besser?«

Sie schwieg und sah sie misstrauisch an.

»Wie ich höre, willst du noch immer mit niemandem reden«, fuhr die Frau fort. »Das verstehe ich, an deiner Stelle würde ich es genauso machen. Ich hoffe, du nimmst es mir nicht übel, dass ich vorbeigekommen bin …«

Sie bewegte nicht einen Muskel. Ihre Mimik und Gestik sollten ihre Gesprächspartnerin nicht in dem Glauben wiegen, dass sie sich ihr öffnen wollte.

»Du hast ihnen deinen Namen noch nicht verraten«, sagte die Hexe unbeirrt. »Alle hier sind schon ganz verrückt, weil sie nicht wissen, wie sie dich anreden sollen. Deswegen bin ich hergekommen, weil wir uns ja bereits kennen, nicht wahr, Schneewittchen?«

Die Enthüllung versetzte sie in Schockstarre. Dann war es also die Hexe, die in der Brandnacht ihren Namen gerufen hatte, als sie gerade einschlafen wollte.

»Wir hatten euch bereits seit einer Woche beobachtet«, berichtete die Violette Witwe. »Und auf den geeigneten Moment gewartet, um dich zu retten.«

Mich zu retten? Wovor?, dachte sie. Sie beschloss, sich nichts anmerken zu lassen.

»Wir haben uns zum ersten Mal an diesem Regentag gesehen, weißt du noch?«, beharrte die Hexe.

Und ob sie das noch wusste. Es war der Tag, an dem die Violette Witwe Azzurro mitgenommen hatte.

»Ich hätte dir gerne Hallo gesagt, aber ich musste mich um das Baby kümmern, das ihr auf der Straße zurückgelassen habt … Es geht ihm übrigens gut: Der Kleine ist wieder nach Hause zurückgekehrt.«

Nach Hause zurückgekehrt? Was sollte das bedeuten? Der Gedanke, dass ihr Bruder von seinem Husten geheilt war, tröstete sie, auch wenn sie nicht sicher war, ob sie den Worten der Hexe trauen konnte. Hexen waren Meisterinnen darin, Tricks und Täuschungen zu erfinden, hatte Mama ihr eingeschärft.

»Seitdem suche ich dich, und jetzt habe ich dich endlich gefunden, wie schön!«

Finde ich gar nicht, du hässliche alte Hexe.

»Deine Eltern haben dir diese Regeln beigebracht, nicht wahr? Deshalb willst du niemandem deinen Namen sagen.«

Die Hexe wusste also, dass es die Regeln gab. Bestimmt wusste sie noch ganz andere Dinge – was bedeutete, dass sie äußerst vorsichtig sein musste.

»Ich bin mir sicher, dass du ein braves Mädchen bist und nie etwas tust, das Mama und Papa nicht gefällt.«

Auf keinen Fall, sie war immer sehr gewissenhaft.

»Ich verstehe ja, dass du misstrauisch bist. Auch mir haben sie als Kind ständig gesagt, ich soll keinem Fremden vertrauen.«

Mir kannst du nichts vormachen. Auch wenn du jetzt so freundlich tust: Du warst es, die mich vom Haus der Stimmen weggebracht hat.

»Ich habe lange überlegt, wie ich unser Gespräch beginnen soll ... Dann aber dachte ich, du bist ja jetzt zehn und kein kleines Mädchen mehr, also fast schon eine Erwachsene. Deshalb werde ich ganz offen mit dir reden, du wirst mich bestimmt verstehen. Du hast schon so viel Zeit verloren.«

Was bedeutete dieser letzte Satz? Worauf bezog sich die Hexe?

»Zuerst möchte ich eine Sache klarstellen ... Nicht die anderen kennen deinen Namen nicht – nein, du selbst kennst ihn nicht.«

Doch, ich weiß genau, wie ich heiße!

»Dein wirklicher Name ist Hanna.«

Mein wirklicher Name ist Schneewittchen.

»Du bist in einem Land am anderen Ende der Welt geboren: in Australien. Als du noch ganz klein warst, haben deine Eltern mit dir zusammen Florenz besucht. Es war Sommer, und als ihr im Park spazieren wart, hat dich jemand aus dem Kinderwagen gestohlen und entführt.«

Was redete sie denn da? Das stimmte doch gar nicht!

»Die Leute, die das getan haben, sind diejenigen, die du heute Mama und Papa nennst.«

Sie hatte das Gefühl, das Herz würde ihr stehen bleiben. Unwillkürlich schüttelte sie den Kopf, um den bösen Zauber der Hexe abzuwehren.

»Tut mir leid, dass du es auf diese Weise erfahren musst, aber das scheint mir immer noch der beste Weg zu sein ... Deine richtigen Eltern wurden informiert und sind unterwegs zu dir, sie kommen aus Adelaide hierher. Sie haben so lange nach dir gesucht! Nie haben sie die Hoffnung aufgegeben, dich zu finden. Jedes Jahr sind sie hierhergekommen und haben ihre Suche fortgesetzt.«

Sie spürte, wie ihr die Luft wegblieb.

»Genau das Gleiche, was mit dir geschehen ist, ist übrigens auch dem anderen Kind passiert.«

Sie begriff, dass ihr Gegenüber sich wieder auf Azzurro bezog.

»Nur, dass der kleine Junge mehr Glück hatte als du und sich niemals an diese Erlebnisse erinnern wird.«

Nein, nein, nein! Das kann nicht sein! Ich will ins Haus der Stimmen zurück. Ich will bei Mama und Papa sein! Bringt mich sofort dorthin!

»Ich weiß, du hasst mich jetzt, weil ich dir alle diese Dinge sage – das sehe ich an deinem Blick. Aber ich hoffe sehr, dass du demnächst wieder mit mir sprechen willst.«

Tränen schossen ihr aus den Augen, sie schluchzte so heftig, dass sie nicht in der Lage war, irgendetwas zu tun. Am liebsten wäre sie der Hexe an die Gurgel gegangen. Sie wollte losbrüllen, ihre Wut herausschreien. Aber das Einzige, was sie fertigbrachte, war, sich an ihrer Bettdecke festzukrallen.

Die Violette Witwe stand auf. Bevor sie sich zum Gehen umwandte, reichte sie ihr die Lumpenpuppe.

»Wenn du glaubst, du bist so weit, komme ich wieder und erzähle dir alles, was du wissen willst. Du musst nur nach mir fragen. Ich heiße Anita, Anita Baldi.«

31

Es gelang ihm, sie auf dem Weg ins Gericht abzupassen. Anita Baldi blieb mitten auf der Treppe stehen und starrte ihn an, als würde sie ihn nicht wiedererkennen.

»Was ist denn mit dir passiert?«, fragte sie besorgt.

Der Psychologe wusste, wie heruntergekommen er auf sie wirken musste. Seit Tagen hatte er kein Auge zugetan, und er konnte sich nicht erinnern, wann er zum letzten Mal eine ordentliche Mahlzeit zu sich genommen oder ausgiebig geduscht hatte. Aber er musste unbedingt verstehen, was passiert war – alles andere rückte in den Hintergrund.

»Hanna Hall«, sagte er. Sicher ahnte sie, warum er sie zu einer so frühen Uhrzeit abpasste. »Warum haben Sie mir nicht gesagt, dass Sie sie kennen?«

Als Gerber bei seinem nächtlichen Besuch in Anita Baldis Salon den Namen zum ersten Mal erwähnt hatte, war ihm aufgefallen, dass sich ihre Haltung unmerklich versteift hatte. Er hatte den Moment noch klar vor Augen.

»Vor vielen Jahren habe ich ein Versprechen gegeben …«, sagte sie nur.

»Wem?«

»Das wirst du noch früh genug erfahren«, sagte sie brüsk. »Aber auf jede andere Frage antworte ich dir, versprochen. Also, was möchtest du wissen?«

»Alles.«

Anita Baldi legte ihre Lederhandtasche auf eine Treppenstufe und setzte sich darauf.

»Ich habe dir ja schon erzählt, dass ich früher als eine Art Streetworkerin gearbeitet habe. Mit Kindern ist es nie einfach, das weißt du selbst. Vor allem ist es schwierig, sie dazu zu bringen, sich einem Erwachsenen anzuvertrauen – wenn die Erwachsenen die Monster sind, vor denen sie sich in Acht nehmen müssen. Wir hatten jedoch in der Staatsanwaltschaft so unsere kleinen Tricks, um ans Ziel zu gelangen. Zum Beispiel haben wir uns immer in einer bestimmten, möglichst auffälligen Farbe gekleidet, damit wir von den Kindern wahrgenommen wurden. Ich hatte mich damals für Violett entschieden. So verkleidet gingen wir raus auf die Straße. Wir suchten nach Minderjährigen, die in Schwierigkeiten waren, weil sie geschlagen oder missbraucht wurden. Sie sollten uns bemerken, ohne dass es den Erwachsenen auffiel, und uns gegebenenfalls ansprechen. Essenziell dabei war der Blickkontakt. So kam ich auch zum ersten Mal mit Hanna in Kontakt.«

»Sie suchten also nicht aktiv nach ihr?«

»Niemand suchte nach ihr.«

»Wie ist das möglich?«, fragte Gerber ungläubig.

»Die Halls hatten Anzeige wegen der Entführung ihrer etwa sechs Monate alten Tochter erstattet. Damals hingen noch nicht überall Videokameras herum so wie heute, und außerdem war das Ganze in einem öffentlichen Park ohne Zeugen passiert.«

Die Hanna Hall zugeschriebene Entführung in Adelaide hatte also in Wirklichkeit viele Jahre zuvor in Florenz stattgefunden. Und sie war nicht Täterin, sondern Opfer gewesen.

»Den Halls wurde also nicht geglaubt?«, schlussfolgerte der Psychologe.

»Doch, anfangs schon, dann aber stellten die Polizeibeamten die Hypothese auf, dass sie alles nur erfunden hätten, um den Tod ihres Babys zu vertuschen, sei es nun ein Unfall, plötzlicher Kindstod oder tatsächlich Mord gewesen. Hannas Mutter litt an einer leichten postnatalen Depression, und ihr Mann hatte den Urlaub in Italien gebucht, um sie auf andere Gedanken zu bringen. Das genügte der Polizei damals als Motiv.«

»Und als die Halls davon Wind bekamen, verließen sie fluchtartig das Land und flogen zurück nach Australien …«

»Der italienische Staat forderte ihre Auslieferung, allerdings ohne Erfolg.«

»Und niemand machte sich mehr die Mühe, nach Hanna zu suchen.«

»Die Halls kehrten im Laufe der Jahre immer wieder heimlich nach Florenz zurück. Sie gaben die Hoffnung nicht auf.«

Sie müssen Entsetzliches durchgemacht haben, dachte Gerber.

»Die beiden Entführer kamen aus dem San Salvi, richtig?«

»Mari und Tommaso waren zwei arme Schlucker, die den größten Teil ihres Lebens in der psychiatrischen Klinik verbracht hatten. Sie hatten sich dort kennengelernt und ineinander verliebt. Mari war wegen der Medikamente nicht mehr gebärfähig, wünschte sich aber sehnlichst ein Kind. Aus Liebe zu ihr entführte Tommaso das Baby. Und zu dritt sind sie dann von der Bildfläche verschwunden.«

»Da alle die Halls in Verdacht hatten und nicht die beiden, konnten sie jahrelang untertauchen. Sie zogen von einem Ort zum anderen, immer völlig isoliert vom Rest der Welt. Unsichtbar.« Gerber schüttelte den Kopf. Wie absurd war das denn? Er wandte sich wieder der Richterin zu. »Und wann kam Ihnen der Verdacht, dass sie es waren?«

»Als sie das andere Neugeborene entführten, Martino«, sagte Anita Baldi.

Azzurro, korrigierte der Hypnotiseur sie gedanklich.

»Sie hielten sich für besonders clever, indem sie sich für ein paar Monate trennten, doch Hanna hat ihnen einen Strich durch die Rechnung gemacht … Wir waren bereits dabei, die ganze Umgebung nach dem Kleinen abzusuchen, als man mich auf dieses seltsame kleine Mädchen mit dem Baby im Tragetuch aufmerksam machte. Ich bin sofort hin, um sie genauer unter die Lupe zu nehmen. Sie schien mir völlig verloren und verängstigt und vor allem absolut hilflos. Doch ihre Mutter Mari war schneller als ich: Sie ließ das Baby als Ablenkungsmanöver auf dem Boden zurück und floh mit Hanna.«

»Was Ihnen, wie ich Sie kenne, keine Ruhe gelassen hat …«

»An dem Blick des Mädchens habe ich erkannt, dass da irgendetwas nicht stimmte. Ich dachte, vielleicht ist auch sie entführt worden. Also leiteten wir eine Untersuchung ein, um Hanna zu finden.«

»Die Fremden, von denen Hanna sprach, waren demnach Sie und Ihre Kollegen.«

Die Richterin nickte.

»Im Zuge der Ermittlungen hat die Polizei ein verlassenes Gehöft auf dem Land bei Siena ausfindig gemacht. Eines Nachts wurde es von einem Spezialkommando umstellt, um die Geisel zu befreien … Ich war auch dabei. Die Aktion ging allerdings schief …«

»Es war Hanna selbst, die ihre Eltern gewarnt hat, richtig? Sie dachte, sie sei in Gefahr.«

»Tommaso wurde verhaftet, er starb Jahre später im Gefängnis. Mari konnte man nicht mehr helfen, ihr Selbstmordversuch war erfolgreich. Hanna hatte von demselben Gift getrunken, kam aber mit ein paar Wochen Klinikaufenthalt davon. Ich habe sie dort besucht, um ihr die Wahrheit über ihre Eltern zu erzählen. Das war wohl das Schwierigste, was ich je auf mich genommen habe.«

Gerber atmete tief durch. Die Geschichte war äußerst vertrackt. Aber eins passte nicht ins Bild.

»Hanna behauptet, sie hätte einen kleinen Bruder gehabt, Ado. Seine Leiche befand sich in einer Kiste, die sie immer mit sich geschleppt haben.«

»Davon habe ich zum ersten Mal vor zwei Tagen gehört, als du es mir erzählt hast. Bislang war mir nichts dergleichen zu Ohren gekommen.«

»Wollen Sie damit sagen, meine Patientin hat das alles nur erfunden? Auch den Mord an ihrem Bruder, den sie als Kind begangen haben will?«

»Ich behaupte mal, Martino war ihr einziger Bruder. Wie gesagt, Mari konnte keine Kinder bekommen, und es hat keinen Hinweis auf eine weitere Kindsentführung in der Region gegeben.«

Der Zweifel blieb bestehen, doch nun musste die schwierigste Frage gestellt werden.

»Hatte mein Vater etwas mit der Geschichte zu tun?«

Anita Baldi schien von seiner Frage unangenehm berührt zu sein.

»Warum fragst du mich das?«

»Weil Hanna Hall eine ganze Menge über meine Vergangenheit weiß und ich das ehrlich gesagt nicht bloß für einen Zufall halte«, erwiderte er gereizt.

»Ich kann dir gerne ein paar Takte dazu sagen, aber ich weiß nicht, ob du damit etwas anfangen kannst«, lenkte die Richterin ein. »Das Paar, das Hanna Hall für ihre Eltern hielt – das waren im Grunde noch Kinder. Zum Zeitpunkt von Hannas Entführung waren Mari und Tommaso gerade mal vierzehn und sechzehn Jahre alt.«

32

Ihre Eltern: zwei Kinder.

Aus Hannas Erzählungen während der Hypnose war das nicht hervorgegangen. Oder vielleicht doch, nur hatte er es nicht begriffen.

Ist Ihnen schon mal aufgefallen, dass Erwachsene, wenn sie ihre Eltern beschreiben sollen, nie als junge, sondern immer nur als alte Menschen von ihnen reden?

Wir alle neigen dazu, uns die eigenen Eltern erwachsener vorzustellen, als sie tatsächlich waren. So als wären sie reifer, erfahrener gewesen. Hätte Hanna Hall gewusst, dass ihre Eltern seinerzeit selbst noch Kinder waren, hätte sie ihre eigene Situation vielleicht kritischer betrachtet.

Auch er hatte diesen Fehler begangen. Jetzt, da er so alt war wie sein Vater, als dieser Witwer wurde, konnte er nachvollziehen, wie sehr sich *Herr B.* von ihm, dem Zweijährigen, überfordert gefühlt haben musste. Dennoch konnte Pietro Gerber ihm nicht verzeihen.

Es gab eine Beziehung zwischen seinem Vater und Hanna Hall, so viel war sicher. Denn jedes Mal, wenn er an ihn dachte, gingen seine Gedanken unweigerlich auch zu ihr. Um dem Rätsel auf die Spur zu kommen, musste er die Therapie fortsetzen, musste er sie davon überzeugen, dass es Ado nie gegeben hatte. Nur so konnte er sie von dem Glauben befreien, ihn umgebracht zu haben.

Er erwartete sie im Sprechzimmer, wie jeden Morgen. Hanna war pünktlich. Es gab zu viele unausgesprochene Wahrheiten zwischen ihnen: angefangen bei seinem Besuch im Hotel Puccini bis hin zu den Enthüllungen von Anita Baldi. Doch beide brauchten sie diese Komödie.

»Ich möchte heute etwas Neues mit Ihnen ausprobieren«, verkündete er.

»Was meinen Sie damit?«

»Nachdem wir uns bislang auf die Ereignisse *vor* der Brandnacht konzentriert haben, möchte ich mich jetzt dem widmen, was *danach* kam.«

Sofort ging Hanna in die Defensive.

»Aber dadurch entfernen wir uns doch von meinen Erinnerungen an Ados Tod!«, protestierte sie. »Was hat das für einen Sinn?«

Gerber wartete, bis sie sich eine Winnie angezündet hatte, um zum entscheidenden Schlag auszuholen.

»Haben Sie, seit wir davon gesprochen haben, je daran gedacht, nach Azzurro zu suchen?«, fragte er.

Hanna senkte den Blick.

»Ich war gestern bei ihm«, gestand sie. »Zuerst wollte er mich nicht sehen.«

»Und worüber haben Sie mit ihm geredet?«

»Am Anfang war es ziemlich peinlich, weil keiner von uns beiden wusste, was er sagen sollte. Dann hat jeder ein bisschen was aus seinem Leben erzählt. Azzurro hat jetzt einen anderen Namen, genau wie ich. Er heißt Martino und ist letzten April einundzwanzig geworden. Er arbeitet als Lagerarbeiter in einer Fabrik und hat eine Freundin, die er bald heiraten will. Er hat mir Fotos von ihr gezeigt, sie ist sehr hübsch.«

»Was haben Sie bei dem Wiedersehen empfunden?«

Hanna dachte nach.

»Keine Ahnung … Ich freue mich, dass es ihm gut geht.«

»Sie haben ihm das Leben gerettet, als sie beide noch klein waren. Das weiß er, oder?«

Hanna schnippte die Zigarettenasche in den selbst gebastelten Aschenbecher. Sie schien wenig Lust zu verspüren, über das zu reden, was sie für den kleinen Jungen getan hatte.

»Ihm zuliebe haben Sie die erste Regel Ihrer Eltern ignoriert«, forderte Gerber sie heraus. *»Vertrau nur Mama und Papa«*, half er ihr auf die Sprünge.

Die Unsicherheit in ihrem Blick entging ihm nicht. Er hatte sie in die Enge getrieben.

»Wie kann man gegen eine Regel verstoßen und dennoch recht haben?«, fragte er. »Vielleicht stimmt da etwas nicht. Vielleicht hat sich auch jemand geirrt. Oder er hat gelogen.«

Die schlimmste Erkenntnis im Leben eines Kindes ist die, dass Mama und Papa nicht unfehlbar sind. Wenn einem dies bewusst wird, begreift man zugleich, dass man im Kampf gegen die Widrigkeiten des Lebens ziemlich allein dasteht.

Die Augen der Patientin füllten sich mit Tränen.

»Warum tun Sie mir das an?«, fragte sie mit zitternder Stimme.

»Ihre Eltern wollten Sie vor den Fremden schützen … Ist Ihnen nie der Gedanke gekommen, dass womöglich sie selbst die Fremden waren?«

Bleiernes Schweigen senkte sich über sie. Gerber schaute zu, wie die Zigarette in Hannas Hand allmählich abbrannte, während eine dünne Rauchfahne von ihr aufstieg.

»Manchmal besitzen wir alle Einzelteile, aus denen sich die Wahrheit zusammensetzt, nur wollen wir sie nicht in Verbindung zueinander bringen«, sagte der Hypnotiseur.

Hanna schien seiner Argumentation zu folgen.

»Was, meinen Sie, soll ich tun?«

»Ich möchte, dass Sie zusammen mit mir an jenen Punkt zurückgehen, an dem die Violette Witwe Sie im Krankenhaus besucht hat.«

Gerber gab dem Metronom einen leichten Stups. Hanna machte es sich im Schaukelstuhl bequem.

33

Ich soll ein dunkelblaues Kleid und rosa Stiefel mit Sternchen darauf anziehen. Solche Schuhe habe ich noch nie besessen. Auch wenn ich nicht sehr gut darin laufen kann, finde ich sie wunderschön.

Sie haben mich gefragt, ob ich mir die Haare schneiden lassen möchte, worauf ich »Nein, danke« geantwortet habe, weil das normalerweise Mama macht und nur sie weiß, wie ich meine Frisur haben will. Ich soll heute besonders hübsch aussehen, weil heute meine richtigen Eltern zu Besuch kommen, heißt es. Ständig kriege ich zu hören, dass sie extra wegen mir eine sehr weite Reise gemacht hätten und ich sie nicht enttäuschen dürfte. Wie das der Fall sein soll, wo ich sie doch gar nicht kenne, weiß ich auch nicht.

Niemand hat mich gefragt, ob ich mit all dem einverstanden bin.

Das Zimmer ist eisig und viel zu groß. Ich mag so große Räume nicht. Seit einer halben Ewigkeit sitze ich auf einem furchtbar unbequemen Stuhl, hinter mir steht eine Frau, die ich nicht sehr sympathisch finde. Sie lächelt mich ständig an und versichert mir, dass alles in Ordnung ist. Wir warten auf die Ankunft meiner neuen Eltern, sie müssen jeden Moment hier sein. Aber ich möchte gar keine neuen Eltern, schließlich bin ich mit meinen jetzigen Eltern sehr glücklich.

Die Tür geht auf, und ein paar Leute kommen herein. Keinen von ihnen habe ich schon einmal gesehen. Zwei halten sich an der Hand fest, ein Mann und eine Frau. Kaum haben sie mich entdeckt, verlangsamen sie ihre Schritte. Sie wissen nicht, was sie tun sollen, das merke ich ihnen an. Auch ich weiß nicht, wie ich mich verhalten soll. Dann kommt der Mann auf mich zu, er zieht die Frau mit sich. Obwohl ihr wohl eher zum Weinen zumute ist, lächelt sie mich an. Beide fallen sie vor mir auf die Knie, es ist alles sehr eigenartig. Sie sprechen eine Sprache, die ich noch nie gehört habe, und jemand hinter mir übersetzt für mich, was sie gerade gesagt haben. Sie stellen sich vor und sagen ihre Namen. Es sind komplizierte Namen. Sie bestehen darauf, mich Hanna zu nennen. Ich habe allen schon gesagt, dass ich das nicht möchte, ich will eine Prinzessin sein.

Das scheint aber niemanden zu interessieren.

Mrs. Hall möchte, dass ich sie Mama nenne. Ich soll mir dafür aber so viel Zeit lassen, wie ich brauche. Ob ich es auch will, hat sie mich nicht gefragt. Ich mag ihr blondes Haar, ihr Kleid finde ich allerdings sehr farblos. Sie streichelt mich ständig mit ihren schwitzigen Händen. Auch Mr. Hall ist blond, aber er hat nur seitlich am Kopf Haare. Er ist groß und hat einen kleinen Bauch. Er ist äußerst gut gelaunt, und wenn er lacht, hüpft sein Bäuchlein auf und ab, und er wird ganz rot im Gesicht. Zum Glück verlangt er nicht von mir, ihn Papa zu nennen.

Sie kommen mich jeden Tag besuchen, und wir verbringen dann den Nachmittag zusammen. Jedes Mal bekomme ich etwas geschenkt. Ein Buch, einen Spielzeugofen, in dem ich Plätzchen backen kann, Klebebilder, Stifte, einen Plüschteddy. Sie sind sehr nett, aber ich habe noch nicht herausgefunden, was sie von mir wollen.

Der Ort, an dem ich bin, ist ein »Familienhaus«. Mir ist das Haus der Stimmen lieber, jedes auf seine Art. Es sind noch andere Kinder da, aber mit denen spiele ich nie. Auch sie warten darauf, dass ihre Mama und ihr Papa sie abholen. Ein Mädchen, ein richtiges Biest, meint, meine Eltern werden nicht mehr kommen, weil meine Mama tot ist und mein Papa an einem Ort eingesperrt, den man »Gefängnis« nennt und aus dem er nie wieder rauskommt. Das Biest meint außerdem, dass meine Mama und mein Papa böse sind. Ich bin sicher, sie ist nicht die Einzige: Alle denken das, nur sagen sie es nicht, wenn ich dabei bin. Ich möchte sie davon überzeugen, dass das nicht stimmt, dass Mama und Papa nie jemandem etwas Böses angetan haben. Mich zum Beispiel haben sie immer geliebt. Ich weiß nicht genau, wo Papa tatsächlich ist, aber Mama ist bestimmt nicht gestorben. Wäre sie tot, würde sie mich im Schlaf besuchen, wie Ado das immer getan hat. Wenn ich über diese Dinge spreche, lachen mich die anderen Kinder aus. Niemand glaubt, dass es Geister gibt. Sie halten mich für verrückt.

In einer Sache haben sich Mama und Papa allerdings getäuscht. Die Fremden, die mich hatten entführen sollen, haben in Wirklichkeit *sie* entführt.

Heute hat Mrs. Hall Fotos von dem Ort mitgebracht, an dem sie leben. Er ist sehr weit weg, am anderen Ende der Welt. Um dorthin zu gelangen, braucht man drei, manchmal sogar vier verschiedene Flugzeuge. Ihr Haus liegt an einer Bucht. Es ist von einer großen Wiese umgeben. Sie haben einen Hund, der Zelda heißt. Sie zeigen mir auch ein Foto von meinem Zimmer. Es gibt ganz viel Spielzeug und Puppen darin, und man schaut aufs Meer hinaus. Mr. Hall sagt, in der Garage steht ein Fahrrad für mich. Ob ich Lust habe, an diesen Ort zu fahren, weiß ich noch nicht, ich möchte, dass Mama und Papa mitkommen. Als ich Mrs. Hall das sage, weiß sie nicht, was sie antworten soll.

Wenn ich mit Mr. und Mrs. Hall zusammen bin, springt Mrs. Hall immer wieder auf und wendet sich ab, um heimlich zu weinen.

Mr. Hall hat mir erzählt, dass in ihrer Stadt, die Adelaide heißt, fast immer Sommer ist. Er besitzt ein Segelschiff und liebt das Meer. Mr. Hall hat mir außerdem erzählt, dass es in Australien ganz seltsame Tiere gibt. Er ist nett, nicht wie die anderen. Zum Beispiel hat er mich nicht ausgelacht, als ich ihm von den Geistern erzählt habe. Stattdessen meinte er, dass er selbst daran glaubt und auch schon welche im Meer gesehen hat. »Wesen ohne Schatten«, so hat er sie genannt. Fische, Krebse, Kraken. Da es abgesehen von den Korallenriffen nicht viele Möglichkeiten gibt, um sich vor Raubfischen zu verstecken, haben diese Tiere gelernt, sich unsichtbar zu machen. Sie sind durchsichtig geworden. Ihr Magen zum Beispiel ist aus einer Art Gelatine gemacht, die wie ein Spiegel reflektiert, sodass selbst winzige Speisereste darin nicht zu erkennen sind. Doch auch die Raubtiere haben sich angepasst: Ihre Augen haben sich weiterentwickelt, damit sie diese Geisterwesen entdecken können und nicht vor Hunger sterben.

Ich soll meine Sachen packen, weil ich in ein paar Tagen mit Mr. und Mrs. Hall abreisen werde. Wir würden nach Hause zurückkehren, nach Adelaide. Ich kläre sie auf, dass sie sich irren, weil das nicht mein Zuhause ist. Doch, behaupten sie, ich könnte mich nur nicht daran erinnern, denn ich wäre noch zu klein gewesen, als ich von dort weg bin. Ich will nicht nach Australien, doch es scheint ihnen egal zu sein, was ich will und was nicht. Da es eh keinen Zweck hat, höre ich auf zu reden.

Und zu essen. Niemand weiß, was ich habe, alle denken, ich sei krank. Umso besser. Endlich kommt jemand auf die Idee, mich zu fragen, was mit mir los ist.

»Ich möchte mit der Violetten Witwe sprechen«, sage ich nur.

Die Hexe kommt mich tags darauf besuchen. Nett wie immer, aber ich traue ihr trotzdem nicht über den Weg.

»Was ist los mit dir?«, fragt sie.

»Kann ich meine Mama sehen?«

»Deine Mama ist Mrs. Hall«, erwidert sie.

»Meine richtige Mama«, beharre ich.

Die Violette Witwe denkt nach. Nach einer Weile steht sie auf und geht.

Wenn ich mir etwas in den Kopf gesetzt habe, kann ich ziemlich hartnäckig sein, wie damals mit der Ziege und den Läusen. Ich esse jetzt überhaupt nichts mehr.

Die Violette Witwe kommt erneut zu Besuch. Ich weiß, dass sie wütend ist.

»Ich habe eine Überraschung für dich, aber im Gegenzug wirst du wieder anfangen zu essen, verstanden?«

Sie bringt mich zu einem großen grauen Gebäude. Alles ist traurig an diesem Ort, die Türen sind aus Eisen oder verriegelt. Und es wimmelt von Wachleuten. Ich habe keine Ahnung, was das für ein Ort ist oder warum jemand Lust haben sollte, sich dort aufzuhalten. Ich werde in einen Raum ohne Fenster geführt. Nur ein Tisch und zwei Stühle stehen darin. Erst jetzt erfahre ich, dass ich gleich Papa sehen werde. Ich bin so glücklich, am liebsten würde ich laut anfangen zu singen. Doch dann erklären sie mir, dass ich ihn nicht berühren, geschweige denn umarmen darf. Ich verstehe nicht, weshalb, aber so sind nun mal die Regeln an diesem Ort, heißt es. Auch wenn es nicht meine Regeln sind – ich weiß, dass ich sie akzeptieren muss.

Die Eisentür geht auf, und zwei Wachleute bringen einen Mann herein, den sie am Arm festhalten. Der Mann hat eine Kette um die Handgelenke und kann kaum gehen. Es dauert einen Moment, bis ich in ihm meinen Vater erkenne, seine Haare sind raspelkurz, und die Haut wirkt ganz fahl. Bestimmt hat ihn die Brandnacht so zugerichtet. Und doch, es ist Papa. Kaum sieht er mich, kommen ihm die Tränen. Ich denke nicht daran, dass ich ihn nicht anfassen darf, und will auf ihn zulaufen, aber jemand packt mich am Arm und hindert mich daran. Also setze ich mich auf einen der beiden Stühle, und auch er nimmt Platz, auf der anderen Seite des Tisches. Eine Weile sitzen wir so da, schauen uns wortlos an, und ohne dass wir etwas dagegen tun können, laufen uns beiden die Tränen übers Gesicht.

»Wie geht es dir, mein Liebling?«, fragt Papa.

Ganz schlecht, möchte ich antworten, du und Mama, ihr fehlt mir so.

»Mir geht's gut«, sage ich stattdessen, auch wenn ich weiß, dass ich nicht lügen sollte.

»Ich habe gehört, du isst nichts mehr. Warum tust du das?«

Ich schäme mich, er hätte es nicht erfahren dürfen.

»Jedenfalls bin ich sehr froh, dass du heute zu Besuch gekommen bist.«

»Ich will zurück ins Haus der Stimmen.«

»Das wird nicht möglich sein, fürchte ich.«

»Soll das eine Strafe sein? Habe ich etwas Böses getan?«, frage ich ihn unter Schluchzen.

»Warum sagst du das? Du hast nichts falsch gemacht.«

»Weil ich Ado getötet und seinen Platz eingenommen habe. Das hat mir das Mädchen aus dem Garten gesagt, als ich Fieber hatte und mir der Bauch so wehtat.«

»Keine Ahnung, wer dir diesen Unsinn erzählt hat«, sagt Papa. »Du hast niemanden getötet: Ado ist gestorben, als wir ihn weggebracht haben.«

»Von wo weggebracht?«

»Von einem sehr grässlichen Ort«, lautet die Antwort.

»Die Roten Dächer«, murmele ich.

Er nickt.

»Aber das war, bevor wir dich bekamen, mein Liebling. Du hast damit nichts zu tun.«

»Wer hat ihn dann umgebracht?«

»Die Fremden.« Für einen Moment scheint Papa sich in irgendwelchen Gedanken zu verlieren. »In der Nacht, als Mama und ich von den Roten Dächern weg sind, haben wir Ado aus seiner Wiege genommen. Wir dachten, er schläft. Ich weiß nicht mehr, wie lange wir so unterwegs waren, ständig mit der Angst im Nacken, entdeckt zu werden. Und doch waren wir glücklich, weil wir endlich frei waren und die Familie zusammen sein konnte.« Papas Miene verdüstert sich. »Im Morgengrauen haben wir an einem verlassenen Gehöft mitten auf dem Land haltgemacht. Wir waren völlig erschöpft und wollten uns ausruhen. Mama wollte Ado wecken, um ihn zu füttern. Aber als sie ihm die Brust geben wollte, war er kalt und starr. Sie hat sofort angefangen zu schreien, entsetzliche Schreie, unermessliches Leid … Ich habe ihr Ado aus dem Arm genommen und versucht, Luft in seine kleinen Lungen zu hauchen, aber ohne Erfolg. Daraufhin habe ich ihn in seine Decke gewickelt und mich auf die Suche nach ein paar Brettern gemacht, um daraus einen Sarg zu zimmern. Dort haben wir ihn hineingelegt, und dann habe ich den Deckel mit Pech versiegelt.«

Ich muss an den Neri denken, der einen Schatz in der Kiste vermutet hat, woraufhin Vitello und Lucciola sie aufgebrochen haben und ich zum ersten Mal Ados Gesicht sah.

»Als ich ihn in der Kiste gesehen habe, dachte ich, er schläft«, sage ich, um Papa zu trösten.

»Ado war der Name, den Mama und ich für ihn bestimmt haben.« Er überlegt. »Er kam uns wunderschön vor, niemand sonst hieß so.«

In dem Moment sagen die Wachleute, dass unser Treffen jetzt vorbei ist und wir uns verabschieden müssen. Papa steht als Erster auf, sie führen ihn aus dem Raum. Ich möchte ihm einen Kuss geben, doch das ist nicht erlaubt. Ein letztes Mal dreht er sich zu mir um.

»Du musst essen, du musst weitermachen«, ermahnt er mich. »Du schaffst das, auch ohne uns.«

Ich weiß, dass es ihn große Überwindung kostet, mir das zu sagen. Nur mit Mühe hält er die Tränen zurück.

»Ich habe dich lieb, meine Kleine ... Egal, was sie dir über Mama oder mich erzählen: Vergiss nie, wie sehr wir dich lieben.«

»Versprochen«, presse ich mühsam hervor.

Und mir wird klar, dass wir uns nie mehr wiedersehen werden.

Ich habe versucht, allen zu erklären, dass ich nicht mit Mr. und Mrs. Hall nach Australien ziehen will. Ich will mit Mama und Papa im Haus der Stimmen leben. Aber niemand hört auf mich. Was ich will oder nicht will, das zählt hier nicht.

Niemand interessiert sich dafür, was Kinder zu sagen haben.

34

»… fünf … vier … drei … zwei …«

Am Ende des Countdowns kehrte Hanna Hall mit entspanntem Gesichtsausdruck von ihrer Reise in die Vergangenheit zurück, endlich mit sich im Reinen.

Gerber konnte nur ahnen, wie schwierig der Neubeginn in Australien gewesen sein musste. Manchmal hatte eine Geschichte ein Happy End. Das Gute siegte, die Medien jubelten, die Leute waren gerührt. Aber keiner wusste, was danach geschah. Und nur wenige interessierten sich dafür. Wahrscheinlich wollte sich niemand ein glückliches Ende von der grausamen Realität zerstören lassen, dachte der Psychologe. Das Mädchen, das für die meisten Leute »gerettet« worden war, hatte an der Seite völlig Unbekannter aufwachsen müssen.

Die Fremden holen sich die Menschen.

Das hatte Hanna bei einer ihrer Sitzungen gesagt. In der Tat hatten die Fremden sie aus der einzigen Welt gerissen, die sie kannte, aus dem vertrauten Umfeld der Familie. Und dann waren die Fremden auch noch zu Mama und Papa geworden. Doch das zählte nicht für die Fans des »Und wenn sie nicht gestorben sind, so leben sie noch heute«. Und wen kümmerte es auch schon? Das Ergebnis war, dass hier vor Pietro Gerber eine Frau mit einem massiven seelischen Problem saß.

»Dann habe ich Ado also nicht umgebracht …«, sagte Hanna.

Sie schien erleichtert, aber noch nicht restlos überzeugt.

Gerber hielt das Metronom an. Der Moment war gekommen, auch diesen Punkt zu klären.

»Ado hat es nie gegeben, Hanna«, sagte er so behutsam wie möglich. »Die Frau, die Sie entführt hat, konnte keine Kinder bekommen.«

»Und weshalb haben meine Eltern mir dann diese Lüge aufgetischt?«, begehrte sie auf.

»Um sich für das zu rechtfertigen, was sie den Halls angetan hatten.«

»Wem gegenüber mussten sie sich denn rechtfertigen?«

»Ihnen gegenüber, Hanna. Und auch sich selbst gegenüber, um sich im Recht zu fühlen.« Er machte eine Pause. »Auge um Auge – die älteste Regel der Welt.«

»Auge um Auge? Mein Vater und meine Mutter sollen mich also aus Rache entführt haben? Sie irren sich: So etwas hätten meine Eltern den Halls niemals angetan!«

»Es ging nicht so sehr um die Halls«, gab Gerber zu. »Sie wollten der Gesellschaft eins auswischen. Leider neigen Menschen, denen Schlimmes widerfahren ist, eher dazu, anderen Böses anzutun, als solche, die immer gut behandelt wurden. Die beiden haben im San Salvi mit Sicherheit nicht die besten Erfahrungen gemacht, daher schienen sie zu glauben, die Welt sei ihnen noch etwas schuldig … eine Familie.«

Dies sei ein sehr oft vorkommendes Motiv krimineller Handlungen, erläuterte der Psychologe. Doch Hanna konnte sich noch immer nicht damit abfinden.

»Im Gefängnis hat mein Vater gesagt, dass Ado gestorben ist, als sie ihn von den Roten Dächern weggebracht haben. Und ich erinnere mich noch genau daran, seine Leiche in der Kiste gesehen zu haben. Trotz der vielen Jahre seit seinem Tod war sie noch gut erhalten.«

»Als Sie Ados Leiche da gesehen haben, standen Sie unter enormem Stress«, rief Gerber ihr in Erinnerung. »Sie haben mir erzählt, dass Sie bei Neri auf dem Schoß saßen und nicht wussten, was aus Ihren Eltern geworden ist. Bedenken Sie außerdem, dass Sie in diesem zarten Alter noch gar nicht in der Lage waren, das zu erfassen, was Sie da sahen. Und schließlich dürfen Sie auch nicht vergessen, dass seitdem viel Zeit verstrichen ist: Die Erinnerung daran ist unweigerlich nicht mehr so klar und deutlich.«

»Aber dank der Hypnose habe ich mich an alles erinnert«, wandte Hanna ein.

Gerber hasste diesen Teil seiner Arbeit – wenn er gezwungen war, seine Patienten zu enttäuschen. Er beschloss, das Beispiel anzuwenden, das er auch bei Kindern zum Einsatz brachte.

»Lassen Sie mich erklären, wie unser Gehirn funktioniert, Hanna. Es speichert nicht einfach nur Dinge ... Wenn wir als Kinder zum ersten Mal mit Feuer in Berührung kommen, empfinden wir Schmerzen, die wir nie mehr vergessen werden. Und ab dem Moment passen wir höllisch auf, sobald wir eine Flamme sehen.«

»Wir erinnern uns an die Vergangenheit, um uns auf die Zukunft vorzubereiten«, brachte Hanna seine Erläuterung auf den Punkt.

»Im Gegenzug vergessen wir alles, was uns nicht weiterhilft«, bestätigte Gerber. »Selbst mithilfe der Hypnose können bestimmte Erinnerungen nicht wieder an die Oberfläche geholt werden – aus dem schlichten Grund, dass unser Verstand sie als nutzlos eingestuft und sozusagen von der Festplatte gelöscht hat.«

»Aber mein Vater hat gesagt, dass Ado gelebt hat und dann gestorben ist, und ...«

»Ich weiß«, unterbrach er sie. »Doch das ist nicht die Wahrheit.«

Hannas Miene verdüsterte sich.

»Sie haben mir doch versprochen, dem Kind zuzuhören, das in mir steckt ... Aber niemand interessiert sich dafür, was Kinder zu sagen haben«, wiederholte sie den Satz, den sie wenige Minuten zuvor schon unter Hypnose gesagt hatte.

Pietro Gerber hatte unendliches Mitleid mit ihr. Er verspürte den Impuls, sie in die Arme zu nehmen und fest an sich zu drücken, damit dieser Augenblick schnell vorüberging. Doch zu seiner Überraschung gab Hanna sich nicht geschlagen.

»Sie wollen, dass ich meinen Vater hasse, nur weil Sie Ihren Vater hassen, stimmt's?«, fauchte sie ihn an und fixierte ihn mit durchdringendem Blick. »Es passt Ihnen nicht, dass ich Papa in guter Erinnerung behalte, obwohl er glaubte, die Welt sei ihm etwas schuldig ... Haben Sie mit jemandem noch eine alte Rechnung offen, Dr. Gerber? *Auge um Auge ...*«

»Sie täuschen sich, da gibt es nichts zu begleichen«, entgegnete er gekränkt.

Doch Hanna ging noch weiter.

»Geben Sie es doch zu: Sie spüren immer noch, wie Ihnen der Atem stockte, als Ihr Vater Ihnen auf dem Sterbebett im Krankenhaus die Wahrheit ins Ohr geflüstert hat.«

Unwillkürlich wich Gerber mit dem Oberkörper in seinem Sessel zurück.

»Nur eine Handvoll Worte«, sagte sie voller Überzeugung. »Ihr Vater hat nur einige wenige Worte gesagt, und das hat Sie für immer verändert ... Was ist besser: die Fantasievorstellungen eines Kindes, das an Hexen und Geister glaubt, oder der Gedanke, dass es nur diese zynische, rationale Welt hier gibt, in der der Tod tatsächlich das Ende aller Dinge bedeutet und in der jemand über unseren Kopf hinweg entscheidet, was gut für uns ist? Vielleicht bin ich ja wirklich verrückt, weil ich an gewisse Dinge glaube, aber manchmal geht es nur darum, *wie* man die Wirklichkeit betrachtet, meinen Sie nicht? Sie dürfen nicht vergessen, dass diejenigen, die in Ihren Kreisen als Monster dargestellt wurden, für mich Mama und Papa waren.«

Gerber brachte kein Wort heraus. Er konnte nicht glauben, was er da gerade hörte, fühlte sich völlig machtlos.

»Ado hat wirklich existiert«, bekräftigte Hanna Hall noch einmal. Sie stand auf und griff nach ihrer Handtasche. »Er liegt noch immer in der kleinen Kiste unter der Zypresse in der Nähe vom Haus der Stimmen. Er wartet darauf, dass ihn jemand von dort wegbringt.«

Sie wandte sich zum Gehen. Der Hypnotiseur wollte sie zurückhalten, irgendetwas sagen, aber ihm fiel nichts ein. Auf der Türschwelle drehte sie sich noch einmal um und schaute ihn an.

»Die letzten Worte Ihres Vaters – sie bestanden aus einer Zahlenfolge, nicht wahr?«

Mit dieser unverbrüchlichen Wahrheit konfrontiert, blieb Pietro Gerber nichts anderes, als stumm zu nicken.

22. Oktober

»Los, Pietro, komm …«

Noch nie hatte er den Wald seines Vaters betreten. Er war immer am Rand stehen geblieben, um die Bäume aus Pappmaschee mit ihren goldenen Kronen zu bewundern, die durch lange Lianen miteinander verbunden waren. Dies sei ein Ort für besondere Kinder, sagte *Herr Balu* immer. Auch der Name war ein besonderer und durfte von ihm nicht gebraucht werden.

»Warum sind wir heute hier?«, fragte er beklommen.

»Weil du heute neun Jahre alt wirst«, entgegnete sein Vater feierlich. »Und ich dir ein Geschenk machen möchte.«

Doch Pietro blieb misstrauisch. Das Ganze hatte etwas von einer Strafaktion, auch wenn ihm nicht wirklich klar war, wofür. Vielleicht, weil er am letzten Sonntag sein Eis hatte stehen lassen und nicht nett zu der fremden Frau gewesen war? Er wagte nicht, den Vater danach zu fragen. Also fügte er sich stoisch in sein Schicksal, in Erwartung der Bestrafung, die sein Vater für ihn ausersehen hatte.

»Dein Geschenk ist eine Hypnosesitzung«, sagte *Herr Balu* unvermittelt.

»Warum?«

»Ich kann es dir nicht erklären, Pietro, es ist zu kompliziert. Aber eines Tages wirst du es verstehen, das verspreche ich dir.«

Er versuchte sich vorzustellen, was da so schwierig zu verstehen sein sollte, dass er es erst später begreifen würde, aber ihm fiel nichts ein. Er besann sich auf etwas viel Naheliegenderes.

»Und wenn ich nicht mehr aufwache?«

Sein Vater brach in Gelächter aus. Als er Pietros beleidigte Miene sah, streichelte er ihm über den Kopf.

»Diese Frage stellen mir fast alle meine Patienten. Und weißt du, wie ich sie dann immer beruhige?«

Er schüttelte den Kopf. Wenigstens kam er sich jetzt nicht mehr ganz so dumm vor.

»Ich sage ihnen, dass im Grunde jeder selbst entscheiden kann, wann er aus der Hypnose wiederauftauchen will, weil es allein von ihm abhängt. Wenn du also irgendetwas spürst, das dir nicht behagt, zähl einfach rückwärts und öffne dann die Augen.«

»Ist gut«, sagte Pietro.

Herr Balu nahm ihn an der Hand und führte ihn in den Wald aus künstlichen Bäumen hinein. Es war schön dort, fand Pietro. Der Vater forderte ihn auf, sich auf den weichen Wiesenteppich zu legen, und schob ihm ein Kissen unter den Nacken. Er ging zu dem Plattenspieler, der in einer Ecke auf einem Tischchen stand, zog mit flinken Fingern eine Langspielplatte aus der Hülle und legte sie auf den Plattenteller. Dann bediente er den Starthebel. Langsam bewegte sich der Tonarm über den Rand der Platte, bis sich gleich darauf die Nadel auf die Rille setzte.

»Probier's mal mit Gemütlichkeit«, schallte es durch den Wald, gesungen von Balu und Mogli.

Der Vater legte sich neben ihn. Seite an Seite lagen sie dort, die Hände über dem Bauch gefaltet, und betrachteten den Nachthimmel mit den zarten Wölkchen und den leuchtenden Sternen. Sie waren glücklich.

»Wahrscheinlich wirst du mich eines Tages dafür hassen, vielleicht auch nicht«, sagte sein Vater. »Es gibt nun mal nur dich und mich, und ich werde nicht ewig leben. Verzeih mir, dass ich diesen Weg gewählt habe, aber anders hätte ich nie den Mut dazu aufgebracht. Abgesehen davon ist es auch richtig so.«

Pietro verstand zwar immer noch nichts, beschloss aber, ihm zu vertrauen.

»Also, bist du bereit?«

»Ja, Papa.«

»Dann schließ jetzt die Augen …«

35

Gerber kehrte am frühen Nachmittag in seine leere Wohnung zurück. Schon seit Tagen hatte er keinen seiner jungen Patienten mehr gesehen. Er besaß derzeit einfach nicht die nötige Gelassenheit, um ihnen zuzuhören und sich während der Hypnosesitzungen voll und ganz auf sie einzulassen. Daher hatte er beschlossen, eine Zeit lang keine Termine mehr zu vergeben.

Eine heftige Migräne hatte ihn befallen. Mit letzter Kraft schleppte er sich ins Schlafzimmer, wo er sich, ohne auch nur die Schuhe auszuziehen, aufs Bett fallen ließ. Statt unter die Decke zu kriechen, zog er seinen Regenmantel enger über sich zusammen, weil ihm auf einmal kalt war. Es waren die Nebenwirkungen des Ritalin. In Embryostellung blieb er auf der Matratze liegen und wartete darauf, dass die in regelmäßigen Intervallen von innen gegen seinen Schädel prallenden Schübe nachließen. Kaum waren sie abgeflaut, schlief er ein.

Ein Kaleidoskop aus wirren Träumen umfing ihn. Er trieb auf einem dunklen Meeresgrund dahin, der von leuchtenden Fischen bewohnt war, aber auch von den schattenlosen Wesen, die Mr. Hall beschrieben hatte. Maritime Fabelwesen, die gelernt hatten, sich an die Feindseligkeit ihrer Umgebung anzupassen, indem sie durchsichtig wurden.

Hanna war genau wie sie. Stets schwarz gekleidet, weil das Leben sie gelehrt hatte, sich unsichtbar zu machen.

In diesem Meer befand sich auch seine Mutter, die Frau von *Herrn B.* Sie lächelte ihr starres Lächeln von den Familienfotos. Unbeweglich und gleichgültig, wie eine Wachsfigur. Er sagte »Mama« zu ihr, aber sie reagierte nicht.

Niemand interessiert sich dafür, was Kinder zu sagen haben. Er musste wieder an die melancholische Stimme von Hanna Hall denken. *Die letzten Worte Ihres Vaters – sie bestanden aus einer Zahlenfolge, nicht wahr?*

Plötzlich klingelte sein Handy, und Gerber machte die Augen auf.

»Wo steckst du?«, rief Anita Baldi hörbar empört.

Was wollte sie von ihm? Und wieso war sie so wütend?

»Es ist zehn Uhr, und du bist noch immer nicht hier!«

»Schon zehn?« Er konnte kaum sprechen, die Zunge klebte ihm am Gaumen.

Er sah auf die Uhr. Tatsache – zehn Uhr. Aber zehn Uhr morgens! Wie viele Stunden hatte er geschlafen? Eindeutig zu viele, registrierte er erschrocken.

»Wir warten auf dich«, sagte die Richterin. »Nur du fehlst noch.«

»Waren wir verabredet?«

»Pietro, was ist los mit dir? Als ich dich gestern Abend angerufen habe, meintest du, der Termin passt für dich.«

Er konnte sich an kein Telefongespräch, an keine Verabredung erinnern. Soweit er wusste, hatte er seit dem Nachmittag ununterbrochen geschlafen.

»Emilian …«, sagte die Richterin. »Du musst zum Haus des Jungen kommen, die Sozialarbeiter sind auch da.«

»Warum, was ist passiert?«, fragte er alarmiert.

»Du musst deine Einschätzung bestätigen. Gott sei Dank wollen die Adoptiveltern ihn wieder zu sich nehmen.«

Atemlos erreichte er den Ort ihrer Verabredung. Um nicht noch mehr Zeit zu verlieren, hatte er darauf verzichtet, sich frisch zu machen. Seine Kleidung war völlig verknittert, und bestimmt roch er auch nicht gerade gut. Seiner rutschenden Hose nach zu urteilen, schien er außerdem ein paar Pfunde verloren zu haben.

Garantiert würde ihn Anita Baldi, wenn sie ihn in diesem Zustand sah, mit einem ihrer berühmten Blicke töten. Doch nein, in den Augen der Violetten Witwe las er vor allem Besorgnis.

In seinem Kopf hallten noch die Worte der Richterin wider, die seine Frage nicht beantworten wollte, warum sie ihm ihre Bekanntschaft mit Hanna Hall verschwiegen hatte.

Vor vielen Jahren habe ich ein Versprechen gegeben ...

Wem?

Das wirst du noch früh genug erfahren.

Die Antwort war nur aufgeschoben, also hatte er nicht weiter nachgefragt. Er würde sie jedoch später am Vormittag erneut darauf ansprechen. Erst einmal musste er sich auf die Arbeit konzentrieren. Was nicht einfach sein würde, denn er war fix und fertig.

Bei der angegebenen Adresse handelte es sich um ein Einfamilienhaus in einem Vorort von Florenz, dessen Mittelpunkt die Kirche und das Gemeindezentrum bildeten.

Das Paar, das Emilian adoptiert hatte, war zwar noch ziemlich jung, hatte aber sein Haus sehr altmodisch eingerichtet, so als kopierte es einen anderen Wohnstil, wahrscheinlich den der Eltern. Heller Marmorboden, Hochglanzmöbel, Kristalllüster und überall Nippes und Ziergegenstände.

Besonders ins Auge fielen die zahlreichen Devotionalien. Den Bewohnern des Hauses war offensichtlich daran gelegen, ihre Frömmigkeit sichtbar zu machen. An sämtlichen Wänden hingen Kruzifixe und Bilder mit Szenen aus den Evangelien. Es wimmelte von Heiligendarstellungen und Marienstatuen. Natürlich durfte auch eine Kopie des Abendmahls nicht fehlen, die über einem kleinen Kamin mit künstlichem Feuer prangte.

Die Sozialarbeiter führten eine Routinekontrolle durch, um sicherzugehen, dass die Bedingungen für den Verbleib des weißrussischen Kindes in der Familie weiterhin gegeben waren. Gerber strich so unauffällig wie möglich durchs Haus. Er kam sich vor wie nach einer durchzechten Nacht, wenn Unwohlsein und Scham an die Stelle der rauschhaften Euphorie getreten sind.

Anita Baldi saß mit Emilians Adoptiveltern im Wohnzimmer. Der Mann und die Frau hielten einander bei den Händen. Gerade ging es um Emilians Anorexie. Der Kinderpsychologe schnappte ein paar Gesprächsfetzen auf.

»Wir waren bei verschiedenen Ärzten«, sagte Emilians Mutter. »Wir werden auch noch zu ein paar anderen gehen, aber wir glauben, dass wir unserem Sohn vor allem Aufmerksamkeit und Liebe schenken und ansonsten auf Gottes Fürsorge vertrauen sollten.«

Gerber musste an die Szene im Gericht denken, als Pater Luca und seine Schäfchen sich im Kreis aufgestellt hatten, um eine Fürbitte zu sprechen. Als die anderen Gemeindemitglieder sie nicht sehen konnten, hatte die Mutter mit geschlossenen Augen breit gelächelt.

Während er noch darüber nachdachte, wurde seine Aufmerksamkeit auf eine kleine Tür gelenkt, die zum Keller führte. Dort unten war Emilian angeblich Zeuge einer heidnischen Orgie geworden, an der seine Eltern, seine Großeltern und der Priester nackt und lediglich mit Tiermasken angetan teilgenommen hatten.

Eine Katze, ein Schaf, ein Schwein, eine Eule und ein Wolf.

Was war da in Emilians Kopf wohl vorgegangen, fragte sich Gerber. Auch Kinder waren zuweilen sadistisch und grausam, das wusste er als Psychologe nur allzu gut. Anita Baldi und er waren zu dem Schluss gekommen, dass der Junge nach all den schrecklichen Erfahrungen in Weißrussland wahrscheinlich hatte erkunden wollen, wie man sich in der Rolle des Henkers fühlte.

In der Annahme, dass sie zu den Schlafräumen führte, ging er eine Treppe hinauf. Er lag richtig: Gleich neben dem Elternzimmer befand sich das Zimmer des kleinen Jungen. Er trat ein und schaute sich um. Ein Kinderbett, ein Schrank, ein schmaler Schreibtisch, jede Menge Spielsachen und Stofftiere – alles mit viel Liebe ausgesucht, damit sich der Neuankömmling sofort wohlfühlte. An den Wänden hingen gerahmte Fotos von glücklichen Momenten in Emilians Leben mit seiner neuen Familie: ein Ausflug ans Meer, ein Besuch im Freizeitpark, die Weihnachtskrippe.

Gerber entdeckte aber auch noch etwas anderes. Auf einem Tischchen neben der Tür lagen ein paar Gegenstände, die eher ungewöhnlich für ein Kinderzimmer waren.

Ein Weihwassersprenger mit einem Aufbewahrungsgefäß für das Weihwasser. Ein paar Kohletabletten zum Verbrennen von Weihrauch und ein Kohleanzünder. Eine Ampulle mit heiligem Öl. Heiligenbildchen und diverse Rosenkränze. Eine Bibel. Ein silbernes Kruzifix. Eine Priesterstola.

Der Psychologe versuchte, sich die Szene vorzustellen: Die Mitglieder der religiösen Gemeinschaft, der das Ehepaar angehörte, standen um Emilians Bett herum, während sie Lieder sangen und Gebete rezitierten, um ihn von seiner Besessenheit zu heilen.

Er schüttelte den Kopf, so absurd war der Gedanke. Gerade

als er das Zimmer verlassen wollte, fiel sein Blick auf die halb offene Nachttischschublade.

Er trat näher und zog sie vollständig auf. Es waren Zeichnungen darin, die Emilian während ihrer letzten Hypnosesitzung angefertigt hatte. Immer dasselbe Gesicht, auf mehreren Blättern, eines fast wie das andere.

Schmale Augen ohne Pupillen, ein riesiger Mund und spitze Zähne.

Vielleicht wegen des Kontrasts zu den religiösen Bildern und Symbolen im Raum wirkten die Zeichnungen ausgesprochen dämonisch.

»Maci, das Monster«, sagte er halblaut in den Raum hinein. So hatte Emilian sein Kunstwerk genannt.

Zum ersten Mal überkam ihn der Verdacht, dass das Wort auch eine andere Bedeutung haben könnte. Er zog sein Handy hervor, suchte die Wörterbuch-App und gab den Begriff ein. Die Übersetzung ließ ihn erstarren.

Maci bedeutete auf Weißrussisch Mutter.

So nannte Emilian also seine leibliche Mutter. Und wahrscheinlich verbarg sich hinter dem grässlichen Antlitz all der Schrecken, den der Junge in seiner richtigen Familie erlebt hatte.

In dem Moment hörte er Stimmen aus dem Erdgeschoss nach oben dringen. Er beugte sich über das Treppengeländer und sah einen der Sozialarbeiter, der just im Moment zusammen mit Emilian ins Haus gekommen war.

Die Adoptiveltern liefen herbei, um vor dem Jungen auf die Knie zu gehen und ihn unter den wohlwollenden Blicken der Anwesenden in die Arme zu schließen.

Gerber befand sich noch halb auf der Treppe, als Emilian zu ihm hinaufschaute. Er schien enttäuscht, aber auch wütend.

Kein Wunder, dass der Junge ihm gram war, dachte der Psychologe, hatte er doch sein Lügenmärchen aufgedeckt. Dennoch fühlte er sich unwohl unter seinem Blick. Er beschloss, in die Offensive zu gehen. Lächelnd trat er näher.

»Na, Emilian, wie geht's?«

Der Junge sagte nichts. Doch schon nach wenigen Sekunden begann er zu würgen und erbrach sich in hohem Bogen auf Gerbers Hose.

Alle waren zutiefst schockiert. Emilians Mutter stürzte auf den Jungen zu.

»Verzeihen Sie«, sagte sie zu dem Psychologen. »Seine Anfälle sind unvorhersehbar. Das passiert immer, wenn er sehr aufgewühlt ist.«

Gerber erwiderte nichts.

Nachdem sie sich vergewissert hatte, dass es Emilian wieder besser ging, forderte sie ihn auf, ein Kreuz zu schlagen und ein Gebet zu sprechen.

»Jetzt sagen wir zusammen *Heiliger Schutzengel mein* auf, und alles ist wieder vergessen«, versprach sie.

Gerber hatte sich noch immer nicht von dem Schrecken erholt. Anita Baldi trat auf ihn zu und bot ihm ein Päckchen Taschentücher an, damit er seine Kleidung säubern konnte. Peinlich berührt wich er zurück.

»Entschuldigen Sie«, sagte er und ging in die Küche.

Der Raum war geradezu klinisch sauber. Der Fußboden glänzte, und der Herd blitzte, als wäre er nie benutzt worden. Hier schien sich jemand als die beste Hausfrau von allen präsentieren zu wollen. Doch der penetrante Essensgeruch, der sich auch von dem Mohnblumenraumspray nicht übertünchen ließ, strafte den Versuch Lügen.

Gerber trat an die Spüle und nahm ein Glas vom Abtropfgestell. Er drehte den Wasserhahn auf, füllte es mit zitternder

Hand und trank in wenigen Schlucken alles aus. Die Hände auf den Beckenrand gestützt, schloss er die Augen und blieb bei laufendem Wasser so stehen. Er musste weg von diesem Ort, er hielt es in dem Haus nicht mehr aus.

Gleich breche ich zusammen, dachte er. Hoffentlich bekommt keiner mit, was für eine lächerliche Figur ich abgebe.

Niemand interessiert sich dafür, was Kinder zu sagen haben.

Hanna Halls Bemerkung riss ihn aus seiner Ermattung. Es klang wie eine Anklage und war vor allem an ihn gerichtet, den Kinderflüsterer. Gerber versuchte, den Satz aus seinem Kopf zu vertreiben, er hatte schließlich alles Menschenmögliche für Emilian getan. Hätte er nicht herausgefunden, dass der Junge, inspiriert von einem Bilderbuch, diejenigen verleumdete, die ihn liebevoll aufgenommen hatten, hätten vermutlich noch immer Unschuldige am Pranger gestanden. Warum also fühlte er sich ihm gegenüber schuldig?

Mein Pausenbrot schmeckt immer so eklig ...

Das waren Emilians letzte Worte vor dem Erwachen aus der Hypnose gewesen. Eine Art Rechtfertigung für das Böse, das er seiner neuen Familie angetan hatte. Die perfekte Ausrede eines Kindes.

Plötzlich hatte Gerber eine Eingebung. Er machte die Augen auf und drehte sich um. Erneut betrachtete er die makellose Küche und stellte eine Verbindung zu den religiösen Gegenständen im Obergeschoss her. Jemand versuchte, Emilians Seele zu reinigen.

Diese Sekte ..., dachte er.

Nein, die war es nicht, korrigierte er sich sofort. Es war die Mutter, nur sie allein.

Wenn eine Frau keine Kinder bekommen kann, ist sie oft bestrebt, anderen zu zeigen, dass sie sehr wohl das Recht hat,

»Mama« genannt zu werden, erinnerte er sich an die Lehre aus einem Seminar während seines Psychologiestudiums.

Emilians Adoptivmutter legte extrem viel Wert auf das äußere Erscheinungsbild. Und in Anbetracht ihres tief verwurzelten Glaubens war für sie die Mutterschaft keine biologische Angelegenheit, sondern eine Berufung.

Die beste Mutter auf Erden ist diejenige, die sich um ein Kind kümmert, das von einer anderen Frau zur Welt gebracht wurde. Auch wenn es ein unvollkommenes Kind ist, auch wenn es an Anorexie leidet. Sie erträgt das Leid des kranken Kindes, als wäre es ihr eigenes. Eine solche Mutter beklagt sich niemals. Sie lächelt selbstzufrieden, während sie betet. Denn sie weiß: Gott sieht alles, und er schätzt ihren Glauben.

»›Mein Pausenbrot schmeckt immer so eklig‹«, wiederholte Pietro Gerber leise für sich.

Hektisch begann er, sämtliche Küchenschränke aufzureißen, auf der Suche nach einer Bestätigung für seine Theorie. Er fand sie ganz oben auf einer Ablage. Ein Schoko-Haselnuss-Aufstrich. Er schraubte das Glas auf und beäugte den Inhalt.

Normalerweise aß kein Erwachsener von den Lebensmitteln, die für Kinder gedacht waren. Daher wäre auch nie jemand dem Geheimnis von Emilians Adoptivmutter auf die Schliche gekommen.

Es gab nur einen Weg, um den endgültigen Beweis in der Tasche zu haben. Gerber tauchte den Finger in die weiche braune Masse und steckte ihn in den Mund.

Als er die Säure unter dem süßen Schokoladenaroma herausschmeckte, spuckte er instinktiv aus.

Emilian hätte niemals die Wahrheit sagen können, kein Mensch hätte ihm geglaubt. Daher hatte er sich die Geschichte von den teuflischen Orgien ausgedacht, in die angeblich seine ganze Familie verwickelt war. Er hatte keine andere Wahl.

Denn niemand interessiert sich dafür, was Kinder zu sagen haben. Nicht einmal Gerber.

36

Herr B. hatte oft den Fall eines kleinen Mädchens erwähnt, das unter Hypnose seinen Stoffelefanten dazu zwang, Medizin einzunehmen. Und wenn der sich weigerte, die bitteren Pillen zu schlucken, hatte sie ihm mit Liebesentzug gedroht. Dieses Verhalten hatte zur Entdeckung des sogenannten Münchhausen-Syndroms bei der Mutter geführt. Die Frau verabreichte ihrer Tochter heimlich massive Dosen an Medikamenten, nur damit das Mädchen krank wurde und sie die Rolle der fürsorglichen Mutter einnehmen konnte.

Der Psychologe hatte nicht mehr an den Fall gedacht, bis seine Freundin, die Richterin Anita Baldi, ihn anlässlich des mit Spülmittel versetzten Haselnuss-Aufstrichs wieder daran erinnerte.

»Dank dir haben wir endlich rausgefunden, was wirklich mit Emilian passiert ist«, sagte sie im Tonfall einer Lehrerin, die ihren Schüler lobt. »Wahrscheinlich hat dein Unterbewusstsein dich dazu gebracht, in dem Moment genau das Richtige zu tun.«

Doch Gerber war überzeugt davon, dass der weißrussische Junge seine Rettung eigentlich Hanna Hall zu verdanken hatte. Also machte er sich auf die Suche nach ihr, wohl wissend, dass die Nutella-Episode nur ein Vorwand war, um sie außerhalb der Praxis sehen zu können. Sie lediglich im beruflichen Kontext zu treffen, genügte ihm nicht mehr. Wie ein bis über beide Ohren Verliebter lechzte er nach zufälligen Begegnungen mit ihr.

Am Hotel Puccini angekommen, eilte er auf den Portier zu und fragte, ob sie auf ihrem Zimmer sei.

»Tut mir leid, die Signora ist gestern am späten Abend abgereist«, sagte der Mann.

Wie betäubt dankte Gerber dem Portier und wandte sich zum Ausgang, als er sich eines Besseren besann und kehrtmachte.

»Wie lange hat die Signora hier gewohnt?«, fragte er und schob unauffällig einen Geldschein über den Tresen.

Er war überzeugt, dass Hanna schon vor ihrer ersten Begegnung geraume Zeit in Florenz verbracht haben musste, um so viele Informationen wie möglich über ihn zu sammeln. Anderenfalls hätte sie niemals all diese Dinge aus seiner Vergangenheit wissen können.

»Sie war nur ein paar Tage hier«, sagte der Portier.

Damit hatte Gerber nicht gerechnet.

Beim Anblick seiner überraschten Miene fügte der Mann noch ein Detail hinzu.

»Die Signora hat das Zimmer zwar gebucht, aber sie ist nie über Nacht geblieben.«

Gerber nickte, dankte nochmals und verließ hastig das Hotel. Er war vollkommen verwirrt.

Immerhin hatte er nicht komplett danebengelegen, dachte er, als er draußen an der frischen Luft stand. Wenn Hanna die ganze Zeit an einem anderen Ort übernachtet hatte, hieß das, sie musste schon länger in der Stadt gewesen sein. Sie hatte ihre Inszenierung von langer Hand vorbereitet, und das erbärmliche Zimmer im Hotel Puccini spielte darin ebenfalls eine Rolle.

Sie ist noch hier, sagte er sich schließlich.

Doch er hatte genug von diesem ewigen Verwirrspiel, er wollte jetzt sofort mit ihr reden. Aber wie, wenn sie nicht auffindbar war?

Ihm kam ein Gedanke, und er schob die Hand in die Tasche, um sein Mobiltelefon hervorzuholen.

Die Nummer von Theresa Walker stand ganz oben auf der Anrufliste.

Kaum hatte sich die Leitung endlich aufgebaut, erklärte eine Stimme vom Band auf Englisch, dass der Teilnehmer im Moment nicht zu erreichen sei.

Er versuchte es mehrere Male, auch als er schon wieder zu Hause war. Vergeblich.

Mit dem Rücken lehnte er sich gegen die Wand in der Diele und glitt langsam nach unten. So blieb er sitzen, im Dunkeln. Er musste sich mit dem allzu Offensichtlichen abfinden, doch es wollte ihm nicht gelingen.

Hanna Hall würde nicht wiederkommen.

Als die Verzweiflung ihn schon beinahe vollständig übermannt hatte, fiel ihm eine Möglichkeit ein, wo er sie vielleicht ausfindig machen konnte: im Internet. Theresa Walker hatte ihm ja einmal erzählt, dass es in Australien zwei Dreißigjährige mit ihrem Namen gab: die eine war ihre Patientin, bei der anderen handelte es sich um eine international anerkannte Meeresbiologin.

Gerber nahm das Handy, öffnete den Browser und gab Hanna Halls Namen in eine Suchmaschine ein. Als die Ergebnisse auf dem Display erschienen, musste er aus unerfindlichem Grund an die schattenlosen Kreaturen von Mr. Hall denken. Aus den Untiefen des Netzes war etwas aufgetaucht, das er nicht erwartet hatte. Etwas, das er aber sehr wohl hätte bemerken können, wenn ihm nicht die Sicht vernebelt gewesen wäre.

Die international anerkannte Meeresbiologin auf dem Bildschirm sah genauso aus wie seine Patientin.

Es hatte nie zwei Hanna Halls gegeben.

Allerdings war die Trägerin dieses Namens weder unscheinbar noch ungepflegt. Sie stand am Steuer eines Segelboots, ihre blonden Haare flatterten im Wind. Sie lächelte, wie sie noch nie in seiner Anwesenheit gelächelt hatte, was ihm einen leisen Stich der Eifersucht versetzte. Vor allem aber war sie, obschon identisch mit jener Hanna Hall, die er kannte, eine ganz andere Frau.

Sie war glücklich.

Er hätte sich für sie freuen sollen, denn Hanna – die echte Hanna – hatte das Trauma ihrer Entführung und ihres Aufwachsens bei den Fremden inzwischen überwunden. Er hätte stolz auf sie sein müssen, weil sie sich ein Leben aufgebaut hatte, ohne sich von dem, was ihr zugestoßen war, beeinflussen zu lassen. Doch nein, er verstand einfach nicht, warum sie diesen ganzen Zirkus veranstaltet hatte, um dann urplötzlich von der Bildfläche zu verschwinden. Er wäre jede Wette eingegangen, dass sie in Wirklichkeit äußerst gesundheitsbewusst lebte und nicht einmal rauchte.

Die letzten Worte Ihres Vaters – sie bestanden aus einer Zahlenfolge, nicht wahr?

In dem Moment klingelte es an der Wohnungstür. Gerber sprang auf, in der Hoffnung, dass sie es sei. Aber das Gesicht, das er hinter der Tür erblickte, war nicht das erhoffte.

Und doch kam es ihm bekannt vor.

Obwohl sie seit dem letzten Mal, da sie sich persönlich begegnet waren, sehr gealtert schien, erkannte er sie sofort: die geheimnisvolle Bekannte seines Vaters, die er einmal als kleiner Junge in der Gelateria Vivoli und dann Jahre später am Sterbebett von *Herrn B.* gesehen hatte.

»Ich glaube, das gehört Ihnen«, sagte die ehemalige Angestellte des San Salvi mit rauer, von vielen Zigaretten brüchig gewordener Stimme.

In der Hand hielt sie das fehlende Foto aus dem Familienalbum. Ein Neugeborenes war darauf zu sehen – der kleine Pietro Gerber.

37

Sie gingen in eine dunkle Bar in der Via della Burella, der einzigen, die zu dieser Uhrzeit noch geöffnet hatte. Es war eine Anlaufstelle für Menschen, die das Tageslicht scheuten: Schlaflose, Drogenhändler, Prostituierte.

Sie hatten etwas abseits an einem kleinen Tischchen Platz genommen, vor sich zwei miserable Espressi. In der Gewissheit, dass an einem solchen Ort bestimmt niemand etwas dagegen hatte, zündete sich die geheimnisvolle Freundin von *Herrn B.* eine Zigarette an. Gerber bemerkte, dass sie Winnies rauchte.

Der Psychologe hielt das alte Foto in der Hand.

»Von wem haben Sie das?«

»Das habe ich im Briefkasten gefunden.«

»Und woher wissen Sie, dass ich das bin?«

Die Frau sah ihn durchdringend an.

»Das könnte ich nie vergessen.«

»Weshalb?«

Sie schwieg. Dann ein Lächeln.

Noch ein Geheimnis. Eine weitere aufgeschobene Antwort, wie die von Anita Baldi, die ihm, warum auch immer, nicht hatte sagen wollen, dass sie Hanna Hall kannte.

»In welcher Beziehung standen Sie zu meinem Vater?«, fragte er unvermittelt.

»Wir waren gute Freunde«, erwiderte die Frau knapp.

Ihr Tonfall ließ vermuten, dass sie auch in Zukunft nicht mehr dazu sagen würde. Bislang hatte sie ihm nicht einmal ihren Namen genannt.

»Weshalb sind Sie zu mir gekommen? Sie wollten mir ja wohl nicht nur das Foto zurückgeben, oder?«

»Ihr Vater meinte, ich sollte mich bei Ihnen melden, wenn Sie mich suchen würden … Ich dachte, das Foto ist eine Art Einladung.«

Also hatte *Herr B.* dieses Treffen arrangiert, dachte Gerber erstaunt.

»Mein Vater und Sie – hatten Sie etwas miteinander?«, fragte er.

Die Frau brach in ein heiseres Lachen aus, das in einen Hustenanfall mündete.

»Ihr Vater war so verliebt in seine Frau, dass er ihr sogar nach ihrem Tod noch treu war.«

Gerber musste an Silvia denken und fühlte sich plötzlich schuldig. Nach den Ereignissen der letzten Tage konnte er sich wohl kaum mehr als anständigen Ehemann betrachten.

»Ihr Vater war ein äußerst loyaler Mann, einer der aufrichtigsten Menschen, die ich …«, fuhr die Unbekannte fort.

Aber Gerber wollte nichts davon hören und fiel ihr ins Wort.

»Mari und Tommaso.«

Die Frau schluckte, als sie die beiden Namen vernahm.

»Alles andere interessiert mich nicht. Nur die beiden«, betonte er.

Sie nahm einen tiefen Zug von ihrer Zigarette.

»Das San Salvi war eine Welt für sich, es gab eigene Regeln. Und nach denen lebte und starb man.«

Gerber musste an die fünf Regeln denken, die Hanna Hall als Kind auferlegt worden waren.

»Als 1978 die Schließung der psychiatrischen Kliniken per Gesetz verordnet wurde, dachte niemand daran, dass die Normen der Außenwelt in der unsrigen nichts galten. Die Insassen auszuquartieren, hätte wenig Sinn gehabt, denn die meisten hatten den größten Teil ihres Lebens zwischen diesen Mauern verbracht und wussten gar nicht, wohin sie hätten gehen sollen.«

Gerber fiel ein, dass der Wärter des San Salvi ihm genau dasselbe erzählt hatte.

»Wir haben sie einfach dort behalten. Natürlich wussten die da draußen davon, aber sie zogen es vor, ihre Augen zu verschließen. Sie dachten wohl, wenn erst der letzte Irre gestorben wäre, würde sich das Problem von selbst lösen. Die Zeit würde es schon richten.«

»Doch so war es nicht …«

»Die Bürokraten ignorierten die Tatsache, dass an Orten wie dem San Salvi das Leben immer weitergeht … In dem Moment kam ich ins Spiel.«

»Inwiefern?«

»Haben Sie sich jemals gefragt, was zwei Minderjährige in einer geschlossenen Anstalt zu suchen haben?«

»Nein, das habe ich mich in der Tat nie gefragt.«

Die Frau drückte ihre Zigarette in der Espressotasse aus und stand auf.

»Die Antwort finden Sie im Pavillon Q.«

Überrascht, dass sie schon gehen wollte, hielt Gerber sie am Arm zurück. Irgendetwas stimmte da nicht.

»Warten Sie … Die Gebäude im San Salvi sind mit den Buchstaben A bis P gekennzeichnet, einen Pavillon Q gibt es dort gar nicht.«

»Genau«, sagte die Frau und sah ihn fest an. »Ein Pavillon Q existiert dort nicht.«

38

In der Via Mazzanti, an einer Stelle, die ihm am einfachsten zu überwinden schien, kletterte er über die Mauer und sprang auf die andere Seite. Er landete auf einem Rasenstück und wäre beinahe in eine zerbrochene Glasflasche getreten. Überall lag Müll herum, er musste genau achtgeben, wo er hintrat.

Im milden Vollmondschein schlug er den Weg in den Wald ein. Ein leiser Wind fuhr durch die dicht stehenden Bäume und wirbelte die Blätter auf, es klang, als flüsterten sie im Chor.

Schließlich kam Gerber zu einem asphaltierten Weg, von dem er annahm, dass er ihn zum Zentrum des Gebäudekomplexes führen würde. Im Gehen betrachtete er die Bauten der verlassenen Stadt des San Salvi.

Auf jeder Fassade prangte ein Buchstabe.

Den Richtungsangaben dieses Alphabets folgend, gelangte er zu einem weißen Flachbau, der als Einziger keinen Buchstaben trug. Ob das der berüchtigte Pavillon Q war?

Es gab nur eine Möglichkeit, es herauszufinden: Er musste hineingelangen. Doch wie?

Sämtliche Fensterscheiben waren zerbrochen, die Maueröffnungen mit Metallstreben verbarrikadiert. Erst als er das Haus einmal umrundet hatte, entdeckte er auf der Rückseite eine Tür, die offensichtlich schon jemand vor ihm aufgebrochen hatte, und schlüpfte hindurch.

Er betrat einen großen, kahlen Raum. Unter seinen Schritten knirschten Glasscherben und herabgefallener Putz. An mehreren Stellen hatten sich robuste Sträucher den Weg durch den Estrich gebahnt und die Bodenfliesen angehoben. Das Mondlicht brach sich an den Rissen in der Decke, Dunst erfüllte die Luft.

Gerber hatte das deutliche Gefühl, nicht allein zu sein. Unsichtbare Augen, in den Schatten der Ecken verborgen, beobachteten ihn. Er hörte sie miteinander tuscheln.

Oft stellen sie auch die Stühle um. Das hatte der Wächter in Anspielung auf die nicht erlösten Seelen gesagt, die angeblich in der verwaisten Klinik hausten. *Meistens zum Fenster hin, mit Blick in den Garten.* Auch als Tote hatten sie ihre alten Gewohnheiten beibehalten: Eine Bühne mit leeren Stühlen war vor einer Fensterfront errichtet worden.

Doch die eigentliche Überraschung erwartete Gerber, als er in den Schlafsaal kam. Die Betten hier waren kleiner. Es waren Kinderbetten.

Fragen über Fragen gingen ihm durch den Kopf, je weiter er in das Innere des Pavillons vordrang. Was war das für ein Ort? Und weshalb war er geheim gehalten worden?

An einer steinernen Treppe angekommen, wollte er sogleich nach oben gehen. Doch dann blieb er wie angewurzelt stehen. Etwas zwang ihn, nach unten zu blicken, dorthin, wo sich die Stufen in einer Art Abgrund verloren.

Im Staub waren Fußabdrücke zu sehen.

Gerber hatte keine Taschenlampe dabei. Er verfluchte sich selbst. Jetzt blieb ihm nur die im Handy integrierte Lampe.

Den Lichtstrahl des Mobiltelefons auf den Boden gerichtet, tastete er sich vor ins Untergeschoss.

Er hatte mit einem Lagerraum oder Heizungskeller gerechnet. Stattdessen fand er sich in einem langen Korridor wieder, an dessen Ende sich eine offen stehende Tür befand. Als er darauf zusteuerte, bemerkte er, dass die Wände des Flurs mit fröhlichen Märchenfiguren bemalt waren.

Mit der Taschenlampe leuchtete er in den Raum, der sich vor ihm auftat. Etwas Glänzendes blitzte in der Dunkelheit auf. Er schaute genauer hin und erschrak.

Ein Gebärstuhl aus verchromtem Stahl, mit abgesenkter Rückenlehne und hoch aufragenden Beinstützen.

Zunächst hielt er es für eine Halluzination. Doch dann wurde ihm klar, dass all dies tatsächlich existierte. Langsam trat er näher.

Hinter dem Gebärstuhl befand sich noch ein weiterer Raum. Gerber trat durch die Tür und sah vier Reihen mit metallenen Wiegen, Waschbecken und Wickeltischen.

Eine Geburtsabteilung.

Er stellte sich die vielen kleinen Körper der Neugeborenen vor, die hier schliefen. Das Bild war so plastisch, dass Gerber es fast für real hielt.

Er konnte es nicht fassen. Ein Teil von ihm wollte auf der Stelle die Flucht ergreifen, der andere stand wie angewurzelt da. Und dann war da dieser unstillbare Drang herauszufinden, was es mit diesem absurden Ort auf sich hatte. Er musste weitermachen, anderenfalls würde er nicht mehr zur Ruhe kommen.

Der Psychologe wandte sich um. Vor ihm lag das Stationszimmer. Durch die Glasscheibe sah er einen Schreibtisch und einen schmalen Aktenschrank.

Er wusste nicht, wie lange der Akku seines Handys noch durchhalten würde, war zu sehr darin vertieft, die Akten zu durchstöbern, die er stapelweise auf den Tisch gelegt hatte. Seit wann saß er jetzt schon hier? Er konnte sich nicht bremsen, seine Neugier war unbezähmbar. Doch es war nicht nur das: Er fühlte sich in der Pflicht all den Unschuldigen gegenüber, die durch diese Hölle gegangen waren und von denen außerhalb jener Welt nur wenige wussten. Eine verschworene kleine Gemeinschaft, die das schreckliche Geheimnis für immer gewahrt hatte.

An Orten wie dem San Salvi geht das Leben immer weiter.

So hatte es die geheimnisvolle Freundin von *Herrn B.* umschrieben. Allmählich begann Pietro Gerber, den Sinn ihrer Worte zu begreifen.

Der Pavillon Q war eine Entbindungsstation.

Er erinnerte sich daran, dass die psychiatrische Klinik gewissermaßen eine Stadt für sich gebildet hatte, die völlig unabhängig von der Außenwelt funktionierte. Es gab eine eigene Stromversorgung, eine Wasserleitung, die von Florenz entkoppelt war, eine Kantine, die Essen anbot. Und einen eigenen Friedhof, denn wer an diesen Ort kam, blieb selbst nach dem Tod noch sein Bewohner.

Doch die Autarkie bezog sich auch auf etwas anderes.

Die Patienten begegneten sich, entdeckten die Liebe, beschlossen, ihr Leben miteinander zu teilen. Und manchmal setzten sie auch neues Leben in die Welt.

Das San Salvi war auf derartige Ereignisse vorbereitet.

Im Laufe der Jahre hatte die Klinik nicht nur Patienten mit psychischen Störungen beherbergt, sondern auch Menschen mit Suchterkrankungen oder von der Gesellschaft Ausgestoßene, die nur wegen ihres Andersseins dort waren. In ihrem Bedürfnis nach Zuneigung waren Kranke und Gesunde vereint. Oft geschah dies im Rahmen einvernehmlicher Beziehungen. Manchmal jedoch nicht.

Es konnte zu Schwangerschaften kommen. Ob sie erwünscht waren oder nicht – man musste damit umgehen.

In dem Moment kam ich ins Spiel.

So hatte es die Freundin von *Herrn B.* ausgedrückt.

Aus den Akten, die vor Gerber lagen, ging hervor, dass die mysteriöse Unbekannte von Beruf Hebamme war. Anhand ihrer Aufzeichnungen konnte er die Abfolge der Geburten nachvollziehen.

Viele Säuglinge starben an den Medikamenten oder den Therapien, denen sich ihre Mütter unterziehen mussten, und wurden in einem Gemeinschaftsgrab bestattet. Die Mehrheit überlebte jedoch.

Wer einmal in die Welt des San Salvi gekommen war, musste dort bleiben, das galt auch für neugeborene Kinder.

Niemand hätte den Sohn oder die Tochter eines psychisch kranken Menschen adoptiert, sagte sich Gerber. Aus der verständlichen Furcht davor, dass diese angsteinflößende Krankheit erblich sein konnte.

Nach außen wollte man jedoch nicht kommunizieren, dass es Generationen von Menschen gab, die nur innerhalb dieser Mauern lebten, weil sie dort geboren waren. Sie übernahmen den Staffelstab von ihren Eltern – entweder weil sie ihre Krankheit geerbt hatten oder weil sie erst mit der Zeit verrückt geworden waren.

Unter den Fallakten, die er durchforstete, fand Gerber auch die von Mari.

Der Psychologe überflog die spärlichen Angaben. Mari und Tommaso waren Zöglinge des San Salvi, waren dort groß geworden. Sie gehörten zu den »Glücklichen«, die die Geburt überlebt hatten. Gemeinsam waren sie in jener Hölle aufgewachsen und hatten sich ineinander verliebt. Keiner der beiden wies Symptome einer psychischen Erkrankung auf, gezeichnet waren sie allenfalls durch den Ort ihrer Geburt. Als er sechzehn und sie vierzehn war, hatten sie ein Kind in die Welt gesetzt.

Mari konnte durchaus schwanger werden. Anita Baldi hatte ihm nicht die Wahrheit gesagt.

Das Kind bekam den Namen Ado. Unglücklicherweise war der kleine Junge jedoch wenige Stunden nach seiner Geburt gestorben.

Gerber versuchte sich in die Situation von Tommaso und Mari zu versetzen, als diese, unfähig, die traurige Wahrheit zu akzeptieren, aus dem San Salvi geflohen waren und dabei auch die Leiche ihres neugeborenen Sohnes mitnahmen.

»Ado gibt es wirklich«, hatte Hanna Hall gesagt.

Nein, Ado ist tot, dachte Pietro Gerber.

Mama wollte Ado wecken, um ihn zu füttern.

So hatte Tommaso es Hanna bei ihrem Besuch im Gefängnis erzählt.

Aber als sie ihm die Brust geben wollte, war er kalt und starr. Sie hat sofort angefangen zu schreien, entsetzliche Schreie, unermessliches Leid … Ich habe ihr Ado aus dem Arm genommen und versucht, Luft in seine kleinen Lungen zu hauchen, aber ohne Erfolg. Daraufhin habe ich ihn in seine Decke gewickelt und mich auf die Suche nach ein paar Brettern gemacht, um daraus einen Sarg zu zimmern. Dort haben wir ihn hineingelegt, und dann habe ich den Deckel mit Pech versiegelt.

Während er las, ließ Gerber die makabre Szene vor seinem inneren Auge Revue passieren. Wegen unvorhergesehener Komplikationen während der Geburt hatte Mari nie wieder Kinder bekommen können. Aus diesem Grund hatten sie und Tommaso erst Hanna und dann Martino entführt. Wie er sich bereits gedacht hatte, begingen sie die Straftaten aus Rache am Schicksal, das ihnen verwehrt hatte, Eltern zu werden.

Pietro Gerber hatte das Gefühl, am Ende der Geschichte angekommen zu sein. Alle weiteren Antworten würden bei Hanna Hall zu finden sein. Am meisten interessierte ihn die

Frage nach der Beziehung zwischen seiner Patientin und seinem Vater. Woher wusste sie so viele Dinge, die *Herrn B.* betrafen?

Unvermittelt fiel der Blick des Psychologen auf den Stempel und eine Unterschrift am unteren Rand der Geburts- und Sterbeurkunde des kleinen Ado. Er kannte die Institution, und die Schrift kannte er ebenfalls.

Es war der Stempel des Jugendgerichts, versehen mit der Unterschrift Anita Baldis – eine Beglaubigung, dass sich die Dinge tatsächlich so zugetragen hatten, wie es in dem Bericht hieß.

Was für ein verdammter Zufall war das denn?

Ungläubig schüttelte Gerber den Kopf. Die Tatsache, dass in dieser Geschichte in regelmäßiger Folge immer wieder dieselben Personen auftauchten, konnte nur bedeuten, dass etwas anderes dahintersteckte. Ein Betrug. Oder eine camouflierte Wahrheit.

Anita Baldi hatte auch seinen Vater ins Spiel gebracht.

Vor vielen Jahren habe ich ein Versprechen gegeben …

War *Herr B.* etwa derjenige gewesen, der es eingefordert hatte? Wer, wenn nicht er?

In dem Moment begriff Pietro Gerber, dass er sich getäuscht hatte. Die Lösung des Rätsels lag nicht allein in den Händen von Hanna Hall.

Nach zwanzig Jahren fand sich die Antwort noch immer unter der Erde, in einem Grab nah beim Haus der Stimmen.

39

Es war nicht allzu schwierig, den Bauernhof der Brandnacht zu finden. Er brauchte lediglich den Angaben in den Zeitungsartikeln aus Hanna Halls Koffer zu folgen.

Durch die Windschutzscheibe sah er ihn allmählich näher kommen. Im glühenden Morgenrot schien er noch immer in Flammen zu stehen. Inzwischen war er nur noch eine Ruine oben auf einem Hang, überwuchert von Efeu und bewacht von zwei Zypressen. Um hierherzugelangen, hatte Gerber neun Kilometer auf einem Schotterweg zurückgelegt.

Er parkte den Wagen, nahm den Spaten aus dem Kofferraum und blickte sich um. Die verlassene sienesische Hügellandschaft erstreckte sich bis zum Horizont. Am meisten überraschte ihn die vollkommene Stille.

Kein Vogel sang, um den neuen Tag zu begrüßen, keine Brise streichelte die winterliche Vegetation. Die Luft war reglos und schwer. Dieser Ort ließ die Nähe des Todes spürbar werden.

Er folgte dem Weg, der an dem Haus entlangführte, ohne genau zu wissen, wo er mit der Suche beginnen sollte. Als sein Blick zufällig auf den Boden fiel, sah er eine abgebrannte Winnie dort liegen. Dann einen zweiten Stummel und einen dritten. Wenn das keine Spur war, die er verfolgen konnte …

Als brauchte es noch einen letzten Beweis, dass Hanna Hall vor Ort gewesen war, fand er am Fuß einer der beiden Zypressen ein leeres Zigarettenpäckchen. Nun wusste er auch, wo er zu graben hatte.

In der morgendlichen Kälte war der Boden noch steinhart. Während er wieder und wieder den Spaten in die Erde stieß, stellte er sich vor, was in jener Nacht, als Hanna von ihrer Familie weggebracht wurde, passiert sein musste. Wie die Fremden, angeführt von der Violetten Witwe, das Haus belagerten, wie Tommaso Feuer legte, um sie zu vertreiben und um Zeit zu gewinnen, damit sie alle sich in dem Schutzraum unter dem Kamin verstecken konnten, wie Mari ihrer Tochter vom Wasser des Vergessens zu trinken gab, weil sie sie nicht hergeben wollte.

In ungefähr einem Meter Tiefe stieß er mit der Schaufel gegen etwas Hartes.

Um mit bloßen Händen weitergraben zu können, stieg Gerber in das Loch. Nach einer Weile ertasteten seine Finger eine kleine Holzkiste. Hanna hatte recht, sie war höchstens drei Spannen breit. Bevor er sie ganz aus der Erde holte, wischte er den Deckel sauber, sodass die Schrift, die Tommaso mithilfe einer glühenden Klinge in das Holz geritzt hatte, erkennbar wurde.

ADO.

Mit seinem Autoschlüssel begann der Psychologe, das Pech abzukratzen, mit dem die Kiste versiegelt war. Schließlich holte er tief Luft und hob den Deckel ab.

Das Baby fing an zu schreien.

Gerber verlor das Gleichgewicht und schlug unsanft mit dem Rücken auf der Erde auf. Das Entsetzen hatte ihn wie ein Stromschlag durchfahren, vom Scheitel bis zur Sohle.

Allmählich ließ das Weinen nach und ging in ein dumpfes Wimmern über. Gerber zwang sich, noch einmal hinzuschauen.

Es war kein Kind.

Es war eine Puppe mit einem Mechanismus, der das Plärren eines Babys nachahmte. Nach Hannas Schilderung, wie Neri und seine »Kinder« die Kiste bei ihrer vermeintlichen Schatzsuche geöffnet hatten, war mit etwas Derartigem zu rechnen gewesen. Ado habe noch ganz lebendig gewirkt, hatte sie erzählt, als hätte der Tod ihm nichts anhaben können.

Schockiert und aus der Bahn geworfen, ging er zurück zu seinem Wagen. Statt den Motor anzulassen und loszufahren, blieb er einfach sitzen und starrte ins Leere. Er hatte das Gefühl, sogar sein Herz wollte nicht mehr weiterschlagen.

Ein Klingeln riss ihn aus seiner Starre.

In der Annahme, es sei Silvia, ließ er das Handy läuten, ohne den Anruf zu beantworten. Er hätte gern ihre Stimme gehört, doch er fühlte sich nicht in der Lage, ihr eine vernünftige Erklärung für sein Verhalten zu liefern. Erneut ergriff die Stille Besitz von dem Raum um ihn herum. Kurz darauf klingelte das Telefon ein zweites Mal, lang und beharrlich. Fest entschlossen, das Gerät stumm zu schalten, nahm er es in die Hand.

Als er die Nummer auf dem Display erkannte, drückte er auf das Symbol mit dem Hörer.

»Und, wie ist es gelaufen? Hatten Sie Erfolg?«, fragte Theresa Walker mit der Stimme von Hanna Hall.

»Ado ist eine Puppe«, sagte er.

»Ado ist ein Geist«, entgegnete sie.

»Hören Sie auf, es gibt keine Geister!«, wollte er mit aller Vehemenz widersprechen, doch aus seiner trockenen Kehle kam nur ein leises Krächzen.

Warum war Hanna so sehr daran gelegen, ihn zu quälen, fragte er sich. Was führte sie im Schilde?

»Sind Sie sicher?«, fragte sie betont sanft. »Es gibt zahlreiche Erscheinungen, die wir nicht erklären können und die dennoch oft mit unserem Studienobjekt zu tun haben, der menschlichen Psyche.« Sie machte eine Kunstpause. »Manchmal sind die Geister auch in unserem Hirn verborgen …«

Was wollte diese Frau von ihm? Weshalb spielte sie nach wie vor eine Psychologin?

»Nehmen Sie zum Beispiel die Hypnose«, fuhr sie eisern fort. »Die Hypnose stellt einen Zugang zum Unbekannten dar. Einige sind bereit, das zu erkunden, andere nicht, weil sie Angst davor haben, auf *wen* oder *was* sie da treffen könnten.«

Gerber war drauf und dran, ihr zu sagen, dass er genug hatte von dieser Komödie, doch Hanna redete einfach weiter.

»Was ist die größte Sorge, die unsere Patienten umtreibt?«

»Dass sie womöglich nicht wieder aufwachen«, antwortete er, ohne recht zu wissen, warum er das Spiel überhaupt noch mitmachte.

»Und wie beruhigen wir sie?«

»Indem wir sie darauf hinweisen, dass sie jeden Moment aufhören können, da es nur von ihnen selbst abhängt.« *Herr B.* persönlich hatte ihm dies beigebracht.

»Und Sie, haben Sie sich je einer Hypnose unterzogen?«, fragte sie herausfordernd.

Gerber war irritiert.

»Worauf wollen Sie hinaus?«

»Wurde dem Kinderflüsterer je selbst einmal etwas eingeflüstert?«, wollte sie von ihm wissen. »In seiner eigenen Kindheit vielleicht?«

In dem Moment glaubte Pietro Gerber im Hintergrund die alte Schallplatte zu hören: *Probier's mal mit Gemütlichkeit*, verzerrt und ganz weit weg. Er gab auf.

»An meinem neunten Geburtstag führte mein Vater eine Sitzung mit mir durch.«

»Weshalb tat er das?«, fragte Dr. Walker ruhig.

»Es war ein Geschenk.«

Ich kann es dir nicht erklären, Pietro, es ist zu kompliziert. Aber eines Tages wirst du es verstehen, das verspreche ich dir.

»Mein Vater sagte mir, ich solle mich im Wald auf den Boden legen, und legte sich dann neben mich. Zusammen schauten wir den Himmel voller zarter Wölkchen und leuchtender Sterne an.«

Wahrscheinlich wirst du mich eines Tages dafür hassen, vielleicht auch nicht. Es gibt nun mal nur dich und mich, und ich werde nicht ewig leben. Verzeih mir, dass ich diesen Weg gewählt habe, aber anders hätte ich nie den Mut dazu aufgebracht. Abgesehen davon ist es auch richtig so.

»Wie lautet die geheime Zahlenfolge Ihres Vaters?«, fragte Hanna Hall sofort.

Er zögerte.

»Los, Dr. Gerber: Der Moment, das Geheimnis zu lüften, ist gekommen. Andernfalls werden Sie nie erfahren, was für ein Geschenk er Ihnen machen wollte.«

Der Psychologe fühlte sich matt und kraftlos. Er konnte sich jetzt nicht mit diesen Dingen beschäftigen.

»Als er mit Ihnen gesprochen hat, war Ihr Vater schon unterwegs in eine andere Dimension. Diese Zahlenfolge stammt aus dem Jenseits«, beharrte Hanna unerbittlich.

Ob er wollte oder nicht, Gerber war gezwungen, die Szene im Krankenhaus noch einmal nachzuerleben: *Herr Balu*, der etwas Unverständliches durch die Sauerstoffmaske hindurch murmelte. Er selbst, der näher trat. Sein sterbender Vater, der mühsam seine Worte wiederholte. Schwer wie ein Felsblock hatten sie sich auf die Brust seines jungen Ichs gelegt. Ungläubig und verstört war er zurückgewichen. Was er in den Augen von *Herrn Balu* gesehen hatte, war nicht Bedauern, sondern Erleichterung gewesen. Grenzenlose, egoistische Erleichterung. Sein Vater – der friedlichste Mensch, der ihm je begegnet war – hatte sich seines Geheimnisses entledigt. Und jetzt musste er damit fertigwerden.

»Was ist das für eine Zahlenfolge?«, bedrängte ihn Hanna Hall. »Nennen Sie sie, und die Wahrheit liegt vor Ihnen. Nennen Sie sie, und Sie fühlen sich befreit ...«

Pietro Gerber begann zu zittern. Tränen stiegen in ihm auf. Er schloss die Augen.

»Zehn ...«, murmelte er schwach.

»Gut«, sagte Hanna. »Und weiter: Welche Zahl kommt nach der zehn?«

»... neun ...«

»Sehr schön, Dr. Gerber, ausgezeichnet.«

»... acht, sieben, sechs ...«

»Machen Sie weiter!«

»... fünf, vier, drei ...«

»Ich bin stolz auf Sie.«

»... zwei ... *eins*.«

Die Melodie hörte auf zu spielen. Wie eine Belohnung senkte sich die Stille über das Wageninnere, und die mystische Atmosphäre wich. Endlich trat die Wahrheit hervor, die sein Vater in jener einzigen Hypnosesitzung in sein Unterbewusstsein eingebrannt hatte.

Das Geburtstagsgeschenk.

»Meiner Mutter ging es bereits vor meiner Geburt sehr schlecht.« Er erinnerte sich an die deutlichen Anzeichen ihrer Krankheit, die er auf den alten Familienfotos entdeckt hatte. »Bevor sie starb, wollte sie unbedingt noch ein Kind bekommen. Da dies aufgrund ihrer Behandlung nicht möglich war, erfüllte mein Vater ihr den Wunsch auf andere Weise.«

Auf einmal fiel Pietro Gerber alles wieder ein.

40

Die Nacht des 22. Oktober ist eine heftige Gewitternacht.

Und ich bin dort.

Jedes Mal, wenn draußen ein Unwetter tobt, sind die Bewohner des San Salvi unruhiger als sonst, und die Pfleger haben ihre liebe Not, sie zu beruhigen. Viele verstecken sich vor lauter Angst, die meisten aber streifen laut schreiend oder irres Zeug brabbelnd durch die Gänge: Sie scheinen die Energie aufzusaugen, mit der die Luft überladen ist. Und sobald ein Blitz über dem Park niedergeht, vereinen sich die Stimmen der Irren zu einem heulenden Chor, wie wenn die Ungläubigen den Gott der Finsternis anbeten.

Gegen dreiundzwanzig Uhr legt sich Mari in ihr Bett im Schlafsaal. Mit einem Kissen auf dem Gesicht, damit sie nicht das periodische, vom Donner untermalte Aufheulen ihrer Mitbewohner anhören muss, versucht sie, Schlaf zu finden. In dem Moment verspürt sie die ersten Wehen. Heftig und unerwartet, wie die Entladungen am Himmel. Sie ruft nach Tommaso, obwohl sie weiß, dass er ihr nicht helfen kann. Die Fremden, die nicht an ihre Liebe glauben, haben sie voneinander getrennt.

Das fahrbare Bett mit der vor Schmerzen schreienden Mari rollt die leeren Korridore entlang, sie wird zum Untergeschoss im Pavillon Q gebracht.

Die diensthabende Hebamme ist die geheimnisvolle Frau aus der Gelateria. Bevor sie sich daranmacht, das Kind aus dem Schoß des jungen Mädchens zu ziehen, verschwindet sie rasch im Schwesternzimmer, um einen Anruf zu tätigen.

»Komm schnell, es ist so weit …«

Mari bringt ihr Kind ohne Betäubung zur Welt. Die Geburt ist eine einzige Strapaze. Sie weiß noch nicht, dass sie nur dies einzige Mal Mutter wird. Die wegen ihres jugendlichen Alters auftretenden Komplikationen führen dazu, dass sie keine weiteren Kinder gebären kann. Aber selbst wenn sie es wüsste, würde es sie nicht interessieren. Alles, was sie jetzt interessiert, ist, ihren kleinen Ado endlich in den Armen zu halten.

Doch als die Wehen verebbt sind und sie sein zartes Babykrähen hört, als sie die Hände nach ihm ausstreckt, um ihn an sich zu drücken, sieht Mari die Hebamme mit dem Kind davongehen, ohne dass sie ihm ein einziges Mal ins Gesicht hatte schauen können.

Die junge Frau ist außer sich vor Verzweiflung, niemand macht sich die Mühe, sie zu trösten. Plötzlich steht eine Gestalt vor ihr und lächelt sie an.

Es ist *Herr Balu*, der freundliche Mann, der sie und Tommaso seit geraumer Zeit hier in den Roten Dächern besuchen kommt. Der Kinderflüsterer. Er wird ihr helfen, denn er ist ihr Freund. Und tatsächlich bringt er ihr Ado zurück, eingehüllt in eine blaue Decke. Aber als sie sich über das Bündel beugt, erkennt Mari, dass es nur eine Puppe ist.

»Schau, Mari, hier ist dein Kind«, sagt *Herr Balu* und will es ihr in den Arm legen.

Doch sie stößt es zurück.

»Nein, das ist nicht mein Ado!«, ruft sie zornig.

Weiter hinten im Raum fängt eine Schallplatte an zu spielen. Das Lied von Mogli und dem Bären. *Herr Balu* legt eine Hand auf die Stirn des Mädchens.

»Ganz ruhig«, sagt er. »Wir haben lange über all das gesprochen, auch zusammen mit Tommaso, weißt du nicht mehr?«

Mari erinnert sich nur noch daran, dass sie beide in einen angenehmen Schlaf gefallen sind, angeleitet durch die Stimme von *Herrn Balu*.

»Jetzt ist der Moment gekommen, auf den wir uns vorbereitet haben«, verkündet der Kinderflüsterer.

Mit sanfter Stimme und überzeugenden Worten beginnt er ihr einzureden, dass die Puppe, die sie im Arm hält, ein echtes Kind ist.

Langsam verschwimmt Maris Bewusstsein und löst sich in etwas Düsterem, nicht Fassbarem auf. Schon bald werden sie und Tommaso ihren kleinen Sohn herzen und liebkosen, versichert ihr *Herr Balu*.

Als er sie vollkommen eingelullt hat, verlässt der Hypnotiseur den Raum. Auf dem Flur trifft er auf die Hebamme, die ihn mit einem Bündel im Arm erwartet.

»Sag ihm niemals, dass er nicht dein Kind ist«, schärft die Frau ihm ein.

»Ich wüsste nicht, wie ich ihm erklären könnte, dass er von hier stammt«, beruhigt er sie. »Aber falls er eines Tages zu dir kommen sollte …«

»Keine Sorge«, fällt sie ihm ins Wort. »Wir tun genau das Richtige. Wir retten ihn, vergiss das nicht. Was für eine Zukunft hätte er denn hier drinnen? Er würde genauso enden wie Mari und Tommaso.«

Herr Balu nickt, auch wenn er große Angst vor dem hat, was ihm bevorsteht.

»Hat deine Freundin, die Richterin, die Dokumente vorbereitet?«

»Ja«, bestätigt er. »Es wird ein waschechter Gerber aus ihm werden.«

Die Hebamme lächelt, um die angespannte Atmosphäre aufzulockern.

»Ach, übrigens, wie soll er denn heißen?«

»Pietro«, erwidert er. »Wir werden ihn Pietro nennen.«

Dann verlassen mein Vater und ich die Hölle der Roten Dächer. Unterwegs zu einem neuen Zuhause, einer falschen Familie und einer ungewissen Zukunft.

41

In dem Moment, Jahre später, in seinem Wagen irgendwo auf dem Land, tauchte die Erinnerung, die der Vater Pietro Gerber an seinem neunten Geburtstag ins Unterbewusstsein eingebrannt hatte, plötzlich wieder auf. Und es war, als hätte er es schon immer gewusst.

»Mittels Hypnose hat *Herr B.* Tommaso und Mari davon überzeugt, dass die Puppe ihr Kind ist. Allerdings hat diese Fiktion, die ihr eigenes Unterbewusstsein erschaffen hat, nur in den Mauern des San Salvi funktioniert. Nur innerhalb der psychiatrischen Klinik wurde sie zur Realität, außerhalb verlor sie ihre Wirksamkeit. Daher redeten die beiden sich ein, der Kleine sei während ihrer Flucht gestorben.«

»Deshalb waren Sie so wütend auf Ihren Vater, als er Ihnen auf dem Sterbebett die Zahlenfolge nannte«, bekräftigte die falsche Psychologin am anderen Ende der Leitung. »Die Wut diente Ihnen dazu, der Wahrheit nicht ins Auge sehen zu müssen, und so redeten Sie sich lieber ein, Ihr Vater hätte Sie nicht geliebt.«

»*Herr B.* hat mich nie gefragt, ob ich die Wahrheit erfahren oder lieber unwissend weiterleben will«, verteidigte er sich. »Im Moment seines Todes hat er lediglich damit angefangen, von zehn bis eins zu zählen, um sich sein Geheimnis von der Seele zu reden.«

»Bei Hanna Hall war es genauso, auch sie hatte keine Wahlmöglichkeit«, ergänzte seine Gesprächspartnerin. »Denn hätte man ihr die Wahl gelassen, hätte sie wahrscheinlich lieber mit denjenigen weiter zusammengelebt, die sie für Vater und Mutter gehalten hat.«

Pietro Gerber schwieg. Was war das, was sie seit vielen Jahren miteinander verband, Hanna und ihn?, fragte er sich. Ein Schauer lief ihm über den Rücken, und er zog den alten Mantel enger um seinen Körper.

Ja, Hanna und er waren Geschwister. Sie hatten dieselben Eltern. Er war von Mari und Tommaso gezeugt worden. Und sie war an seiner Stelle bei ihnen aufgewachsen. Beide einte sie die Tatsache, dass jemand versucht hatte, sie zu *retten*.

»Hanna hat sich all das ausgedacht, damit ich meine wahre Geschichte erfahre«, konstatierte Pietro Gerber.

»Interessant«, erwiderte die vorgebliche Theresa Walker. »Hanna Hall ist also nicht deshalb nach Florenz gekommen, um sich selbst von den Gespenstern der Vergangenheit zu befreien, sondern um *Sie* zu befreien.«

Er spielte ihr Spiel weiter mit, weil er schreckliche Angst hatte. Was würde passieren, wenn er diese Komödie beendete? Vor dem Hintergrund dieser Wahrheit würde er seine eigene Geschichte doch völlig neu schreiben müssen.

Plötzlich wurde ihm etwas bewusst, etwas Tröstliches.

Bei dem Versuch, Ordnung in seine Erinnerungen zu bringen, würde er nicht allein sein.

Hanna würde ihm beistehen. Sie würde sein Gedächtnis beim Heilungsprozess der Wunden aus seiner Kindheit anleiten und die Schmerzen wegpusten – so wie dies nur Menschen können, die uns wirklich lieben.

Auch wenn Pietro Gerber noch nicht die Kraft hatte, die Augen zu öffnen und aus dem Schutz der Dunkelheit hervorzutreten, so wusste er doch: Sie war da, irgendwo, ganz in der

Nähe. Vielleicht stand sie nur wenige Meter von seinem Wagen entfernt mit dem Rücken zu ihm, das Handy am Ohr, und schaute zum Horizont.

»Mach dir keine Sorgen, Pietro«, sagte die Frau mit sanfter, beruhigender Stimme. »Es ist alles vorbei. Du kannst die Augen jetzt aufmachen.«

Mein Dank geht an:

Stefano Mauri, meinen Verleger und Freund. Außerdem an meine sämtlichen Verlegerinnen und Verleger auf der ganzen Welt.

Fabrizio Cocco, Giuseppe Strazzeri, Raffaella Roncato, Elena Pavanetto, Giuseppe Somenzi, Graziella Cerutti, Alessia Ugolotti, Ernesto Fanfani, Diana Volonté, Giulia Tonelli und die großartige Cristina Foschini.

Mein Team.

Andrew Nurnberg, Sarah Nundy, Barbara Barbieri und die wundervollen Mitarbeiter der Agentur in London.

Tiffany Gassouk, Anais Bakobza, Ailah Ahmed.

Vito, Ottavio, Michele, Achille.

Giovanni Arcadu.

Gianni Antonangeli.

Alessandro Usai und Maurizio Totti.

Antonio und Fiettina, meine Eltern. Chiara, meine Schwester.

Sara, meine »Ewigkeit im Hier und Jetzt«.

DONATO CARRISI
ATRIUM
HAUS DES VERGESSENS
PSYCHOTHRILLER